最后一个工人

肖克凡 / 著

天津出版传媒集团
百花文艺出版社

图书在版编目（CIP）数据

最后一个工人 / 肖克凡著. -- 天津：百花文艺出版社，2014.1
ISBN 978-7-5306-6372-1

Ⅰ. ①最… Ⅱ. ①肖… Ⅲ. ①中篇小说-小说集-中国-当代②短篇小说-小说集-中国-当代 Ⅳ. ①I247.7

中国版本图书馆 CIP 数据核字(2013)第 303433 号

选题策划：高 为　　装帧设计：张振洪
责任编辑：高 为　刘 洁　　责任校对：魏红玲

出版人：李华敏
出版发行：百花文艺出版社
地址：天津市和平区西康路 35 号　　邮编：300051
电话传真：+86-22-23332651（发行部）
+86-22-23332656（总编室）
+86-22-23332478（邮购部）
主页：http://www.bhpubl.com.cn
印刷：唐山天意印刷有限责任公司
开本：787 ×1092 毫米　1/16
字数：348 千字　　插页：2
印张：23.25
版次：2014 年1 月第1 版
印次：2014 年1 月第1 次印刷
定价：43.00 元

自序

去年，有朋友将我的中篇小说《最后一个工人》推荐给影视公司，得到的答复是“如今工人阶级都不存在了，还有谁看工业题材的电视剧啊。”

我感慨颇多。难道工人阶级真的不存在了，统统变成工薪阶层？我不知道阶级是否存在。但是我知道工人肯定存在。他们日夜劳作着，或在恒温恒湿的高端流水线前，或在烈日当空的建筑工地上，或在阴暗潮湿的矿井里……

无论工人阶级存在不存在，反正人类还存在。工人首先是人。文学首先是人学。从这个立场出发，关于工业文学我还是有话要说的。

应当说，工业题材文学作品是晚生的。人类社会出现工业或者说人类进入工业社会，文学创作才可能出现规模化的工业题材作品。工业文学的这种“晚生身份”，可能会使它先天具有某种程度的“现代性”。如果这种说法成立，我们还应当看到工业题材文学作品的“胎记”。

中国是个有五千年文明历史的农业大国。中国进入工业化社会远远晚于西方国家。至今，中国人口绝大多数还处于“农民”身份，这就使得中国社会呈现严重的不平衡状态。在近代社会，即使在上海、天津以及沈阳这样的工业化城市，人们的文化心理仍然普遍根植于生生不息的农业文明王国，这种准工业化或亚工业化特征，就是所谓中国工业题材文学作品的“胎记”。

中国第一代工人主要来源于失去土地的破产农民。中国工业题材文学作品脱胎于古老的农业文化土壤。从绝对化意义上讲，无论近代还是当代的中国作家都是农民的儿子。中国工业题材文学作品，都孕育于有着五千年文明历史的农业大国的“精神子宫”。

长久以来，中国文学涌现了许多以农村为背景的文学作品，深深影响了几代中国读者。譬如柳青的《创业史》、梁斌的《红旗谱》，孙犁的散文和赵树理的小说，还有《山乡风云录》《暴风骤雨》等等大量农村题材的文学作品，甚至二十世纪六七十年代出现的《艳阳天》和《金光大道》，都是名重一时的主流派作品，占据中国文学的半壁江山。

所谓农村题材文学作品与所谓工业题材文学作品相比，前者具有近水楼台的先天优势。广袤的田野，夕阳的炊烟，温暖的炕头，麦粒的清香，灶台边的婆媳，田垄间的父子，祖传的白银手镯，崭新的黄铜烟锅……这一切人间俗情、俗事、俗物，无不承载着中国人与生俱来的文化传统和道德观念，传递着中国人熟悉的生命信息，表达着中国人的情感经验，诉说着中国人的家族血缘和人生风光，它所产生的亲和力几乎无以抗拒，因为它就是中国这个农业大国的生活画卷。

与之相比，有着晚生身份的中国工业题材文学作品，以城市为舞台，以钢水奔流为背景，以机器轰鸣为旋律，以“社会人”为文学形象，从日出而作日落而息的生活变为现代企业制度下的“三班工作制”，从三乡五村皆为亲戚的近缘关系变为万人大厂相见不相识的陌生人群体，从春种秋收的农耕喜悦变为车间生产线的技术革新争论……与之相比，钢筋水泥的厂房没有乡土气息芬芳，动力锅炉的蒸汽没有村头炊烟安详，铿锵的锻锤没有骡马嘶鸣悦耳。工业题材文学作品里充满了车间厂房机器设备等等毫无情感的人造景观，缺少农村题材文学作品里的“原生态”风光。俗话说，触景生情。与传统的乡土田园风光相比，工业题材文学作品里的“景缺失”很可能导致“情难生”。

工业题材文学作品里的人物形象，以机器精神和钢铁意志屡屡战胜“自然时间”，在农民眼里不啻于数九寒冬季节收割新鲜麦菽。中国的工业化进程打乱了传袭千年的农业社会“时间表”甚至冒犯了“四季生态”规律。就这样，让中国人进入工业化生活便成为普遍的社会任务，让中国工业题材文学作品进入中国人内心世界也成为中国工业题材作家普遍的社会课题。

在中国农业文化大背景下，工业题材与其他题材，可以说是共生的关系。

假若有“都市里的村庄”,必然有“村庄里的都市”。这很像家庭出身与本人成分的关系。父亲的个人成分就是儿子的家庭出身——以前我们填写个人履历表的时候,经常遇到这种情况。

如果必须论述工业题材创作与其他题材的关系,我姑且将其喻为“同父异母”的关系。

新中国成立以来,曾经出现一些工业题材文学作品,譬如草明的《原动力》《乘风破浪》等。作家下工厂深入生活,也写出不少作品。二十世纪六七十年代出现工业题材文学作品的创作高潮,有的作品属于革命年代与计划经济背景下的“主题先行”与“政治图解”,构成一段特殊的工业题材文学史。

改革开放以来,中国工业题材文学作品独领风骚,成为“改革文学”的重镇。但改革的深入给作家们带来迷惘与困惑,工业题材文学创作出现走弱趋势。尤其国有企业经历的巨大变化:承包、优化组合、第二职业、解聘下岗、买断工龄、合同制用工、社会保险……这一系列崭新的字眼儿所代表的新生活,催促着作家们吃进胃里消化吸收,即使生吞活剥。

与此同时,昔日工业题材作家们积累多年的家底:公费医疗、铁饭碗、劳动模范、班组竞赛、女工委员、班车代表、年底食堂吃结余、长年歇班吃劳保、生活困难吃救济……这一系列烂熟于心的字眼儿所代表的写作资源,一夜之间成为“史料”而丧失了“现实用途”。

当代工业题材作家们的这种尴尬处境,好似经历一次“精神土改”。一个个拥有丰富写作资源的“地主”被扫地出门沦为不具备丝毫写作资源的赤贫者。

当然,这里只是用“精神土改”这个并不恰当的比喻来形容面临社会巨变一时难以作出深刻思考的工业题材作家。从这个现象出发,我一时难以找出工业题材创作的特殊规律,只能描述所看到的工业题材作家们的这场特殊经历。

改革开放进入高科技时代,新生事物伴随新生词汇大量涌现,其猛烈势头如雨后春笋。大量农民工来到城市进入工矿企业成为产业队伍的有生力量。天变了,地变了,一切都变了,人好像也变了。于是所谓工业题材文学创作再次面临巨大挑战。大量“农民工”题材的文学作品出现,使得传统工业题材面临是否扩容以及如何扩容的问题。

然而,工业题材的本质并没有发生变化。只要它仍然属于文学范畴,只要“文学是人学”的基本定义不发生走移,那么工业题材文学作品的本质仍然是“人学”。

如果必须寻求工业题材创作的特殊规律,我认为还是应当从文化视角出发。工业题材作家应当发掘已然形成多年的“工业文化”。这种发掘如同老舍先生发掘北京文化,赵树理先生发掘山西文化,以及林希先生发掘天津文化,理应赋予工业题材文学作品以深厚的文化内涵。食堂饭票、加班券、理发票、对调工作、改变工种、涨工资指标、大号铝制饭盒、高温作业补贴、医药费报销、泡病号、迟到早退虚报考勤、冒领工作服、女更衣室、男浴池……这数不胜数的工厂生活细节与生活场所,似乎都应当成为系列文化符号而转为恒久的写作资源,从而丰富着并不亚于农村自然风光的大工业文学景观。所谓工业题材小说,能否表现出“工业乡土”的风景和生态,这正是值得思考的问题。

其实,工业题材文学作品,不必过分追求尖锐的社会性,不必过分追求匡正的使命感,不必把工业看作推动社会进步的特殊力量,不必“打酱油”也不必“俯卧撑”……如此这般,工业题材文学作品反而会走出偏见和狭小,使钢铁有了温暖,使机器有了性情,使工人再度呈现创造者而不是失落者的形象,从而赢得与其他题材文学作品同样宽广的天地。

具有工业文化底蕴与内涵的文学作品,应当与具有地域文化色彩风情的文学作品一样,成为文学植物园里的一株高大乔木——尽管它在深秋也要落叶。

但是,春天来了它还是要发出新芽生出新枝的,这才是工业题材文学作品的原本面目,这才是工业题材作家们的原本之心。

感谢百花文艺出版社出版《最后一个工人》这部小说集。这至少说明他们不认为中国工人阶级不存在了。我还能说什么呢?我只能说一个正常的社会应当认同这句话:普通劳动者不应当受到轻视。

肖克凡

2013年7月

目录

失眠

晚饭时徐卫国问妻子:“今天十五号吧,对不对?”

妻子说:“你再喝一碗吧,今天汤做多了。”

徐卫国就又喝了一碗。那汤似乎没流进胃里而全都上了脑袋——出了一层汗珠子。

很久没这样痛痛快快出汗了。真舒服。

喝足了汤,他抚着凸出的肚子说:“嘿,今天我上夜班。”

妻子瞥了他一眼:“上夜班呀?我还以为你要出国呢。还有四个钟头你躺下睡一觉吧。”

徐卫国在屋子里转悠了几圈儿,上了床。

电视里播《新闻联播》的时候,他背着身子问:“美国在中东怎么还不动手呢?等什么呀!”

“敢情你还醒着?怎么不睡呀!”

他支支吾吾:“失眠……”

妻子咯咯咯笑得直不起腰来。

“天呀!你、你还有失眠的时候……”再笑她就要喘不上来气了,于是她使劲捂着嘴,身子颤颤着。

他从床上坐起,呆呆望着妻子:“你哪儿弄来这么多笑佐料儿?跟我这儿演小品哪。”

十岁的胖丫头也随着一屋子家具颤抖，哈哈乐着。

他只得说："魔鬼的宫殿在笑声中动摇。"

一定是心疼这一屋子木器，妻子终于止住笑，说："瞧，笑得肚子又饿了不是？"

"只要对安定团结有利。"他又躺下了。

徐卫国是工厂锅炉房的司炉工。

三十多年的人生使他觉得人活着有三件事情最可恶。一是穷而且买不起烟抽，二是遇见无产阶级文化大革命那样的运动而且成为倒霉蛋儿，三是上夜班而且不许睡觉。

他太喜欢睡觉了，几乎成了一种近似烟瘾酒瘾的顽癖。锅炉房的三次险兆事故，都与他的嗜睡有关。公休日太美好了，他能够在被窝里连续打上十几个钟头的呼噜。雷轰也不醒。

那胃病就是他睡出来的。这一两年他睡到了极致，又把胃病给睡没了，曰痊愈。妻子是个小学教师，教四年级孩子们的英语兼手工劳动。每当这位小学教师走进家门看见丈夫死尸一般挺在床上，就用那种连纯种英国人也听不懂的英语大声发泄不满情绪。

徐卫国是念过"业大"的人，有一股子求知欲。他多次不耻下问向妻子讨教："你到底说的是什么话呀？嘀里嘟噜的。"

终于感动了妻子，她说："我说我恨不能给你开个追悼会。"

他乐了："这就是你的学问浅薄了。一个工人是没资格开追悼会的，只能举行遗体告别仪式。不信你去问你们教育局的组织部，有规定呢。"

"别跟我咬文嚼字，反正你再这样死睡我就给你放哀乐。五块钱一盘磁带，原版的。"

无论怎么说，他徐卫国现今乐意上夜班了。

妻子当然感到意外，就用中国话问他。

他说："我有了外遇。"

妻子又大笑不止："你进步真大呀！怪不得你们厂子评上国家二级企业了呢。"

他正色道："你是个内行！验收时候就有这项指标，全厂职工外遇率不能低于百分之二十五，说明外向型企业有活力有后劲啊。”

“是啊，不提高经济效益工人就受穷。”妻子一本正经地说着，开始织毛衣。

徐卫国就这么在床上躺着，享受失眠。

妻子把一肚子话全织进毛衣里了：“我想去当班主任，每月多拿二十八块钱呢。”

他下了床说：“已阅照办。”

亲了亲妻子那少膘寡肉的脸颊，他拎起饭盒说，九点半啦本工人该去上夜班了。那表情使人觉得工厂是花烛点燃的洞房。

见妻子并无热烈反应，他跨出家门时回头说了一句：“古德耐特！”

妻子惊了：“你英语发音很标准呀！”

他正了正帽檐儿：“我懒得用英语跟你对话。明儿见！”

“你那个外遇准是个英国寡妇！”

他走了。她一个人在屋里咯咯咯笑个不停。笑累了，她铺床睡觉。早已进入梦乡的胖丫头也是一脸的笑模样——兴许正申请“奥运”呢。

形势大好。

徐卫国上夜班的地方名叫“电机电器总厂”。早先没有那个“总”字，改革了，去年才换的牌子。

可是厂子还是那么大，没见长个儿。厂子是个长条儿，南门开在长江路上，门牌28号；北门开在黄河路上，门牌82号。有点儿像两河流域平原上的一个大村。从南村走到北村，得用一刻钟，从西村走到东村，六十秒准撞到墙上。

徐卫国始终弄不明白工厂为什么选了这么个“体形”——细长又窄巴。

他只能认为当年设计师具有强烈的“胡同意识”，小门小户出身，没见过天安门广场。

这一切都不能妨碍他的“夜班喜悦心理”。今天十五号明天十六号。夜间的工厂是个大景致。夜餐我还得加上两个茶鸡蛋。工会老主席卢德海是个好人。凌晨四点钟是个热闹时辰。这一串念头，确实激动人心。

路过供应科那间小仓库，他不由得站住脚步。那门那窗都紧锁着，黑洞洞却散发出一股活力。仓库是不设夜班的,吞吐都在白天。

管库的是个女工,名叫张宝琴。她似乎比徐卫国大上三四岁,四十刚出头的样子。人人都知道张宝琴是个单身女人,带着两个孩子过日子,没有丈夫。徐卫国常来这儿领料,总要说上几句轻松的话,以巩固安定团结的大好局面。有一次张宝琴从窗口递出徐卫国领的料,突然小声说:"你是个爱说笑话的人。不过,我这种身份的人是不适合跟男人说笑话的,希望你能理解我的想法。"

"我一定努力理解。要是有哪个坏蛋想占你的便宜,你朝我言语一声!"

张宝琴听了,表情有些紧张。

"你别紧张,要文斗不要武斗,咱们主要依靠法律。普法考试我得了九十九点五分!"

张宝琴呜的一声哭了,砰地关上窗户。

他拍着窗户说:"你别像林黛玉似的,得想办法活成王熙凤那样才成……"

一回到锅炉房,那几个小兄弟就向他提出十分中肯的意见。全是知无不言的架势。

"徐卫国你不要占用工作时间靠一本《红楼梦》去跟人家寡妇谈情说爱,还把人家给谈哭了。"

他一拍胸脯:"阶级感情似海深,你们几条光棍儿懂个屁!该给锅炉上水啦。"

之后,他便觉出自己是很寂寞的,其实。

锅炉房司炉工的主要工作是照看那两台四吨三回程的蒸汽锅炉,该上煤的时候上煤,该上水的时候上水。平时就坐在操纵室里,算是坚守岗位。

夜班三个人,徐卫国是带班长。

另两位都是二十刚出头儿的小伙子,其中一个叫魏保家。

他问魏保家:"你白天睡了吗?"

魏保家说:"实话实说,我白天卖了一上午带鱼,两点半才吃上午饭。"

徐卫国叹了口气说:"市场上又出了一个缺斤短两的。以后这种事别跟我说,说了我还得包庇你。你好好去繁荣社会主义市场经济吧,别言别语。"

之后徐卫国下达了命令:"咱们倒开歇着,凌晨四点之前我盯着,你俩做梦去吧。"

魏保家大惊:“你这睡觉爱好者怎么把好觉全让给我俩啦?四点钟之后你还睡个屁呀!”

徐卫国喝了口浓茶:“我失眠……”

这二位乐呵呵找好地方睡觉去了。

徐卫国继续喝茶,没有丁点儿倦意。

不知为什么他想起张宝琴,心底有些激动。很久以来他不曾激动过了。

他拿起一支圆珠笔,在当班记录纸上写着玩儿。一页纸写满了:报销报销报销报销……

墙上的石英挂钟打响了一点。他站起身大声说:“已经是十六号啦!”

十六号凌晨三点钟一过,工厂的南门北门便陆续被人叩响了。平日里门官儿的脾气很大,比芝麻还小的权力也要抖出比西瓜还大的威风来。然而这时候的门官儿却没了脾气,乖乖开门往里放人。

涌进来的人流渐渐稠了,进了工厂大门朝厂部办公大楼跑去,像是捉奸。

以前工厂有三大名胜:南门一棵树,赃官胡大喝,幼儿园里阿舅多。如今又添了一处景致:半夜赶集财务科。

厂里银根吃紧,就处处开源节流。职工代表大会通过厂长提案:每月的十六号和三十号定为职工医药费报销日,是日财务科的报销总额限制为三千元。于是十六号和三十号便成了黄金集日。男女老少从四面八方纷纷赶来,急着把手中的药费单据兑成钞票。之后有的钞票又变成药费单据。

财务科上午八点钟开门营业。凌晨三四点钟就有职工在门前排队,显出身强体健的优势。这火爆的场面融入夜半静寂之中。远看使人觉得这是一群晨起练气功的人,吐纳有序。夜色朦胧里,颇有几分超凡脱俗的意境。

将近四点钟的时候,徐卫国叫起魏保家:“该你俩顶班了,我出去巡视巡视。”他走出锅炉房,凉风扑来他打了个寒噤。

他心里说:“赶集去!”一脸去办大事的表情。

这是他第二次去“赶集”了。

头一次“赶集”出于偶然。上个月的三十号凌晨,徐卫国正当夜班。那时候他还没患上什么失眠症,趴在操纵室桌子前睡得正香。电话铃响了起来。他很烦，抓起电话说："你好！这里是火葬场。"

是三车间打来的电话，骂骂咧咧说供气量不足，影响了他们大干四化的进度。

徐卫国也骂了街。放下电话他去三车间现场查看。路上发现厂部财务科门前悄然兴起了一个早市。

他十分惊讶。敦敦实实的徐卫国是几年也不去一趟医院的。有个小病小灾就在厂保健站拿上几片小药吃吃。望着这些手持药费单据等待报销的人，他觉得这集市挺有意思的——团结紧张严肃活泼。

他真想站在人们面前挥手致意，然后亲切地大声说："同志们辛苦啦！"

只怕这个玩笑开得有些过分，就没开。

此时，他朝财务科方向走去。夜风吹得他起了一身鸡皮疙瘩，令他想起了棉大衣。

已经有了一支不长不短的队伍排在财务科窗前。财务科是全厂先进科室。为了便民，他们在窗口开办职工医药费报销的专项业务。于是人们就在窗前排队。都知道楼道里比露天暖和，但没人舍得离开窗口。远远看着，这扇窗口充满了凝聚力。

他找到队伍的尾巴，用眼睛一数，知道自己排在第十三位。第十二位是个面孔陌生的老头儿，穿了一件进山打猎穿的老皮袄，戴着一顶早已过时的蓝色棉帽子，活像一尊会喘气的古董。

徐卫国问："您也报销呀？"

老头儿哼了一声："我退休五年了，还没彻底报销，这不凑合活着呢。"

"您老怎么尽说不吉利的话？您能活一百岁赶上共产主义哪！"

老头儿乐了："对！我就等那一天呢。"

几句话就做通了一个人的思想工作，徐卫国心里自豪起来，觉得自己这个人挺好。

老头儿突然问："你是个党员吧？"

徐卫国怔了怔，连忙说："不，我正准备往里入呢。"

"我看你是白费劲儿。"老头儿说，"我排在第十二位都够呛。财务科总共才给报销三千块钱，咱们前边要是有两个住院动大手术的，钱就没啦！这就叫起大早没赶上集。”

徐卫国说:“没事儿,重要的是参与。”

老头儿不懂这句充满奥运精神的话,抬起头来看着徐卫国。

这时候人们欢呼起来。厂工会的老主席卢德海骑着自行车到了。“快发号儿吧快发号儿吧。”人们突然变得失去了耐心,催促着。

卢德海前年就退了休。这个大胖子虽说退了休,依然天天来厂义务工作,是个实心眼儿的大好人。打从财务科窗前出现了这个早市,卢德海每月十六号和三十号必然凌晨赶到厂里,给排队报销的人们发号儿。这项工作是好汉子不愿干,赖汉子又干不了的,非卢德海莫属了。

所谓“号儿”就是一张两寸见方的纸片儿,上面用墨笔写了一个阿拉伯数码,右下角盖了一枚卢德海的私人图章。这是流行于民间排队购物的证明先后次序的权威物,以免乱了纲纪。

卢德海撇下自行车,气喘吁吁地从怀里掏出一沓早已做成的“号儿”,从排头往排尾发放。

“你 1 号儿、你 2 号儿、你 3 号儿……一人仅限一张不许吃空额。”卢德海以几十年如一日的认真精神,大声念叨着。

领到了“号儿”,人们就敢找个地方去暖和一会儿了。离上午八点还差好几个钟头呢。

徐卫国被收编为“13”,心里踏实了。

他问卢德海:“您这么忙乎,怎么也累不瘦呢?”

“我这人喝一口凉水都长肉,没办法呀!”

徐卫国不无忧患地说:“您别是虚胖吧?”

“嗯,全厂一千多人,就你看问题一针见血。你有偏方治虚胖吗?”

“我要是有偏方早就不在这儿干了。”

这个月奖金不多,比上月少。徐卫国认为比上不足比下有余,挺可以的了。人活着就是不能太躁。男人活着过分急躁迟早会患上早泄那种毛病。

公休日,他准备大睡一场。

睡不着。他躺在床上寻思为什么睡不着。没原因。我真的患上失眠症啦?

这老天爷也不公平，让我这个睡觉爱好者失去了后半辈子的幸福。我得找个偏方治一治这毛病。

还是进了厂里的保健站。那个娃娃脸的女医生听了他的“主诉”之后哧哧笑个不停。

“你这个睡觉大王居然患了失眠症。”

他问：“这是一种报应吧？”

“你干了什么缺德事儿了？”

“我尽干好事呀！譬如说帮助那些遇到困难的寡妇同志。”徐卫国十分诚恳地说。

“但是人家不愿意接受你的帮助，对吧？”娃娃脸女医生笑吟吟望着他，像个女巫在占卜。

他乐了：“我的模范事迹你都一清二楚啊？”

“我给你开点儿睡觉的药吧。你要多加小心，可能有一件晦气的事要落你脑袋上。”

徐卫国稳稳当当说：“那你就给我一瓶子治晦气的药吧。”

“这种药你得到供应科的仓库去领。”

不知为什么他猛然觉得眼前的这张娃娃脸很庸俗，就说：“我不吃你的野药，我想去外边的大医院查一查脑子是不是出了毛病。”

“很好，但必须去咱们的指定医院。”

娃娃脸女医生又说：“出去看病容易，报销药费却是艰苦的事情啊。”

徐卫国走出保健站，外边的大雾还没散。

他就在雾里朝前走，到了张宝琴的仓库门前。前几天他在这里碰了一次“钉子”了。

难道这就是娃娃脸女医生说的晦气事？

那天凌晨他领到了“13”，却不知道该派什么用场。下了夜班慢吞吞洗了个澡，就拖延到七点半钟。他知道这时候张宝琴到厂了，就兴致勃勃往仓库奔。

擦桌子扫地，张宝琴正忙忙乎乎做着班前的准备工作。窗户上露出徐卫国的面孔。她抹了抹脸上的汗珠儿，说：“一大早你就来领料呀。”

徐卫国挥了挥手中的“号儿”：“你报销吗？”

她摇摇头:“我要是报销就自己早起去排队。”

“修旧利废,我这儿不是有一张现成的‘号儿’吗?你拿去报销吧,快到时间了。”他着了急。

她继续摇头:“不,自己的事情自己做。”

徐卫国无奈,心里说:“好心好意拿你张宝琴当个‘五保户’吧,你还不接受这种待遇。树林子大了什么鸟都有。”

手里攥着的那个“号儿”已经潮乎乎的了。徐卫国站在工厂的道上,像个维持交通秩序的警察。看看手表,差十分钟就八点了。

走过来“电工刘”。徐卫国迎上一步问小刘你报销吗我这儿有“号儿”。电工刘大步流星连声说我三个月没去看病了不报销。

又问了钳工老关。老关外星人似的,根本不知道报销医药费这码事。

又走过去一位副厂长,冲徐卫国微笑颔首。徐卫国也颔首微笑,心里说:“你报销吗?”他知道副厂长这种级别的人是用不着考虑这些婆婆妈妈的事情的。人家整天思考的是国家大事。

于是攥在手心里的这张“号儿”成了徐卫国的一种负担:“我这真是没病找病呀!”

废了就废了吧。他朝前走,打了个哈欠。

一个人正在南门口跟门官儿诉苦,可怜巴巴的样子。“敢情报销这么难呀?排队发号儿顶着星星来。我下次再来吧今天是不行了。”

此人就是赃官胡大喝。他退休前是行政科科长,嗜酒如命。他收受贿酒,非茅台不要。人走到哪儿酒喝到哪儿,不给他送礼就别想办成事。有职有权的时候没人敢惹他。退了休就成了万人嫌,连工厂的蚊子都不叮他。

“你想报销吗,老胡?”徐卫国问。

见有人主动关怀,胡大喝挺感动:“是啊,我手里好几张单据呢。”

“我手里有个‘号儿’你要吗?”

胡大喝连连点头很向往的样子。

徐卫国蓦然产生了恶作剧心理:“考虑到你年老多病,以前又做过一些有利于人民的事儿,价格优惠,两块钱转让给你吧。”

“好,好,好……”胡大喝居然满面欢喜。

徐卫国心想:“市场经济……”

上头要来人了,对二级企业进行复查。锅炉房开了个会,动力科科长讲了话,句句都很实在。徐卫国听懂了:二级企业不是个空洞称号,它会给职工带来实惠。大伙不是调了一级工资吗,所以要保住企业成果。千万别败了家。谁的岗位查出毛病,谁就是全厂的罪人。

徐卫国是带班长,就在会上表了态。

动力科长表扬他:“小徐我听说你那个爱睡觉的老毛病改啦?这太好了要坚持下去。”

“别夸,主要是我添了个失眠的新毛病。”

散会之后,动力科科长拍着他肩膀问:“我听说你把报销的号儿卖给胡大喝啦?”

“有这儿事。我要是白送给他,就等于是行贿,不能让他重犯受贿老毛病。”

这时候徐卫国才想起那两块钱,犯了寻思:“胡大喝给我的两块钱我放在哪儿啦?八成是丢了。唉,没有经济效益啦。”

科长说:“以后别头脑发热干这种傻事,你这个人本质还是不错的。”

下班回到家,徐卫国进门就问妻子:“孩子怎么样啦?”

“孩子烧倒是退了,我爸爸来电话说我妈妈又发高烧了,四十度。”妻子很疲累地说。

“明天我去看看我岳母吧?”他问。

她说:“你岳母已经住院了。”

“最近好像病人多起来了,这气候。”

她说:“是啊,我也一个多月没来例假了。”

他有些惊讶:“这不是好兆……”

“这都是你夜里失眠造成的副产品。”

晚饭还是有汤。妻子依然鼓动他多喝。他便依然多喝。

“我们厂要来检查团。”

“我们学校也要来检查团。”

“那你们学校弄虚作假吗?”

"跟你们厂子一样。"

徐卫国认真思索了一会儿说:"今儿个我夜里三点就得起床……因为明天是三十号。"

"检查团要搞夜袭呀?"妻子问。

"我去排队报销。我不是去外边大医院看了一次病嘛,有一张单据窝在手里。"

熄灯睡觉。徐卫国黑暗中睁大双眼望着屋顶。要是立即入睡做个美梦该多好呀。失眠的人敢情是被剥夺了做梦的权力。他心中挺难过。他妈的,失眠是世界上最残酷的疾病。

身边,妻子正用英语说梦话。他想:她这个中国人用英语说梦话,证明她正在做着英式的梦,也算是冲出亚洲了,比中国男足强多了。

他小声对妻子说:"就你一个人会做梦呀?等我治了失眠的毛病,给你做一场大型彩色宽银幕美梦,分上中下三集一共两百分钟!"

之后他给自己下了一道命令:"徐卫国你快睡觉!"好像连长在训斥士兵。

"爸,您怎么自己哄着自己玩儿呢?"

敢情胖丫头醒着呢,全听见了。

"孩子,你怎么也失眠啦?"

"我、我正寻思等病好了怎么在课余时间里学雷锋……"

他说:"先睡觉吧,以后再学雷锋。"

他又补充了一句:"有时候睡着了也能思考一些问题。譬如说你吧,兴许就能在梦里制订出几条学雷锋的措施。"

胖丫头听了很激动:"那我就快睡觉吧!"

起晚了!他一看手表已经三点半钟了,就用逃兵的速度穿上衣裳出了家门。顶风,骑车子到厂得用四十多分钟。他骑着,大声歌唱。

厂门口影影绰绰他又看见了胡大喝。

他问胡大喝:"你怎么又来啦?"

"上次你卖给我的是13号儿,排到我的时候,财务科只剩下四十八块六毛四啦!所以我手里这二百多块钱单据,今儿还得接着排队。"

徐卫国心里有些内疚："那两块钱是我跟你开玩笑，是转让可不是卖呀。"

胡大喝兔子一样向厂里窜去。

"嗯，这才叫改革开放的速度呢，争分夺秒。"

走近厂部办公楼前的小空场，徐卫国惊呆了。眼前不是什么小空场了，一字长蛇阵盘在这里。人们脸上失去以往"赶集"那种如水的宁静，像一群走火入魔的气功信徒，顷刻之间就要发功。

他看见了张宝琴缩在队伍中间。她正用冷漠的目光望着他。

"我第一个我第一个！"魏保家一屁股坐在财务科的窗户上，像在唱皮影戏。

他走近魏保家。后边立即出现怒吼："不许夹队！不许夹队！"

他回头平静地说："长这么大我没夹过队，真的。今天我也不夹队。"

"小魏，你也报销呀！"他问。

魏保家从窗台溜下来，小声对他说："我有什么销可报？我是受了你的启发。你一张 13 号儿就能卖两块钱，我领上一张 1 号儿就能卖到五块钱！已经有人出了价。"

徐卫国半晌才说："你这是开发第三产业？"

魏保家说："你生财有道是个聪明人，我们这些脑子慢的就向你学习呗！"

他说："放屁！我是跟胡大喝闹着玩儿呢。他以前是个工贼，我不甘心把那张号儿白白送给他，我要两块钱是拿胡大喝开心找乐儿。"

魏保家不以为然："别解释啦！那两块钱又不是你抢来的，我们背后都夸你善于发现财路呢。你快去排队吧，天不早了。"

他说："我今天是来报销的。"

乱了，人们叫嚷起来。"都四点半啦！卢德海怎么还不来？"

有人发狠说："他在家里睡热被窝，叫咱们挨冻呀！"

魏保家立即跟着添乱，小声喊："打倒卢德海！我们要报销！"

徐卫国怒了："再叫唤，我缝上你的嘴！"

魏保家说："我活跃活跃气氛，你不要五官挪位嘛。"

人群又静了下来。徐卫国就想起那个胖老头卢德海。

一个人影儿慌慌张张跑来了。临近了大伙看清是个又干又瘦的老婆子。

"你们都是等我家老头子吧？"她声音沙哑，"别等啦！他半夜十二点就死啦……”

人群骚动起来：“谁死啦谁死啦?”

卢德海死了，他半夜趴在桌子上往纸片上写阿拉伯数码，脑血管崩了。

老婆子哭了：“这一阵子老头子总失眠……”

张宝琴扑上来：“卢主席是累死的呀！”说着抽泣起来。

徐卫国僵僵地立在那里，脑海一片迷蒙。

人群涌动了，似刚刚解冻的冰河。

魏保家高喊：“得有人出来维持维持呀！这半宿的队我们白排啦?”声音胜似贵州驴鸣。

没了阿拉伯数码，人们就没了次序，乱撞。财务科窗前仿佛烧开了一锅稠糊糊的粥。

哗啦一声，魏保家身子一下倚碎了财务科窗户的玻璃。

“赶快离开这是非之地，财务科要是丢了钱谁也洗不清哇！”不知是谁喊了一声。

徐卫国迷迷糊糊高声叫着：“都按顺序排好，卢德海死了由我来替他发号儿！”

人群一怔，随即又乱了：“徐卫国你算干什么吃的？我们还信不过你呢。”

胡大喝居然扑上来：“徐卫国你小子还想发国难财呀？不许倒卖证券从中牟利！”

徐卫国苦笑了：“你们都吃错药啦？”

火葬场院子里人山人海。一拨接一拨的人，向一具又一具遗体告别。

徐卫国跟厂里的人们在大厅门口等待着。他心里说：“这火葬场的经济效益还是不错的，既不是市场经济也不是计划经济，独家经营没有竞争对手。”

大厅里出来一个年轻的殡葬工，叫道：“30号30号！该30号啦快进来吧。”

卢德海的尸体被编为30号。来瞻仰30号遗容的人们呼啦一声拥进了大厅，足有半个营的兵力。几个有身份的人站到了前排。

殡葬工撩开卢德海的蒙头布问：“对一对号儿，没错吧？”

没等到卢德海的家属应声，徐卫国却说了话："没错，30 号是卢德海，他也是三十号凌晨死的。"

来送葬的厂党委副书记兼副厂长瞪了徐卫国一眼。徐卫国没感觉，紧闭双眼默哀，脑海里回忆着……

一大早八点钟，财务科那扇碎了玻璃的窗户上挂出一个牌子：因突发事件，今日不报销。

厂里将卢德海的死亡以及余波称为"事件"，这是财务科科长的主意。

一阵哭声将徐卫国拽回悼念大厅。他看见卢德海的尸体在家属哭声中被推去火化了。之后人们快步离开，争着上了大卡车，开回工厂去。

张宝琴挨着徐卫国站着，没话。徐卫国也不知说什么好。回到工厂下了大卡车，他回到锅炉房，继续上班。

他问魏保家："那以后报销怎么办呢？"

魏保家说："乱世英雄起四方！到时候我去发号儿。群众的事情群众办呗。"

几个陌生人突然走进锅炉房。"这儿谁是带班长呀？"为首者大声发问。

魏保家说："你们出去！锅炉房重地闲人免进。"

为首者笑了："很好！这说明你是非常遵守操作规程的。你叫什么名字？"

魏保家一瞅来者不善，想溜。

徐卫国说："我是带班长徐卫国。"

这时候几个厂领导喘着粗气赶来，连声说陈处长您来了怎么不先去会议室歇一歇呢。

陈处长说我们检查团要提高工作效率。于是便开始对锅炉房的方方面面进行检查。

陈处长面露喜色："有些工厂，即使白天也有工人在岗位上睡觉。你们的锅炉房不存在这个问题。请问有什么管理经验吗？"

厂长听罢当然高兴："小徐，你是带班长应当谈谈这个问题，别过分谦虚嘛。"

徐卫国指了指魏保家说："因为白天他们根本就不困，还睡什么觉呀？"

厂长有些尴尬："让你谈经验，你本人呢？"

"我？我失眠呀。"

陈处长很郑重地拍拍徐卫国的肩："你这个人很诚实，但也要善于总结经验。你叫什么名字我没听清？"

他就重复了一遍自己的名字。

陈处长笑了："工厂门口黄榜上写的就是你吧？不要灰心，犯了错误改正了就是好同志嘛。"

说完，检查团离开锅炉房去别处检查了。

"这是怎么回事儿？工厂门口黄榜……我犯了什么错误？"徐卫国自己问自己。

魏保家跑出去，一会儿跑回来了。"刚刚贴的黄榜糨子还没干呢！说你倒卖报销的号儿好比倒卖票证，扣三个月奖金再写一份检讨书……"

徐卫国淡淡一笑："怪不得这些天我睡不着觉呢。"

魏保家又说："我比你更倒霉！黄榜上说叫我赔偿财务科的玻璃，还扣发半年的奖金。"

徐卫国打了个哈欠："你罪有应得。"

再逢"报销日"，财务科窗前依然有人凌晨时分赶来排队，等候着。死了卢德海，也没见有人继承他的遗志——半夜发号儿。人们静静排成一队，满脸寸土不离的表情，一个个特像爱国志士。

每逢夜班赶上这个集日，徐卫国依然从锅炉房溜达到这里来。他不言不语看上一会儿，便溜达回去，像是工间散步。

他没有告诉妻子被扣了三个月奖金。他从自己的"小银行"里提出一笔款子，堵上了那个窟窿。

他四处打听医治失眠的偏方。

魏保家甲鱼似的缩在锅炉房里说："财务科窗前乃是非之地，我死也不去了。"

徐卫国说："你知错必改嘛。"

他在职工食堂里遇见娃娃脸女医生。

"你还失眠吗？"她颇有救死扶伤的精神。

他说："本工人现在还不想睡觉。"

女医生笑着说："你是个很有意思的患者。"

几天之后，工厂又召开了职工代表大会。根据职代会提案，厂方决定改变现行职工报销医药费的办法。

每月厂部按比例将"医药费报销券"分配给各个车间工段，由各车间工段将"医药费报销券"按具体情况分配给所辖班组。得到这种"券"的人可于每月十号、二十号、三十号上午去厂财务科报销。这是一项有关民生又政策性极强的工作，旨在避免工人们起早"赶集"。

于是，每逢有这种"券"从厂部分配下来，车间工段便有热闹场面出现，看着十分壮观。

工人们围成一个大圈儿，抓阄儿。一只只粗黑大手，都想抓到那个写着"有"字的小纸团儿。

但是，绝大多数是"无"。抓到"无"也算是一种人生潇洒境界。

锅炉房同样属于人间，大家也抓阄儿。

第一次抓，"有"被老耿头抓到。这位耿爷一辈子没吃过药，铁打钢铸一般。

老耿头说："这不是催着我得病吗？真他妈的不是东西！"

半个月之后，又到了抓阄儿的日子，人人有手，接着抓。

徐卫国抓到了"有"。他不言不语，就跟抓到"无"一样。

他依照程序去财务科窗户里报了销——都是与失眠有关的药费单据。

别人都是几百几百地报销，他只报了八十二块钱。他认为自己患了一种物不美却价廉的病。

他用那兑现到手的人民币买了只极肥的南洋烤鸡，拎回家去摆上饭桌，颇有自戕意味地说："吃！"

他率领妻子和胖丫头，非洲猎狗似的吃光了这只鸡。

他亲自下灶，用鸡骨头煮了一锅汤，自己慢条斯理全喝了。

妻子惑然望着他："你这是大补呀？"

"对，漏了就要补啊。"全家很早便熄灯睡觉。今夜没有月光。

许久，妻子轻轻问他："喂，你睡着了吗？"

他说："我睡着了。"

一天八小时工作

罗民达是在工厂南大门失踪的。要说打水不应到南大门去的。锅炉房在北大门方向。不知为什么罗民达拎着两只暖瓶走向南大门并在那里失踪了。

人们久久等候罗民达的开水沏茶,便急着出来寻找。初春的工厂暖洋洋的,有一种公园的感觉,只是少了些树木。今年工厂形势渐渐好转,产品开始拥有市场。厂方透露要给工人涨一级工资,生二胎者除外。人们终于有了点儿好心情。

这种大好形势下,罗民达却失踪了。

人们找到工厂南大门,看到那两只暖瓶稳稳当当站在花坛旁。拎一拎,沉甸甸已然打满开水。

这成了罗民达的遗物。

喝着罗民达的开水,人们表情有些紧张。上午九点十六分——罗民达失踪整整一小时了。

维修组的工人们不言不语坐着。没人提出到厂保卫科报案。屋里气氛显得沉重。大有人人自危的架势。

将近上午十点钟,终于有了线索,说罗民达拎着暖瓶打水的路上,曾经与变电室值班电工张第相遇。

工人们马上去变电室找张第询问。谁都知道,张第是个沉默寡言的小伙儿。

小个子张第正在打电话。看见这么多人拥进电工室，他显得不知所措。

怎么来了这么多人啊。张第鼻尖上沁出细碎汗珠，嗫嚅着。这时张第的形象，显得十分可疑。

张第承认他是罗民达失踪的目击者。张第说话的时候，语无伦次好像非常心虚。

工人们要张第如实招来。有一说一，有二说二。

张第突然大声说，变电室是有制度的，来这里的人必须登记，这是四十年的制度了，大家都得遵守。

工人们就问张第今年多大年岁了。

二十六岁半。

你二十六岁半，怎么知道这个制度四十年了呢？怪事。

这制度确实四十年了，我师傅告诉我的。

你师傅呢？

死了。去年嘎嘣一声死在这张椅子上了。脑动脉破裂。嘎嘣一声。

你知道他脑动脉为什么破裂吗？

可能不结实吧。

不。他脑子知道的事情太多，多得盛不下，就嘎嘣一声。

张第起身说，无论说什么，你们几个人也要登记，不登记，出了事情算谁的责任？

维修组工人们神色紧张起来。张第横身挡在电工室门口，不登记，谁也不能走。

只好登记，一个个签上姓名和来去的时间。张第站在一旁眨着一双小眼睛。这时候他很像是个狱卒。

张第对失踪这个字眼儿感到茫然。他认为不应当说罗民达失踪。罗民达为什么要失踪呢？罗民达肯定是有去处的。

他眨着小眼睛说那是一辆灰色汽车，北京吉普吧。就是中美合资的那种。

罗民达左手拎着一只暖瓶，右手也拎着一只暖瓶，向工厂南大门走去。他走得不紧不慢，看上去有着从容的心情。

那辆灰色北京吉普不知从哪里开来的，一眨眼停在罗民达近前。

张第讲着，他的讲述语无伦次，使人们觉得当时罗民达处于危险四伏的环境里。

可惜罗民达对危险状况一无所知。

灰色北京吉普车停下。车窗里伸出一只手，冲着罗民达挥动。罗民达好像跟车里人说了几句话。之后吉普车里走出两个人来。

他们都是便衣吧？

张第被问得发怔。便衣？对，他们都穿着便衣。是啊，他们为什么要穿制服呢？他们没穿制服。

你没看见有人跟踪罗民达接头吧？

张第又被问怔了。接头？接什么头？就像送密电码那样接头啊？没有，没有。他为什么要接头呢？

小个子张第是在困惑中讲完这个故事的。

罗民达把两只暖瓶放在花坛旁边，他直起身就被那两个人推进吉普车。那是辆灰色吉普车，嗖地开走了，飞快。

没拉警笛吧？

没拉。我没听见拉。

然后呢？然后呢？

然后……就没有然后了，只剩下那两只暖瓶，铁皮暖瓶。

维修组里无声无响。人们吸烟喝茶，把沉重的气氛吸进去喝进去，五脏六腑盛满了惊慌。人们一趟又一趟去厕所，显出群龙无首的样子。

罗民达没有失踪。罗民达被一辆北京牌灰色吉普给弄走了，就是中美合资的那种。如今公安局办案，通常不跟工厂打招呼的。

罗民达能挺住吗？他可是老大啊。

维修组的上级是维修科。维修科的科长来了。这是个面无表情的人，说话娘娘腔。

罗民达干什么去啦？

没人说话。

王连贵，你到我办公室来一下。

名叫王连贵的维修工站起身,随着科长走出屋子。

工人们开始议论时局。

出了事人人有份,谁也跑不了。

总不会有判刑的罪过吧?

这很难说。

应当叫那三个人马上从工地撤回来。

太远,那工地又没有电话。

谁也不许当叛徒。

凡是有人群的地方,就有左中右存在。

这时临近中午,没人叫嚷吃饭。

王连贵终于回来了,手里拿着一瓶白酒。

王连贵说,希望大家今后多多配合我,把咱们维修组工作搞好。

你说这话是什么意思啊王连贵?

王连贵说,科长拍了拍我肩膀,让我担任维修组的组长。还说厂里就要实行股份制了。

那罗民达呢?罗民达是维修组的老大呀。

王连贵说,罗民达不是被吉普车给弄走了吗?科长说没了罗民达咱们的工作也不能停摆。

王连贵,你是不是把咱们在外边承包工程干私活儿的事儿,向科长坦白啦?

王连贵摇了摇头说,我又不是王连举。

王连举是你哥哥吧?

王连贵大声说,咱们都打起精神来。下午去修理那台三百吨压力机。

一天八小时工作,已经过去了四个小时。

王连贵起身说,如果罗民达判了刑,咱们大伙都得劳改。

空气一下子变稠了。

张第坐在变电室里,继续打电话。他是个大龄未婚青年。打 1686868,这是红娘咨询专线。

他有些羞涩。他鼓起勇气告诉红娘,他身高一米六八,体重一百零一斤,国企职工,有房。

之后他听到环形磁带放出一个接一个女性征婚者简介。张第静静听着。

征婚者简介告一段落,换上一条广告。

广告说,如果生活中遇到什么困难,可拨 1688686,这是走向大世界咨询专线。

张第有些紧张。他试着拨通了这个号码。

电话里确实是个大世界:有歌曲专线相声专线,还有寻人启事股票行情有奖猜谜以及陪你聊天。

经济天地专线正在播放企业管理讲座。张第认真听了起来。日本企业管理专家说,好的产品质量是生产出来的,不是检验出来。

之后他放下电话,寻思着。对,产品到了检验工序,一切都晚了。

张第看了看墙上的时钟。下午两点钟了。他估计今年工厂能够试行股份制。他还估计今年自己仍然解决不了婚姻问题。

电话铃响了。

张第拿起听筒。听筒说,喂,告诉我几点啦?我手表停了。

张第犹豫了一下,不知道对方是什么人。

听筒大声说,你怎么不言语呀?

张第说现在四点钟。

说谎之后的张第,心跳加快气喘吁吁。

其实现在只有两点钟。

电话铃又响了。张第不敢去接。

电话铃不停地叫着。

张第只得伸出手。

一个悦耳女声说,嘻嘻……你经常在电话里征婚是吧?嘻嘻,我是总机小李……

张第不知说什么才好。

电话断了。

一天八小时工作,已经过去六个小时了。

罗民达拎着两只暖瓶向着维修组走去。这时候厂区大道上出现了一瞬间的清静。他看见一只很小的老鼠沿着厂道朝工厂南大门跑去。

南大门显得非常遥远。

罗民达体态矫健众所周知。一位生性风骚的女工私下说,看罗民达走路是一种享受。罗民达知道自己是个能让女人满意的男人。但罗民达不骄不躁。

罗民达也说不清楚自己为什么会走向南大门。可能是追随那只小老鼠吧?是追随不是追逐。老鼠过街人人喊打的愤怒,早已荡然无存。罗民达只是心态平静地朝南门走去。

动物是人类的朋友。罗民达心里想。

罗民达拎着两只暖瓶走到工厂南大门。

这一刻非常安静。南大门的门卫去了厕所。这时罗民达发现自己对工厂南大门是非常生疏的。每天上班下班,他都走北大门。于是南大门这一刻的宁静,给罗民达带来一种陌生的压迫感。

他想起远在郊区的工地。由此他想到冰山。其实每个人都是一座寒带海洋里的冰山。展露出来的,只是冰山的一个小小额头罢了。隐而不现的是一个很大的秘密。

如今的生活中,秘密越来越多了。

罗民达忘记了那只奔逃而去的小老鼠。一辆北京吉普猛地停在罗民达眼前,是灰色的。

车中伸出一只白皙的手,召唤罗民达。

罗民达不知吉普车里盛着一个与他有关的故事。他先是怔怔看着,神色渐渐严峻起来。

他认为郊区工地的事情暴露了。他心中考虑着对策。

吉普车里走出一个人,高高大大白白皙皙。罗民达认出他是工厂保卫科长。

保卫科科长说,上车吧上车吧,正找你这样的人呢。上车啊听见了吗?

罗民达抵触地说,我还要去维修那台三百吨的压力机呢。

保卫科科长拉着罗民达的胳膊说,什么三百吨八百吨的,天大的事情也得撂下。走!

罗民达有生以来首次乘坐吉普车,而且是中美合资的。他婴孩似的辨认着车中的物件。

吉普车疾驶向前。车中没人言语。

罗民达忍受不了这种沉寂。

你们,要把我弄到哪儿去呀?

吉普车朝这座城市的心脏驶去。

罗民达心里说,看来问题严重啦?

坐在他身旁的大胖子是厂里工会主席。工会主席打着呼噜睡着了。

罗民达大声向保卫科科长说,你们要带我去什么地方?我那两只暖瓶还在花坛旁边放着呢!

保卫科科长回头看了罗民达一眼。

你叫罗民达吧?罗民达你叫唤什么!到地方你就知道了。

罗民达随即泄了气,说,我还盼着能赶上工厂实行股份制呢。

工会主席打着呼噜说,明年啊咱们厂跟法国合资。到时可以买辆标志啦。

王连贵思想斗争非常激烈。他原打算下月泡病假去练摊儿,倒腾皮鞋和牛仔裤,却突然被任命为维修组组长。这大小也算个领导干部了,管着十四个工人。王连贵拿不定主意,不知道工厂下一步是个什么样子。实行股份制,股份制是个什么样子呢?据说中外合资就要淘汰一批工人。前景很不清晰。

王连贵领着大家去干活儿了,增添了几分工头儿气质。

修理那台三百吨的压力机,大伙儿都弄了一身油泥。王连贵看出大家心里都慌里慌张的,像一群溃逃之前的国军。

王连贵掏出一盒万宝路,小心翼翼撕开包装纸,大声说,抽烟抽烟,大家都别慌里慌张的,跟做贼似的。

工人们停下手中的活儿,接过王连贵给的鬼子烟。

罗民达当老大的时候,常给大伙儿抽555牌的。由555改成万宝路,人们显得有些不适应。

王连贵又说,大家不要慌里慌张的。

为什么心里慌里慌张的?人人都明白,因为郊区的工地。罗民达在那里包了一个机电安装工程。维修组的工人轮流去工地干活儿,用厂里的工具设备给自己挣钱。罗民达又多了一重身份:工头儿。

如果事发,大伙儿都要倒霉。

王连贵抽着烟,大发感慨,还是当工人好!不用担惊受怕。旧社会我爷爷就是从小工慢慢熬成资本家的,后来让人给挤对得跳了楼。

当工人好,当资本家还要冒着破产风险,破产的资本家不用挤对,自己就跳楼了。

王连贵心里说,其实当工头儿最好呢。

一路风景无心看,吉普车驶到一座巨大建筑近前。工会主席已经醒来,下车跟站岗的武警说明情况。

罗民达趁机问吉普车司机,这是什么地方?

司机不搭理罗民达。罗民达知道司机这行当里,是人狗混杂的,狗很容易堕落成人。像骆驼祥子那样的车夫,就算是标兵了。

工会主席回来说,必须办理入门手续。

保卫科科长和工会主席一起办理入门手续去了。

罗民达将头探出窗外。他看清这幢巨大建筑是这座城市的市委大楼。

司机自言自语,没救了,肯定没救了,只能把尸体抬回去了。

罗民达不明白司机说这话是什么意思。

他试探着说,这里是市委啊。

司机冷静地说,市委就不死人?照样死。唯物论者就得承认死亡。

罗民达说,你告诉我这到底是怎么回事?

司机说,抓壮丁。拿你当壮丁抓了。

工会主席和保卫科科长回来,司机立即不说话了。有了入门证,吉普车驶进市委大院。依次下了车,罗民达跟随着。

这是罗民达有生以来第一次走进市委大楼。他看见大理石柱子的时候,脚下已是猩红地毯了。人走在上面,无声无息像个纸人儿。

会议室在二楼。楼梯上也是地毯,但不是猩红的。

罗民达蓦然想起郊区的工地。今天轮到谁去工地干活儿了？可能是魏勇和穆小杰。这个工程做完了，能赚四万块钱。最后可别闹个分赃不均出现内讧。反正是工头儿说了算。

一行人走在二楼的甬道上。

一个人将他们拦住了，询问。

工会主席向这个人诉说此行的目的。那个人显得气势磅礴，认真听着。

罗民达一眼瞥见一扇门半敞着，认定是洗手间，就一步迈了进去。

不是洗手间。一间房子空空荡荡。两个老头子正在下着一盘象棋。

罗民达瞄了一眼局势，就认为那个精瘦的老头儿是个臭棋篓子。罗民达同情弱者。

他为精瘦的臭棋篓子支了一招儿。

臭棋篓子抬头瞪了他一眼，很愤怒的样子。之后这臭棋篓子思考着，还是采纳了罗民达的建议，从谏如流跳了马。罗民达想起了工厂。八小时之内下象棋，奖金就危险了。

这时候，站在楼道里的工会主席遭到那个人的激烈指责。

保卫科科长奋起辩解。我们厂的金书记，的的确确是来参加国有大中型企业座谈会的。说是讨论如何扭亏增盈使企业走出困境。我们确实接到了电话，说金书记心脏病猝发，倒在市委会议室里。

保卫科科长还没说完，就遭到对方更为激烈的指责。

屋里的臭棋篓子被惊动了，这是谁在楼道里吵嚷啊？这机关风气怎么变成这样啦！我没离休的时候……哼，就这样还能搞好改革开放呀！

罗民达勇敢地向这位看着有些神经质的精瘦的臭棋篓子解释着吵嚷原因。

工厂接到电话，说金书记来市委开会死在这儿了。工厂派车来人抬尸体。可是市委保卫处说，根本就没有这个事情，国有大中型企业座谈会已经圆满结束了。

精瘦的臭棋篓子听罢一拍大腿说，以讹传讹呗！不搞调查研究就乱下结论，这是盲人摸象，这是刻舟求剑，只识弯弓射大雕。

听着这种语言的大杂烩，罗民达对这位臭棋篓子印象极好。他有些留恋地看了这老头儿一眼，转身就走。

你怎么走哇?

啊，我该走了。

把你的电话给我写下来，我要找你下棋的。

罗民达怔怔站着。臭棋篓子掏出一支圆珠笔，扔了过来。

罗民达找了一张报纸，在边缘写下工厂总机和分机号码，又写上自己名字。

臭棋篓子接过号码看了看，又看了看罗民达，天真地咧嘴一笑。

罗民达被这一笑给感动了。

罗民达来到楼道里，已经空无一人。他知道工厂的吉普车将他抛在这里径直开了回去。没有死尸可抬。罗民达这个壮丁显得毫无价值了。

一天八小时工作，已经过去四个小时了。

罗民达回头看了看市委大楼。

工厂总机小李是个身高体壮的姑娘。一天八小时工作，小李一个姑娘家几乎是不可挑剔的。令人遗憾的是，她有一双金鱼眼。这种向外凸出的眼睛，有时显得贪婪。

小李还有一颗异常强烈的好奇心。于是她几乎监听工厂所有的电话。

这样，总机小李便知道了许多事情。知道的事情太多了，便抱怨这个世界，这个世界事情多得烦人。

下午两点钟，她突然被保卫科科长传唤。这样，工厂总机便处于无人管理的半身不遂状态。小李心中很急。

保卫科科长高高大大白白胖胖，说话腔调却令总机小李出了一层冷汗。

保卫科科长要求小李认真回忆，回忆今天从上午八点十分到八点四十分之间，到底有多少从外线打进来的电话。

出什么事情啦? 小李问道。

保卫科科长看着小李那双金鱼眼，非常愤怒地说，有一个厂外电话打进来，谎报金书记死在市委二楼会议室。搞得我们扑了个空。金书记听说这事也很生气，要求火速破案。

小李摇了摇头。电话太多了我根本记不清。我早就要求将人工台改成自动台,厂里就从来不采纳我的合理化建议。

保卫科科长一无所获。他问小李,你到底知道什么情况呢?

小李想起她在一天八小时工作之内从电话里听到的秘密。小李觉得一言难尽。

保卫科科长又去调查别的线索了。

在总机小李眼里,工厂是另外一个模样。明年实行股份制,大家就都成股东了。

罗民达花了十六块钱,打了一辆出租车回到工厂。他在南大门下车,然后走进工厂。不知为什么,他竟然觉得工厂面目全非了。那两只暖瓶是不是已经成了化石。

张第迎面走来。见到罗民达,他一下愣住了,像一尊雕像立在厂区大道上。

罗民达不知道张第为什么这个样子。他朝张第点了点头,就匆匆走了过去。

失踪的罗民达突然出现了。张第快步走向厂工会办公室。

我为什么总在路上遇见罗民达呢?有的人我一年也遇不见一次。这个罗民达,我一天就遇到他两次。这是什么缘分啊。

厂工会办公室门前贴着一张大标语:欢迎广大职工的合理化建议。

去年职工代表大会决定,职工每年向工厂提出合理化建议三条以上者,年终给予奖励。

张第内心世界极其丰富。他将那些从电话里听来的企业管理知识抄在纸上,稍加消化就写成两条合理化建议:

一、发行职工内部股票,向股份制企业过渡;

二、撤销老大难单位——工厂职工食堂,同时成立快餐公司,既满足本厂职工需求,又面向社会销售,变连年亏损为连年盈利。

张第心里说,再凑上一条建议就齐了。

厂工会主席正在跟一个身高体壮的姑娘说话。这位姑娘也是来递交合理化建议的。她要求工厂领导将人工半自动交换台改为全自动交换台。

工会主席叫她总机小李,并且鼓励总机小李再献合理化建议。

总机小李说,保卫科科长找我了解情况,这到底是怎么回事呀?

工会主席说,情况非常复杂,正在调查之中。好在金书记身体健康安然无恙。

总机小李默然。

张第怯生生递上自己的合理化建议。厂工会主席看了看署名。你是变电室张第啊?

张第立即紧张起来,心中泛起一种犯罪在逃的感觉。

总机小李眨着一双金鱼眼盯着张第。

张第转身逃走了。

身后随即响起总机小李高跟鞋的嗒嗒脆响。张第知道这姑娘跟了上来。他心中有些冲动。很想停下来转身跟小李说上一句话。

说什么呢?说八小时之内不许穿高跟鞋,这违反安全生产操作规程。

保卫科科长迎面走了过来。

罗民达向维修组走去。路上他遇见维修科的科长,一个说话娘娘腔的男人。维修科长看见罗民达,怔住了。罗民达不明内情,冲维修科科长点了点头,说了声我真倒霉透了。

维修科长说,不要气馁嘛。在哪里跌倒就在哪里爬起来啊。

罗民达听了这话,心里犯了思忖。他一步迈进维修班休息室。

刚刚从三百吨压力机维修现场撤回来的工人们,正在抽烟甩扑克。

王连贵见罗民达走进来,大惊失色,一时不知如何是好。

罗民达抄起茶缸喝了口水说,不是早就说过八小时之内不能打扑克吗?因小失大的道理给你们讲了多少遍啦!

工人们呼啦一声站起来,茶呆呆望着他。

王连贵说,你你,你回来啦?公安局……

一个维修工抢先说,王连贵顶替你当了维修组的组长。世道已经变啦!

这到底他妈的是怎么回事儿?你们不是撒癔症吧?

工人们纷纷告诉罗民达,他已经下台了。

罗民达觉得身边的一切都陌生了。

王连贵立即将今天发生的事情说给罗民达。罗民达听罢哈哈大笑。

我被公安局的吉普车给逮走啦？这是谁在编故事呀！那辆灰色吉普车是厂里新近才买的。

人们听了这话,几乎松弛下来了。

罗民达的脸色却渐渐沉了下来。

你们都以为我进了局子,会不会有人为了坦白从宽已经悄悄自首啦？

屋里静得像一片坟地。

王连贵小声说,这倒真是个现实问题呀！

罗民达狠声说,咱工人堆儿里嘛,最容易出工贼呢！谁要是已经自首过了,就赶紧给我站出来！别误了大伙儿的事情。

王连贵递给罗民达一支万宝路,说要是真的有人自首了,我估计这会儿厂里也该有人下来问案子啦。

保卫科科长推门走了进来。

王连贵见自己的预言尚未落地便兑现了,惊讶得半张着嘴愣在一旁。

保卫科科长说,你就是罗民达吧？跟我走吧快点儿。咱们上午好像见过面。

罗民达有些像赴宴斗鸠山之前的李玉和,只是没穿铁路工人的衣服。

他对维修工们轻声说,一天八小时工作,该怎么干还怎么干。一切事情由我承担。

维修工们都显出很受感动的样子。

张第与总机小李站在变电室门外。

总机小李说,一天八小时工作,该下班了。

张第鼓起勇气说,你怎么知道我经常收听热线电话里的征婚启事呢？

总机小李笑了笑说,我知道很多很多事情。譬如说刘厂长喜欢吃什么,金书记喜欢看什么……不说了不说了,这些都是秘密。

张第说,金书记没死吧？

总机小李非常惊诧。你怎么会认为金书记死了呢？这肯定是谣言啊。金书记刚才还在四处打电话辟谣呢。

张第有些尴尬。今儿早晨上班，我打电话听气象预报，串线了吧？可能是串线了，我听见电话里说什么金书记死了。死在市委二楼会议室……

总机小李说，你不要说了！你千万不要说了。这会把你牵连进去的。你是个不愿招惹是非的人吧？所以你千万不要再说这件事情了。

张第说，谢谢你对我的提醒。

总机小李眨着那双金鱼眼，笑了。

罗民达坐在保卫科科长对面。

保卫科科长说，你谈谈吧，你要敞开思想。

罗民达看了看手表说，一天八小时工作，我已经到了下班时间，有什么事儿你就快问，别占用我个人时间。

保卫科科长正色道，你要端正一下态度！

罗民达笑了。

保卫科科长说，有人谎报金书记猝死在市委二楼会议室，这你是知道的。上午你也一起去市委准备搬运尸体的，当然并没有尸体。现在就要查查这个谎报电话究竟是谁打来的。一团乱麻没有头绪。

罗民达说，现在有头绪啦？

对！有头绪了，下午有两个电话打到厂部总机，声称是什么市委姓吴，找罗民达。就是找你呀。那个谎报电话说金书记死在市委，现在又有电话找你并声称是市委姓吴。罗民达，我们将你列为重大嫌疑人。你说吧，你在市委认识什么人？

罗民达摇摇头。

这就更可疑了。这个号称市委姓吴的人，跟谎称金书记死讯的人，是否有某种内在联系呢？罗民达你说。

我从落生到现在，只去过一次市委，就是今天上午你们弄我去的。什么谎报不谎报的，我一概不知道。

这时候跑进一个人来。保卫科科长立即站起来。

这个人说不要审了不要审了,五分钟之前又打来电话了,原来是前任市委书记吴大为同志。罗民达啊,你就是罗民达同志吧?

罗民达看了看这个人,问保卫科科长,这位是谁呀?

保卫科科长恭敬地说,他就是咱厂金书记呀!

金书记?罗民达觉得这是一个死而复生的人。

金书记说,吴大为同志非常想跟你下棋。我真不知道你跟老市委书记这么熟识啊。据说,吴书记是因为脑功能出现障碍,这才提前退下来的吧?

罗民达猛然明白了,敢情那位精瘦的臭棋篓子是前任市委书记,叫什么吴大为?是啊,看他下棋的臭劲儿,他就不会有什么大作为。

于是,罗民达对金书记说,老吴这人脑子有毛病,说话办事一阵两伙的,没准星。你给老吴打电话吧,告诉他我这几天工作太忙,没空儿陪他下棋。过几天再说吧。

金书记呆呆地望着罗民达,傻子似的。

罗民达一步三摇走回维修组休息室,已经过了下班时间。可是维修工们谁也没有走,好像等待罗民达的音讯。

王连贵说,这么快就放你回来啦?

罗民达说,取保候审。

王连贵说,你能猜出是谁出卖的吗?

罗民达笑了说,千万不可滥杀无辜,“文革”的教训还不够惨痛吗?咱们的主要任务是团结起来,争取早日涌现新时代资本家。

王连贵说,唉!这一屋子人啊,我看都是当工人的料。就连当工头儿的料,也没几块。

罗民达大声说,从明儿起我就不来咱厂上班啦!我去郊区工地当监理。我他妈的不当工人了。

王连贵和工人们齐刷刷望着罗民达。

你真的辞职不干了?是不是咱厂把你开除啦?

嘿嘿,是我把咱厂开除啦。

一个维修工说,你是老大,你走了,我们怎么办呀?

罗民达说,有党领导你们啊。谁愿意去郊区工地干活儿,我照样欢迎!

王连贵说,罗民达你要是成了资本家,我就到你手下当工头儿。我就愿意当工头儿。

罗民达跟大伙儿一起走出维修组,去工厂大浴室洗澡了。

这时候,张第与总机小李,正躲在变电室里接吻。

天上有一个好大好大的太阳,往西边沉下去了。

男工张义

厂长卢广来走进办公楼的时候，听到有人喊他。他做出毫无反应的样子，径直走进黑洞洞的楼道。厂长当得久了，人也就成了精，暗中积累了许多宝贵经验。譬如说走在厂里听到有人呼唤卢厂长，他是绝不应声的，大摇大摆继续朝前走去。见他麻木不仁的样子，人们都以为他听力有限，也就不追究了。当然，也有跑上来拦驾的，横着身子挡住去路，一个劲儿向他诉苦。这时候卢厂长往往贡献出一双耳朵——听。久而久之，卢厂长的耳朵起了一层茧子。这种"耳聋战术"虽然恶化了他的公众形象，但毕竟为他省去许多麻烦。总而言之他心中最为明白，自己是患了厂长综合征。

厂长卢广来走进黑洞洞的办公楼，就是工人们通常所说的厂部。新华制剂厂的厂部设在这幢昏暗潮湿的危楼里，阐述着领导班子廉政建设的业绩。身材粗壮的他走进暗无天日的楼道，但并没有甩掉身后的那个尾巴——张义声声叫着卢厂长，小步一串儿跟了上来。

说起这个张义，他在新华制剂厂是个名不见经传的人物，一双小眼睛，其貌不扬，走起路来八字脚，形象猥琐。由于他名字跟传统京剧里的人物雷同，上了几岁年纪的女工见了他，总要张口唱起《钓金龟》的段子："叫张义，我的儿啊，听娘教训，待为娘对娇儿细说分明……"

就这样，张义成了全厂女工的儿子，而且是个丑儿。

《钓金龟》里张义是一个丑角儿。新华制剂厂的张义也就成了反面形象。

广大群众总是拿他开心。时间长了，张义成了一个自卑心理很重的工人。

而立之年的张义追在卢厂长身后说："这一大早儿您跑到哪儿去啦？我们从八点就在您办公室门前等着，现在已经九点半了……"

听着张义的叨叨，卢厂长抬头朝着前面望去。果然，厂长办公室门前聚着一大群人——有本厂职工等待签字报销的，也有外厂业务员催债的，还有儿子结婚没房要求住进工厂仓库的……反正都是脑门子顶着官司来的。

厂长卢广来怏怏不乐走到办公室门前。一个工人迎上前来："卢厂长，我真是不好意思。不过我也没有办法呀！谁让身体不争气呢。我出工伤三年了，我要求厂里给我生活补助……"

另一个工人张开双手拦着卢厂长，"我跑一趟医院最少要花上一百多块钱，你说老病号怎么活啊！厂里给我报一部分医药费吧，家里经济压力太大了……"

"是啊，全国都要求扶贫呢！"厂长卢广来毫无表情地掏出钥匙，打开办公室门。一支硬邦邦的物件突然顶在腰间，他感觉好像是枪管。

"你欠账两年了，今天再不还钱，咱俩同归于尽吧！"身后"杀手"喘着粗气，灼热了卢厂长的脖子。

卢厂长笑了，"新债旧债三角债！别人不还我钱，我也没钱还你，开枪吧，你没钱买子弹吧？"

"唉……"身后的讨债者撤回胡萝卜，转手塞进嘴里嚼着说："我这是例行公事，一个星期跑一趟，我说卢厂长，赶在资本主义复辟之前，你那三万块钱能还我吗？"

厂长卢广来并不回头，推门走进办公室，"那要看何时复辟资本主义啦。"

拉开椅子落座，厂长办公室就成了茶馆。卢厂长不急不躁，随手点燃香烟。一不留神，这烟就被抢了去，眨眼间叼在别人嘴上。

人们开始发牢骚。卢厂长低头听着，心里明明白白，应当允许工人们发泄情绪。它要是火山你就让它喷发吧，这总比酿成八级大地震强多了。安定团结——四字重如泰山。

只要发起牢骚，一个个工人都是演说家：

"×！其实咱厂产品不错，就是让日本进口产品给顶了，一下没了市场！我就不明白咱们国家为什么让小日本的产品进来？”

“我早就说日本鬼子不是东西！从甲午海战就没停止欺负咱们。凭什么不找日本政府要战争赔款？毛主席活着时宽宏大量，一句话就说不要啦！周总理也太厚道。哼！我估计那笔战争赔款数目不小，兴许能把全国人民医药费都给报啦！”

卢厂长听到张义说话了，“大家别怨人家小日本，他们的产品质量就是不错，如今连美国人都买日本汽车，当初可是美国人拿原子弹炸了小日本的，山不转水转……”

张义这家伙说出话来与众不同，他极力劝慰大家不要把报销医药费的希望寄托在日本的战争赔款上。此时卢厂长认为该说话了，抬头望着大家说：“其实我平时有个头疼脑热的，也是舍不得看病吃药，就这么硬扛着。”

一个老病号不满地说：“头疼脑热扛一扛就过去，我这肺气肿能扛吗？一口气上不来就要蹬腿咽气！卢厂长你真是站着说话不腰疼啊。”

厂长卢广来说：“是啊，我什么时候患上肺气肿，咱们就算是扯平啦。这几天厂领导班子几次开会研究企业出路问题，有望拿出切实可行的办法。”

张义代表大家请求说：“卢厂长你先给每人报销两百块钱。解不了穷，解急啊。你看行不行啊？”

“一人两百，十人就是两千，一百人就是两万啊。咱厂要是有那么多钱，不就全部开工生产了吗？好啦，大家散了吧，我估计再有三五个月形势就会好转！”

临近正午，四车间主任栾富起打来电话，请卢厂长下午参加他们的“诸葛亮会”。好啊！我准时到会。厂长卢广来放下电话，心情有所好转。

市场动荡，产品变化，使得一车间没了元气，二车间日子基本能够维持，三车间有时等米下锅，只有四车间最差劲，它的主导产品积压，只得停了产。四车间主任栾富起外号“老母鸡”。“老母鸡”毕竟有“老母鸡”的办法，历尽千难万苦，鸡啄碎米般寻觅一条生路：来料加工。为外商生产“柔柔”牌女式高级内衣内裤。这一招儿可谓独辟蹊径，四车间一下看到光明前景。张义，正是四车间的工人。

“老母鸡”立即组织人马动手改造旧有厂房，四车间工人们大干快上，只用十天时间就将四车间变成一座亮堂堂的缝纫场。然而走上岗位的，却只能是清一色的女工。四车间男工们呆呆看着，成了无可奈何的待业者。张义也在其中。

下午，卢厂长以内急如厕为由，甩掉来自大港石化的讨债者，快步跑进四车间，参加“诸葛亮会”，尽管他深知孔明转世也难以挽救新华制剂厂。四车间大门口，一群工人围着“老母鸡”，气氛热烈，似乎要把“老母鸡”炙成烧鸡。这就是“诸葛亮会”啊？卢厂长弄不清楚谁是孔明，拨开人群走了进去。

张义冲着车间主任“老母鸡”，强烈要求上岗。

“老母鸡”问道：“踩缝纫机跟那些老娘们儿一样干活？你瞎起什么哄啊！”

围观的男工们大声起哄，说男女同工同酬，不能剥夺张义劳动的权利。

“你能往那高级乳罩上轧花？”“老母鸡”伸长脖子，好像要打鸣。

张义承认自己对高级乳罩很不熟悉——因为妻子只穿中式背心。但是他强烈要求上岗试工。“老母鸡”无奈，转脸望着卢厂长。

“这就是诸葛亮会呀？”卢厂长重新打量着张义说，“既然梅兰芳唱青衣，那让张义试试吧。”

张义试工缝纫机。这就是四车间诸葛亮会的重大成果。消息传出，成了全厂笑谈。张义不为所动，第二天上班，空着肚子坐在缝纫机前，开始调试皮带。“老母鸡”很惊讶：“张义从前你做过缝纫啊？”

张义摇摇头，说在家练了一天一夜，没睡。说罢，他就动手给乳罩轧花了。

“老母鸡”暗暗统计着，张义的缝纫速度比普通女工稍慢。看着张义手指灵巧，走针稳定，乐了。就同意他试工两天，以观后效。

第三天，张义一跃成为轧花工序冠军。全体缝纫女工无不悻悻然，没人追得上张义的进度。消息扩散开去，张义得了绰号——张大娘儿们。

张义说，物竞天择，适者生存。星星跟着月亮走，人随着环境变。既然四车间变成缝纫场，我也可以变成“张大娘儿们”。卢厂长不表态，他认为张义这种蜕变，没给企业增光也没给企业抹黑，属于中性事件。

张义乐此不疲，乐呵呵成了一个缝纫男工。这头五条腿的牛，月月奖金轧花工序第一。

新华制剂厂陷入困境以来，工人们眼珠儿都胖了。只有男工张义成了唯一受益者。很多人说,企业改革的最大成果就是把张义改成一个缝纫工。也有人怀疑坐在缝纫机前的张义已经不是男人了。人言可畏。每逢张义走进厕所,身后总有几个好奇的小青年儿,想当场给他验明正身。

工人们愤怒地说:“×! 咱厂刚刚开始改革,张义就变成了娘儿们。真他妈的给社会主义添堵。”

一时间,张义仿佛成了一个莫大的错误。

这天上午,厂长卢广来的办公室照样热闹不已,有告状的有诉苦的有泄愤的有装病的,当然也有要求火线入党的……临近中午人们走净了,卢厂长静静抽烟。这时候,张义推门走进来,脸色很不好看:“卢厂长我有几句话要对你说……”

“你蔫头蔫脑的,中了鸡瘟啊?”卢厂长忙了一上午,忍不住拿张义开起玩笑。

“天有不测风云,我真的病了……”

厂长卢广来看了看手表:“咱边走边说吧,我要赶到局里参加紧急会议。”

张义不言不语,跟着卢厂长走出办公楼。

张义的一举成名,也令卢厂长感到新奇。一个男人居然在女工堆儿里抢到一只饭碗,而且得到“轧花冠军”,这真是特大新闻。他对跟在身后的张义说:“你有什么事情就说吧。”

张义环顾左右,压低声音说:“卢厂长我告诉你一件事儿! 你没看出我有什么反常现象吗? 我得了一种怪病! 胡子越来越少啦……”

“胡子越来越少啦?”卢厂长停住脚步,盯着张义脸颊。嗯,张义此言不虚,看他唇上看他腮下,当初“亩产上《纲要》”的沃土,确实变成稀稀拉拉盐碱滩,颇有形成不毛之地的趋势。

“张义,你到底怎么搞的? 抓紧去医院检查一下嘛。”

“查了,从验血到CT,查了不少项目,大夫也说不出子丑寅卯,就让我先注射一个疗程雄性激素。医药费我花了不少,所以想找你报销……”

卢厂长眉头紧锁。是啊,人们刚给张义起了“张大娘儿们”的外号,这家伙胡子就减少了。俗话说,众口成灾。俗话还说,一语成谶。难道真的应验啦?

“张义,我问句不该问的话,你现在夫妻生活怎么样呀?”

“原来吧，还能维持每周一歌的水平，现在退步了，成了每月发薪。再退步的话，我估计要变成每年上缴公粮了。”

卢厂长突然伤感了。一个男人在改革开放大好形势下，竟然少了胡子。尽管病因尚未查明，卢厂长认为，十有八九属于社会转型期的心理紊乱症。心理的紊乱造成角色认知的迷失，从而错乱了生理特征，使脚踏缝纫机的张义游走于亦男亦女的边缘地带。“张义啊，眼下厂里经济困难，不能给你报销医药费。”说着卢厂长伸手摸出钱夹，“你抓紧治病吧……”

看到卢厂长爽快地掏出钱夹，张义立即摆手表示谢绝私人赞助，满脸不为人民币折腰的凛然表情。

卢厂长打开钱夹翻找着名片，“你不要误会，我要给你推荐个名医，人民医院的……”

“敢情您把名片放在钱夹里啊？嘻嘻……”张义窘了，不停地搓动着双脚，好像犯了脚气。

“病，你一定要抓紧治，千万不要把自己弄得不男不女，那样你老婆怎么办呢？你必须牢固树立战胜疾病的信心。”卢厂长说着拍了拍张义的肩膀。

张义频频点头表示感动：“卢厂长，我的病你要替我保密！”

厂长卢广来钻进那辆破旧的上海轿车，赶往局里参加紧急会议。

局里非常关心新华制剂厂的处境，紧急会议的主要内容就是讨论如何促使企业尽早走出困境。会上，制订了嫁接外资的方案。会后，立即与美国的一家公司开展谈判——全厂轰轰烈烈闹开了合资。一忙，卢厂长就将张义这个人忘到脖子后边去了。

一天，他坐在办公室里，绞尽脑汁起草合资意向书。门吱地一响张义走了进来。

看到张义，厂长卢广来恍如隔世，极力回忆着上辈子的事情。“噢，你的病怎么样啦？”

张义谦卑地说：“没有明显恶化，我还在继续吃药，相信胡子会很快重新长出来的。哎，卢厂长，我听说咱们要合资啦？”

卢厂长告诉张义这次企业合资不包括四车间，“因为你们改为缝纫场了，自收自支，自给自足。”

张义颇为失望地说:“我就继续往乳罩上轧花吧。”

卢厂长看看手表;差十分两点。厂长办公会时间就要到了。张义却赖着不走,拉开谈心的架势,“卢厂长,我想请你吃一顿饭……”

卢厂长想了想:“嗨!你什么时候学会这一套啊?好啦好啦,等你病治好了,我请你吃一顿饭!”

张义笑了笑:“卢厂长,我觉得你人挺好的。我想跟你交一个朋友……”

厂长卢广来表情严肃起来,内心随即提高警惕:张义是不是性变态啊?我可要多加小心。这样想着,卢厂长换了个话题,问张义是不是遇到新的困难。

张义低头表示没遇到新的困难,跟妻子的关系也在调整中。

卢厂长心里说,张义啊你的当务之急是长出胡子来。

张义突然嘿嘿笑了:“卢厂长,其实我是来告诉你好消息的。你知道《男友》杂志吗?发行量三百八十万册啊。它有个命题征文叫‘男人心事’。每篇不能超过三千字,必须真情实感。我呢,就把自己成为全厂唯一缝纫男工的事情写了出来,还提到我的外号‘张大娘儿们’。当然,我没提自己不长胡子的事儿。前几天有了消息,说我得了二等奖。昨天收到八百元奖金。卢厂长,敢情写文章也能奔小康啊!”

“你用的真名还是化名?”卢厂长起身追问,好像这事情触犯了他的隐私。

张义仍然处于激动状态:“《男友》编辑部的评语说,我以切肤之痛描述了社会转型期国有企业男性职工的焦虑,表现了个体生命与外部世界的激烈碰撞,身与心,灵与肉的深刻冲突……”

卢厂长急迫地打断张义的话:“你没说自己在新华制剂厂工作吧?”

“我投稿写的家庭地址,文章写的是某某制剂厂,卢厂长你放心,我不会给咱厂抹黑的。”张义得意地笑了,似乎满足了自身荣誉感。

张义没给企业抹黑,卢厂长很满意。于是他郑重地跟这个胡子日渐稀少的男工握了握手,说祝你早日康复。

没想到卢厂长会跟自己握手,张义颇为感动,噙着眼泪走了。

开过厂长办公会,厂长卢广来接到市政府办公厅电话通知,说李吉钢市长明天上午来厂视察。于是全厂立即行动起来,连夜大搞爱国卫生运动。

第二天上午九点钟,李市长的车队驶进工厂大门。工厂领导班子迎上前来，请市长到会议室里听取汇报。李市长说不听汇报，径直走进四车间大门。

这属于大脚冷射，打了一个措手不及。

大队人马拥进四车间。栾富起连忙迎将上来。这位外号“老母鸡”的车间主任不亢不卑说了一句欢迎视察，就闪到一旁。厂长卢广来挤了上来，向李市长介绍：“四车间适应市场变化，给外商来料加工制造‘柔柔’牌高级女士内衣内裤，这里百分之九十五是女工。目前职工的收入，居全厂中上游水平……”

四车间的厂房光线明亮。一百台缝纫机，横看成行，纵看成排，机器轰鸣汇成一曲大合唱。厂长卢广来告诉李市长，这里实行两班制生产，这样一百台缝纫机就变成两百台了。

李吉钢市长顺着车间通道朝前走去。两边都是缝纫机，中央的通道显得很窄。两侧看到的都是缝纫女工的背影。她们埋头工作着，没有工夫回头，更没有工夫遐想。从一个个缝纫女工的背影，似乎已经很难看出她的脾气秉性、情绪情感。她们只是一个个背影而已。卢厂长为自己这个发现暗暗感到震惊。是啊，如果男人看到的只是女工劳碌的背影，那么女工幽深的心灵必将成为盲点。

紧张有序的生产场景似乎感染了李市长。他指着一个女工的背影对厂长卢广来说：“你看她缝纫的速度！熟练得就跟杂技演员一样……”

这样说着，李市长就越过一台台缝纫机，朝“杂技演员”走去。

随行的记者们立即准备拍照。

这真是一位“杂技演员”——缝纫起来身体的任何部位都在散发着巨大的潜能。左手一甩，那只高级胸罩刷地进入针下，顺势一牵，眨眼之间机器轧花完毕。右手一甩这件成品就落入身旁的塑料筐里。全套动作一气呵成，堪称一流技艺。李市长兴奋地说：“应当归纳成一套工作法，推广！”

这个“缝纫女工”猛然回头，说了一声谢谢市长。李市长毫无思想准备，被这个女工堆儿里突然冒出的男式嗓音吓了一大跳。市长的警卫员本能做出反应，将身体横在市长与缝纫机之间，虎视眈眈注视着“缝纫女工”。

李市长必须与人民群众在一起。他伸手拨开警卫员。厂长卢广来这时说道：“李市长，这是一位缝纫男工啊。”望着留着两撇小胡子的张义，李市长极其惊讶：“什么？你动作这么利落怎么是一个缝纫男工啊！”

张义抬起头来大声说道："我本来就是一个男的！"

厂长卢广来也对张义唇上突然出现的两撇小胡子感到意外。张义肯定是吃了什么好药，复原了。

"你们这里怎么还有缝纫男工啊？"李市长问道。

"老母鸡"说："多年来，我们都是提倡男女同工同酬的呀！张义同志强烈要求上岗，我们不能剥夺他劳动的权力。"

李市长看了看张义："好！时代不同了，男女都一样。改革嘛，能将懒惰的变成勤快的，也应当打破男女界线。譬如劳务市场已经出现男保姆。这就是新生事物嘛。"

文字记者忙着记下市长的言论。摄影记者忙着拍下这个感人的场面。

市长一行前往二车间视察去了。

张义捋了捋两撇小胡子，笑了笑。之后，他低下头去，继续往那一只只高级乳罩上轧花。

下班之后，张义破例到厂里的浴室洗澡。走进更衣室，就听到隔壁女浴室里传出一段女声京剧大合唱：

"叫张义啊，我的儿，听娘教训，待为娘对娇儿细说分明……"

张义站在女浴室门口大声喊道："都他妈的给我闭上你们的臭嘴！"

之后，张义拎着毛巾走进男浴室。

改革开放讲究卫生，工厂浴室取消池塘，全都换成喷头式的淋浴。站在喷头下，任热水喷淋在头上，张义突然大声喝道："×你妈妈的，我是一个男的！"

人们以为张义发了神经，就都离他远远的，希望事态进一步恶化，然后看乐儿。

张义站在高处的一只喷头下面，涂满洗发液开始洗头。很快，他头上就蓬起一团白色泡沫，覆盖了他的面目。一个外号"猴七儿"的小伙子趁机跑过去看了看张义下身，跑回来悄声对大家说："没错，这家伙是个男的！"

人们低声议论起来。

"很快张义就要变成一个女的啦！"

"这年头什么事儿都可能发生。变性手术你们知道吗？男的能变成女的，女的也能变成男的。”

一阵水响，张义站在喷头下，哗哗冲去头上泡沫。他擦干面孔四处看了看。人们立即闭嘴不语。

这时候，顺着浴室明渠，从张义脚下漂过来一宗物件。

“猴七儿”猫腰捡起来，仔细看了看，突然哈哈大笑：“假的！‘张大娘儿们’的胡子敢情是粘上去的……”

人们抢着去看“猴七儿”手里的假胡须，为真相大白而感到无比快乐。

张义悄没声儿擦干身子，穿上衣裳走了。

走在厂道上，迎面遇到厂长卢广来。卢厂长正要问张义胡子的事情。张义当头就说：“据说毛泽东生前就不长胡须，他老人家照样是伟人。我是凭劳动吃饭，到什么时候也不算错误嘛。卢厂长，厂里什么时候能给我们报销医药费？”

不等卢厂长回答，张义大步走过去，径直进了四车间，车间主任“老母鸡”喊住张义：“李市长视察咱们车间跟你的合影照片，记者打来电话说明天登报。咦，张义啥时把两撇小胡子给刮啦？”

张义说：“李主任我跟你说，无论我有没有胡子，只要全市举办职工技术比武，缝纫轧花这道工序我保证拿第一。你不信就找四个女工跟我比试比试，她们的活儿我一人全包啦！×，如今也不评选劳模了，我这人就是生不逢时。”

“老母鸡”呆呆望着张义，不知道说什么才好。

张义自言自语地说：“×！党中央从来没说过胡子越长越光荣……”

好大一棵树

神州化工厂厂长金光荣的长相，很像《智取威虎山》的座山雕。于是职工们不叫他金厂长而叫他“金老爷子”，据说这称呼并无贬义，颇有喽啰们拥戴首领的意思。金老爷子对企业实行的是传统管理，坐在厂长办公室，一嗓子喊到班组。这属于非常落后的管理方式。由于金老爷子自身廉洁，尽管体制落后，职工们还是拥戴他的。

掌握全厂大权，老江湖遇到新问题。尽管自身非常廉洁，却无法解决市场经济的问题。缺乏拳头产品的神州化工厂，前景不容乐观。于是金老爷子心中暗暗起急。

回到家里，金光荣是个暴君，动不动摔桌子砸板凳，吹胡子瞪眼。老伴不敢怠慢他，儿女们也退避三舍。于是形成这样恶性循环的局面：一人当厂长，全家都遭殃。

金老爷子暗暗后悔。早知如此，何苦当这个厂长呢？如果彻底败下阵来，岂不坏了我一世英名。

每天大清早儿，金老爷子头一个进厂，倒背着双手四处转悠，心里寻思着。

看来开发新产品是振兴企业的有效途径。可是开发新产品必须拥有资金。如今去哪儿谋求资金呢？全国上下处处银根吃紧。除非你自己开动机器印刷假钞。但那是枪毙的罪过。

走到工厂后院，他站在一棵大树下。这是一棵老桃树，老得几乎人人都要叫它爷爷。金老爷子想起荒废久矣的气功，不禁黯然神伤。爷爷啊，我怎样才能让企业走出困境呢？

走进厂长办公室，他给自己沏上热茶。如今香片味道大减，使人怀疑这茶水是草帽儿沏的。

桌上的电话叫唤起来。

他抄起电话。传达室的瘸刘说，门口有人要见金厂长。

金光荣问是谁。瘸刘手里似乎拿着来者的名片，电话里一板一眼念道："大、东、亚、冷、冻、公、司……"

"让他给我滚进来。"

就这样，瘦小枯干的金老爷子坐在办公室里喝着热茶，等待那位来自冷冻公司的不速之客。这架势基本符合座山雕的形象。

叩门之后，不速之客走进门来。金光荣抬头细看，这是个西服革履的中年男子。不等金老爷子说话，对方十分响亮地叫了一声金厂长。

金光荣也觉得对方有几分面熟，就问："你认识我啊？"

中年男子递上名片：大东亚冷冻公司董事长姚栓柱。

这个名字很生疏。姓姚的金老爷子只知道京剧里的姚期，这功臣差点儿被郭妃设"摔杯计"害死。

姚栓柱讨好地说："十五年前您住太平街平房，门口有个卖冰棍儿的小伙子……"

金光荣又看了看名片："你从卖冰棍儿的发展到冷冻公司，这生意做到北冰洋了啊！"

姚栓柱说感谢党中央的富民政策。

见这个私营企业主说出如此主旋律的话语，金光荣给他沏了一杯草帽儿味道的热茶。姚栓柱快人快语，喝了一口茶水便将来意和盘托出。

听罢来意，金光荣感到非常惊讶。

"是谁让你来买我们厂里的大桃树啊？"

姚栓柱说是田姥姥。

田姥姥？金光荣这才想起本市新近崛起的意念大师田德芳。老人家出道不久即受到广大群众爱戴，被亲切地称为“我们的田姥姥”。本地文化人撰文讽刺说，“我们的田姥姥”称谓，几乎等同当年“我的朋友胡适之”句式，家喻户晓了。事实也是如此，田姥姥的电话号码广为流传：“××××8888”，听着就跟集体叫爸爸似的。

姚栓柱从皮包里掏出一沓子人民币，说这是两万元定金，一旦成交，立即补齐八万元余款。说罢，这位卖冰棍儿出身的老板深深鞠了一躬：“为了我的身家性命，请求金厂长伸手救我一把……”

“这里还有人命的事儿？姚经理你千万保重啊……”

姚栓柱不再细说原由，眼含泪光告辞，转身走了。

金光荣望着桌上两万元人民币，不知如何是好。当厂长这么多年，遇事从来都有主张。今天，金老爷子首次没了主意。

“买树就说买树呗，怎么牵扯到身家性命呢，这就不是小事儿了……”这样想着，他抄起电话拨通党总支书记李石的电话。李石是书记，但化工厂还是金光荣一人说了算。此时金厂长主动与李书记商量，也算开天辟地头一遭。

党总支书记李石跑步来到金光荣办公室，气喘吁吁的样子，有点儿袖珍马拉松的味道。

金老爷子看到党务工作者如此顺从，乐了。他指着两万元钱告诉李石，有人要买工厂后院从东边数起的第二棵大桃树。

李石很惊讶：“一棵树竟值两万块！日元吧？”

“人民币。”金光荣说这只是定金，姚栓柱出十万元买一棵桃树。

李石更惊讶了：“他有病吧？”

“不。是他老婆有病。你知道市歌舞团那个女中音孙玉雯吗？她是姚栓柱新娶的太太。自从住进那幢价值六百万的别墅，女中音就开始闹病。姚栓柱爱妻如命，就找到民间大师田姥姥求救。田姥姥测了测方位，说必须移植一棵树龄三十九岁的老桃树，然后选个黄道吉日栽到别墅院子里，才能避邪消灾。姚栓柱按照田姥姥指点的方位，找到咱厂后院那棵大桃树。你算算吧，那桃树是‘文革’那年栽的，正好三十九年。”

李石听罢，笑了。俗话说“人挪活，树挪死”。姚栓柱投资十万，买到家里恐怕也是一棵死树。

金光荣告诉李石，姚栓柱出重金聘请绿化研究所的移栽专家蔡工程师，保活。现在的问题是卖树的十万元现金，厂里究竟如何处置。

这是个原则性问题。李石闭口不语，想立即变成哑巴。

金光荣催促这位党总支书记表态。

李石勉强说："先搞个调查研究吧？这事儿我总觉得跟神话似的……"

"好吧，你到现场搞个调查研究。一定做到知己知彼。"金厂长给李书记下达了任务，继续喝茶了。

李石不敢怠慢，马上动手调研，找到"冷冻大王"姚栓柱的别墅，开始摸查情况。

他到附近烟摊买了一盒万宝路，瞭着那幢白色小楼打听："听说这幢别墅要卖啊？"

烟贩摇了摇头："冷冻大王姚栓柱的新宅，他才住了三个月，舍得卖呀？除非你杀了他。哎，你不会是被人雇佣前来踩道的职业杀手吧？"

"你电视剧看得太多了，见了谁都觉得是杀手。"李石点燃万宝路又问："听说姚栓柱家宅犯了忌讳？"

烟贩告诉他，姚栓柱在门口贴过告示，说谁要能够消除他太太的病，必有重金酬谢。都说重赏之下，必有勇夫，也没见有人前来揭榜。

听着烟贩念叨，李石认为调查研究有了重大进展，打道回府向金光荣汇报情况去了。

听罢情况汇报，金光荣问李石卖树违不违法。李石说国家颁布《绿化法》，树木属于国有。但是中国这么大，恐怕林业局弄不清咱厂有多少棵树。金光荣伸手一拍桌子说，这是对企业复苏有利的事情，不用犹豫了。

李石也认为，只要那十万块钱不装进私人腰包，这就不算错误。

五一节到了。国家法定节日，休息。金老爷子开恩放假三天，全厂职工感恩不已，高呼金老爷子万岁。金光荣立即制止，说你们想让我万寿无疆啊。

五四是青年节。职工们进厂上班。有人发现工厂后院出现一个大坑，细看，才知道少了一棵大桃树。工厂后院原本栽着四棵桃树，每棵都有三米多高，从东向西依次排列，被称为"王朝、马汉、张龙、赵虎"。此时，马汉突然失踪了。

好大一个坑。工人们从未见过这种怪事，聚在大坑周围议论纷纷。这大坑直径将近十米。“文革”那年栽下的桃树，根须已然深远，这是何等伟力有如神助，竟然将大树移去。工人们认为，这项工程没有两辆起重吊车是难以完成的。

工会主席魏如海走上来说：“我看是夜里来了龙卷风，呼的一声把大树连根拔走，直冲霄汉。”

“直冲霄汉？那大树总该有个着落吧？”

魏如海认真分析说：“别着急呀！过几天你看报纸吧。兴许在山东啊辽宁啊河南啊，别管什么地方吧，嘭的一声从天上掉下一棵大树。弄不好新闻联播也要报道呢。”

工人们将信将疑，看着魏如海就像看着动物园的狗熊。

魏如海义正词严说：“我们探索大自然奥秘，永无止境！”

神州化工厂广播喇叭响了。金光荣对全厂职工讲话。“大家知道咱厂少了一棵大树。少了也就少了。大自然伟力嘛，这没有什么值得大惊小怪的。从今天起谁也不要议论这件事情了，否则我除他名！大家记住我说的话啊。另外，今天中午食堂免费供应三鲜打卤面，每人一份。”

免费供应三鲜打卤面的消息，犹如春风拂来，一下温暖了全厂职工的心。

今天五四青年节，厂团总支组织青年突击队义务劳动，把那个大坑给填平了。

那株三十九岁的大桃树就这样神秘失踪了。不知是谁打电话向市绿化委员会举报了。市绿委会派了两位官员，进厂调查此事。金厂长陪同两位官员在厂里走了一圈儿。晚餐，李石书记出面招待，在美利坚大酒楼摆桌，喝五粮液喝人头马，席间主宾大谈有关龙卷风的奇闻趣事。那株失踪的大桃树，不了了之。

工厂后院，剩下王朝、张龙、赵虎。这三株老桃树早不结果了，并排站立怀念着失踪的马汉。

神州化工厂贴出告示，说面对竞争激烈的市场经济，我厂缺少拳头产品。兹日起设立“新产品开发专项资金”十万元，全厂职工积极投身开发新产品的活动，立功者有奖。

神州化工厂人气重聚，渐渐出现生机。工人们行动起来，成立两个开发小组，书记李石率领一个，工会主席魏如海率领一个，分头研发新产品。

金老爷子嘿嘿笑了。

这十万元花在刀刃上——神州化工厂果然研制出新产品。一个月后，这种国内市场紧缺的催化剂被燕山石化公司包了，金光荣哈哈大笑，暗暗感谢那株为厂里换来十万元研发资金的大桃树。他在全厂庆功会上号召全厂职工栽种桃树，还放声高唱蒋大为的看家歌曲《在那桃花盛开的地方》。

工人们当然不知金厂长为何如此钟情桃花，只是跟着合唱。

新产品给神州化工厂带来经济效益。金老爷子乐不可支。秋高气爽的天气，他悄悄出厂拦了一辆出租车，驶向姚栓柱的别墅。从前那里是荒地，如今成了高档住宅区。

下了出租车，他跟摆烟摊的小贩打听“冷冻大王”住宅。烟贩审视着他，半晌才说出一句话。

“最近这段时间，好像总有职业杀手前来打听，你是我接待的第七个啦。”

金光荣笑了：“我只想打听姚栓柱院里栽的大桃树活了吗？”

“活啦！你看，大桃树的枝子都伸到墙头外边来啦！”

看来，这事情是真实的。金光荣放心了，叫了辆出租车，赶回神州化工厂。他坐在办公室里喝着热茶。这次不是草帽儿沏的了，是雨前龙井。

他还是觉得大桃树的事情有些蹊跷，近乎当代版本“聊斋”。他抄起电话拨通了那个号码：××××8888。

电话响了好一会儿，终于有人接听了。金光荣说：“喂，请问是田姥姥吗？”

对方是个浑厚的男声，说是。

金光荣说：“劳驾，请田姥姥接电话……”

“我就是田姥姥啊。”

金光荣蒙了，“敢情您是男的？您应当叫田姥爷啊！我是神州化工厂……”

“你姓金吗？我算定你会打来电话的。好啦别扯了，你来我这儿面谈吧。”

“你真是田姥姥？”金光荣似懂非懂，追问了一句。

“我姓田。我知道你是厂长。”电话里的男声不急不躁。

放下电话，金光荣围着办公桌转圈儿。这位田姥姥名不虚传，电话里就知道我是谁,功力不凡啊。

金光荣乘坐红色夏利来到华苑住宅小区。司机停车打听田大师的地址,立即就有人车前引路。看来田姥姥无人不晓。

这位高士约我面谈是何玄机呢?金光荣下了汽车。引路人告诉他去48号楼202室。

抬手叩门时,金光荣感到心头紧张。多少年来见过多少人物,金老爷子不懂得紧张。今天,尝到了心跳的滋味:一条离水的小鱼儿在岸上蹦着。

开门的是个小女孩儿,模样很甜,五六岁的样子。金光荣做出慈祥姿态,摸了摸女孩儿脑顶。女孩儿跑过大厅,到屋里报信去了。

沿着小女孩儿的路线,金光荣叫了一声田姥姥,朝着屋里走去。

屋里驶出一辆轮椅,稳稳停在厅里。轮椅上坐着一位戴墨镜的男子,面目呆板头发疏松,一副久病不起的样子。

"金厂长你好。"轮椅男子挥了挥手,指着厅里沙发请金光荣落座。他看到四面墙上挂满紫红色锦旗,绣着金色字体。

有表扬气功治好疑难杂症,也有感谢易经解决家庭困难,还有遇难呈祥、救危解难之类的词句,总之,胜过当年劳动模范的荣誉。

金老爷子试探着问道:"您就是电话里的田姥姥?"

"你叫我田德芳吧,田姥姥是我孙女这样叫的,后来以讹传讹了。"

金光荣看出,这位男性田姥姥跟自己年纪相仿,已届花甲了。

"田德芳先生,您叫我拜访贵府,有何见教?"他小心翼翼。

田姥姥摇了摇头:"你打来电话找我,应当有事情问我吧?"

金光荣想了想,轻声问道:"有个名叫姚栓柱的?"

田姥姥露出笑容,伸手摘下墨镜。金光荣看到一双亮晶晶的眼睛。

"你既然来了,就张口问吧。"田姥姥说。

金光荣鼓了鼓勇气:"我想拜托您,我们神州化工厂院里还有三棵大桃树呢……"

田姥姥仰头发出朗声大笑。金光荣怔怔看着这位"轮椅大师"。

"我知道神州化工厂处境困难,就暗暗帮你卖了一棵大桃树。我没想到金厂长吃惯甜头,又想让我帮你卖树。姚栓柱的十万块花光啦?"

“我们开发了新产品，工厂处境开始好转了。”金光荣如实禀报，忽然有所醒悟：这位田姥姥指点姚栓柱买了那株大桃树，等于让姚栓柱掏钱给我厂出了研发资金，使我们有了新产品……

金光荣急于问道：“田德芳先生，那株大桃树真能治好姚栓柱妻子的病吗？”

“信则真，不信则假。移栽了那株大桃树，姚太太百病皆愈，家宅太平，内外祥和。你说这是真的还是假的？”

金光荣越发迷惑不解：“您让姚栓柱去买神州化工厂的大树，而且还为他标定价格，十万。您这样做是为了救姚栓柱呢，还是为了救神州化工厂呢？”

田姥姥似乎陷入沉思。这时太阳越过窗子，照耀在他的脸上。金光荣看到这张干枯的瘦脸，不由得受到震撼。

“金厂长，我对你实话实说吧。二十五年前我是神州化工厂锅炉工，出工伤砸断了腰，从此躺在家里。天长日久，厂长换了一任又一任，神州化工厂没人知道我了，我也觉得自己不在人间了。前年断了工资，听说厂里陷入困境。我毕竟是神州化工厂的人啊，想帮你一把。终于有了姚栓柱这个机会，我让厂里赚了十万块钱。我气功得道，可是天意不可违啊。恕我直言，那三棵大桃树恐怕永远卖不出去了，哪里还会有姚栓柱这种人呢？金厂长你要想振兴企业，必须扎扎实实走正路哟。”

金光荣听罢，苦笑了。

告别田宅，金光荣赶回神州化工厂。他从劳资科调来卷宗，查找田德芳这个人。一连翻阅三天卷宗，他终于在泛黄的档案里找到这个人。

上面赫然写着：田德芳，男，动力科司炉工，已故。

金老爷子喝了一口茶水，心乱如麻。

下岗孝子李永茎

五月十四号是母亲节。下岗工人李永茎一大早儿就往水产市场去了。走出家门他对妻子说了谎话，声称去劳务市场求职。求职？妻子当然支持丈夫的“下岗再就业”工程，还给了他两块钱，说是坐车，走路费鞋。

两块钱当然只能乘坐公共汽车，打的是不行的。李永茎今年四十五岁了，只坐过一次出租车。那时候他还没有下岗，上班路上见义勇为拦截歹徒，头部负伤被一位好心的出租汽车司机送往医院。

后来工厂不景气，李永茎就下岗了。

今天是母亲节。中国人以前只知道国庆元旦春节之类的节日，对圣诞节啊复活节啊知之甚少。如今这样或那样的节日愈来愈多，说明人们的生活内容已经丰富起来。以前不知道情人节，如今也有了，同时成为卖花姑娘节。最令李永茎感到不可思议的是愚人节——天啊，一个人居然可以肆无忌惮编造连篇谎话，尽情地耍弄别人。外国的节日真是无奇不有。中国人肯定吃不消。

尽管如此，李永茎对母亲节还是举双手赞成的，因为他是孝子。他坚决认为工人可以下岗，但孝子永远不会下岗。实事求是说，李永茎是个具有深厚传统观念的中年男人，多少年来始终遵循着做人原则。用毛主席的话说就是“我自岿然不动”。

今天是母亲节。下岗工人李永茎怀里揣着四百元人民币走进水产市场大门。今天他的目的非常单纯，就是买四只又肥又大的海蟹，给母亲送去。当然这次行动必须瞒着妻子。妻子名叫刘月。刘月是个提前进入更年期的女人。

母亲住在妹妹李永瑛家里。李永瑛是个三次下岗又三次上岗的女工，很顽强。

李永荃要买又肥又大的海蟹。今年春节母亲病了，她以为自己来日无多，终于说出晚年最大心愿就是吃到一只又肥又大的海蟹，就是那种满黄的。李永荃当时泪流满面。那季节市场上没有海蟹，他径直跑进三星大酒楼花一百八十元钱买来一只。对工薪阶层来说这很贵的。这一百八十元没有白花，它果然充满蟹黄。当大海蟹蒸熟的时候，母亲已经难以下咽，进入昏迷状态。

李永荃站在病床前号啕大哭。

那只满黄的大海蟹在妹妹家的冰箱里存放了一个多月，后来被李永瑛吃了。国企女工李永瑛吃罢哥哥花一百八十元人民币买来的大海蟹，表情十分感慨地说，怪不得一百八十元一只，它在冰箱里存了四十多天，拿出来还是很好吃啊。

苍天有眼，春天里母亲奇迹般活转过来，并且迎来大病初愈后的第一个母亲节。李永荃暗暗发誓，一定要让母亲在这天吃上又肥又大的海蟹，满黄的。

水产市场适逢节气，海蟹摊位很多。其貌不扬的李永荃挤在人群里，东瞅西瞧。看到一个海蟹摊主胳膊刺青，文着一条恶龙。他立即走开了，不愿接触这种人物。无论什么朝代，心慈者必然面善。李永荃坚信善者与善者打交道，必有善果。

任召拖着一只鼓鼓囊囊的尼龙编织袋，迎面走了过来。李永荃喊了一声。任召抬头看见昔日工厂伙伴，笑了。任召是个大个子。大个子任召告诉李永荃，他在金壁大酒店担任水产品采购员，这个职位是大堂领班罗莉敏给介绍的。

罗莉敏当了金壁大酒店的大堂领班？李永荃好奇地问道。

任召嘿嘿坏笑说，当初罗莉敏暗恋你这个先进生产者，谁让你不跟人家搞对象呢，现在后悔也来不及了。

李永荃连忙说，那是二十年前的旧事，不提了。说着，他匆匆跟任召告辞了。

李永荃不愿意提起自己与罗莉敏的故事。那时候罗莉敏确实对他怀有好感，有几次还到食堂给他打饭。但是他并未察觉对方心思。于是他与罗莉敏的缘分擦肩而过。工厂爱情往往以婚姻为结果。后来，李永荃跟女工刘月结了婚。刘月给他生了个男孩取名李诺。李诺现今读初三了。

这就是下岗工人李永荃的罗曼史。

水产市场里，李永荃朝前溜达着。角落里编号043的摊位大字招牌吸引了他。他看到大字招牌上写着：大海蟹一百二十元一斤，保满黄。有假，本人包赔全部损失。

摊主是个中年男子，估计年龄不到五十岁。标价一百二十元的海蟹们拥挤在一只木桶里，这是它们被捕后的基本处境。

李永荃站在木桶前，眨着小眼睛注视着海蟹们。摊主瞟着李永荃，判断着他的身份。

海蟹多少钱一斤？李永荃明知故问。摊主笑而不答，经验告诉他凡是明知故问的顾客，十有八九是买主。

一百二十元一斤。你要是真想买，我可以优惠，一百一十八。

李永荃摇了摇头说，你可以不优惠，可是你必须保证海蟹满黄。

摊主坚定地点了点头。李永荃立即补充说，我是说你必须保证满黄。

摊主大声表示绝对保证满黄。说着摊主伸手从木桶里拿起一只大海蟹，当众揭开蟹壳。壳里果然露出诱人食欲的蟹黄。

李永荃心里踏实了几分。这海蟹我是给老母亲买的。她老人家七十三了。我今天就是要买满黄的，不嫌贵。

你是大孝子！这样我更不能欺骗你了，保证满黄百分百。

李永荃心里又踏实了几分，伸手从木桶里拣出四只大海蟹，虚心请教摊主，您是行家，请看看这四只满黄吗？

摊主挨个儿掂了掂，竖起大拇指说，你才是行家呢，这四只个个满黄！

摊主说着把四只海蟹放在台秤上，娴熟地报出金额：四百零八块。

你给四百块钱。摊主爽快地抹去零头儿，把四只大海蟹装进黑色塑料袋子里。

我实话告诉您吧，我是下岗工人。不知为什么，李永荃道出自己的身份。

摊主热烈回应说，我也是下岗工人，咱下岗工人不欺骗下岗工人。再者说我是这座水产市场里的“信得过摊位”，连续三年啦。

原来你也是下岗工人。李永荃递去四百元，诚恳地说了声谢谢，拎起黑色塑料袋子转身走了。

摊主冲着李永荃背影大声说，我姓钱，摊位043，下次你还来买我的海蟹，保证优惠。

李永荃拎着黑色塑料袋，心里高兴。花掉了四百元，毕竟买到货真价实的大东西了。这四只满黄大海蟹献给年迈的母亲，这是孝心。当然，这四百块钱出自自己的“小金库”，妻子刘月并不知晓他的私房钱。

走出水产市场大门，李永荃寻找着出租车。如果不是为了保鲜，他肯定乘坐公交车的。为了让母亲尽快吃上这鲜活的大海蟹，他恨不得乘坐直升飞机才好。

他终于看到一辆空载的红色夏利。他招手拦车报出去向，司机摇头拒载。他质问司机，对方不睬，疾驶而去。

×他妈的。如今真是金钱时代。李永荃手里拎着四只被他视为珍品的大海蟹，心里咒骂着。

拒载的夏利影响了他的情绪。今天是母亲节不能生气，我要保持良好情绪。他暗暗给自己做着思想工作，又扬手叫了一辆出租车。

这辆夏利没有拒载。它拉着下岗工人李永荃以及四只海蟹，向中山门工人新村驶去。一路上，被拒载的坏心情渐渐平复，他开始跟司机聊天。他告诉司机，有生以来这是第二次乘坐出租车。

夏利司机笑着说，那是您的宝马进厂大修了。

李永荃哈哈大笑。之后便不言语了，紧紧拎着装有满黄大海蟹的黑色塑料袋子，好像担心它们生翅飞了。

中山门工人新村到了。这里清一色平房，当年居民大多是产业工人。如今成为以下岗工人为主的贫民居住区。

夏利出租车停在二段十四排三十九号门前。李永荃看到计价器上显示18.00的字样，笑了。他付了车费，推门下车。妹妹李永瑛端着一盆脏水走出院门，呆呆看着哥哥。

李永荃径直走进院门。李永瑛猫腰泼了脏水，紧紧跟在哥哥身后。哥，你坐出租车来的？哥你是不是找到高薪工作啦？外商独资外企吧。妹妹一边说着一边盯着哥哥手里的黑色塑料袋子。

李永荃回头看了看妹妹，发现妹妹额头多了几丝白发，心里一颤。妹妹离婚带着女儿梅梅生活，每月只有五百多元收入。她内心坚忍，从不诉苦，看着很像一只忍饥耐渴的沙漠动物。

这里是平房区。一排与一排平房之间形成巷道，供人们行走。李永荃沿着巷道走着，脸上挂着不卑不亢的表情。一只白猫似乎嗅到海腥味，追着李永荃的黑色塑料袋子叫着。

李永荃心里自豪起来，停住脚步对妹妹说，你看就连猫都知道海蟹是好东西。

李永瑛表情惊喜，说哥哥你买海蟹来啦。李永瑛说话声音很响，好像存心让邻居们听到。邻居们果然听到了，纷纷走出家门，看着李氏兄妹。

李永荃小声说，我给咱妈买了四只大海蟹，保证满黄呢。

妹妹注视着哥哥，开心地笑了。哥哥你真舍得花钱，四只得两百多块钱吧？

他大度地笑了，说今天母亲节啊。

李永瑛对邻居们说，我哥是孝子。我哥给我妈买了四只大海蟹呢。

邻居们跟随上来，似乎怀疑李永荃说大话，所以要亲眼看看昂贵的大海蟹。

李永荃看透大伙的心思，索性打开黑色塑料袋子让邻居们看。一个白发老汉伸手捏了捏大海蟹说，永荃你真是个大孝子啊。

李永荃谦虚地说，咱是工薪阶层，买不起燕窝鱼翅啊。说着，他拎着黑色塑料袋子走进母亲房间，当头叫了一声妈。

母亲拥着一条薄被坐在床上，显得老态龙钟。李永荃快步走到床前说，我给您买了四只大海蟹。

妹妹李永瑛立即补充说，绝对满黄。

李永荃为了唤起母亲对这四只大海蟹的信任，大声告诉母亲，卖海蟹的摊主也是个下岗工人。

母亲笑了，露出残缺的牙齿。李永荃心里想到，要是给母亲镶一口假牙得花三千多块钱呢。一旦我小金库里有了钱，我就送老人家去镶牙，用德国进口材料。

母亲并不知道儿子的内心活动，仍然无休止地笑着。李永荃打开黑色塑料袋子，说您看看这就是那种满黄的大海蟹，跟我小时候吃的一样啊。

母亲朝黑色塑料袋里看了看，十分满意地说，我这辈子就爱吃满黄海蟹，今天我儿子给我买来啦。

母亲说着咽下一团口水。人老了，馋啊。

李永荃眼窝里有些泪水。他拎起黑色塑料袋子走进小厨房，动手清洗海蟹。

李永瑛站在哥哥身后，小声问哥哥花了多少钱。李永荃伸出四个手指，然后扭过脸来叮嘱说，永瑛你千万不要告诉你嫂子。

李永瑛当然明白这句话的含义，使劲儿冲哥哥点点头，弯腰拿出一只铝锅。

看着这只铝锅，李永荃下意识咽下一团口水。他对妹妹说，这四只大海蟹，咱妈吃两只，梅梅一只，你一只啊。

李永瑛立即摇头说，咱妈吃两只，梅梅一只，哥你吃一只吧。

李永荃说中午还有事情要办，得走。李永瑛立即调整方案，说咱妈吃两只，梅梅吃一只，余下那只明天让咱妈接着吃。

李永荃对妹妹这个方案感到满意。他站在小厨房里，亲眼看着妹妹把四只鲜亮饱满的大海蟹装进铝锅，开始清蒸。

多好啊，今天是母亲节。

李永荃走到屋里，告诉母亲中午自己有事情要办，得走。母亲急了，拉着他的袖子留他吃饭。李永荃对母亲笑着，说人家的电机坏了要紧急修理。母亲听到紧急修理电机，就松了手。她老人家当年是纺织厂挡车工，懂得轻重缓急。

李永荃嗅到小厨房里飘出清蒸海蟹的味道。他压低声音在母亲耳旁说，这满黄大海蟹您一定要多吃啊。千万不要给我留着。我在外面吃海鲜的机会多着呢。

母亲感到十分称心,对孝顺的儿子点了点头。

李永荃走到小厨房门口,看到邻居们嗅着清蒸海蟹的味道,正在聊天。他跟妹妹打了个招呼,说一定要让咱妈吃好。李永瑛擦着满脸汗水,说请哥哥放心。

就这样,李永荃在邻居们的声声赞颂里,走出长长的巷道,将那四处飘散着的清蒸海蟹的味道,留在身后的院落里。

走在中山门工人新村街道上,李永荃脚步渐渐放慢,心里颇有大功告成的感觉。是啊,今天母亲节,我让母亲吃上了大海蟹,而且是满黄的。他走到一家歇业的商场门前,一屁股坐在台阶上,掏出一支烟卷美滋滋吸了起来。

李永荃历史上无数次戒烟。每次戒烟的原因不是为了健康,而是出现经济危机。一旦钱紧,他就戒烟。经济渐渐复原,他就重返烟民行列。于是吸烟与否,成为李永荃经济状况的真实写照。

他认为自己又该戒烟了。

肚子饿了。不远处有个卖炒饼的摊位。一想,三元钱太贵,就起身走到相反方向,花五毛钱买了个烧饼,三口两口吃进肚里。

顶着正午太阳,李永荃走到公共汽车站,小学生似的看着站牌。嗯,乘坐908路或者62路,都能到家。908路票价一元,李永荃决定乘坐62路,五毛。

一连过去三辆908路大巴,还是不见62路汽车的影子。为了节省五毛钱,只得付出四十分钟的代价,骄阳下耐心等待。那只烧饼分明在胃里消化掉了。62路汽车露面了。李永荃心里十分愤怒地说,热烈欢迎62路汽车的到来。

挤在62路汽车里,李永荃知道身旁都是穷人,跟自己一样。他想到母亲此时正在吃着满黄的大海蟹,心里很美,就暗暗哼歌儿。他哼唱的都是那种老歌儿,譬如《打靶归来》什么的,如今的追星族根本听不懂。

回到家里,他看到妻子刘月睡了。她常年上夜班,白天必须睡觉。李永荃悄悄溜进厨房,吃了半碗冷饭,渐渐稳定住饥饿的情绪。

刘月睡得很沉。李永荃站在床前注视着酣睡的妻子,不由叹了口气。她常年夜班。他呢,也就成了黑夜鳏夫。由于刘月坚决反对白天做爱,使得李永荃的性生活根本没有正规编制,总是饥一顿饱一顿的。因此李永荃认为自己成为“全天候下岗者”。

下午四点半钟，下岗工人李永荃拎着篮子走出家门，去农贸市场买菜。李永荃居住在贫民区，这里的居民与超市无缘，仍然习惯于通过讨价还价的方式，直接从小贩摊位买到便宜的蔬菜。李永荃也是其中一员。他将自己的这种行为美其名曰为“亲近自然”。

农贸市场的蔬菜确实比超市便宜。一大捆菠菜只卖五毛钱。当然今天菠菜产量过剩，据说被菜农们直接送到养鸡场了。李永荃拎着一大捆菠菜，一步三摇从公共电话亭前走过。他猛然想起大海蟹，就给妹妹打了个电话。

妹妹家没有电话。李永荃打到居委会，请值班大妈传呼。李永荃知道居委会临街，距离妹妹家不远。居委会大妈听说他是李永瑛的哥哥，开口就夸赞他是大孝子。看来，李永荃的大海蟹产生了轰动效应。他在电话里只得跟值班大妈表示谦虚，说这是子女应该做的。

这时候值班大妈突然说，你妈妈可巧从这儿路过，就让你妈妈接电话吧。李永荃怔了怔，说了声行。

李永荃知道母亲走出家门，一定是去公共厕所。中山门工人新村五十年代修建的公厕，如今还在使用。一个人一生不曾拥有私家厕所，这就是底层生活。

电话里传来母亲的声音。李永荃叮嘱母亲，厕所里又黑又滑要多加小心。母亲应承着，问他有什么事情。他本意是想分享母亲的欢乐，于是就问她老人家中午的大海蟹味道如何。电话里母亲咿咿呀呀应承着，连声说味道不错。李永荃终于心满意足，再次叮嘱母亲走路小心，就挂断电话。

放下电话，他蓦地感到情况异常。根据母亲的性格，她老人家一定要在电话里向儿子详细描绘大海蟹的好处，譬如说满黄什么的。

母亲怎么只字不提呢？李永荃起了疑心，放下菠菜再次拨通居委会的电话。

这次换成另一个值班大妈的声音。他说请找李永瑛接电话，值班大妈说等一会儿，就跑去传唤了。

妹妹气喘吁吁跑来接电话。他当头就问大海蟹味道怎样。电话里妹妹一时语塞。李永荃意识到母亲出了问题，就敦促妹妹讲出实情。

李永瑛告诉哥哥说，你上当了。这四只大海蟹蒸熟后，壳里流出一股黑水，既不新鲜也没有蟹黄，母亲挺失望的。为了免遭邻居笑话，母亲什么话也没说，坚持吃下两只海蟹，还说味道不错。

李永荃听着，心跳开始加快。妹妹最后在电话里告诉他，母亲从下午两点钟开始跑厕所，已经去了三趟。吃了两片儿黄连素，肚子倒是不疼了。

李永荃记不清自己是怎样放下电话的。他忘了交电话费，引起电话亭主人不满，说他想蒙混过关。他连声道歉，莫名其妙地告诉对方自己是下岗工人。电话亭主人撇了撇嘴，说下岗工人并不光荣，连联合国难民署也不会同情你的。

手里拎着一大捆只有城市贫民才吃的菠菜，李永荃回家去了。

晚饭时候，初三学生李诺对猪肉炒菠菜毫无兴趣，只是象征地夹了两筷子。为了掩饰重重心事，李永荃身先士卒，猛吃猛喝。

尚未下岗的女工刘月看到已经下岗的丈夫拥有如此良好的食欲，笑了笑说人是铁饭是钢啊。

初三学生李诺放下碗筷，抱起书包走进小屋里写作业去了。

李永荃主动出击说，中央不是说减负嘛，怎么还有家庭作业啊。

刘月告诉他，今年热天儿子考高中，关键时刻不但不能减负，还要加负。

李永荃故作镇定，不说话了。

晚间九点钟，刘月走出家门，上夜班去了。她的工厂远在郊区，国企。她上班要倒三次公共汽车，路途遥远曲折，难于上青天。但是这总比下岗强百倍吧。中年女工仍然有个岗位，这是不容易的。

李诺的作业写到十点半，终于完成。这孩子在小屋里熄灯睡了。

李永荃独自躺在大床上，睡不着。这张床白天妻子睡，夜晚归他睡，很像两党轮流执政。譬如美国的共和党和民主党。想到这里李永荃笑了，为自己拥有这样的生活聊以自慰。

他披衣走出家门，去昼夜营业的小卖部给妹妹打电话。他仍然打到居委会，值夜的是个老汉。他请老汉传唤李永瑛接电话。老汉居然毫无怨言，立即就去了。社会主义处处有亲人。李永荃受到感动，紧紧握着昼夜小卖部的电话筒。

妹妹也是跑着来的，好像退役的长跑运动员。她告诉哥哥不要惦念母亲，晚饭她老人家喝了一碗米汤，已经不跑厕所了。李永荃终于松了一口气，却不知说什么好。妹妹善解人意，在电话里告诉哥哥邻居们谁都不知道他给母亲送来的大海蟹是坏的。李永荃在电话对妹妹说了声谢谢。

这四百块钱算是白花了，还让母亲接二连三跑厕所，这叫什么母亲节呀。李永荃放下电话自言自语，仿佛是在讲述着别人的故事。

交了电话费，他一步三摇回家去了。

小街上，一辆红色夏利出租车缓缓驶过去。李永荃低声哼唱着“莫斯科郊外的晚上”，活生生一个老派男人。他不知道夏利出租车里坐着穿戴考究的女士罗莉敏。夜色里李永荃认不出她，罗莉敏也认不出他。这就等于谁也不认识谁，彼此都是陌生人。

李永荃回到家，洗洗睡了。

第二天一早儿，李永荃就往水产市场去了。走进水产市场大门他就发现行情有变，大海蟹已经降至一百元一斤，仍然声称绝对满黄。

他沿着一个个摊位，朝前走着。仍然有人向他兜售，他脸上挂着微笑，一路走着并不表态。

走到那熟悉的摊位前，他看到编号 043 摊位空空荡荡，似乎已经宣告歇业。044 摊位的主人告诉李永荃，钱老板到岐口上货去了，明天回来。

记起来了，043 的摊主姓钱，而且也是下岗工人。李永荃朝着 044 摊位的主人说了声谢谢，转身走了。

他到糕点店买了两盒藕粉，乘坐公共汽车去看望母亲。今天不是母亲节，但他要弥补自己在母亲节那天的过失。坐在 62 路公共汽车里，他盘算着自己小金库目前的余额：人民币四百六十八元整。这不是个多么巨大的数字，它提醒着李永荃必须开源节流。是啊，开源谈何容易，节流更难。

妹妹上班去了，只有母亲在家。母亲对儿子的再度出现颇感突然，还亲手给他斟了一杯白开水。他知道妹妹家里没有茶叶，便将两盒藕粉放在床前。母亲嘱咐他不要再花钱了，却只字不提昨日的海蟹事件。李永荃觉得尴尬，坐了一会儿就跟母亲告辞。母亲本想起身送一送他，却力不从心，就嘱咐他路上小心车辆。他走在巷道里，心里颇为感慨——即使你活到八十岁，母亲面前也永远是个孩子。走出院子，他主动跟几位邻居打招呼。邻居们仍然称赞着他，说他是大孝子。这令他感到很不舒服。

等待公共汽车的时候，有人向他兜售淫秽扑克。他拿在手里看了看，是男女性交的那种。对方报价一百二。他连连摆手，表示不买。对方说可以优惠，一百元。这时候62路汽车来了。他挤上汽车，掏出五毛钱投币。坐在公交车里，他一派无精打采的样子。

回到家里，他给那盆仙人球浇水。他知道这玩意儿最忌水大，水大烂根。不知为什么他给仙人球浇了很多水，一派心术不正的样子。黄昏时分他仍然上街买菜，然后回家给妻子和儿子做饭。

晚饭后有了好消息。大个子任召跑来，说给李永荃找了一份工作，每月保底工资八百，奖金另计。妻子刘月立即兴奋起来，连声询问什么工作。

任召告诉刘月，是金壁大酒店需要水电维修工，罗莉敏力荐李永荃，金壁大酒店总经理同意了。刘月听到罗莉敏的名字，脸色一下沉了下来。她质问丈夫最近跟罗莉敏是不是经常来往。

李永荃苦笑了，说八年没见罗莉敏了。任召此时意识到刘月吃醋，立即解释说罗莉敏如今事业有成家庭美满，只是同情下岗工人李永荃而已。

刘月哼了一声，背起皮包上夜班去了。

任召摊开双手，做了个洋人表示无可奈何的手势，说明天上午八点钟，金壁大酒店工程部报到。

李永荃心里挺感动的。毕竟是当年的工厂弟兄啊，血浓于水。他送大个子任召走出家门，注视着他猫腰钻进一辆出租车。

天色已晚，李永荃走进昼夜小卖部。他妈的，明天我就有工作了，戒烟活动应当宣布结束。他买了一盒红塔山，八块钱。小卖部汉子感到惊讶——在此之前李永荃吸烟从未超过两块五毛钱。

这时候小卖部的电话响了。小卖部汉子接听电话，然后说李永荃可巧就在这里。

李永荃接过电话，立即听到李永瑛哭泣。妹妹在电话里告诉他，半小时之前母亲口吐白沫，十分钟就死了。

放下电话，李永荃立即点燃一支香烟，三口就吸去大半截。他脑海一片空白，缓缓离开小卖部走上大街。

大街上他突然撒腿就跑，一路狂奔嘶喊不止。

李永荃借钱操办了丧事，让母亲入土为安。他知道金壁大酒店的位置肯定没了。这就是命运。

他胳膊上戴着黑纱，走进金壁大酒店找到罗莉敏，当面表示谢意。八年未见，罗莉敏并不显老，一派职业妇女风度，令人不敢辨认。罗莉敏听说李永荃由于母亲去世失去工作机会，表示遗憾，并且许诺继续为他寻找上岗机会。罗莉敏告诉他，她先生去新加坡打工了，目前她独自居住，生活条件比以前好得多，就是心里空虚。李永荃听了这话，不知如何安慰罗莉敏，就傻傻地一笑。罗莉敏拿出一沓钱递给他，说是一点心意。李永荃慌了，连声谢绝转身逃走。

跑出金壁大酒店，心里很乱，一路上也平静不下来。回到家里他又暗暗宣布戒烟。这次操办丧事，花费不小。他的小金库彻底清空，一分钱也没有了。如今他成为真正的身无分文的下岗工人。然而，他总觉得还有一件事情没办，就在心里告诫着自己。

晚上，刘月又去上夜班了。儿子李诺也睡了。李永荃独自跪在母亲遗像前，目不转睛注视着她老人家。母亲殁了，我即使发家致富，花钱买上一火车大海蟹，母亲也吃不上了。想到这里，李永荃终于懂了什么叫作人生的不可弥补。

母亲节还有，母亲却没了。母亲没了，也就没了母亲节。

李永荃一夜不眠，坐在母亲遗像前面，一支烟也没吸。这烟，他说戒就戒了。不过说吸也就吸上。这便是经济杠杆的作用。

一夜没睡，他还是起了个大早儿。刘月下夜班回家的时候，李永荃已经走了。他背着一只帆布挎包，看上去很像个水暖工。他坐在大街早点摊上吃了一顿早餐，浑身注满劲头儿。他心态平和，不悲不喜，仿佛去观看一场无关紧要的足球比赛。就这样，他走近水产市场的大门。

一辆出租车停在水产市场大门口。司机推门下车，一眼认出李永荃，跑上前来大声说，你不就是那个见义勇为的工人吗?！李永荃早已忘记司机的模样，只得点头说那是我应该做的。

李永荃快步走进水产市场大门，将出租车司机甩在身后。他隐约听这个司机大声向别人介绍着自己当年的英雄业绩，勇斗歹徒什么的。

他不愿意回首往事，尽管往事里蕴含着昔日光荣。他沿着一个个水产摊位朝前走去，表情极其平静。

远远看见043摊位前面生意火爆。李永荃一步步走到近前，看到043号摊主钱老板在热火朝天地销售着大海蟹。

李永荃想起来了，043号摊位是水产市场"信得过摊位"。既然人家生意这么红火，我就不要打扰了。这样想着，他就站在不远处耐心等待着。

临近正午，水产市场渐渐冷清下来。043号摊位前面也趋于平静。李永荃看见钱老板专心一意清点着一沓沓钞票，只得继续等待着。

钱老板终于闲了下来。李永荃不紧不慢走到043摊位前，将帆布挎包放在案子上。钱老板抬头看了看来者，笑着说今天海蟹全部售光，明天来买吧。

李永荃不慌不忙，眨了眨小眼睛指着043号摊主说，我跟你说过我母亲今年七十三岁啦。

钱老板听罢当然不解其意，呆呆看着李永荃。

你知道吗？我母亲从十四岁进了日本人的纱厂当童工，苦了一辈子。

钱老板摇了摇头，仍然不晓得来者何人。除去钞票，钱老板似乎患有健忘症。

李永荃伸手从帆布挎包里拿出一块外表裹了一层报纸的红砖。是《人民日报》。由于《人民日报》的包裹，043号摊主一时不知何物，只是好奇地看着。

这时候李永荃又说，那天是母亲节。我特别跟你强调我是来给老母亲买海蟹的，必须满黄。你跟我说绝对满黄，还说你是信得过摊位。

043号摊主听着，然后努力回忆着。

李永荃显然不愿等待钱老板的回忆。在他看来钱老板的一切回忆都毫无意义——因为母亲已经死了，而且是吃了坏海蟹闹肚子死的。

一切都无法挽回啦！李永荃抡起手里的红砖，啪的一声拍在043号摊主的额头上。

那块包裹在报纸里的红砖砰然断裂，一分为二。

043号摊主终于看清拍在自己脑袋上的东西竟然是精心包裹的红砖，就是那种盖房子常用的红砖。

钱老板立即蹲在地上，疼得连声哼叫起来。

李永荃不紧不慢地说，我老母亲殁了，她临死也没有吃上满黄的大海蟹啊。我呢，永远也没有母亲节了。今生今世我再也没有机会给老娘当儿子了。

说罢，李永荃猫腰从帆布挎包里又拿出一块同样是用报纸包裹的红砖。这次是《参考消息》。他朝前跨了一大步，耸了耸鼻子，然后用力抡起胳膊朝着043号摊主的脑顶狠狠拍去。

第二块红砖同样断裂了，声音显得清脆。李永荃十分气愤地说，我跟你说过我是下岗工人。

043号摊主无声无息倒下，倒在下岗孝子李永荃脚下。

李永荃从帆布挎包里拿出一条毛巾，不慌不忙擦着手上的泥土。这时候他终于意识到，凡是该办的事情，自己都已经办妥了。

他注视着躺在地上的钱老板，再次大声说，我跟你说过我母亲七十三了，我还跟你说过我是个没钱的下岗工人。

水产市场里，看热闹的人们远远聚成一堆，不敢靠近。

这时候，李永荃突然很想吸烟。

最后一座工厂

1

阴历七月十五是民间的盂兰节,老百姓俗称“鬼节”。每年这一天,这座中国北方临河的城市,总要举行民间祭祀活动——人们聚在岸边燃放荷灯。傍晚时分,河上渐渐漂满荷灯,顺流而下明灭可见,景象煞是好看。荷灯由纸片剪制,然后涂以颜色,祭品就做成了。往年荷灯价格八元,走街串巷最高能够卖到十元。今年制作荷灯的队伍里猛然冒出一支新军——亏损企业的下岗职工。他们不仅动手制作,而且入市叫卖,这一天成了手工赚钱的日子。

可惜每年只有一个盂兰节。

鬼节这天还要焚烧纸钱祭祖——如同给阴间亲人汇款，让鬼魂有钱过年。在中国这多少含有扶贫解困送温暖的意味,也是阳界对阴间的赞助。今年鬼节不同以往,本市阳间出了一件大事。阴历七月十五这天上午,大中华玻璃纤维厂厂长贺允祥被上级免职。全厂一派晦气。历任厂长遭到免职,都是不声不响下台,或回家调养贵体,或换个地方继续当官。这次贺允祥的免职不同凡响,他居然把自己的下台搞得有声有色。他亲手打开厂广播站喇叭,对全厂职工发表告别讲话。这样,他的下台便显得非常彻底了。

广播站喇叭多年未用,声音有些失真。贺允祥讲话的大意,无外乎是说大中华玻璃纤维厂到了最危险的时刻,呼吁全厂职工紧密团结共度时艰。此时的贺允祥很像西方国家惨遭弹劾的总统，向国民发表告别演说。临近尾声，他竟呜咽不已。工人们猜测贺允祥下台必有隐情。很快传来消息说，贺允祥属于权力斗争的牺牲品，上级主管集团以“卖厂”为罪名，撸了贺允祥的官帽儿。

贺允祥耿耿于怀，又毫无办法。经济体制改革企业有了自主权，但也不能无法无天。贺允祥昨日还是企业改革闯将，此时一笔勾销，五十二岁就顶着“卖厂”罪名回家歇菜。贺允祥气性很大，一连三天躺在床上不言不语，颇有仁人志士的风度。他家与大中华玻璃纤维厂一街之隔，住万柳村小区13号楼。乔迁之时便有人劝他，说13这个数字不吉。如今一语成谶，他惨遭撤职厄运。

身高马大的贺允祥躺在家里反思。这位前厂长认为，如果卖掉一车间早已报废的生产线便罢手，不动二车间那堆毫无用处的设备，恐怕就不会激起众怒，使全厂职工感到没了家当，造成给市委写信状告厂长“卖厂求荣”的被动局面。可是如果那堆毫无用处的设备放到今天，必然锈成废铁而分文不值。贺允祥掐着手指头算了算，从乔迁新居到被免职，只有十八天光景，这好比京戏里的王宝钏，住了十八年寒窑，仅仅做了十八天皇后就死了。这便是宿命。贺允祥拿自己与王宝钏相比，心情渐渐开朗起来。他起身走到自家阳台，做登岳阳楼状。看啊，那片开阔地带便是大中华玻璃纤维厂。一排排黑乎乎的厂房。还有那个死气沉沉的大水坑，居然人称“青年湖”。此情此景，贺允祥找不出恰当词汇来描述这座风雨飘摇的国有企业。他知道，自己下台后上级主管集团派来工作小组，决定发动全厂职工民主选举厂长。此时，选举结果揭晓了吧？不知是哪个倒霉蛋儿当选了厂长。

这时门铃响了，有人来访。开门一看，来访者是本市房地产开发集团总经理廖得宽。瘦小枯干的廖总站在门口，朝贺允祥微笑着：“我这是三顾茅庐啦……”

看来这家伙并不知道我被解职的消息。贺允祥请廖总在客厅里落座，沏了一杯茶。廖总喝了一口，连声说龙井真好。贺允祥当然知道客人来意，就告诉对方自己下野了。廖总听了，怔了怔。

“好不容易才跟您混熟了，您又下台啦。”廖总遗憾地站起来，安慰贺允祥保重身体。贺允祥看了看手表：“这会儿我估计新任厂长选出来了，你赶快去感情投资吧，兴许新任厂长才是真正的卖厂主义者。”

廖总与贺允祥握了握手，告辞而去。

自从贺允祥把一车间早已报废的生产线卖给本市的乡镇企业。一车间厂房就空了。本市晚报报道“夏季严打”成果，提到在大中华玻璃纤维厂空闲厂房破获两起流氓轮奸案。廖总是一只“房虫子”，他以这条消息为线索找到贺允祥，提出购买一车间土地使用权，独家投资开发万柳别墅小区。

大中华玻璃纤维厂千疮百孔，厂区却十分开阔，而且坐落在城市甲级地段。如果在这里开发高档别墅，利润可观。精明过人的廖得宽，自然相中大中华玻璃纤维厂地皮，就好像日本鬼子相中花姑娘。

站在阳台，放眼天下，贺允祥想起《岳阳楼记》里“进亦忧，退亦忧”的句子，被自己感动了。我卖掉厂里闲置设备换来钞票，一举两得。一是给老病号们报销了医药费，二是春节给职工发了带鱼和大米。尽管如此，廖得宽还是认为贺允祥魄力不够，因为他拒绝卖地。

在廖得宽眼里，大中华玻璃纤维厂属于计划经济遗留的最后一座工厂。

2

全厂职工民主选举厂长，类似西方国家的“全民公决”。这种情形在中国工厂里并不多见。全厂一千多名职工，来了八百多人。投票现场设在破烂不堪类似猪圈的职工食堂。上级派来的工作小组维持着秩序。投票之前，工人们对民主选举这种方式感到好奇，会场乱哄哄的，好似乡村庙会。宣布投票开始，工人们郑重起来，毕竟期待选出一个好厂长，带领大家向前进。

投票了，工人们鱼贯而行，走向投票箱。几个老工人手持选票，已然泪水涟涟。无论形势如何，他们端着大中华玻璃纤维厂的饭碗，选举厂长等于选举父母官。泪水，便显出悲剧意味。置身投票现场的人，几乎都被一种难以名状的气氛所笼罩。投票现场异常安静，只有一颗颗心脏嗵嗵跳动着。

傍晚五点钟，开始唱票。选票集中在三个人身上。贺允祥的名字出现在一张张选票上，这出乎人们意料。将近六点钟，唱票结束，一个名叫江有礼的人以微弱优势当选。公布选举结果的时候，江有礼正举着双筒猎枪在滨海地区芦苇荡里打野鸭子——好像他是《千万不要忘记》里的丁少纯的转世灵童。

猎枪卡壳。江有礼只得骑上摩托车驮着四只野鸭子疾驶一百公里返回市区。天色大黑走进家门，妻子迎面叫他江厂长。他这才知道自己当选了。在此之前，他是大中华玻璃纤维厂供销科副科长。一供一销，他干了十二年。当选厂长了，江有礼收起猎枪对妻子说："刀枪入库吧，以后你再想吃野鸭子自己花钱买去吧。"

妻子知道从此断了野味，大义凛然说："如今真是假冒伪劣大泛滥，3·15才过去几天，你就当上厂长啦。"

身材瘦小但目光炯炯的江有礼坚决认为，国有企业里的厂长，其实并无真货与假货的区别。如今当厂长全凭小聪明。小聪明的特点是打一枪换一个地方，从不放空枪。大智慧就不同了，大智慧懂得大晴天带雨伞，口不渴就掘井，大智慧讲究高瞻远瞩。可是当今恰恰不是大智慧的时代。当今全中国都在学习中国女排的"短平快"，恨不能一夜之间得到十年积累的经济效益。人人都担心自己是三伏天没放冰箱的包子，馊了。因此，江有礼心中的格言是：天冷，加衣服；天热，多喝水；野鸭子飞起来，才开枪。

除了打猎，江有礼还有一个爱好，那就是京剧。京剧是国粹，热爱国粹的人，往往心理成熟，而且在生活中显得博学多才。打猎破坏生态，理亏。爱好京剧属于弘扬民族优秀文化，利国利民，理壮。这就弥补了。江有礼唱老生，工言派。他家客厅里挂着两张照片。一张是他母亲的遗照，另一张则是四大须生之一言菊朋先生《卧龙吊孝》的剧照。

此时江有礼正在给野鸭子拔毛，门铃叮咚叮咚响了起来。他说："千万别是野生动物保护委员会的……"

身材肥胖的妻子是邮局营业员，说："看吧，你刚当上厂长，就有人登门送礼来啦。"

开门之后，走进来厂工会主席安乐绪。安乐绪天生一张大嘴，逢人就笑，给人一种血盆大口的印象。安乐绪走进门来首先祝贺江有礼当选厂长，总共得五百四十四票。然后他坐在沙发上点燃雪茄，猛抽几口屋里就成了烟雾蒙蒙的仙境。江有礼被呛得咳了两声，问安乐绪有什么事情。

安乐绪说有。江有礼就猜测安乐绪为生活困难职工请命来了。安乐绪哈哈大笑告诉他，本市今年举办第二届全国京剧票友大奖赛。市里专门下达了任务,既然我们是主办城市,就要脸上有光。无论金牌银牌还是铜牌铁牌,力争统统落在本市选手囊中,不要让外地选手拿走。因此这届组委会阵容强大,侯副市长亲自挂帅,自上而下形成一股压力,颇有城市保卫战的味道。本市凡是小有名气的京剧票友,无论是黑头青衣老生花旦,统统被组织起来,投入紧张的排练。江有礼也算是言派知名票友,早早上了"名单"。

安乐绪说,别看你今天当选厂长,在京剧票友大奖赛名单上,照样是本市一名选手。今天市总工会宣传部部长打来电话,专门询问吊嗓子的琴师是否已经落实。从明天开始就紧锣密鼓进入排练阶段。

江有礼笑了。大中华玻璃纤维厂陷入困境无人过问,拉琴唱戏的闲事儿却层层有人督办,处处有人落实。针对年初这座城市承办全国大型企业篮球锦标赛以及即将举办的全国京剧票友大奖赛,已有民谣加以讽刺。

其一:上半年打球,下半年唱戏,就是经济搞不上去!

其二:球迷多,票友多,那也比不上企业下岗工人多!

江有礼对安乐绪说,社会主义精神文明建设,这是头等大事。领导干部应当带头讲政治。这戏,我一定要唱。只是拉弦儿的刘宝盈停薪留职半年多了,四处找不到他的踪影。

安乐绪颇有同感,说已经派人四处明察暗访,正在顺藤摸瓜。实在找不到只能登报寻人了。

江有礼不同意登报寻人。目前工厂形势不稳,登了报兴许造成人心动荡,以为要逮刘宝盈呢。安乐绪听后换了话题,问江有礼担任厂长有什么新打算。

江有礼苦笑了:"你的意思是让我继承前任厂长遗志,接着卖厂?"

安乐绪说:"我不知道卖国主义者的下场怎样,反正卖厂主义者下场明摆着,贺允祥就是例子。"

江有礼摇了摇头:"老安,咱厂应当召开第八届职工代表大会了吧?我看你还是集中精力筹备这届职代会,我给你十天期限!"

安乐绪怔了怔:"职代会多年形同虚设,你当了厂长有什么议题吗?"

江有礼说:"当然有!我的最大议题就是发动全厂职工掀起'如何走出困境'大讨论,自己给自己壮胆,自己给自己鼓劲,自己给自己斟酒,自己给自己夹菜……"

门铃又响了。妻子开门。走进来本市房地产开发集团总经理廖得宽。

江有礼朝安乐绪说:“你看吧,不论你卖还是不卖,廖总登门买厂来啦。”

廖总乐呵呵说:“江厂长,我给你道喜啊!”

江有礼操着京戏台词问道:“喜从何来呀?”

安乐绪大嘴一咧,笑了:“江有礼是爱厂主义者不是卖厂主义者。”

廖总不以为然:“商品社会市场经济,无论什么东西都是可以买卖的,人口除外。”

江有礼对廖得宽说:“干脆您倒卖一次人口吧,你把我给卖了,卖到哪座庙里当和尚我都愿意。”

廖得宽觉得这位新任厂长别具一格,跟以往历届厂长都不一样。至于什么地方不一样,他一时半会儿还说不清楚。

3

大中华玻璃纤维厂是建于日伪时期的老厂。它的主导产品早在计划经济时期就已老化,进入市场经济时期,企业缺乏后劲,产品结构难以调整,彻底丧失市场,处于无可奈何状态。俗话说,一步赶不上,步步赶不上。这好比一个连年补考的差生,一拖再拖,也就失去升学的机会。前几年订货会上,还能见到几张订单,厂里安排小批量生产,三吨玻璃纤维带子,五吨玻璃纤维绳子,一个车间开动机器十天半月,活儿就完了。活儿是完了,环境却污染了。每逢刮风,吹得玻璃丝儿四处飘扬,钻进衣裳里扎得肉疼。周围居民多次聚集在工厂门前,高呼口号表示抗议。如今,新型材料的广泛应用,促使新兴企业崛起,大中华玻璃纤维厂订单完全断绝。积压在仓库里的玻璃纤维,毫无用处反倒成了公害。江有礼深知,大中华玻璃纤维厂必须彻底转产。转产,一要有充足资金,二要有先进技术,三要有占领市场的产品。

大中华玻璃纤维厂什么都没有。职工每月只能领到百分之六十工资,这也是来自银行贷款。前几任厂长都是上级主管集团派下来的。有胖的,有瘦的,有高的,有矮的,也有不胖不瘦不高不矮的,有孔繁森式的,也有王宝森式的,品种齐全。唯独这次贺允祥下台,上边居然同意民主选举厂长。江有礼当选了，他心里明镜儿似的。俗话说，朝里有人好做官。江有礼与上级主管集团的总经理倪德葵，即使大街上撞个满怀也不认识。一般来说，上级不会轻易将一个企业交给“外人”掌管。这次上边同意大中华玻璃纤维厂选举厂长，说明上级对这个濒危企业采取放任自流的态度。

这恰恰意味着放弃。好比足球比赛 0:8 落后，当然放弃了。于是，江有礼上任第三天，怀着丑媳妇见公婆的心情，走进主管集团办公大楼“朝拜”顶头上司。

上级主管集团全称“滨海市建筑材料工业总公司”。总公司的总经理倪德葵是个年纪三十几岁的小伙子，人称倪总。据说倪总是冯副省长的外甥。年届不惑的江有礼对这种裙带关系早已不惑。站在倪总办公室门外，他对值班秘书说：“请问小姐，我能见见倪总吗？”

小姐双目圆睁：“请您称呼同志。”

江有礼重说一遍：“请问同志，我今天能见见倪总吗？”

口红涂得很浓的同志小姐看了看江有礼的工作证。工作证职务一栏仍然写着“副科长”。她递给这位副科长一张小纸片儿，上面写着：26 号。

江有礼感觉这是挂号看病：“请问同志，现在多少号啦？”

女秘书说：“今天是总经理接待日，中午食堂有偿供应饭菜。你排在 26 号，大约要在下午两点到三点之间吧。”

好像囚犯听到刑期，江有礼踏实了。

滨海市建筑材料工业总公司秩序井然。这是改革开放带来的大好形势。不论黎明傍晚，这里都是静悄悄的。

百无聊赖，江有礼竟然想起自己的双筒猎枪。他知道这座城市的芦苇荡里野鸭子越来越少。造成这种局面的主要原因就是人类伸出的猎枪太多。近几年来，这座城市的狩猎爱好者人数，远远超过这座城市残疾人的总数。

江有礼为自己放下猎枪立地成佛的壮举感到自豪。他很想转业为钓鱼爱好者。同样是向大自然索取，钓鱼愈发能够显现人类不急不躁的性情。想到这里，他为自己有所皈依感到欣慰。

中午，江有礼在总公司食堂吃了炸酱面。食堂的大胖厨师以为他是下岗职工来上访的，多给他盛了一勺酱，还劝他遇事不要钻牛角尖儿。大胖厨师好心没有好效果，面条咸了。江有礼四处寻找水源，意外看见刘宝盈。他兴奋得大声喊道："弦儿！弦儿！"

这座城市的京剧票友管伴奏琴师叫"弦儿"，以示自己是"角儿"。

弦儿被角儿的喊叫吓了一跳。食堂里进膳的机关干部们也被这充满民族传统文化色彩的称谓惊动了，纷纷停住嘴巴，伸来目光。

角儿说："刘宝盈，厂里到处找不着你，这程子你跑到哪儿去啦？"

弦儿说："我忙着加大改革开放的力度啊！你怎么跑这儿吃忆苦饭来啦？"

江有礼咽下最后一口炸酱面，告诉刘宝盈自己当上大中华玻璃纤维厂厂长了。刘宝盈听罢愣了，连连摇头满脸绝望表情。

"你一爱好打猎二爱好唱戏，这声色犬马让你占全了，当了厂长肯定是亡国之君，这次大中华玻璃纤维厂算是彻底完蛋啦！"

江有礼不高兴了："你是说我不够当厂长的材料？"

刘宝盈若有所思："我不是这个意思……"

"你的意思是说，上边同意让我当厂长，就意味着他们决定放弃大中华玻璃纤维厂啦？"

刘宝盈笑了："全中国只有一人跟我智商不相上下，就是你。好吧！既然你迈进火坑当了厂长，我也想辅佐辅佐你。厂里不是急着创收吗？今晚六点咱们金海湾饭店二楼雅间见面。你知道金海湾老板是谁吗？金丽琴！"

说罢，刘宝盈急急忙忙走了。

金丽琴？江有礼寻思起来。金丽琴是谁呀？这名字听着耳熟，可是想不起此君何人。想不起来就不想了。江有礼找到茶炉，喝点儿水解了解咸，心里安稳了。

下午两点半，江有礼终于见到年轻有为的倪德葵总经理。倪总年轻而老练，笑了笑说道："今天是总经理接待日。看秘书的来访登记单我就批评了她。你是全厂职工民主选举产生的厂长，怎么能让你等上大半天呢。"

江有礼说："倪总平易近人。大家选我当厂长，我既没有思想准备，也没管理能力，心里一下乱了。今天来见您，是想听听总公司有什么指示……"

倪总笑容满面，告诉江有礼如今简政放权，企业自主经营，总公司只起个宏观调控作用。大中华玻璃纤维厂的改革开放道路，完全依靠全厂职工开创，总公司的职责就是为企业服务。

听了倪总这番话，江有礼证实了自己的判断：上级彻底放弃了大中华玻璃纤维厂。他递给倪总一支烟，被对方谢绝。他做出最后试探，请求倪总雪中送炭，给厂里解决紧急贷款。倪总热烈地笑了，摇了摇头表示贷款无望。

倪总给他讲了一番道理。江有礼心里说道："×你妈的，正事不办，光要嘴皮子，一群新时代小衙内。"心里这样骂着，满脸谦恭表情，连连冲倪总点头，仿佛小学生听班主任训话。

见江有礼如此听命，倪总清气上升浊气下降，浑身非常舒服。

江有礼起身告辞了。

走出总经理办公室，他又看见那位女秘书。恶作剧心理驱使他凑过去低声问道："同志，您知道去大中华玻璃纤维厂坐几路公交车吗？"

女秘书脱口说道："坐九路，在万柳公园下车。"

走出总公司大楼，他颇有感慨。是啊，大中华玻璃纤维厂确实坐落在人所共知的甲级地段。怪不得房地产开发商全都色眯眯地盯着那块地皮。

4

金海湾饭店在这座城市里还是颇有名气的。它的魅力是物不美价不廉，因此讲究身价的老板们都来这里吃饭。吃的不是菜肴而是身份。

晚上六点钟，江有礼准时到达。果然，一位领班模样的女服务员迎上前来，问江有礼是不是提前订了位子。江有礼说出刘宝盈的名字，对方立即告诉他在二楼三号雅间。

看来刘宝盈已经颇有几分名气了。走上二楼，迎面身穿红色旗袍的女服务员冲他微笑。江有礼定睛细看，原来是本厂下岗女工姚玉玲。

他问姚玉玲："是谁介绍你到这里来工作的啊？"

姚玉玲继续甜笑："刘宝盈。"

江有礼说："在这里当服务员，薪水能达到小康水平吧？"

姚玉玲引着江有礼走向二楼三号雅间："很辛苦的。尤其遇到客人喝醉了，往往特别麻烦。如今越有钱的人，修养越差……"

江有礼走进三号雅间，刘宝盈已经恭候了。江有礼觉得这程子刘宝盈变化很大，分明从狭小的工厂走向广阔的社会。于是揣测今天晚餐不会是一般的吃吃喝喝。落座先喝了一杯茶，他告诉刘宝盈第二届全国京剧票友大赛就要开幕了，角儿和弦儿应当磨合磨合。刘宝盈并不接这个话题，嘿嘿笑了。

年逾不惑的刘宝盈是个瘦子，显得精明强干。他告诉江有礼，有人想租用一车间空闲厂房，租期只有十天，每天租金三千元，水电费用另付。

江有礼听罢笑了："宝盈，你不是跟我讲故事吧？"

"现在六点十分，陈遇先生六点半到达，你跟他当面洽谈。谈得拢双方签个合同，谈不拢就算交个朋友。中介费用我分文不取，反正一车间厂房闲着也是闲着，我只当为企业作贡献了。"刘宝盈十分严肃说道。

"这个陈遇先生租用厂房要干什么呀？"

刘宝盈说："一不走私二不贩毒三不倒卖人体器官，他做合法生意，组装银燕牌助力车……"

江有礼对银燕牌助力车并不陌生，这几天本市电视台经常播放它的广告。于是心中暗想："这真是天上掉下个大馅饼。一车间厂房租用十天，一天三千，十天就是三万块钱啊！"

这时候，女服务员引着一位西装革履的先生走进雅间。来者神采奕奕，留着"板寸"发型，看上去只有三十岁的样子。刘宝盈站起身来，给双方做了介绍。

交换了名片。江有礼看到对方名片印着"中外合资圣通公共事物代理公司"，便礼貌道："贵公司生意兴隆啊。"

陈遇普通话略带江南口音："在法律允许范围内，鄙公司任何业务均可代理。这次组装银燕牌助力车，就属于我们的二级代理业务……"

上菜了。陈遇果然是个干练的生意人，开门见山告诉江有礼，租用一车间闲置厂房，预付定金一万元。十天之内消耗的水电费用，由圣通公共事物代理公司承担。

江有礼心中高兴，还是问道："贵公司租用厂房派何用场啊？"

陈遇喝了一口茶水："组装银燕牌助力车。"

"我是想问问，银燕牌助力车销路如何？"

陈遇突然露出笑容："江厂长，这个问题我可以不回答吗？因为无论银燕助力车销路好坏，我保证不会拖欠厂房租金就是了……"

江有礼窘了："我不是这个意思……"

刘宝盈说："江厂长你想想，要是银燕牌助力车不旺销，陈遇先生找你租用厂房干吗？"

陈遇又说："我们组装的银燕牌助力车是国家名牌产品，首次打入你们这座城市。它的生产厂家是范州市克伦威尔公司。我们圣通公共事物代理公司全权代理这项产品的异地组装任务。我们可以向你出示银燕牌助力车生产许可证的影印资料，以及优质产品的资格证书。"

江有礼看出陈遇逻辑思维能力缜密，语言表达能力出众。他告诉陈遇双方必须签订租赁厂房的合同。陈遇听罢打开身旁密码箱，从里面取出一式五份的合同书。说圣通公共事物代理公司的所有经济合同都是经过公证的。

江有礼与陈遇相对而坐，字斟句酌推敲着合同内容。江有礼做了两点补充。然后双方签字。江有礼竟然随身携带大中华玻璃纤维厂公章。他从提包里拿出大印，张嘴哈了哈，在五份合同书上盖了红色印章。

陈遇递上一张支票："这是一万元定金。十天之后，我把余额两万元补齐。"

江有礼很想对陈遇说，你为什么只租十天呢？如果你租上一百天就是三十万元。我这个厂长就可以大干一场了。

陈遇突然问道："今天几号？"

刘宝盈一旁答道："六号。"

陈遇说："江厂长明天我们开始进货，后天开工组装。如今我什么都不怕，只怕贵方不遵守合同。请您跟门卫说妥，届时不要限制我们通行。我在别处曾经遇到蛮不讲理的门卫。那真是毫无办法的事情。"

江有礼举起酒杯说："别说大门，就连二门也没问题。"

陈遇毫无表情说："对不起，我只喝可口可乐。"

江有礼笑了笑："陈遇先生肯定是从美国留学回来的。"

陈遇摇了摇头："我没有受过高等教育……"

刘宝盈大声说道："无论是白酒还是可乐，咱们都端起来，预祝合作成功！”

陈遇仰脸喝光可口可乐，起身告辞："实在对不起，我还有急事要办……"

陈遇走了。江有礼问刘宝盈："中介费你分文不取，真想白当一次掮客呀？"

刘宝盈啃着一只鸡腿说："嗯，这顿饭你用公款结账吧。我就想当一次雷锋，这次绝对不收中介费。下次，可就按规矩办事啦！"

"你怎么认识陈遇的？"江有礼问道。

陈宝盈喝了一大口白酒说："陈遇是个青衣，学梅派……"

江有礼笑了："京剧真是国宝，把五湖四海的好人都聚到一起来啦。"

"未必都是好人……"刘宝盈又喝了一大口白酒。

江有礼看出对方心思："宝盈，今儿晚上你想把自己灌醉了？"

刘宝盈酒量有限，已然有了醉意："你这个厂长当得真没劲！上边甩了这个烂摊子，就拿你当了傻子。谁当这个破厂长，谁倒霉。你知道吧？蒋家王朝快完蛋了，就把总统位子让给李宗仁。江有礼你是个傻×……"

江有礼静静听着，扬起脖子喝了一杯啤酒："我不爱听你说古。你不是说这儿的老板叫金丽琴吗？这名字我听着耳熟，谁呀？"

刘宝盈笑了："你还记得吧？首届全国京剧票友大奖赛专门设了一个台港澳赛区，从香港来了个女花脸，决赛那天唱《盗御马》，得了铜牌。"

江有礼笑了，连声说道："想起来了想起来了，原来她叫金丽琴呀。"

刘宝盈说："这是金丽琴开的第六家饭店。"

5

上级显然对"民选厂长"不放心，江有礼当选没几天，就派来党委书记谢声远。谢书记到厂那天，适逢陈遇的队伍开进一车间厂房。党委书记到任没人感兴趣，职工们围观的是陈遇的队伍，他们进入场地，立即大干起来。

"他妈的，给私营企业干活儿就是肯卖力气。"国企职工们发出这样的感慨。

江有礼以前不认识谢声远。谢书记来到厂里，江有礼跟他在办公楼会议室见面。谢声远五十多岁的样子,说话开门见山。

“江厂长,上边派我来,我不能不来。我实话实说吧,如今五十多岁这拨人,谁都想去经济效益好的企业里落脚,过几年退休,生活也有保障。这次我来大中华,人们都说是刺配沧州。我倒不在乎,共产党员视死如归嘛。”

江有礼听罢心中惊诧。如果没有敢作敢当的气魄,谢声远不会如此坦诚相见的。对方开门见山的风格,一下打动了江有礼。他觉得跟这位党务工作者合作,应当问题不大。

他领着谢声远走在厂区干道上,介绍着厂里情况。谢书记似乎对工厂非常熟悉,看到变电站里进出的电缆的规格,就能将全厂电力负荷说得八九不离十。

绕过死水一潭的青年湖,一群老工人迎面走来。说是老工人,不过五十郎当岁而已。他们当头质问江有礼,是不是把一车间厂房给卖了。

江有礼转身对谢声远说:“老谢啊,如今在企业里当厂长,你就是孙子。越穷火气越大,谁都想数落你几句。你说这企业怎么管理啊。”

谢声远笑了笑,告诉这群老工人,任何人都没有权力擅自卖厂。

江有礼领着谢声远前往一车间。

“这座空闲的厂房出租十天,就能得到租金三万元。”谢声远不禁沉吟道,“如今闲置厂房太多,这可能是最后一笔资源了。”

走进一车间江有礼看到,原本空闲的厂房已然热闹起来。一个工头儿模样的小伙子,拎着漆桶将车间场地划出八个区域。几个电工忙着铺设临时线路,安装了一组照明设施。干活儿的都是民工,他们进入各自区域,安放工位器具。一辆大卡车运来助力车的各种部件。

看来工厂必须进行生产,生产才有人气啊。江有礼颇有感慨。

现场督战的陈遇走了过来。江有礼说:“陈遇先生真是兵贵神速啊。”

陈遇面无表情:“我做的就是时间生意。一分一秒不敢怠慢。何时江厂长成了私营企业主,就能够理解我如履薄冰的心情了。”

江有礼将谢声远介绍给陈遇。谢声远与陈遇握了握手,问道:“陈先生组装银燕牌助力车,能够做到尽产尽销吗?”

陈遇依然毫无表情:“谢书记对不起,这是我们的营销秘密。”

江有礼问："这十天里陈先生都在现场指挥吧？"

"不。八个工作区域，我雇佣八个领班，包产到户，核算到人，计件工资，下班结账。虽然这是原始管理方式，但从事这种短平快的生产，还是很有效的。"陈遇说得有板有眼。

谢声远问道："陈先生你们公司好像属于流动作业……"

陈遇看了看谢声远，笑了："我们中美合资圣通公共事物代理公司做这种代理业务已经走了九个城市，只有你们这座城市厂房租金最为便宜。应当说这体现了社会主义的优越性吧。"

谢声远点了点头："代理，这真是一门深奥的学问啊。"

江有礼和谢声远走出车间大门，阳光猛然强烈起来了。谢声远好像自言自语："陈遇能够组装银燕牌助力车，我们为什么不能呢？"

江有礼猛地拍手说："我也这样想过！真是英雄所见略同。无论大生产小生产，只要开展生产就能自救，咱们号召全厂职工筹集资金，也动手组装银燕牌助力车！"

好比阴沉多日初见太阳，江有礼和谢声远的心情，一下明朗起来。

6

工厂传达室报告，这几天接连出现形迹可疑的人，有的伸头探脑向工厂大门里窥视，有的居心叵测沿着工厂围墙踏勘。江有礼放下电话，笑了。他敢断定这些形迹可疑的人都是房地产开发公司的。这座城市的房地产生意，正在升温。

他想找谢声远推心置腹谈一谈。上边将谢声远派下来，肯定肩负特殊使命。既使没有特殊使命，谢声远也应当知道上级领导心思。

这几天，谢声远把工作重点放在组装助力车上。他主持召开全厂职工大会，到会职工只有三百多人，他还是讲了一个多小时，强烈呼吁大家自愿集资，支持工厂开展生产自救活动。会场气氛并不热烈，谢声远毫不气馁带头拿出一千元，引起稀稀拉拉的掌声。门卫周大国打破沉寂集资一百元，还问有没有利息。厂工会主席安乐绪大声回答："有！八点八……"

听说利率“八点八”，会场嗡的一声有了热度，有人愿意集资了，说全世界没有这么高利率的银行。

第二天，倪德葵总经理突然进厂视察。倪总的黑色奥迪刚刚停稳，工人们呼啦一下围了上来。

厂子越穷，工人们越是理直气壮。一车间青工李金亭拍了拍汽车玻璃说：“一方面号召工人们集资，一方面当官儿的坐着高级轿车，谁说没有阶级斗争啦！”

五车间女工刘金凤喊道：“把这辆高级轿车卖了！咱们就有生产资金啦……”

倪总经理没见过这种阵势，缩在车里不知如何是好。江有礼远远观赏着激烈的场面，并不急于出马。

谢声远催促道：“咱们赶紧救驾吧！倪总嫩啊……”

江有礼摇摇头：“后卫不要盲目助攻。先让倪总在中场练练吧。”

谢声远放声大笑。听到这种笑声，江有礼心里踏实了。尽管谢声远是上级派来的，但是这种出自肺腑的朗声大笑，足以说明他是自己人。

江有礼与谢声远跑去救驾的时候，倪总经理已经被工人们骂得一塌糊涂。起初倪总经理的司机企图挺身救主，被斥为“车狗子”，便闭口不语了。

小会议室里，江厂长和谢书记不急不躁向倪总经理汇报工作。年轻的倪总经理显得心不在焉，这愈发印证了江有礼的猜测。

谢声远谈到准备利用空闲厂房组装银燕牌助力车，总经理倪德葵微微一愣，立即问道：“怎么又开展生产自救呢？你们打算干到多大规模？”

江有礼接过话茬儿说：“多大规模？能干到多大算多大，越大越好呗！”

倪德葵审视着谢声远。谢声远并不与他对视，佯作沉思状。江有礼看在眼里，心明如镜。

走出会议室，倪德葵总经理在江谢二人陪同下，沿着厂道走了一圈儿。他没有留下任何口头指示，钻进高级轿车离厂而去。

江有礼拍了拍谢声远的肩膀：“老谢，今儿晚上我请你到我家喝酒！”

谢声远并不感到意外：“白酒我只喝二锅头，而且不要低度的。”

工人们三个一群五个一伙，渐渐围拢上来。

“谢书记,大中华玻璃纤维厂是个烂摊子,你来这儿当书记不是往火坑里跳吗?”

“谢书记,你来这儿当官儿有什么招法,让咱厂早日起死回生?”

谢声远摆了摆手说:“我也是工人出身,没有起死回生的本领。咱厂是天堂还是火坑,这就要看大家的本事啦!”

江有礼接过话题说:“经过这段时间我弄明白了,咱们要是能把企业维持下去,就有希望发展起来,要是维持不下去,只能等待别人兼并咱们。两者之间没有中间道路可走哇!”

一辆大卡车满载组装完毕的银燕牌助力车,隆隆驶出工厂大门。

返回办公室,江有礼独坐办公桌前寻思着。今儿晚上喝酒必须跟谢声远彻底摊牌。大中华玻璃纤维厂向何处去,这是两人之间的真正话题。他并不知道谢声远的真正酒量。今晚舍命陪君子了。

临近下班,刘宝盈来了。他抄起桌上茶缸咕咚咕咚喝干凉茶,气喘吁吁望着江有礼。

江有礼问:“你这是到哪儿抗旱去啦?”

刘宝盈急赤白脸说:“我听说你也要组织职工组装助力车?”

江有礼说:“是啊。人家陈遇每天组装一百辆还供不应求,咱们既有厂房又有人力,一旦干起来也不在陈遇之下……”

刘宝盈大声说:“老江我告诉你!别看陈遇是我介绍来的,我总觉得他不是寻常人物。他的战术是打一枪换一个地方,你比不了的!”

江有礼认为刘宝盈神经过于紧张:“同样都是合法生意。陈遇能做,我们为什么不能做呢?这是组装助力车,不是贩运海洛因。”

刘宝盈非常着急:“陈遇做助力车生意,已经走了九个城市。他为什么采取运动战,我也说不清楚。但是我劝你不要盲目上马……”

江有礼递过一根香烟:“你太多虑了。等忙过这程子,你也该给我吊吊嗓子啦。”

刘宝盈点燃香烟:“我是王平,该说的我都说了;你是马谡,听不听由你。你非在山顶上安营扎寨,最后挨斩的是你。”

江有礼很自信:“我不是马谡。我要组装助力车,还要派你带领人马去生产银燕牌助力车的范州市提货。你就大将出马吧！”

刘宝盈想了想：“我总觉得银燕牌助力车挺神秘的……”

“我筹齐资金，你大胆干吧！反正咱厂无路可走。干，就比不干强！”

当天晚上，江有礼将谢声远请到家里，一派推心置腹的气氛。江有礼的妻子将酒菜摆下，领着孩子看电影去了，给他们创造一个无拘无束的谈话环境。

几年前江有礼做过胃切除手术，不应再饮白酒。今天他拉开大战架势，把两瓶二锅头蹾在桌上，说了一声：“老谢，一人一瓶，咱们一醉方休！”

老谢点了点头：“一醉方休？如今是假冒伪劣时代，真醉者少，假醉者多啊！”

江有礼一拍桌子：“那咱们就真醉一次！”

谢声远不再说话，抄起瓶子喝了起来。

不紧不慢，喝下半瓶白酒。见谢声远只喝不说，江有礼心里有话要问，可又不知从何开口。

喝得过猛，江有礼有了几分醉意。他抬头注视谢声远，目光发凝。

“小江，我知道你有话要问我……其实，咱俩都是工人出身，跟倪德葵他们不一样……你和我，身上还保留着工人本色……”

江有礼被感动了：“对！我跟你相处时间不长，可是一眼就看出你保留着工人本色，我也是！可惜，如今工人不值钱了，咱厂青年工人搞对象都困难啦！”

谢声远握紧酒瓶：“别急别急，三十年河东，三十年河西。有高，就有低。只要咱们挺住，就成……”

江有礼盯着对方问道：“老谢，你说咱厂今后要往哪条路上走哇？”

谢声远哈哈大笑：“你终于问出口啦！你是想知道上边对待咱厂是什么态度？告诉你吧，他们没态度！所以咱们只能朝前走，走一步，走两步，走三步……”

江有礼扶着桌子站起身来：“明白啦！明白啦！不论上边怎样，咱们都要朝前挣扎……”

“我实话告诉你吧，前几年我利用职权，把该解决的问题都解决了。我老婆调到报社广告部，收入不低，我女儿分配电视台当编辑，每月合法收入加灰色收入，超过我老婆三个月工资！我家住四室两厅，我没有后顾之忧啦。这次调到咱厂，我只想用尽全力让企业走出困境……”

江有礼呵呵笑了：“你没有后顾之忧，我也没有后顾之忧。咱们就挣扎挣扎！能行，咱们就朝前走，不行，咱们引咎辞职……”

谢声远喝光一瓶白酒：“有一点必须牢记，咱们不当唐·吉诃德，咱们不去跟风车玩命……”

门铃响了。江有礼摇摇晃晃前去开门。门外站着一个瘦小的中年男子。

江有礼醉眼蒙眬：“你找谁啊？”

对方惊异地说：“我是廖得宽啊。”

江有礼毫无节制地笑着，转脸喊道：“老谢啊，我给你介绍一下，社会主义大厦蛀虫来啦……”

谢声远的声音传过来：“结论不要下得太早，他兴许还是社会主义大厦的建设者呢……”

廖得宽哈哈大笑：“还是新来的党委书记有水平！所以说党领导一切嘛。”

江有礼大声说：“我是一个爱厂主义者，不是一个卖厂主义者……”

话音刚落，江有礼就倒在沙发上，睡着了。

7

刘宝盈临时变卦，称病不出。于是这支“运输小分队”改由安乐绪担任队长，队员是一车间六名下岗职工。此行将近五百公里，去范州市克伦威尔公司拉运价值二十万元人民币的助力车零部件，回厂装配。

谢声远亲自为运输小分队送行，并且讲了话：“咱们必须开展生产自救活动。也就是说在目前这种情况下，干什么能赚钱，咱们就干什么。这次去拉运助力车零件，虽然只有二十万元金额，但任务很艰苦，拜托诸位了。要说堂堂大中华玻璃纤维厂做起这种小生意，也是没办法的事情。咱们陷入困境，组织不起社会化大生产，就组织小生产呗。这次你们提货回来，咱们马上组织人力不分昼夜动手组装，争取用三天时间将两百辆整车发给销售单位。这一次咱们的战术是短平快，打一个漂亮仗！赚了钱还能给大家增加一些收入。”

谢声远口才不错："有人说如今是资本原始积累时期，到处都讲赚钱。是啊，咱厂是太需要钱啦！有了钱咱们就能更新设备，开发新品，拓展市场，创造利润。可是咱厂没钱啊。大家说市场经济好不好？好。可是它也是个势利眼。谁财大气粗谁就能控制市场。如果咱厂拥有无比雄厚的资金，就能拥有无比雄厚的科技力量，拥有无比雄厚的科技力量，就能开发所向无敌的优秀产品。有了所向无敌的优秀产品就能占领无限广阔的市场。当然，这都是远景啊。什么叫远景啊？就是远处的风景。为了能够看见远处的风景，咱们必须朝前走去！今天借这个机会我跟大家说几句心里话。我打个比方吧，就好比一个人夜间掉进大海，朝哪儿游呢？只能朝着有亮光的地方游去。那光亮就是咱们企业改革的方向。那亮光，远看是一支蜡烛，近看其实是一座灯塔。什么时候能够游到灯塔近前呢？我不知道。大概你们也不知道。咱们只能铁下一条心，朝前游啊。必须朝前游。不游，就沉下去喂鱼。"

这时，江有礼走到谢声远身旁压低声音说："老谢，兵贵神速啊。"

谢声远听到"兵贵神速"四个字，立即大声说道："对！兵贵神速！这次是工会安主席领队，我一百个放心。出发吧！"

安乐绪带领六条好汉分别爬上两辆大卡车，那样子很是英武。两辆大卡车驶出工厂大门，朝范州方向驶去了。

望着远去的大卡车，江有礼说了声一路顺风。此前他考察本市十几家销售银燕牌助力车的商家，纷纷反映市场供不应求。江有礼跟销售助力车最为火爆的九河商厦签了销售合同。一旦运输小分队满载而归，江有礼立即组织熟练的技工组装助力车。很久没有安排生产了，他心里觉得很过瘾。

这时，陈遇乘坐的黑色公爵王驶进工厂大门。他租赁的厂房还有三天就到期了。只要陈遇队伍撤了，江有礼便率兵进入。

南方口音的陈遇从汽车里走出来，冲着江厂长和谢书记打着招呼。"我听说贵厂也要组装银燕牌助力车啊？"

江有礼点了点头。谢声远说："我们这是开展生产自救……"

陈遇说："既然是生产自救，我劝你们不要组装助力车，这样风险太大。"

江有礼不以为然："我们就是想冒一冒这个风险。"

陈遇沉了沉脸色，不言不语钻进小轿车，走了。

“陈遇是担心咱们抢了他饭碗，还是咱们确实面临风险？”江有礼思索着。

谢声远望着远去的小轿车说：“咱们经过反复调研，这次成功率应当在百分之九十八以上。”

江有礼说：“百分之九十九点九九……”

谢声远打趣说：“24K 啊，你这是开金店呢。”

谢声远不能告诉江有礼，他被派到这里担任党委书记，倪德葵总经理跟他谈话，说得非常明确：“大中华玻璃纤维厂基本上处于休克状态。对这座远远落后于时代的企业，实施抢救毫无意义。事实上对有些根本不能存活的企业，也存在一个安乐死的问题，但无人敢于提倡。所以凡是大中华玻璃纤维厂职工发出的自强不息走出困境的呼声，我们要坚决表示支持。一年之内，这座企业将不复存在……”

谢声远知道这就是大中华玻璃纤维厂的命运，但是不忍心让这座拥有七十年历史的老企业渐渐死去。因此，他愿意与江有礼同道，奋力一搏。

尽管这奋力一搏可能只是杯水车薪。谢声远还是体验到悲壮的快感。身为五十多岁的男人，他承认自己只是一道风景里的一株小草儿而已。

8

工会主席安乐绪咧着大嘴嘿嘿笑着，坐在第一辆卡车驾驶员旁边，充当先导，他怀里揣着二十万元支票赶赴范州市克伦威尔公司。

西去行驶将近五百公里才是范州，中途要翻过一座小山。小山名叫黑杜山。从前属于荒山野岭。山不在高，有“内容”则灵。于是这座光秃秃的小山经过几年不懈的伪造，居然有了来历。山上突然冒出三座寺院，号称唐代高僧得道圣地。山腰又冒出两座号称北魏时期的碑亭，均与古代大书法家有关。最为轰动的是几经考证，山下五里的杜家村居然成了古代名妓杜十娘的家乡，一时游人如云。既然此地自古盛产青楼尤物，人们仿佛有了厚颜无耻的依据，大胆开发有碍观瞻的旅游项目，影响很坏。譬如说“裸体骑驴日光浴”，顾名思义就是光着身子骑着驴，晒着太阳在山沟里瞎逛。

安乐绪从前爱好文学，爱激动也爱作诗。自从企业陷入困境，他没了兴致。今日行车于旷野，想起艰难跋涉的企业，不禁怅然。又想起为了企业走出困境，职工们实行生产自救，心中很有几分久违的豪情。于是诗兴涌动，几经品咂，终不成句。

到达范州已是下午。安乐绪一行不敢吃饭，先奔克伦威尔公司提货。一路打听知道这是一座私人企业，三年迈了三大步，如今是全省明星企业。汽车开到公司门前，大门自动开启，喇叭声声悦耳：热烈欢迎您的光临。

汽车径直开到销售科门前。安乐绪跳下车去，联系业务。他发现厂院里很冷清，好像进了私家园林。

该公司销售科科长处于午睡状态，对安乐绪的出现，颇感意外。

“你们那地方的销售高潮只有十来天吧？咋今儿还来提货啊！你们是陈遇公司的吧？”销售科科长问道。

安乐绪唯恐对方不愿供货，连忙点头表示是陈遇派来的。虽然安乐绪不懂“销售高潮”是什么，也能领会大意。他掏出支票，递给销售科科长。

销售科科长说：“陈遇的生意应当转到石门市了吧？”

安乐绪佯作内行的样子，连连点头称是。

销售科长说：“陈遇这家伙真是能干！全中国要是有一百个陈遇，我看早就统一啦！”说罢，他去核实支票账户是否有钱，“对不起啦，这是公事公办。”

一根烟的工夫，销售科科长回来了：“我只能给你十五万元的货。”

安乐绪立即递烟：“二十万吧二十万吧。”

销售科长说必须请示总经理。他走进隔壁房间，却拨通陈遇手机：“你是独家代理商，现在又冒出这路人马，我们给不给货呢？”

电话里陈遇叹了口气：“我花钱从交管局买了十天时间，这事儿你们公司看着办吧。”

“我要的就是你这句话。”销售科科长挂断电话。

安乐绪见销售科科长回来了，焦急地迎上前去。销售科科长说总经理同意破例，给二十万元的货。

安乐绪要求立即装车。销售科科长说：“不急不急，一小时后保证让你发车。先到我们餐厅里吃饭吧。我们对客户免费招待，酒水在内！”

老天有眼，一切顺利。吃过饭天近黄昏，二十万元的货物顺利装车。安乐绪与销售科科长告别,一路返程了。

晚间行驶到距离杜家村八十公里的高台乡。公路两边灯火渐多,饭馆林立。一群汉子从公路两边蹿出来,站在公路中央拦住汽车,大声嚷嚷说挂翻了一辆驴车。安乐绪对司机说,这是怎么搞的?司机说根本就没有什么驴车。两辆卡车一前一后停下来,手持棍棒的汉子们围了上来,乱声质问为什么挂翻驴车,搅乱当地安定团结。

安乐绪跳下车来,看到一辆木轮驴车已经摔散,那驴,倒在地上。他看出这是个事先制造的圈套。

一个麻脸汉子冲上来一把抓住安乐绪衣领:“不交十万块钱,别想离开这儿!”

安乐绪说既然是交通事故,就要公安、交通部门处理,该罚多少钱就罚多少钱。

麻脸大汉挥手一声吆喝:“我们这儿公检法齐备。走吧,给你们过堂去!”

两辆卡车一行人,被扣在高台乡了。

过夜的地方是一座简易小楼,大门上写着“高台乡招待所”。安乐绪一行九人被关在二楼东面一间大屋子里。一个小胡子说:“放心吧绝不虐待你们,渴了有水喝,饿了有饭吃,就是不许出去。谁敢出去就打断谁的腿!”

安乐绪看了看窗子,都安装着手指粗的铁条。小胡子狠狠地说:“我们是专做这行生意的。好不容易把你们请来,还能让你们跑啦?”

第二天一早,麻脸大汉拿着手机来了,嘿嘿笑着开导道:“你打个电话让厂里送钱来,这起交通事故就算私了啦。”

安乐绪义正词严说:“你们这是私设公堂,已经触犯刑律了。”

麻脸汉子笑了:“什么触犯刑律?老子是这儿的副乡长,我代表一级地方基层政府。私设公堂?你少跟我玩法律名词儿。我们有专门打官司的律师,还有各式各样的证人。我要是整治不了你们,今年八十万元创收任务怎么完成?”

安乐绪想起陷入困境的工厂,告诉麻脸副乡长坚决不打电话。要钱,没有,要命,有一条。

麻脸副乡长说:“我干这行生意三年了,还没见过你这样的撅嘴骡子。你不打电话,我打!”

9

前往范州的两辆大卡车跟工厂失去联系,江谢二人彻夜守在办公室电话机前,焦急地等待消息。天色大亮。前任厂长贺允祥气喘吁吁跑来,说厂里出了这种事情,他绝不能袖手旁观。

贺允祥从前认识谢声远,两人互递香烟,默默坐着。

江有礼呆坐一旁,只觉得阵阵困意袭来,趴在办公桌上睡着了。

谢声远与贺允祥几乎同时丢掉烟蒂,彼此开始火力试探。

贺允祥低声说:"如今经济建设是压倒一切的首要因素。可是反对形而上学仍然是思想战线的主要任务啊……"

谢声远轻声问道:"反对形而上学?这倒是久违了的话题。你能不能具体打个比方……"

贺允祥说:"打个比方?就说我这个卖厂主义者吧!我当厂长时,其实咱厂已经垮了。但是上级领导不承认这个现实。为什么不承认呢?因为那时出现垮掉的企业,就会影响他们的政绩。大中华玻璃纤维厂病入膏肓,也必须苟延残喘……"

谢声远拦住贺允祥的话头:"依你之见,我们应当怎么办呢?"

"如今我无官一身轻,敢说话了。当时就应当采取突然死亡法!然后迎来彻底新生。可是,那几位大人物在乎仕途官运,谁也不愿站出来主持这座工厂的葬礼。当年要是果断实施转产,大中华玻璃纤维厂早就活啦!"

谢声远静静听着:"这也是人之常情。谁都愿意主持小两口儿的婚礼,喜事啊!主持一座企业的葬礼,就需要超人的胆识了。人人都懂得置之死地而后生的道理,做起来却不那么容易!"

贺允祥固执地说:"我看还是形而上学错误思想在作怪!如今党内怎么也不强调学习马列主义哲学呢?"

谢声远笑了笑:"莫非我也犯了形而上学的错误呀?"

贺允祥说:"咱们不要清谈啦。还是想办法把那两辆失踪的大卡车找回来吧!"

办公室的门被使劲推开，拥进一群人。江有礼被惊醒了，揉了揉眼睛，认出这群人都是参加运输小分队的职工家属。他们这是闻讯进厂哭闹来了。

贺允祥身为前任厂长不便参与,闪到旁边观战。谢声远不解地问道:“你们这是要干什么啊？”

马金钟媳妇哇地哭了起来:“我爷们儿肯定出了车祸!他甩下我们孤儿寡母,这日子怎么过哇……”

江有礼连忙说:“别哭别哭,谁说出了车祸？这是造谣！”

吴宝贵的儿子只有十多岁,跳着脚骂道:“你放屁！没出车祸怎么没有下落呢？你赔我爸爸！你赔我爸爸！”

谢声远没想到职工家属拥有如此强劲的战斗力，一时不知如何安抚,只得连连摆手:“大家要保持冷静！大家一定要保持冷静！”

张华媳妇抽泣着说:“厂子穷得掉了底儿,最倒霉的还是我们工人……”

贺允祥轻轻叹了口气,起身走出厂长办公室。楼道里潆潆登登挤着一群人。他们都是本厂职工。

有人大声叫他贺厂长。他苦笑着说:“我不是厂长啦。无论遇到什么困难,大家一定保持安定团结的局面。”

老工人纪玉奎抖动满头白发说:“贺允祥,咱厂要是彻底没出路了,就痛痛快快咽气！别让运输小分队跟着殉葬嘛。”

贺允祥拍了拍纪玉奎的肩膀:“不会的不会的……”

江有礼从办公室里追出来:“老贺你别走,咱厂两辆大卡车有下落啦！”

贺允祥快步走进办公室。前来哭闹的职工家属们都不哭闹了,伸长脖子听着。谢声远告诉贺允祥,高台乡副乡长打来电话,说两辆卡车违章行驶撞死耕牛一头,撞散驴车一辆,造成一人受惊精神失常,两人受伤。对方要求厂里派人送十万块钱了事结案。

贺允祥想了想:“这个副乡长好像是当地土混混……”

谢声远对职工家属们说:“大家都听见了吗？两辆大卡车平安无事,你们先回去吧,厂里马上派人把两辆大卡车接回来！”

职工家属们嘟嘟哝哝,陆续走出厂长办公室。

天亮了。清晨的阳光暧昧地爬进窗子，向人们张望着。

谢声远说："老贺，我看还是你出马吧，跑一趟高台乡……"

贺允祥说："不在其位……"

江有礼说："也谋其政啊。老贺，拜托你啦！"

贺允祥倒也爽快："好吧！我就当一次出土文物吧。"

厂办主任拿着当天日报跑了进来："坏啦！坏啦！交管局宣布从今天起本市全面禁行助力车。凡是销售助力车的厂家，一律停止……"

屋里仿佛空无一人，毫无声响。

片刻，江有礼缓缓站起，朝谢声远古怪地笑了："咱们上当啦……"

谢声远想了想："陈遇的队伍是昨天撤走的吧？我明白了，这是陈遇花钱买了时间。他的助力车刚刚全部出手，交管局就宣布禁行。陈遇转移到没有禁行的城市做助力车生意啦！"

贺允祥一屁股坐在椅子上："咱们从高台乡接回两辆大卡车，二十万元助力车零部件也都砸在手里啦！如今做生意成了黑社会，咱们根本不是他们的对手……"

谢声远自言自语："权力经济啊。"

江有礼走到贺允祥面前："老贺，无论如何那两辆卡车也要安全弄回厂里。下一步怎么办，咱们再商量。"

谢声远说："老贺，你带一万块钱去，遇事不用跟厂里请示，你全权处理。"

贺允祥走了。江有礼与谢声远坐在办公室里，默默无语。沉默许久，江有礼说了话。

"老谢，我想通了，操持一座企业，咱们光凭小聪明是不行的。"

谢声远喝了一口茶水："可是我们没有大智慧啊。"

一个身穿制服的小伙子走进来："我是市环境保护局的。你们厂常年污染环境，我们执行超标收费两年了。从这个月起开始执行超标罚款……"

江有礼起身说道："我们停止生产了，怎么还罚款呢？"

身穿制服的小伙子说："我们是依法办事。国家《环境保护法》颁布多年。你们哪位是江厂长？"

江有礼没好气地说："江厂长已经死啦！"

“刚上任就死了?这太可惜啦。”身穿制服的小伙子又说:“无论谁死了,款还是要罚的……”

这时楼下传来一阵喧哗。江有礼起身走到窗前,看到楼下站着一大群工人。推开窗子他看到楼下工人们大声嚷嚷着。

“今天报纸上登啦,全面禁行助力车！前几天让我们集资,就是想要组装助力车赚钱……”

“这一下全黄啦！我们要求厂里退还集资款！”

“厂里又把咱们领上一条瞎道,坑人啊！”

“对！找江有礼那王八蛋算账去……”

江有礼转过身来看着身穿制服的小伙子,轻轻走到谢声远面前压低声音对他说:“老谢,我可能不是当厂长的材料……”

谢声远起身说道:“我到楼下去跟工人们说明情况。大家还是通情达理的。”

江有礼办公桌上电话铃又响了,是妻子打来的,她不知道丈夫处于焦头烂额的境地,十分不满地说:“你黑天白夜泡在厂里,也不管家里的事情!你爸又住院了,你抓紧时间去看看吧。”

身患职业病的父亲又住院了,放下电话,江有礼心里乱成一团烂麻。

环保局的小伙子问道:“你就是江厂长？你不是还活着吗！”

10

“助力车事件”的风波,很快就传遍工厂的各个角落。一时间,参加集资的职工们大声咒骂“这届领导班子是由两个超级笨蛋组成,带领群众上当受骗”云云。没参加集资的庆幸之余,也指责厂长书记上台以来不走正路,光要小聪明,想打短平快,结果偷鸡不成蚀了米。职工辛辛苦苦集资,一夜间助力车禁行,救命钱全泡汤了。

江有礼很被动。走在厂里颇有老鼠过街的感觉。面对全厂职工,他满怀难以交差的愧疚。

谢声远毕竟是党务工作者,告诫江有礼稳住阵脚。下棋无论输赢,一定等到复盘时。老谢一番话,仿佛一张安民告示贴到江有礼心里。他振作精神,前往交管局,询问有关助力车禁行的详细情况。

交管局接待室的女民警态度很好,告诉他助力车是一种接近轻骑摩托车而又不属于机动车范畴的代步交通工具。起初本市对这种助力车管理并无明文规定。前段时间银燕牌助力车热销,本市骑行者众多,造成交通拥堵,引起有关方面关注。因此交管局及时下达禁行令,以缓解这座城市原本就拥堵的交通现状。

江有礼问她,实施禁行令以后,尚未售出的银燕牌助力车压在商家手里,这个后遗症如何解决。女民警微笑说,积压的银燕牌助力车可以销往外地,周边很多县市还没有实施禁行令。

江有礼说:“周边县市市场太小,同时也提高了销售成本。”

“你是经营助力车的吧?其实前几天走漏了禁行令的消息。很多商家抢在禁行令发布前,清了仓。你的信息太闭塞了。”女民警说罢撇了撇嘴,对这位无能的经商者流露出淡淡的轻蔑。

他脸一红,起身走出交管局接待室。一路上沮丧的他反思着,市场经济看似平静的海湾,越平静越容易淹死人啊。

其实,这座城市缺少宽阔的道路和立交桥。大禹治水采取的方法就是疏通。如今助力车禁行令不是疏通而是堵塞。这是下下策。今人智慧远远不如古人。

路过一家车辆专销店,他进去找到当班经理,声称自己专门批发银燕牌助力车,价格优惠。对方投来惊异的目光说:“你不知道助力车禁行了?没人来买助力车啦!”

走出车辆专销店,他知道只能寻求陈遇的帮助了。回到厂里,谢声远告诉他,贺允祥打来电话说高台乡是个车匪路霸的窝子,麻脸副乡长等于黑社会头子。这群不法之徒专门制造所谓车祸,诈取过往车辆钱财。据说这种生意已经成为高台乡三大支柱产业之一。贺允祥找到当地的派出所,派出所说这种事情一般都由事故双方协商解决。所谓协商就是任车匪路霸宰割。几经交涉从十万降到五万。贺允祥的表弟在高台乡开油坊,出面说情最终以六千元成交,创下近年“车祸私了”最低纪录。

江有礼问:“那两卡车货物,没有什么损失吧?”

谢声远说人员也没有伤亡,预计今晚八点钟到达厂里。让职工食堂准备了打卤面,这是安全回家的喜面。

“咱俩出钱,买几瓶酒,迎接他们平安归来。”江有礼说。

谢声远说:“酒可以喝,但你不能以酒浇愁。”

江有礼说:“我不愁。大家安全返回,我还愁什么?那二十万块钱的货,我想法子卖出去就是啦。”

谢声远出去买酒了。

江有礼给刘宝盈打电话,说全市助力车禁行了。刘宝盈得意地笑了:“我早就劝你别往火坑里迈,你现在肯定是想向陈遇求援吧?陈遇的销售战场迁到石门市了,恐怕很难找到他的。”

“无论如何这二十万元货物不能砸在我手里。有人劝我把它发往周边县市,我看不保险,我打算把这批货物转给陈遇……”

刘宝盈说陈遇是个无利不早起的生意人,肯定是见面分一半儿。

“你跟陈遇联系吧,反正我认倒霉啦!”

刘宝盈笑着说:“我说你是马谡吧?怎么没有诸葛亮斩你呢?”

谢声远抱着一箱孔府宴酒回来,气喘吁吁说:“这孔夫子后代,不会造假吧?”

江有礼说:“不是孔子后代造假,是票子的后代造假。”

有电话打进办公室。江有礼抄起电话听到一个女人声音:“江有礼先生在吗?请他接电话。”

他以为是工商银行信贷部王主任,嗯了一声说:“我就是啊。”

对方自报家门:“江先生啊我是金丽琴。您还记得我吗?香港京剧票友啦。”

前些天跟刘宝盈吃饭谈到金丽琴,印象颇深,江有礼毫不停顿说:“我记得我记得,您的窦尔敦唱得很好……”

金丽琴听到夸赞非常开心,爽朗地笑了。她说明晚六点钟在蓝土地饭店宴请大陆朋友,请江有礼先生赏光出席。

江有礼很少与港澳同胞及海外侨胞打交道,不知应当婉言谢绝还是欣然接受。他稍作沉吟。金丽琴又说："我知道您荣任厂长啦，宴会上有人要和您联合办厂，所以更要见面商谈啦。"

这个消息令江有礼心动，他决定赴宴："谢谢您邀请，我一定准时出席。"

放下电话，他对谢声远说："老天爷饿不死瞎家雀儿，说不定什么时候咱厂就能碰上个机遇，起死回生。"

谢声远摇了摇头："咱们是走一步，看一步；看一步，走一步。不可期望过高，当然也不可过分悲观。哎，我看这孔府宴酒不是假的……"

晚上九点多钟，两辆大卡车驶向大中华玻璃纤维厂。江有礼和谢声远站在工厂大门外，等候着。

贺允祥乘坐前车大发感慨，我们这辈人生不逢时啊！

安乐绪从后车跳下来，咧开大嘴乐着："我们终于回到组织怀抱啦！"

六名运输小分队工人，一个接一个跳下车来。江有礼大步迎上去跟他们挨个儿握手道辛苦。谢声远大声说："进厂吧进厂吧，洗个热水澡，洗完澡喝酒吃饭，给你们接风！"

贺允祥小声告诉江有礼："我没有跟他们说助力车禁行的事儿。"

"对，让他们多高兴一会儿，喝几杯舒心酒吧。"江有礼有些伤感。

运输小分队员的家属们赶到厂里，场面愈发热烈。谢声远陪大家走去职工食堂。江有礼独自回到办公室，接连抽了三根烟。

"江有礼啊江有礼，你是个彻头彻尾的废物！"他拉开抽屉拿出两盒万宝路装进衣兜。电话铃响了。

电话里刘宝盈告诉他，陈遇表示愿意接这批货物，由他经销外埠。

江有礼大声喊道："这太好啦！"

刘宝盈说："你不要激动。陈遇提出打八折……"

打八折？二十万块变成十六万。真是无奸不商啊。"你告诉陈遇，我同意让他宰这一刀。"

刘宝盈说："能折能弯，方为俊杰。陈遇还要求咱们派车送货，最迟后天交货。"

"事已至此，别说送到石门市，就是送到伊拉克，我也没有二话。"

他告诉刘宝盈，金丽琴打来电话邀请他到蓝土地饭店吃饭。刘宝盈来了精神儿："我说这位女花脸对你有意吧？从上届全国京剧票友大奖赛我就看出来了！嘻嘻，你艳福不浅呀。"

江有礼没心思开玩笑，说了声再见放下电话，快步赶往职工食堂。

月明星稀，走在厂区大道上，他远远望着灯火通明的职工食堂，蓦然感到多年没有如此热烈的气氛了。他停住脚步站在黑灯影儿里，仿佛注视着天堂美景——食堂里人们笼罩在灯火里。江有礼痴痴迷迷看了很久，流下热泪。

工厂啊。

这个夜晚，江有礼、谢声远、贺允祥、安乐绪，这四个平时被工人称为头头儿的人，跟运输小分队以及家属们围坐一团，一碰就是一杯，喝得酩酊大醉。

11

蓝土地饭店坐落在老城区，远远就能看见它从天而降的霓虹灯。江有礼没有乘坐厂里那辆老爷车，而是"打的"来到饭店大门前。他穿了平常几乎派不上用场的西服，深蓝色的。

走进饭店大厅，领班小姐告诉他，金丽琴女士的宴会设在二楼中厅。

二楼中厅金碧辉煌。江有礼怀疑自己已经走出国门，来到西方发达国家。他是困难企业的厂长，平时没有机会出席这种场合。当供销科副科长时，倒是经常参加吃吃喝喝的活动，但是跟蓝土地的豪华无法相比。

金丽琴身穿紫色金丝绒旗袍，笑吟吟迎上来，操着比较标准的普通话对江有礼表示欢迎。其实他只在四年前首届全国京剧票友大奖赛闭幕式上，与金丽琴有过短暂接触，彼此并无深交。想起刘宝盈电话里开的玩笑，江有礼表情有些不自然，对着金丽琴女士笑了笑。

金丽琴女士说："江先生，我很想跟您合作一出戏，你的蔺相如，我的廉颇。咱们将相和您看好吗？"

江有礼连连点头说好。金丽琴示意说："江先生，您在一号桌……"

经过六号桌，刘宝盈起身低声说："江厂长，你的位置比我贵重多了，政治局委员待遇！"

江有礼也压低声音："宝盈，以后你不能随便开玩笑啊！"

一位海外华人模样的男子来到一号桌，坐在江有礼身旁。江有礼主动打招呼：“您好。”

果然是海外华人，对方普通话很不标准：“捏号（你好）……”

出席晚宴的高层人物露面了。市人大副主任曲一，市政协副主席黄子久，市轻工业协会会长莫载云，这三位都是市老年协会副会长。宴会平添几分元老院气氛。三位德高望重的老领导步履蹒跚，缓缓落座一号桌前。这时江有礼意识到，今晚一号桌意义重大。今晚宴会主题肯定不是扶贫，金丽琴为什么看重我这个亏损企业厂长呢？

一张巨大圆桌，江有礼左边是那位海外华人，右边是轻工业协会会长莫载云。三人呈品字形。

金丽琴女士走到话筒前，满面笑容发表讲话。她热情洋溢地将参加宴会的重要嘉宾依次介绍给大家。江有礼发现本市京剧艺术发展基金会会长白思林也在一号桌就座。

这时金丽琴大声介绍说：“今晚宴会的真正东道主，是来自海外的英籍华裔企业家托马斯·刘！”

手持话筒款款走近一号桌，金丽琴俨然是节目主持人，扬手朗声道：“有请托马斯·刘先生！”

坐在江有礼身旁的海外华人站起身来，接过金丽琴递来的话筒，朝着宴会厅挥了挥手，大声说道：“吕使（女士）们，先省（先生）们，完上号（晚上好）！”

来客们善意地笑了。这位英籍华裔企业家确实属于“香蕉华人”，黄皮白瓤，母语对他来说只是祖先语言而已。

托马斯·刘操着蹩脚普通话问候了大家，然后改用英语祝酒。他的祝酒词很长。金丽琴女士充当翻译。江有礼这才知道托马斯·刘不远万里来到中国，是为了投资实业加入本市经济建设行列。

江有礼无意间发现廖得宽坐在七号桌。金丽琴几乎将本市工商界知名人士一网打尽了。

托马斯·刘的祝酒词结束，人们起身举杯。之后，口腔的咀嚼与肠胃的蠕动同时开始。宴会的主题只有一个字——吃。

江有礼开始走神儿。他想起生病住院的父亲。明天一大早要赶到职业病防治院，陪伴他老人家。母亲过世很早，父亲又当爹又当娘将儿女们拉扯大，自己却老了。一想到这些，江有礼心头发紧，没了食欲。

金丽琴女士端着酒杯走来，特意将江有礼介绍给托马斯·刘。双方交换名片，托马斯·刘颇为费力地操着普通话说："江先生，吾需要一块大地……"

江有礼心里暗想："需要一块大地？你又不是安泰需要母亲保护。"

金丽琴解释道："他的意思是说，他需要一块面积很大的土地，投资建厂。"

江有礼说："我们中国的土地很辽阔……"

金丽琴颇有内涵地笑了："所以，我特意请江先生来参加宴会……"

"哦，谢谢金女士的关照。"

金丽琴将声音压得很低："我喜欢跟你同台……"

江有礼举了举酒杯："谢谢。"

"你喜欢跟我同台吗？"金丽琴将声音压得更低，突然发问。

江有礼怔了怔，下意识点点头。丰腴的金丽琴满意地笑了，意味深长地跟他碰了碰杯："预祝你我合作成功。"

这时他感到，女花脸还是颇有女人味的——这与她使用何种品牌的香水毫无关系。

如果能跟这位托马斯·刘达成合资意向，大中华玻璃纤维厂不就有救了吗？江有礼动了心思，怀着一种莫名的期待。长期陷入困境，这种莫名期待使江有礼有些激动。远远看着逐桌敬酒的金丽琴，也对她产生了谨慎的好感。

宴会临近结束，他向托马斯·刘发出邀请，说大中华玻璃纤维厂随时欢迎海外朋友参观访问。已经完全西化的托马斯·刘看了看手表上的日历，问他明天下午两点钟好不好。

江有礼大声说："热烈欢迎！"

同桌几位老态龙钟的长者，看到中外企业家谈得投机，非常高兴。市政协副主席黄子久先生号召全桌干杯，于是众人一饮而尽。

托马斯·刘友好地向大家笑了笑。江有礼发现，全桌只有他与托马斯·刘喝酒，别人都在喝矿泉水。

喝矿泉水的人，不像动物更像植物。

12

回到家里，江有礼连夜给谢声远打电话，说托马斯·刘明天下午进厂参观。谢声远很高兴，说外籍企业家要是跟咱们合资就好了。江有礼也有光明的预感。谢声远考虑是否应当向倪德葵汇报一下，他毕竟是上级领导。江有礼认为八字还没有一撇，不要惊动"外鬼"。

第二天一大早，江有礼亲自安排两辆大卡车上路，去石门市给陈遇送货。安乐绪再次出征，押车前往。江有礼反复叮嘱，一手交货一手拿钱，不要轻信任何人的花言巧语。

送走安乐绪，江有礼赶往职业病防治院看望父亲。父亲退休多年，医药费企业无法报销，看病吃药成了心病。父亲觉得被时代抛弃了。情绪低落。他老人家认为自己任劳任怨当了几十年工人，老了却成了社会、企业、家庭的共同累赘。他经常喃喃自语，说自己活着是个错误。

赶到父亲住院病房门外，江有礼停住脚步。他听见父亲的呻吟声，心头酸楚。前几年在厂里担任供销工作，整天东奔西跑，很少着家。后来结了婚，离父亲更远了，很少想到给父亲温暖。如今他做了父亲，懂了父亲大半辈子的艰辛。

大哥端着便盆走出病房，看见弟弟，大哥叫了声："有礼"。哥哥名叫江有仁，是中学地理教员。江有礼勉强笑了笑，走进病房。

父亲正在输液。他站在病床前轻轻叫了声："爸爸"。父亲睁开眼睛朝小儿子微微点头："你这么忙，还跑来干什么……"

他告诉父亲，说厂里今天要来外商，外商考察投资环境。父亲强笑着，连连说好。只要有外商投资，工厂就能运转起来。工厂运转起来，工人才有工作。

他抚摸父亲的手，不说话。父亲翘了翘脖子，呼吸急促说："有礼，你当了厂长，全厂职工就把身家性命交给你啦！你一定要把厂子办好，让小青年能够攒钱结婚娶媳妇，让退休工人有病能够打针吃药。你要能够做这些，就等于给咱江家积了大德！有礼啊，你们哥仨儿就你有出息，你要记住爸爸跟你说的话，别吃私别受贿，别拿工人不当人看待，别做伤天害理的事情，一定要好好做人啊……”

江有礼使劲朝父亲点头，大声应答着。父亲似乎感到满意，声音又虚弱下来：“厂子里忙，你快回去吧。”

他不愿意走，想起父亲爱好钓鱼，凑近病床轻声说：“爸，等您出了院我给您买一副进口渔竿，您去钓鱼吧。”

父亲灿烂地笑了。

走出病房，他掏出八百块钱递给大哥：“这几天厂里忙，过几天我来替换你。”

大哥塞回他的钱：“明天你二哥来替换我。”

他急了，对大哥说：“这是给咱爸的钱！这是给咱爸的钱！”

大哥这才接了，说：“有礼，当厂长总会遇到不顺心的事儿，不要钻牛角尖儿。”

大哥说话从来都是有的放矢。他知道弟弟遇事固执，从小就是这样。

江有礼来到职业病防治院大院里，看到司机正在修理那辆“老爷车”。这是辆老型号的“伏尔加”，还在超期服役。他告诉司机别着急，慢慢修。司机满脸汗水说：“这辆破车就这个脾气。你越有急事，它越跟你闹别扭！”

回到厂里已是中午时分了。谢声远很有经验，已经组织科室人员画出一张大中华玻璃纤维厂平面图，冠冕堂皇地挂在会议室墙上，看着一目了然。厂里处于半停产状态，“脏乱差”现象一时难以全部改观，谢声远率领一票人马将“青年湖”畔垃圾清除了，好像一个邋邋遢遢的汉子突然把胡子刮得干干净净，给人以耳目一新的感觉。

江有礼看了非常高兴。谢声远告诉他，倪德葵总经理下午两点赶到厂里会见托马斯·刘。江有礼瞪起眼睛问道：“倪德葵怎么知道托马斯·刘来咱厂参观？”

“是我向他汇报的。”

江有礼大声喊道：“你凭什么向他汇报！我们现在孤军奋战，上级那群官僚从来没有真正关心过大中华玻璃纤维厂！老谢啊，你毕竟是上级派来的干部，跟我们不是一个心思！”

谢声远笑了:“小江,你不要冲动。你担任厂长时间不长,有些事情容易感情用事。你想想,假使我们跟外商合资,你越得过上级主管集团吗?上级主管集团能让你单独跟外商达成合资协议吗?肯定不能。既然不能,我们何必激怒倪德葵呢?俗话说礼多人不怪。我只跟倪总打了个招呼,他愿意来就来,不愿意来,我们没有鸡蛋照样吃打卤面。小江,你冷静想想吧。”

听了这番话,江有礼消了气,点燃烟卷说:“就依你吧。不过企业拥有生产经营自主权。谁要想让咱们当儿子,那是他做梦!”

谢声远喝了一口茶:“一边走一边看吧。”

江有礼说:“今天下午的活动,请贺允祥也参加吧。我看出他还是憋着一股劲儿,真心盼望工厂起死回生。多一个人,多一份力量嘛。”

谢声远笑了,对江有礼容纳前任厂长的胸怀,很是欣赏。

午饭,江有礼吃的是捞面,面条长长显得缠绵。谢声远吃的是鸡蛋炒饭,一粒粒清清楚楚。因为心里期待,午间时光显得很慢。

一点五十分,倪德葵到了。江有礼内心抵触,还是冲他笑了笑。谢声远老于官场,随即汇报道:“倪总,厂里做了充分准备……”

倪德葵看着会议室墙上的厂区示意图,说:“昨天市委工业会议结束了,市委书记要求我们加大企业改革力度,能够嫁接外资,绝不放过。今天下午应当是个机会吧。”

江有礼心里说:“怪不得你跑来啦!敢情为了向市委领导交差。”

下午两点钟,一辆黑色别克驶进大中华玻璃纤维厂。车门缓缓打开,左门走出托马斯·刘,右门走出金丽琴。不知为什么,江有礼产生一种预感:形势不错。

托马斯·刘环视四周,惊讶大中华玻璃纤维厂如此开阔。对这个来自岛国的外商来说,这片土地大有作为,而且还有廉价劳力资源。

倪德葵郑重其事地会见了托马斯·刘,还有记者跟着拍照。托马斯·刘参观了厂区,笑了。会议室里,双方谈判进展迅速,达成初步合作意向。通过金丽琴的翻译,江有礼听到托马斯·刘计划初步投资八千万人民币,暗暗欢喜。他又听到再投六千万把大中华玻璃纤维厂改造为石棉制品厂,惊了。

13

全厂职工奔走相告，说一个名叫托马斯·刘的投资商看中大中华玻璃纤维厂的地势,决定合资建厂。是啊,久旱逢甘霖。凝固几年的企业困境终于得到活化。企业合资,职工必将结束漫漫无期的下岗生活,重新成为工人。于是,秋高气爽的天气里,职工家属宿舍楼白天欢欢喜喜,夜晚灯火辉煌,热热闹闹好像过年。是啊,惨淡度日的工人们终于找回失落久矣的尊严与欢乐。劳动,是工人的本分。从丧失劳动机会到重获劳动权力,这无疑是工人最为盛大的节日。

达成初步合资意向,江有礼面临着复杂的具体工作。他知道自己只熟悉供销,一切必须从头学起。他建立以技术科长牵头,四个相关科室参加的合资工作办公室。还亲自跑到科技人才市场查找档案,终于找到原石棉厂总工程师李泉。李总工程师已经改行,在一家生产瓷砖的私营企业里担任技术总管。他告诉李泉,大中华玻璃纤维厂与托马斯·刘有限公司达成合资意向,建立一座生产石棉制品的中型企业,中方提供厂房与劳力资源,外方控股。他邀请李泉出马担任中方的技术顾问。

满头白发的李泉仍然是个理想主义者,立即辞去私营企业的职位,跟随江有礼上任了。合资工作办公室任务繁重,李泉立即与大家一起投入工作,日以继夜。

中方提供的合资工作意向报告,长达三百八十六页。李泉从事石棉制品技术工作多年,深知“石棉”二字意味着什么。石棉制品在工业以及建筑行业广泛应用,生产厂家利润可观。然而石棉制品在生产过程中产生的“石棉尘”对人体存在危害,假如缺乏高效防护设施,工人呼吸工作场所的石棉尘埃,容易患上无法治愈的职业病——“石棉肺”。顾名思义就是“人肺的石棉化”,晚期患者肺部丧失呼吸功能,生不如死。这是一种残忍的职业病。西方发达国家,纷纷将石棉制品企业迁出本土,扩散到第三世界国家建厂。李泉的中方合资意向报告书里,石棉制品生产场所工人防护设施章节,就占了三十九页。

读罢长达三百八十六页的合资意向报告书,江有礼非常满意。他想请李泉老先生喝酒,没想到这时传来谢声远为酒伤身的消息。

人逢喜事精神爽。谢声远一高兴竟露出本相，原来他是个资深酒徒。为庆贺企业即将获得新生，他每天晚饭在家喝酒，五天喝了六瓶老白干。就这样，全厂职工开心之日，成了谢声远受难之时——灌到肠胃里的白酒成了利器，他的胃穿孔了，被家属送往空军医院。

江有礼跑到病房探视谢声远。手术后的资深酒徒躺在病床上，不好意思地笑了："实在对不起，我把自己弄到医院来了，咱们合资报告进展顺利吗？"

"你安心在沙家浜养病吧。老谢，对石棉这东西了解吧？"

谢声远说："了解！我还在石棉厂蹲过点呢。"

江有礼干巴巴一笑："我父亲就是石棉厂工人，名叫江树贵……"

"江树贵？不到半年我就去油毡厂蹲点了。我不认识你父亲。再说石棉厂早关闭了，你父亲现在怎么样？"

江有礼若有所思："是啊，我们的石棉厂关闭了，外商却要建一座石棉厂……"

谢声远眉头不展："我们资金匮乏，只能依靠外资啊。"

"老谢，咱厂成立合资工作领导小组。倪德葵亲自挂帅，我是他副手。这几天是关键时刻……"

"小江，你千万别跟倪德葵发生冲突。我知道你瞧不起他，但他毕竟是咱们顶头上司。无论遇到什么委屈，你一定要冷静啊！"

江有礼实话实说："老谢，你病的真不是时候，留我一人坚守阵地，我都快成孤胆英雄啦。"

江有礼回到厂里，看到倪德葵的黑色奥迪停在办公楼前。想当初，倪德葵完全放弃大中华玻璃纤维厂，任其自生自灭。有了托马斯·刘的合资意向，这位倪总经理天天跑到厂里，发号施令，控制局面。江有礼只得忍气吞声。

第二届全国京剧票友大奖赛越来越近了。安乐绪押车前往石门，腰部受风，贴着膏药在家养伤。也就没人催促江有礼吊嗓子了。刘宝盈行踪不定难以寻找，江有礼参赛的事情就搁下了。说来奇怪，合资工作越忙，江有礼越想唱戏。他深深体会到什么叫"瘾"。

瘾，就是人对某种事物的耽爱。耽爱对江有礼来说，工厂与京剧都不可或缺。

托马斯·刘的合资工作班底,清一色来自台湾。他们素质较高,工作勤勉。谈判双方均为炎黄子孙,都用普通话沟通。外方副席代表林志贤先生,年近五旬是个石棉制品企业行家。他的雄辩才能,总是令人想起单田芳。

倪德葵并不懂行,他主要抓导向,抓大事。江有礼单独开设一间办公室,请这位年轻的总经理坐帐中军。本地日报、晚报、工人报、家庭报、青年报等媒体的记者,统统被倪德葵招来,现场追踪报道,准备搞出一篇洋洋万言的大通讯,全景报道大中华玻璃纤维厂与托马斯·刘有限公司合资建厂的事迹。大通讯的题目已经拟定:“机遇,就在我们面前”。

这时候,一股冷空气从西西伯利亚南下,气温骤降,弄得台湾朋友们纷纷伤风感冒。谈判只得暂停。江有礼趁机喘了口气,打算去医院看望父亲。林志贤此时将外方投资生产设备明细表交给江有礼,期待沟通。

江有礼连夜拜读,凌晨三点钟拨通李泉家的电话。李泉居然没有睡觉,正在起草中方资产评估报告。

江有礼告诉李泉,外方提供的生产设备明细表中,存在四处重大疑点,三处重大遗漏。外方极有可能以落伍设备冒充新型设备,不光抬高造价,还给今后生产埋下隐患。至于石棉生产防护设施,多处遗漏,在外方提供的生产设备明细表中没有体现出来。他虚心请教李泉:“外方会不会把石棉生产防护设备另行造册?”

李泉非常肯定地回答:“不会。我反复向外方强调,根据我国《劳动法》与《环境保护法》,生产工艺设备与职业防护设备必须实现‘五同时’。外方首席代表林志贤先生对此非常清楚。石棉制品生产的主要扬尘工序,国外通过机电一体化手段,已经研制出新型设备并且用于生产企业,检测效果很好。只是造价偏高,前往第三世界国家投资的西方企业,往往对先进设备避而不用……”

江有礼说:“外国资本家置中国工人生命健康于不顾,心太黑啦!”

李泉说:“这要分两个方面来说,一方面是外国投资商惜财,一方面是我们中国企业急于合资,主动屈就于对方。南方有家制造玻璃钢赛艇的中外合资企业,生产过程中释放大量苯以及二甲苯,造成一百多名工人严重苯中毒。可是事后仍然有很多来自贫困地区的民工愿意从事这种有毒作业,为了赚钱养家呗……”

江有礼突然吼道：“这是要钱不要命！这是丢中国人的脸！”

电话里，李泉被江有礼突发的愤怒吓了一跳。李泉心中暗想，这位江厂长脾气真是暴躁啊。

放下电话，江有礼难以入睡。凌晨四点半，他接到二哥江有义从医院打来电话，说父亲凌晨三点五十分病逝。

他急了：“二哥！你为什么现在才给我打电话？”

二哥委屈地说：“父亲想见你一面。可我从三点十分就给你打电话，一直占线呀。小弟你太忙了，半夜还谈工作啊！”

他哭了：“二哥，我是个浑蛋，我对不起父亲……”

14

江有礼穿着黑色风衣走进会议室。今天谈判至关重要，如果顺利，明天双方即可签订法定协议书。托马斯·刘从香港飞来，坐在外方谈判首席座位上。副席是林志贤先生。托马斯·刘隔着桌子与江有礼握手。他感到江有礼的手冰凉，面色苍白，很像一九六〇年的中国饥民。托马斯·刘对江有礼产生几分同情。

会谈自然配备翻译。仍然由金丽琴担当。她察觉到江有礼神色异常，便投来关切目光。

会议室隔壁办公室里，倪德葵独自吸着香烟，等待合资谈判的结果。倘若一切顺利，三天内本市大小报纸都将大力报道大中华玻璃纤维厂与外方签订合资协议的消息。又一座著名亏损企业走出困境。这是倪德葵仕途道路的重要政绩。倪德葵的目标是三年内坐上本市副市长交椅。

会谈呈现短兵相接的局面，双方分歧摆上桌面：外方提供的生产设备水平偏低，缺乏严格有效的劳动防护设施。江有礼当场指出，中国工人在这种环境里工作，十年观察期内一期甚至二期“石棉肺”患者几率高发。

李泉补充说道：“有六道工序十四处机械扬尘点防护设备空白，没有在生产设备明细表中体现出来，可以认为没有做到‘五同时’。”

托马斯·刘的脸色变得难看。面对中方提出的问题，他似乎感到意外，低声向金丽琴嘟哝着，连连摇头。英语很好的李泉听懂了，小声告诉江有礼："托马斯·刘正在抱怨金丽琴女士，当初不应当推荐这样一个喜欢挑剔的中国厂长……"

金丽琴表情尴尬，下意识咬着涂满口红的嘴唇。

江有礼得理不让人："请托马斯·刘先生正面回答这个问题……"

托马斯·刘显然克制着情绪，低声对金丽琴说了几句。

金丽琴翻译道："托马斯·刘先生说，关于有六道工序共计十四处机械扬尘点的防护设备，完全属于遗漏，三天内外方将提供一份补充文件。至于主要生产设备陈旧落伍，托马斯·刘先生认为这是无理要求，他在越南投资建厂也是这种生产设备，已经生产出合格的石棉制品……"

江有礼冷笑了："那是在越南，这是在中国。这不能成为托马斯·刘先生的理由。我们依照中国《劳动法》和《环境保护法》有权提出合理要求，外方有义务保障中方员工在生产过程中的安全和健康……"

托马斯·刘一拍桌子："我不懂什么是'石棉肺'！我只对生产合格的石棉制品感兴趣！"

托马斯·刘终于露了马脚——他的普通话完全达到会话水平。此前他在伪装，以使自己在交谈中处于主动地位。

江有礼也啪地一拍桌子："那就让我告诉你什么叫作'石棉肺'！"说着他脱下黑色风衣，露出左臂佩戴的黑纱。会议室里中外双方人员，都呆呆看着穿丧服的中方厂长。

"托马斯·刘先生，我看出你是中国通，但我还是要告诉你，我父亲就是'石棉肺'患者，昨天夜里去世了。我们这座城市还有六十多名'石棉肺'患者，痛苦地活着。以前我们这里有一座石棉制品厂，后来关闭了。我们关闭石棉制品厂，就是要杜绝这种职业病发生！你们又跑来开办这种工厂，那就必须保障中国工人的安全和健康。"

江有礼说着起身走向托马斯·刘："你说你不懂什么是'石棉肺'？请你到越南工厂体验一下，你当天就懂啦！这里是中国不是越南，我们不允许任何人拿中国工人的生命当儿戏，你要以为中国穷困我们就没有原则，那就大错特错了！托马斯·刘先生，我的话你听懂了吧？”

托马斯·刘当然听懂了。他呼地站起身，挥手率领工作班子退出会议室，扬长而去。金丽琴绝望地看着江有礼：“江先生好意外啊！我是专心一意想帮您搞好合资的。事情弄成这个样子，我好难过啊！”

江有礼合掌说道：“对不起。我是中国工厂厂长，我只能这样做……”

倪德葵是在托马斯·刘扬长而去之后，快步冲进会议室的，此前他一直在给市委组织部常务副部长打电话，为自己的仕途铺平道路。他万万想不到会议室里风云突变。

他冲着江有礼吼道：“你气跑了外商，造成恶劣后果，你要受到党纪国法的制裁！”

江有礼笑了笑：“倪德葵，你还记得你是哪国人吗？”

年轻的官僚失态了，自言自语说：“一切都不可挽回了，一切都不可挽回了。”

当天晚间，江有礼给金丽琴打去电话，再次向这位好心女士表示歉意。电话里金丽琴抽泣不止，令人心碎。她并不抱怨江有礼在谈判桌上的冲动。相反还对他的行为表示理解。她说中国有些地方还很穷，人们为了摆脱贫穷有时不计后果甚至不顾尊严，江有礼却不是这样的人。最后，金丽琴意味深长地说：“非常想与您同台唱一出戏……”

江有礼说：“莫说唱一出，唱十出唱百出，都成！”

金丽琴嘤嘤哭了。她也不知道自己为什么爱上了这个其貌不扬的大陆男子。

关于撤销江有礼厂长职务的消息是第三天传到厂里的。撤销厂长职务的理由非常巧妙：“江有礼同志系职工投票产生的临时厂长，并未通过全厂职代会表决，因此不具备合法资格。经大中华玻璃纤维厂职代会紧急会议讨论，认为江有礼同志不具备担任厂长的条件，因此撤销临时厂长职务。”

谢声远被倪德葵从医院里请出来，担任大中华玻璃纤维厂代理厂长。他给谢声远下达的主要任务是组成一个干练的工作班底，争取挽回江有礼造成的恶劣影响，无论付出什么代价，都要将托马斯·刘先生重新请回谈判桌前。

倪德葵说：“老谢，只要你告诉托马斯·刘，咱们给他出气已经把江有礼撤啦！他肯定消了火气，愿意跟咱们继续合资谈判。”

撤了职，江有礼有了休闲时间。他一连睡了两天，醒来正是黄昏时分。他走出家门，来到工厂家属宿舍楼前。

竟然有人在这里养了一群鸡。这时空气突然沉闷起来。工人们陆陆续续从家里走出来，不声不响望着江有礼。

江有礼不知该对他们说些什么，就默默站着。

一个中年女工突然大声说：“江有礼，大伙刚要端上好饭碗，你又把它给砸啦！合资又没有指望啦……”

一个退休老头儿走上前来：“有礼啊，你是个好心眼儿的人，这我们都知道。可是俗话说吃五谷杂粮，哪有不得病的？咱们眼下的难处不是想法子不得病，而是想法子让大伙都有活儿干，都能挣上全月工资！我看这件事儿，你办得太鲁莽啦！兴许还能挽回吧？你赶紧想办法找那外商，给人家赔个不是，争取把大伙儿的饭碗给找回来吧……”

江有礼愣愣看着这位退休老工人。蓦然想起去世的父亲。

他转身往回走去。路过一个小酒铺，一群青年工人聚在里边喝酒，大声咒骂着。

“江有礼这个大傻×！硬是把来投资的老外给骂跑啦……”

“他逞哪门子英雄，这就叫穷横！中国缺你这个英雄啊？”

“什么‘石棉肺’，合了资大伙儿都拿高工资，有钱花管他娘的什么职业病，好死不如赖活着……”

这一切都令江有礼始料不及。工人们这是怎么啦？他默默回到家里。妻子也劈头盖脸数落着他。

“全中国十三亿人，就你一个英雄吧！听说党内还要给你处分呢。”

江有礼突然哈哈大笑起来。

第二天一大早，谢声远匆匆来到江有礼家。这位因欢呼合资而喝得胃穿孔的党务工作者，站在江有礼面前，连连摇头。

“小江我告诉你吧，人世间无奇不有。我被倪德葵逼着去找那位托马斯·刘先生，表示谋求继续合资，重新开始谈判。我特意告诉他，江有礼被撤职了。你猜托马斯·刘跟我说什么？他表示非常遗憾。”

江有礼打断他的絮叨:“你把结果告诉我就行。”

“什么结果呀?托马斯·刘说中方要想继续合资,必须是江有礼当厂长,不是江有礼当厂长,他就放弃合资谈判。”

江有礼觉得很新鲜:“他为什么这样说呢?”

谢声远说:“不知道。我猜他是想在原地将你打败呗。关键问题是倪德葵不可能让你官复原职。即使让你官复原职,你也不会接受吧?”

江有礼点了点头:“你无论对倪德葵还是对我,都非常了解啊。”

天气一下就冷了。

走在路上,他还是能够听到背后议论,说江有礼父亲死于“石棉肺”,他佩戴黑纱参加谈判,孝子感情用事,一下葬送了全厂职工的大好机遇。

听着这些议论,江有礼心中不是滋味。他一心保护同胞们的生命和健康,没想到成了砸破广大职工饭碗的罪人。他真不知道怎样向全厂职工道歉。

一天清早他给金丽琴打电话,约定明天吊嗓子的时间。然后他打开柜子找出猎枪,骑上摩托车去滨海地带芦苇荡里打野鸭子去了。

滨海芦苇荡里,他意外遇到本市房地产开发总公司总经理。廖得宽举着猎枪告诉他,托马斯·刘等了十几天,不见江有礼官复原职,觉得没了对手,就到越南去了。

江有礼笑了。

廖得宽问他为何没参加第二届全国京剧票友大奖赛。

江有礼又笑了,不说话。

廖得宽见他笑而不答,又说:“我还是想买大中华玻璃纤维厂的地皮,然后开发成万柳别墅小区。这真是最后一座工厂啊。”

江有礼朝着芦苇荡深处走去。远处天空干干净净,一只野鸭子也没有。他突然想唱几句,就站住了。

曹孟德领人马八十三万,擅敢夺东吴郡吞并江南。周都督虽年少颇具肝胆,命山人借东风暗地成全……

这正是言派老生的拿手好戏——《卧龙吊孝》。

他转过身去，大声对廖得宽喊道："有朝一日我当了老板，一定要聘托马斯·刘当厂长，我非要看看他究竟怎样管理企业！"

远处飞过一只野鸭子，孤零零看着让人心疼。

黑色王国

黑 圈

一年到头都是黑乎乎的日子，干活儿。

盼五月，五月叫“红五月”。红五月的头一天是工人的节——五一国际劳动节。劳动节歇班，歇在家里炖肉吃。第二天上班，人人嘴唇儿都见光润。厕所随之爆满，临床表现为大便干燥，这是五一节的余韵。

红五月里的口号是大干三十天。累，然而还是乐意过这个红五月，热闹。

全厂的球赛、歌赛，年年在红五月里举行。是时，翻砂工们便能成群结队走出黑色王国，去大场面上看乐儿。红五月里的所见所闻，往往成为一年里的聊天儿内容。年年五月好。

红五月里我知道了许多事情，似文化启蒙。这个季节里的翻砂工，个个都像历史学家。

都是翻砂工的故事，有名有姓。而故事的主人公大多已经走出这块黑色土地到别的地方去了，似乎走得很远很远。

譬如那个时常被人提起的田秀刚，他是出自翻砂车间的杰出人物。公元一九七二年五月里的一天，一辆小卧车驶近车间大门，车里的人一眼相中正在刷标语的田秀刚，就命令他快去洗澡然后体检。几天之后田秀刚就被接走了，一步登天成了友谊宾馆的服务员，专门侍奉大人物，听说还在一次大宴上给西哈努克亲王端过扒熊掌和烧猴头儿。

田秀刚就像西哈努克亲王一样,离我们十分遥远,大约三十万光年。

经常被人们缅怀的还有一个叫齐诚的人。"齐诚当不了大官儿,就因为他太犟!"人们都这么说。起初我以为齐诚是个亡故之人,后来才知道他还比较健康地活着,在上层建筑里当工宣队队长。

后来我终于见到了齐诚。

那一年的五一节没歇班,活儿忙。说是要争分夺秒铸出一种用来抽海水的大泵,光荣任务。红五月里没了休息,只剩下两个字叫大干。

车间头儿精瘦且脑袋瓜儿极小,外号秦小鬼儿。他用非人类的鬼的嗓子在大干三十天动员大会上狂呼:"活着干!死了算!"

工人们就以为白盼了一年红五月,没了乐子。

秦小鬼儿说什么球赛呀歌赛呀咱们车间一律不参加,干活儿。紧接着他就把铺盖卷儿搬进办公室做夜以继日状,只字不提是被风韵犹存的老婆给轰出家门的。对秦小鬼儿来说,其实红五月是半老男人获得拯救的季节。

这时节齐诚回来了,他在一所中学里当了几年工宣队队长,说是添了个心跳间歇的大毛病。

这是一张死气沉沉的面孔。他倒背着手在翻砂场上转悠了一圈儿,笑着跟干活儿的人们打招呼,之后就再也不笑了,仍然是车间头目的那路表情:没表情。

他见了我,问:"新来的?"

我说:"已经来了三年了,齐书记。"

几个被称为"投篮疯"的小伙子追着他:"这篮球还得打呀!天长日久可就成东亚病夫了。"

一群嗓子痒了一年的大音量人物,脖子憋得发粗:"齐头儿这歌还得唱呀,不然我们可去找母驴对唱啦!"

午休时墙头上天天有人学驴叫,字正腔圆。

敦敦实实的齐诚静静听着工人们诉苦,千篇一律地答道:"知道了……研究研究。"

第一台大泵铸造成功,厂报的土记者前来采访。跟我一搭干活儿的赵林冲着土记者大声说："土记者同志不远万里来到中国……"

翻砂场对于外部世界来说，有一种心理上的遥远感。我壮胆对土记者说赵林干活儿时让大钉子扎了脚心，医院给了"全休一周"的病假，可他带伤不下火线……

赵林啐了我一口："放驴屁！是秦小鬼儿不允许我歇班！假条儿扣在他手里了……"

之后不知是谁带头，"黑驴合唱队"哼唱起一支名叫《四大腻味》的顺口溜儿：

漏房破锅病老婆，没有节目屁当歌！

土记者怕犯政治错误，假装没听见。

满眼莽莽黑砂，人淹在夜的海洋里，泅渡般干活儿，肺管里兴奋地拉着风箱。

中午只许休息半个小时，累乏了的人们就成群结伙出了车间，攀上墙头充当"骑士"，呼吸新鲜空气，偶尔也学几声驴鸣。没想到墙外公路上一头路经此地的母驴闻声居然动了春情。车把式急得挥鞭痛打母驴，仍驻足不前，就冲墙头上破口大骂。

"你们是人吗？勾引俺的驴，误了俺农业学大寨的时光老子告你们去！"

纷纷逃回翻砂场上，人们似乎一下坏了情绪，死坟地一样沉寂。

赵林突然说："我猜测柳咏章这小子在农村也提拔成了车把式了吧？"

柳咏章？我又听到了一个翻砂"历史人物"的名字，就向赵林这个浪荡汉子打听细情。

"他！永垂不朽呀，今年也该有三十岁啦。"

母驴成为禁忌，下午干活儿没见什么响动。

齐诚来了，虎着脸瞅着我往砂模上刷"铅粉浆"，不言不语。

赵林递上一支战斗牌烟卷儿："抽！小中华。"

齐诚一脸僵肉说不抽不抽我戒啦。

赵林条件反射立即口占一首：烟酒不沾呀不喝茶，唯一爱好孩儿他妈！

齐诚阴沉着脸像是憋了一泡尿。谁都知道他老婆炕上吃炕上屙已经瘫了八年了。

挂在车间大墙上的那只破喇叭传出了秦小鬼儿的声音,失真的声音刺得人耳膜发颤。

“宣布一条新规定,从明儿个起早晨七点上班,晚上七点下班,大干。病假不许超过一天,事假一概不准。另外大伙儿还得做好夜战的思想准备,不完活儿不下岗……”

一个外号叫“小六九”的瘪脸汉子已经把一张血书贴到大墙上:“活着干死了算,掉下十斤肉换铸件,三天不睡连着干,请考验!”

赵林凑近嗅了嗅“血书”:“嗯,是他老婆来月经时替他写的……”

齐诚正色:“不许胡说八道!是红药水。”

之后齐诚对我说:“你,洗手吧。”

我惶然,就洗了手随他去了办公室。

齐诚揉了揉心口说你要好好表现增长才干。我说我一定好好表现增长才干。

“你担任咱们车间篮球队的领队,脱产两天到料场上去练球;另外合唱队也由你组织一下,赛歌的当天脱产练练嗓子,老曲子,你填上应时的新词就成了。”

意外受到重用,我十分惊讶。

齐诚说你母亲国民党时期就是大学生联队主力队员,所以我要对你合理使用,让你成为一个“可教子女”。

我愕然:“我不知道这些情况……”

他沉吟:“是啊,自己档案里的东西自己未必清楚,你生在红旗下嘛!不要背思想包袱哟。”

我的血液里居然流着“篮球基因”,就迷迷糊糊说:“打球唱歌?眼下活儿这么忙……”

齐诚睁圆了一双眼:“抓革命,促生产!”

他又对我说友谊第一比赛第二,关键是赛出咱们翻砂工的精神面貌来。

我受了大补,回到翻砂场对赵林说明了自己的身份,赵林大喜,说红五月又来啦。

围上一群人恭喜着我，像是要成立造反队。

“你是鞋帮子改成帽檐儿——一步登天！”

翻砂场上乱套了。全车间总共一百三十八颗脑袋，竟然有六十六颗报名打球，五十七颗报名唱歌，就连跛腿儿豁嘴儿也大言不惭追着我喊“参加”。这简直是一种疯狂。

“报名报名，先他妈的脱两天产，白白净净地用公家时间玩一玩！”

这种现象据说年年有，俗称“起腻”，属大炼钢铁式的一窝蜂性质，最后达到添乱的目的。

这是软性暴动的独特表现形式。

秦小鬼儿从厂部开会归来，急了眼：“全乱套啦！生产生产。”然后抓反革命似的揪住我。

我说：“我是按党的指示办的，你还是找齐书记去算账吧。”之后我去了黑洞一样的更衣室。

吭吭哧哧好半天，我终于弄出了一首歌词。往那支老曲子里一填，参加全厂歌赛的男声小合唱就算成了。

交给“黑驴合唱队”去熟悉词儿。

黑驴们问我：“还是柳咏章作的那支曲子呀？”

我说我没有见过柳咏章。我只知道有个巴赫。

路过车间办公室，我听到里边吵了起来。

秦小鬼儿问：“这么多人脱产，谁干活儿呀！”

齐诚答：“俗话说精满自流，你憋也憋不住的……”

回到翻砂场，我听到人们议论，说齐诚不愧是太行山里兵工厂铸造地雷的出身，真正的布尔什维克；秦小鬼儿是个什么东西，三条石资本家的账房伙计，半无产阶级。

四大自由，赵林在厕所里贴出一张手纸标语：谁不让工人阶级唱歌打球就没有好下场！口气强硬但不属于政治斗争，找个乐儿而已。

秦小鬼儿自行车的两个车胎全瘪了，他气得哼哼，说这是阶级斗争的表现。几十年的光景，他早已吃透了工人阶级：没大尿性。

齐诚找到我:“还是节约闹革命吧!篮球队有八个人就成,合唱队也八个,提前一天脱产练习……”

说着他就使劲揉着心口,说重体力劳动就是饿得快,吵一次嘴就赛干了一天累活儿。

我怀疑他的心脏又要闹情绪:“您得多多注意身体……”

他突然问我:“你认识田秀刚吧?嗯……好好干吧,将来前途不会很差的。”

我想象不出友谊宾馆里的白衣侍者田秀刚究竟什么样子,遥远又朦胧。

脱产,我领着篮球队的八条汉子在坑坑洼洼的场子里练球。那支黑驴合唱队则在远处的小仓库里操练着嗓子。

大家都觉得幸福来之不易,因为世界上还有三分之二的受苦人。

秦小鬼儿追到球场上来训话,小脑袋乱晃。

“别臭美,应当知道允许你们脱产练球是领导反复研究决定的!赛完了球你们要用百倍劲头儿干活儿,不要辜负了……”

大家异口同声:“不要姑夫要姨夫。”

秦小鬼儿没词儿,就捉奸似的盯着我:“齐诚怎么选中了你呢?”

我壮胆说:“党的政策英明。”

远处的小仓库里传出了吓人的歌声:

战鼓响,红旗扬,炉火熊熊大干忙,丹心向着党中央,捷报飞出翻砂场!

大响动,这就是由我填入新词的歌曲。这是一支经久耐用的曲子,据说是在“四清”那年,为参加全厂歌赛由那个名叫柳咏章的翻砂工谱成,一把二胡试奏而出。之后年年歌赛年年重填新词,使人想起一年涂一次桐油的大木盆,愈用愈结实。

赵林告诉我,那个柳咏章“文革”初期随父母遣送河北省农村了,命苦。他作的曲子却留在翻砂场上,成了无以替代的孤品。

我只是机械地朝曲谱里填入应时的新词,柳咏章与司马迁距我同样遥远。我所能做的仅仅是一种圆圈状重复。令人兴奋的是翻砂车间黑驴合唱队年年以其超人的嗓门儿倾倒了全厂女工——坐在前排聆听,如受日精月华的大补。台上翻砂汉子浑身都长了嘴,每一块肌肉都在发出响动。那歌唱的,劲爆!

就这样红五月成了复活节。我居然深深为不曾谋面的田秀刚感到遗憾。莫名其妙。

黑驴合唱队原本是有赵林的,他偏偏犯了咽炎,错过了一年一度的大好时日。工人们讽刺他患了痔疮。把嗓子说成肛门,我听着差点儿呕吐了。

咽炎诱发脚气,赵林痛苦地活着。他脖子憋得发紫,找到球场上对我说,人生有三大美好瞬间,金不换。说罢朝我眨着一双蛤蟆眼。

"进球时、唱歌时、射精时!"

没人站出来与他商榷这"三大美好瞬间",而咽炎加脚气的赵林,只剩下"一大瞬间"了。

球赛与歌赛同一天开幕——红五月的味儿就出来了。翻砂工似乎进入发情期,满脸发疯的表情。

首场球赛对手是金加工车间——"白种人"。下午两点开赛,地点在汽车库空场上。

午饭之后,翻砂车间召开紧急大会,秦小鬼儿的细脖儿举着个袖珍型脑袋,大音量训话。

"厂里的球赛,一概不准去看!谁要是工作时间溜出去看球,逮着了就停职检查回家……"

谁都知道,让秦小鬼儿逮着,比被人捉奸还难受。

齐诚虎着脸,死声死语:"按破坏生产论处!"

人们恭顺地听着,没有很多表情。

赵林哑着嗓子小声说:"毋宁死……"

我领着球队八条汉子走出翻砂场,没人言声,只有冲天炉后的鼓风机大声哼哼着。

我回头看,车间里一群雕塑般的人,好似"定格"——停下手中的活计,凝着眼睛目送着我们——黑色奥林匹克篮球队。

齐诚小步追到车间门口："提高投篮命中率！"

追出来黑驴合唱队，唱着那支老曲子为我们送行，很悲壮。我又一次想起作曲家柳咏章。

秦小鬼儿把黑驴合唱队赶回车间，然后关严大门，哗啦啦用一条链子锁了，大声叫唤：

"你们都听着，我和齐书记看守大门，谁脱岗去看球就大批判谁，我绝不手软！"

比赛开始。我们与金加工车间球队交了手。观众黑压压站满了场边，但一个个都是"白种人"。

一种孤立无援的情绪笼罩着我。无所皈依。

翻砂汉子们在球场上奔跑拼抢传递……一个个都像粗壮的哑巴。我站在场边，觉得我们不是来打球的是来发疯的，年复一年都是这样。柳咏章那支久唱不衰的曲子，一直在我心头轰响，首尾相接，无休止地唱着……但是没有歌词。

金加工车间的队员们在场上打得十分从容，洋人般潇洒，他们是来玩儿的。

我又想起友谊宾馆的白衣侍者田秀刚。上半场结束了，我们落后十六分。

五个队员呼呼喘着粗气站在我跟前。

观众堆儿里有人说："翻砂车间输就输在打得太认真啦……"

中锋大黑立即反驳："我×你妈！你当我们是逛窑子来了？"观众堆里不吱声，绝了议论。

比分落后使我没了主张，想起锁紧翻砂车间大门的铁链子，心里更沉重。借中场休息，我疯跑回车间报急。

秦小鬼儿依然把守着车间大门，却不见了齐诚。黑驴合唱队仍旧在车间里放声唱着，因为下午五点钟他们将登台参加歌赛。

他们被锁在车间里唱得太久了，我听出嗓子们有些沙哑。已经听不清歌词了，好像根本没有歌词。

我向秦小鬼儿报警："上半场咱输啦！"

秦小鬼儿望了我一眼："你跑回来干扰生产呀？快回去！"

车间大门里歌声戛然而止，传出一个经过伪装的声音，我听出是赵林。

“输就输在秦主任把睾丸忘在家里啦！”

之后我听见了指甲挠门的声音，嗞嗞刺耳。

“×！没有我们大伙儿助阵，球队赢不了。”这还是赵林伪装的声音。

我返身快跑，下半场比赛开始了。

我对队员们说：“赵林关在车间里念叶挺的诗。”

大黑没文化，一脸惑然：“夜挺的尸？”

“不能输啊！赵林都夜挺尸了，咱们来之不易……”大黑雄赳赳上场了。

大黑打球，场上作案水平极高：偷偷拉住对方中锋裤衩却不被裁判发现。他遗憾地对我说：“这要是男女混合比赛就好啦！”

我小声告诫他：“咱们不光是来打球的，兄弟！”其实究竟是来干什么的，我也说不清楚。

观众堆儿里几个女工认为我们是真正的雄性，便悄悄打量着。尽管天长日久秦小鬼儿雌化着我们，那吨吨铸件都是我们的分娩。

下半场球赛进入白热化，我们仍然处于劣势。

金加工车间球队身穿白背心白裤衩，像娘儿们的肉一样白，汗水使白肉更加鲜亮。

我叫了暂停：“别忘了自己是老爷们儿！”

大黑浑身冒汗：“嘿！抢球时，我怎么有种强奸妇女的感觉呢？”他的表情特别纯真，一下感动了我。

我说：“你思路对头！趁着明白往狠里干吧。”

观众堆里几个女工小声嘀咕着：“妈呀！这哪儿是打篮球的，一群摘帽坏分子……”

后卫小邦子抢着说：“你们一针见血，赛过两报一刊社论！”

比赛继续进行。这时有人拍了拍我肩膀。回头看，齐诚正绷着国字脸儿。

“您……”

他惶惶然：“不、不能输啊。”说罢躲进人丛。

我发觉观众人墙被撼动了，分明挤进来几个翻砂汉子。我看见赵林那张粘满铅粉浆的长脸。

他们挣脱铁链子而来,像一群逃出樊笼的小黑媳妇。

“黑人加油!黑人加油!”响起一阵呼喊。

大黑如同吸足鸦片,他犯了“投篮疯”,一来一往就连入三球,六分。

我看到一张张黑色面孔混杂在观众堆儿里——他们果然越狱了。

一声锣响,我们的球队以三分之差败下阵来。

金加工车间的观众们欢呼起来。这是“白种人”的胜利。

赵林领着一群神色不安的翻砂工围住了我。人们七嘴八舌:“我们冒这么大危险来看球,你们还他娘的输啦!回去秦小鬼儿肯定整治咱们,倒霉。”

我扭脸寻找齐诚,远远看见他进了汽车库旁边的厕所。

赵林哑着嗓子一挥手:“越狱来的弟兄们都跟我走!”就领着大伙藏到离厕所不远的大卡车后边去了。

我领着失败的篮球队往回走,心里不是味道。

大黑:“唉!忙乎了半天,还是让人家把咱给×了。”

我明白了,说:“这可不是顺奸啊,这次咱们反抗了。”

大家都惊异:“照你这么说,平常咱们是一群干翻砂的娘儿们呀?”

走近翻砂场,秦小鬼儿叉腰立在车间大门口,满脖梗子爬着青筋,蚯蚓似的。

“一个也逃不脱!你们敢从窗户往外蹦啊?”车间大门旁边矗着一块黑板,显然是等待俘虏们签到。

一支队形古怪的兵马,渐渐向翻砂车间走来。

齐诚像个尖兵,倒背双手走在前边。他步履维艰,挂着一脸恼怒式的尴尬。

就在齐诚身后十多米远,跟着一串儿翻砂工,他们以赵林为首。齐诚倒背着双手,他们也倒背双手;齐诚咳嗽一声,他们也咳嗽一声;活脱脱一串齐诚的复制品,死活也甩不掉。就这样一路模仿着,走回翻砂车间。

这是翻砂工的智慧:你齐书记不是忍不住去看球了吗?我们也忍不住去了——儿童模仿大人永远无罪。

秦小鬼儿怒了:“赵、赵林!”

赵林嗓子突然变细,模仿着太监:“您有何吩咐?”

“挨个儿到黑板上写自己的名字,旷工！按破坏生产性质的旷工论处。”

赵林:“不论什么时候,我们都是坚决跟党走的。”说着就站到党支部书记齐诚身旁,好像领导的影子。

秦小鬼儿明白了:“老齐你！”

我认为巩固我党的机会来了:“齐书记是以党支部书记身份去球场加强队员政治思想工作的,这是他的责任……”

秦小鬼儿打断我的话,狠狠一笑:“你出虚恭！我跟齐书记早就表了态,以身作则谁也不去看球。你连党员都不是少掺和我们党内的事儿！”

之后秦小鬼儿威胁我说:“你跟我玩理论？你小子离倒霉不远了。”

“齐诚们”站在齐诚身旁,得意地笑了。

大门里跑出一个老翻砂工:“秦秦……那台大泵没清砂就裂啦！”

秦小鬼儿脑袋更小了:“裂啦？这是大案件呀！老齐你……”

齐诚捏起粉笔,不慌不忙在黑板上写了自己的名字。他转脸看赵林:“你们跟党走？那就都来写名字吧！”

秦小鬼儿挠了挠裤裆,抱着写满翻砂工名字的大黑板,往厂部方向跑去。

进了车间,我看见大门上的铁锈被许多指甲挠出了一道道痕迹。我问身边的几个老翻砂工:“刚才秦主任锁了大门？”

“是吗？我们根本没觉出来呀！”他们面面相觑,像一群老妪似的。

人们都跑去看那台因开裂而报废的大泵。齐诚小声叫住我,远远瞅着人群说:“我是憋不住才跑去看球的,就怕你们输啊。唉！我一时明白一时糊涂,影响了车间生产……”

他十分虔诚,然后用力揉着心口。

黑驴合唱队拥上来说,秦小鬼儿不许我们参加下午歌赛了,急了眼。

我看着齐诚:“他们这嗓子白练啦？”

齐诚想了想:“照唱不误,照唱不误。”

“真的？真的？”赵林不敢相信,连声追问着齐诚。

“这次不用锁大门了。”齐诚依然揉着心口:“去唱吧去唱吧,你们唱舒坦了,回来好好干活儿！”

我领着嗓子们去赛歌会上舒坦了。尽管这是一群已经沙哑了的嗓子。

下午两点钟，马上要登台了，一个“黑驴”突然对我说：“我、我觉得在台上唱没多大意思……”

我问：“在哪儿唱有大意思？”

“关在大门里唱……”

不知为什么，黑驴合唱队有些无精打采。我急了：“你们被秦小鬼儿奴役惯了吧？被关在车间大门里唱歌的，那是婢女和太监！别忘了你们都是站着撒尿的爷们儿……”

黑驴合唱队登台了。他们一字排开，身穿藏蓝色帆布工作服，面无表情。手风琴前奏响了。我突然发现他们眼睛里闪烁着异样光芒——流露出灼灼逼人的挑衅神色。

这种神色是平常翻砂场绝少见到的。平常他们都是被挑衅的角色。

他们放声歌唱了，沙哑的嗓子吼出柳咏章留下的永恒旋律。这只能说是吼而不是唱，因此我根本听不清歌词，或许他们从来就没有歌词。这时我明白了，年复一年填入的新词皆为枉然——这支曲子根本没有休止符，它是个首尾相环的圆圈儿。凡是圆圈儿你是无法嵌入任何东西的。

我想象不出当年的柳咏章是个什么样的人物。

全场鸦雀无声，突然间爆出梦醒似的掌声。黑驴合唱队唱罢，平静地站在台上。片刻，领唱乔大富跨出队列，故作斯文地说：“谢谢鼓励，我们再唱一遍。”

柳咏章的旋律再度响起。我看见前排几个女工悄悄抹着眼泪。

我突然看见赵林，他站在观众堆里，活像死树桩子。我暗暗吃惊：他胆敢再次违反纪律，逃出翻砂场跑来听歌。

演唱结束。天色黑了，我领着黑驴合唱队返回车间。翻砂场灯火通明，人人表情紧张而呆板，好像鬼子进了村。

“谁也不许回家，全体连班夜战，把大泵报废损失的时间夺回来！”秦小鬼儿站在冲天炉前吼叫着，满脸大权在握的霸道颜色。

签满了暴动者名字的大黑板挂在大墙上，这是充满恐吓意味的黑名单。

秦小鬼儿鹰眼盯着我：“谁允许你领着他们去赛歌的？你胆大包天！”

齐诚揉着心口站在角落里，不说话。

赵林突地站出来:“姓秦的,你老婆来电话说要跟你离婚……”

“你放屁！你给我到炉后劈铁去。”

齐诚揉着心口说:“老秦啊,在我调到废品仓库之前,我还是这儿的书记！你别太急了。”

咦？工人们听出,齐诚书记就要下野了。

秦小鬼儿拉开吃人的架势,把赵林扯到远处问:“你小子敢拿我开心？”

赵林大声说:“你把我关在办公室里让我写揭发齐诚的材料,你老婆打来电话是我接的,她要找齐书记接电话,还说你不是人是猿猴儿……”

“你小子胡吣！”秦小鬼儿气得翻了白眼。

秦小鬼儿跑到厂部举报齐诚,齐诚因此受到撤职处分,罪名是身为车间书记带头看球破坏生产,调到废品仓库停职反省。

就这样,秦小鬼儿大权独揽,成了翻砂车间党政一把手。兵工厂出身的齐诚文化程度不高,造成人心浮动扰乱生产使第二台大泵报了废。

他悄悄让我替他把检讨书誊写一遍。我看到他在检讨书中为自己辩解:“不是我领着大伙儿去看球的,是我一个人悄悄去的,我怕他们输了,想去鼓励鼓励。可散了场大伙儿跟着我走,我怎么甩也甩不掉,没办法。”

关键时刻跟党走。赵林的智慧拯救了越狱看球的翻砂工们,却害齐诚吃了官司。

我问他:“齐书记你为什么重用我？”

他语塞,半天才文不对题说:“我爱看《女篮五号》那部电影……”

之后,他涨红了脖子:“善始善终,后面几场球咱们还要打！”

我觉得莫名其妙,望着齐诚的国字脸儿,不知道他身上哪儿来这么浓厚的“篮球情结”。

只能感谢那个《女篮五号》。

齐诚郑重地拍拍我的肩头:“你好好表现吧！前途方面有可能超过田秀刚哩……”

我觉得胃口里泛酸,就不言语。

翻砂场上,活计愈干愈邪乎,有上班的时间,没有下班的钟点,死干。一个臭老九身份的“四眼儿”终于找出造成泵体开裂的原因,就改变工艺,拉来一车车草绳,缠在芯铁上增加容让性。一时间翻砂场里全是稻草绳,好像诸葛亮上演“草船借箭”。革命形势很好。人们乏透了,午休半小时,只剩下赵林去墙头儿坐着,搓着脚气学驴叫。

我依然按时领着人马参加球赛,还剩两场。秦小鬼儿每次只给我们一丁点儿自由:临赛前半小时收工,跑步去球场参赛,赛完球必须立即回到翻砂场,晚了按旷工查处。

我们居然连胜了两场,意外地进入了半决赛。

不用再锁大门了,没人敢去看球了。

齐诚下到废品仓库了。他挥起铁锨清理废渣,总抬手揉心口那地方。

我们一分险胜,宰掉厂直机关队,挺进了决赛。

翻砂场上没有什么反应,都忙着干活儿。

我们该去决赛了,对手居然是职工食堂队,这是高级伙食喂养出来的对手。

走出翻砂车间前往比赛现场,我看到篮球队员们故意把脸蛋儿涂得更黑。这群黑色奥林匹克精灵,就黑手黑脚地出发了。

齐诚远远望着我们,站在废品仓库门前。

球场上,夕阳张开血盆大口等待着,似乎要吞了我们。我们就挺着身子走上球场。

心里幻幻的,又响起柳咏章创作的圆圈儿一样的曲子。

职工食堂篮球队员,一个个都是又白又胖的肉塔。观众多得吓人,都是他们的支持者,胃口呐喊着。

我们好像到了外国,这时我的爱憎消失了,只觉得活着就得朝前走——盲目地迈着脚步。

“要把对方当成肥肉丸子,吃啦!”中锋大黑说。

黄昏了,没了阳光。球场中央用白油漆画了个很圆很圆的圈儿——这是开球的地方。开球了。

迷迷糊糊打完上半场,我们落后五分。

下半场开始,后卫小邦子带球途中,扑倒在白色圆圈儿里。他挣扎起来,抬头目光撞到我的瞳孔。我觉得自己是一棵栽在场边的树,发出哗哗声响:

“起来吧，别死在圈儿里！”

总裁判台立即警告我：不得大声喧哗。我们成了没有助威者的孤独的少数分子。

我似乎看见，车间里翻砂汉子默默地干活儿，他们把身子固定在那里，流动的只有汗水。

比赛临近尾声。观众人墙愈垒愈厚。食堂厨师们来了，为场上子弟兵送来绿豆汤。望着热气腾腾的白瓷桶，我不知胜负还有什么意义。

大黑率领队员们在球场上机械地奔跑着。我们处于劣势。

观众人墙被撼动了——我看到场边裂出一个豁口，拥进一排人来。

只是一个瞬间，豁口处矗起五个稻草扎成的“人”。“他们”摇摇晃晃站在那里，不高不矮不胖不瘦，昂头挺胸高举着右手……

观众惊讶地喊道：“看啊，翻砂车间的拉拉队来啦！”

五个稻草人，胸前都挂着一块硬纸牌子，上面写着他们姓名或外号：赵林、乔大富、小六九、老贫农……第五个稻草人胸前挂着纸牌子没写姓名，只用墨汁画了个很圆很圆的圈儿。

我猜测，大家一起动手扎制的稻草人，无疑代表翻砂工的处境——人人都被困在车间里干活儿，他们的化身来了，来到现场给自己球队加油了。至于那个无姓无名的“圆圈儿”代表什么？我不知道。

我发现这五个稻草人，站在场边死死盯着那只四处飞奔的篮球。我觉得自己醉了，脑海空白。那只篮球被十个人影追逐着，飞来飞去，飞出球场，飞向黢黑的翻砂场，飞向九霄云外……

比赛好像结束了。我看见观众人墙从厚变薄了，化作人流四散而去。

“咱们赢了，还是输了？”有人这样问我。是啊，过程是清晰的，结局朦朦胧胧。我领着队员们朝回走，没人言语。

“咱们赢了，还是输了？”还是有人这样追问。

“咱们醉了……”我说。

我们走了个曲线——没有径直返回翻砂场而从厂办门前经过，走得十分盲目。我幻幻地又听到了那支曲子。

厂办门前台阶上，一个蓬头垢面的男子，席地而坐，双目微合，一脸僵肉。

他怀里抱定一把二胡，悠悠拉奏着。

啊！这正是我们年复一年填入新词登台演唱的曲子。此时，这支四分之二节拍的曲子，完全改变了进行曲节奏，被这个形若乞丐的男子演绎得凄切婉转，如泣如诉。

只是听不清他嘴里含混不清的歌词。

一个工厂头目大声呵斥："走！这不是你上访的地方，有委屈去找革委会吧。"

我身后的大黑小声说："这人有点像柳咏章。妈的，他怎么老成这样儿啦？出土文物似的……"

二胡还在不停地拉奏着，似乎永无休止。

远处腾起一股青烟。站在球场边的五个稻草人不知被谁点燃了，火光冲天，它们的灰烬，直冲云天。

走回翻砂车间，看见第三只大泵浇铸完工。人们石头一样蹲在一起抽着烟。

我似乎还能听到那支追魂儿似的曲子。

"齐书记呢？"我问一个黑驴合唱队员。

"你忘啦？他已经去废品仓库上任了。"

噢，我忘了，难道我失忆啦？

赵林迎上来对我说："我刚刚听到消息，田、田秀刚在友谊宾馆后院煤堆上自杀了，前天吧。"

之后，赵林冲我吐出一个很圆很圆的烟圈儿。

母　牛

这儿，只有老牛是母的——女人、女工、女翻砂工。当然她也是两条腿儿走路。四条腿儿走路的，是工厂后门养的那条狗。

什么东西都是稀少为贵，人亦然。因此老牛的活计并不太累：打芯儿。坐在全无光亮的角落里，守着个盛满油砂的大铝盆，一柄小锤子一把小铲儿，叮咣敲打，像个女巫。

那冒尖儿的一大盆油砂，赛个坟头儿。翻砂汉子们便常来这儿“上坟”，耸着个鼻子嗅，拿她找乐儿：“这儿，腥气味儿真大！”

她不睬，就端着打成的一板儿油砂芯儿，去往窑里烤。那可爱的油砂芯儿原本是金黄色的。经她刷上一层黑色涂料，便没了金黄，与天地浑然一色了，黑得爱人儿。

烘窑里黑，染得人眼发暗，冷不丁伸出一双粪叉子般的手，飞快地拧一把她身上软乎的地方，就触电一样缩回。似惬意了。

“这么大啦还想吃老娘的奶？”老牛不动声色，嘴上却生出利刃，不饶人。

“想——吃。”暗处是嘿嘿的笑，蛮劲很大。

老牛哈哈笑着就要解怀：“来吧，好儿子。”

那黑影里的却是个不死的孔孟之徒。一见她动真格的，吓跑了。世界上怕就怕“认真”二字，散漫惯了的翻砂工也最怕认真。

闪出个车间头儿秦小鬼儿。他贼瘦，瘦得只剩下了骨头。肉都支援到狗身上去了。

“怎么回事？牛桂荣。”秦小鬼儿正色问。

“刚才我跟你伯伯说话呢。”于是秦小鬼儿又降了一辈儿，成了老牛的孙子。

其实老牛不老，三十出头儿。她模样平常，却常含着几分傻气。枣核儿的体形：中间大两头小，中等身量。等外品，但毕竟是个女人。

“咱呀！是上炕一把剪子，下灶一把铲子。”她自夸，常年用口头语。良家妇女美在于斯。

“遛马路一只坛子。”必然有人接话茬儿。

她就反问：“你就跟老娘这样说话？不孝顺！”

那年头艰难。老牛三级工，拉扯着一儿一女，不易。可她又不是寡妇。日子倒难过了。

天天有人问她：“你爷们儿来信了吗？”

“来啦！头一句就说他爱我。”

她爷们儿是个瓦工。建筑公司在宁夏。一年回来一趟，换季。她便成了忙闲不均的人了。

翻砂汉子们的家属也多在农村。就十分惋惜地说她是块“荒地”。荒得可惜。于是谣传几个老光棍成立了一个“开发荒地合作社”,一大二公。但也没见有谁动真格的。他们深知老牛的裤腰带是一道铁箍。能干翻砂这路活计的老娘儿们,必不是凡人。只拿她当个乐子罢了。

老牛就骂街。她骂街,比男人还豁亮,毫无思想负担。而听她骂街,居然成了翻砂汉子们的一种享受。一围就是一圈子人,赛听曲艺大联唱。那骂声,全是上古口头文学之遗产。

秦小鬼儿就赶来,听上一会儿,说:“你骂街破坏生产!”然后就转转裤腰,使劲一提。

“我骂街促进生产!”她毫不示弱,又提高了一个八度,骂的剂量更大。花腔女高音。

工人们就时不时故意藏了她的小物件儿,弄她怒,听她骂。因为没有别的节目。翻砂工似苦行僧。

“偷老娘的骑马布你去当口罩呀?小心掉了满口的牙……”她骂得十分辉煌,极诱人。

众人听着,就热烈地鼓掌拍疼了手。

她做惊讶状:“咦?我这是河边儿娶媳妇——给王八们看乐啦!”之后就告一段落,喝口水。

翻砂工们最忌讳王八这字眼儿。它总给人一种炕头上的不安全感。于是就诚心诚意暗中称道老牛虽野却是个本分娘儿们,男走千里莫担心。这是翻砂工的荣耀。

老牛是个懂分寸的女人。水过地皮湿的事儿,她容。往深里去,休想。她似懂量变概念。

这就是翻砂女人的活法。啧!也是种哲学。

来了个厂医:马桢。这个五十来岁的白脸秀士是下放到翻砂场上劳动改造的。据说他脑子里有反动思想。虽说不太反动,但毕竟有点儿反动。秦小鬼儿把马桢交给了老牛:“跟你干吧!让他改造改造思想……”这里是个再造炉。

“放屁!我改造得了他吗?”老牛还是接了。

马桢就不言不语随着老牛干活儿。

“我牛你马，再牵头驴来，咱这儿可就成了牲口棚啦！”她大大咧咧，似乎敌我界限不清。

“完全可以饲养几头驴，让它们拉砂子。完了活儿就放到厂外草丛里去吃草……”马桢看来的确需要改造，他思想太多了。

“这倒是个好主意！”老牛小孩子般兴奋。

一个外号叫驴的翻砂汉子凑上来：“哟，你们俩干上啦？”就颇得意地嘻嘻笑。

“坐住你的嘴！快吃草去吧。”

“驴”问：“马桢，你西医中医？”

“我是庸医……”马桢低头说。

“驴”突然伸来一只铁锨柄，往老牛下身一挑：“我高宠今天挑滑车……”这是常规动作。

马桢呼地站起，怒视那“驴”。他少见多怪。

“驴”大出意外，被惊呆了：“你他妈……”

“滚！”老牛居然怒了，抛出一团油砂，击在“驴脸”上。“驴”奋蹄去了。

“我人缘好。他们都跟我这么逗着玩儿……”老牛解释着，脸上闪过一丝难以察觉的难为情。

“你大学毕业吧？以前我怎么没见过你？”

“以前我也没见过你。”看来马桢很固执。

但马桢还是遭到了报复：他下班洗澡，衣服全让人给抱跑了。他在池子里泡了一夜。

第二天他自语着：“再泡，就成了两栖动物。”

“跟大伙儿熟了就没人欺负你啦！”老牛说。

马桢是个孤独的小老头儿。

秦小鬼儿找到马桢，说：“你还是好好在这儿改造思想吧。哎，我问你，我老婆今年都三十二了，怎么还……”秦小鬼儿老婆在农村。

“我不懂妇科。”但世界上也没有“翻砂科”。

“那你会治痔疮吧？啧！你可得以功抵过呀！这翻砂工的病，你得主动给治……”

“翻砂工的病要有专门的大夫治。我治不了。我是个庸医……”马桢倒很谦逊。

老牛凑上来说：“你就别太谦虚啦！秦小鬼儿忒想生个大胖儿子哪！”不孝有三无后为大。

马桢低头说：“唔……”他对绝户危机反应淡漠。

人们正用铁钩子从黑砂中扒出暗红色的铸件来。黑尘扬起，腾升出一朵朵蘑菇云。空气愈发稠了，有充饥感。生命，便在这里繁衍。

之后，翻砂汉子们从吐砂子中刨出埋在里边的山芋，已经烤熟了。就龇出一排大板儿牙，啃，马桢木然望着，木然说：“不卫生。三条石。”

“不干不净，吃了没病！”一张大嘴吃着说，“心净物不脏，心脏物也不净！”

“马桢别总在这儿充熟的，你老实点儿吧。”

马桢哑口无言，死盯着那热山芋。

翻砂工个个都是硬汉，铁身钢腿铜舌头。然而除了佛，人身上总会有五劳七伤的。翻砂场上的常见病不同一般，很有几分怪异。三十大儿，就脱光了头发；四十出头就没了满口牙；还有到处可见的“静脉曲张”——小腿上满是暴突的青色筋疙瘩，蕴含着无处可泄的内力。久病成医，翻砂工中有了以偏方治大病的土郎中。李竖生是其中成就最高者。

李竖生年方三十，他很不屑马桢。因为他知道马桢是个西医，只知 ABC。

李竖生治疗脱肛这种病，一绝。

“温开水兑点儿醋，洗屁眼儿；五倍子和石榴皮这两味药，炒焦了研成细末……一次保你除根儿。到死都不再掉出来啦！”土郎中敢说大话。

李竖生还给老牛出过一个偏方，绝密。说是从唐代名医孙思邈那传下来的。悠悠千年哉！

翻砂工们在澡堂子里就猜测是“大力丸”。老牛爷们儿回家换季，用得上。

“心净，心得净呀！”李竖生得了翻砂行当的真传。每逢行医，必言此条戒律，以警族人。

临近老牛的爷们儿回家探亲，翻砂汉子便天天拿她开心找乐，众口合唱一首无名氏创作的歌谣，充满了生理激情又表达了良好的祝愿。

猫三狗四猪五羊六驴七马八，
下个月就轮到你呀把情来发！

“放屁，前天他来信说，今年活儿忙不回来探亲啦！”老牛叉腰喊着，并无“相见时难”的感慨。

秦小鬼儿走过来训她：“你叫唤什么？快给我干活儿去！”颇有族长气派。

然而三天之后，老牛就说不大舒坦。李竖生眨眨一双小眼睛给她出了个偏方：“小麦仁、大枣、甘草……这可是个祖传秘方哟。”

“李竖生你好好干吧，有机会我让你脱产到咱车间保健站当大夫。”秦小鬼儿阴着脸说。

看来李竖生快有“处方权”了，这土郎中。

马桢照样劳动改造，天天拉车运砂子。

老牛唤来他，伸出一条胖胳膊：“你给我诊诊，看吃点儿什么药？”看来她不大信服李竖生了。

“我、我不会看病呀。”马桢黯然。

老牛圆了双眼：“你不会看？狗会看！”

“你，你怎么知道我也懂得中医？”

“什么中医西医，反正你会摸脉呀。”

就摸脉。马桢蓦地变了脸色——他又觉得自己是个医生了。于是他想笑，又想哭。

他诊脉的手在微微颤抖，似触到了经络。

一群翻砂汉子，内有李竖生。远远地偷听偷看，像个充满仇恨的部族。

“你呀，你还是到大医院去看看吧。”马桢忘了洗手，擦擦额头的汗。额头被黑手抹出一道黑色印记，仿佛古老的族徽。老牛呆望着他。

“你又不是个废物！你说个病名我去讨点药吃不就得啦！”老牛急切地说，却没用大嗓门儿。

老牛双眼中充满了热望。这很少见的。

“你……”马桢沉吟，之后再度诊脉。

“有屁就放，别憋着。”她皈依了马桢医学。

马桢看着脚下黑砂，一板一眼说：

“你——有了。”说罢还是望着脚下黑砂。

老牛当然听清了，脸上便残忍地一笑：“你是不是拿老娘找乐儿？”渐渐就变了脸色。

马桢摇了摇头：“我老娘早死了。不可能再有什么别的老娘了。你还是去妇科查查吧……”

“放屁！你拿姑奶奶找乐儿。我爷们儿常年在外，我有啦？我有个屁！”老牛呼地站起身来。

马桢正色：“你，有了！别的我不管，反正你是有了，我说真话。”这是他对黑砂土地的固执。

拥上来一群翻砂汉子，先是不言不语，听。

之后便被激怒了。众人脸上的表情，只有在远古子民面孔里才能得到复制。

“你小子敢拿翻砂娘儿们寻开心？”

“心脏手不净，才摸出个花花脉来！”

“谁不知老牛她是个正经娘儿们。”

他们不只觉得马桢这家伙污蔑了老牛，也觉得这个外来户污蔑了全体翻砂工以及家属。

有人怒不可遏，就伸出了巴掌。

“我们干的活儿脏，可心净！”

就啪啪打了起来。翻砂工们此时只有一个圣洁之物——老牛。他们绝不甘心碎了这女人像，就好像进了魔界——挥动拳头，疯狂地拱卫这件贴身小棉袄。

马桢始终一声不吭。他面对着种族歧视，认头挨打。

“说！到底怎么回事？”赶上来的秦小鬼儿，厉声审着马桢。马桢抬头：“来了这么多病人？”

“她，有了。”马桢咬紧了牙关，捍卫着医道。

李竖生急了：“你污蔑革命女职工！”

人们怒吼了：“马桢你脏心烂肺馊了肠子！”

马桢缓缓抬头:“脏?脏了未必不是真货。多干净的人也得拉屎……”这胆大包天的声音。

李竖生抬手一拳。马桢倒了:“好糊涂的患者……”

这是一场不可调和的冲突:在病与非病之间。

秦小鬼儿却尖嗓叫道:“到底有没有?说!”表情活像个盼望收获的老农遇见了洪水。

马桢石头般不说话了,两眼只盯着脚下黑砂。

李竖生气得忘记了所有的偏方,眨着一双“雀蒙眼”,不说话。

秦小鬼儿大声嚷嚷:“抓革命促生产,都给我干自己的活儿去!”他挥着那双壮年的手掌,像江湖卖野药儿的。

“驴”接茬儿说:“今天你倒挺精神的!”

秦小鬼儿转脸说:“老牛, 不舒坦你就歇几天吧。谁都有头疼脑热的时候。”

老牛已没了踪影。众人也各自散去了。

地上只蹲着正在养伤的马桢。

秦小鬼儿凑近了问:“你说……”

马桢永恒地闭着嘴,似一尊喘气的木乃伊。

“你!哑巴啦?”秦小鬼儿脸上现出绝望。

马桢轻轻点了点头,数着地上的黑色砂砾。

后来才知道马桢于混乱之中不知被谁踹折了两根儿肋条。马桢没有歇班,全靠自愈,只是不张嘴说话。

马桢当然是个庸医,因为老牛肚子根本没有隆起。永恒的平原。一场子虚乌有。

但她还是病了一场。病好了,就接着坐在大铝盆前打芯儿。再后来她爷们儿回来探了一次亲。秦小鬼儿发扬人道,让她在家歇了一个星期,大享天伦之乐。翻砂车间仍旧固若金汤。

秦小鬼儿却显出了几分苍老,像丢了宝贝。

那马桢在翻砂场上整整劳改了一年。厂职工医院召他回去,扫厕所。还是不言不语。

马桢离开翻砂场时，秦小鬼儿约他谈了话。

马桢始终不言不语。临了，用手指蘸着水在他办公桌上写了几行字儿，可能是个世人不知的药方。

秦小鬼儿脸全白了，好像死了心。

我就是从那个黑得诱人的工场里爬出来的翻砂工。我曾于一个阴暗角落里窥见这样一个场景。两人，一男一女。那天太阳生病了。

那女人："女人给别人赔不是，赔大不是，只有这一招呀。你，你把我干了吧！干了吧！"

那男人不言不语，躲闪着女人的拉扯。

"他怕绝后，借我荒地下种儿，又害怕，就掐死了自己那根儿没出土的苗儿……"女人在抽泣。似乎无以解脱。

"你是个说真话不回头的犟种。你恨这翻砂工。你狠狠心把我干了吧。"这是一种乞求。

翻砂女人的忏悔，只能挖掘自身的"潜力"。

终于听见了那男人的声音，很苍凉。

"干？干什么？还是干革命吧。"转身走了。

那女人失了声："你他妈的是个神医，你真狠心呀！你不原谅我呀？我×你祖宗……"

那女声，已近乎一种兽类的嗥叫，很动听。

那男人走出好远，迎面看见一台很大很大的标志着某种工业文明的尚未开箱的大机器。

这是一台高速碾砂机，尚在睡梦之中。

门官儿

我终于和那个名叫王金柄的翻砂汉子一遭干活儿了。他就嘿嘿冲我笑。我记住他一脸鼠相，尤其那双厚厚的唇，很肉。

我十八，他四十好儿。两人干活当然是他领档儿。领档儿就是搭伙干活儿的为首者。

他是中国共产党党员。老字号的伙计。

干吧。就在车间角落里选了个地势。王金柄惶惶着，东瞅西瞧一番，说："这地方背风，人也少。嘿嘿。"脸上表情依然含着几丝慌张，满不像在家已当了爹的人物。

我也受了他的传染，心里阵阵莫名的紧张，也仿着他东瞧西瞅一番，说："这地方好是好，就怕天车钩子够不着咱呀。"

他又东瞅西瞧南观北望一番："嗯。没啥挡碍的。咱俩，还拾不起个五六百斤来？"

一句话就省去了一部起重机。我受到鼓舞，还是充满怀疑地看了看自己精细大长的胳膊——有骨头没肉。然后我看着他两只"前足"：手上暴露着青筋。绝对苦大仇深。

"我可要问你呢，你爱歇班吗？"他是泊镇腔。

我回答："爱呀！公休日可以去玩儿。"

"说岔了，说岔了，我问你爱歇病假吗？"他抄起铁锨平整着黑砂地，轻微喘息着。

"有病，顶不住，就歇呗！怎么还爱不爱呢？"那时我还不知非人的劳动一旦成为一种刑罚，人便伺机逃脱。病假是一种幸福。

他又嘿嘿笑了。与他搭伙干活儿刚刚十分钟，我便听惯了这种笑声。

我俩的任务是做一种名叫"端盖"的铸件，灰铁的，一件三百公斤。自己拌砂自己造型自己合箱自己浇注铁水，这过程，像经历一个铁的人生。

他告诉我这批活儿要一百件，要干到今年立冬。他说这话时脸上表情很奇特。

"干上啦？"时常有人跑来观光。王金柄就嘿嘿笑："干，干上咧。"言简意赅。

他干活儿的时候，动作有些拙。我给他搭下手，用铁锨把砂子抖落到砂箱里，由他抄着兵器似的砂捣子，狠力充实。他干得认真，有时又小心翼翼像是制造原子弹。

他突然嘿嘿笑了："这遭可是俺领导你咧。"

我觉得这毫无重申的必要,就不搭腔。

他就惶惶地扫我一眼。我觉得自己即将成为一条汉子。尽管我还有两年光景才能满徒出师。

跟王金柄一遭干活儿挺舒坦,他从不训斥人。有时一边干活儿一边聊天儿。他极少把目光投在我的脸上,而是永恒地低头瞅着黑砂。

但,我还是很难完全跟他同心同德。

做废了一件活儿,他被唤到清砂工房里去看"死尸"。师傅走了,我自然没了主张,就停了活计蹲在砂箱旁边歇着。蹲,是翻砂的基本功。

走过来车间书记小司。他二十八岁,却有八年"当官史"了。他弱声弱气问:"王金柄干什么去了?"

我蹲着回答:"不在。"

过了好一会儿,王金柄才回来,脸上还残存着"奔丧"的神色。他先是奔到墙边,拾起一截白色粉笔,在写满"正"字的墙上,画了一个"×"。转过脸来看了看我,又是嘿嘿地笑。

"别害怕,干翻砂这行当,一有手二有脑子,就成。"接着是发感慨:"我就是没有脑子呀。"

"别害怕。"他又劝我。我却认为他这是劝慰自己,因为我并没有害怕。

之后他又是嘿嘿笑:"咋俺一不在,你就停工不干啦?"

在红色恐怖的环境,"停工"这字眼儿,很吓人的。

这次我没有正视他,硬声说:"我是学徒工,不具备独立操作能力。你怎么能说我是停工不干呢?"我用初中生文化辩解着。

没有听见他的嘿嘿笑声。半晌都没有声响。他以身作则抄起砂捣子干活儿,我也随之动弹起来。

临近午休时分,他突然出了声:"俺当了这么多年党员也没讨过一点儿权力。今儿个试着管了管你,你还跟俺顶嘴。"之后就嘿嘿笑。

我说:"刚才你不在,小司来问你了。"

他听了有些慌张:"咋这么巧!你知道俺看那件废品去哩。"

我说:"你别害怕。"

他连声说:"我怕个啥?我怕个啥?"就闭了嘴。

日子，一天天重复着，没有两样儿。

我在重复的生活中发现了问题，问："王师傅你的腰八成有毛病，发僵。"

他并不惊讶，低声说："毛孩子懂得啥叫腰。没大紧的。"之后掏出一粒冰糖，用黑乎乎的大手填进黑乎乎的大嘴里："俺正闹戒烟。憋急了，就靠这糖疙瘩挡瘾。"

那时我正想学习吸烟，听了就觉得失望。

这糖疙瘩竟然弄得他成了众矢之的。一个个"馋嘴儿"听说这儿新添了"糖矿"，就时不时跑来，向他讨要。其中讨要最勤的，是杜白唬。

"糖，咱那糖呢！给呀。"王金柄有求必应，嘿嘿笑着往外掏，像个慈善家。

没几天他就对我说："烟钱没省下，又添了糖钱。这烟，俺戒不成了。"他的日子过得不宽裕，常年抽烟叶子。

我问："你在三条石学徒时候，就学会了抽烟吧？"

他听了，把目光投向车间角落那台小锅炉。那里，一个六十多岁老头子正在烧火。

"他，就是俺在三条石德源铁工厂学徒的东家，白掌柜。"

我十分惊异："噢……臭资本家呀。"就有了很大兴趣，想听三条石的事儿。

杜白唬塞给我一支烟，热烈地说："学着抽！学着抽！实践出真知……"

之后他吐着烟雾说："王金柄原名王金饼，他差点儿做了资本家的女婿！是党把他拉回革命阵营来的。"

我抽了平生第一支烟，就觉得生活真美好。

见我抽了烟，王金柄嘿嘿笑："要说不该让你学这个，抽上了可就不好戒，赛俺。"

小司把王金柄宣了去，"党官儿"对"党兵"谈话，工夫不短。王金柄回来了，没有嘿嘿笑，说："训俺了不是？说俺啥'放人（任）自流'看着个新徒工学抽烟不管。"又说："你快戒了吧。"

我说："戒？我还没学会呢。"

"没学会就别学啦？小司可不好恼呀！"

他好像谁都怕。怕惯了，就学会了"嘿嘿"。

我也闹不清他究竟怕什么东西。那惶惶眨动着的目光仿佛是他从娘胎里带出来的。我也就任劳任怨随他一道干活儿。

他似乎渐渐喜欢上我了，总是不停地跟我聊天儿。不管我听不听，他都目光低垂随意聊着。语无断流，目不斜视，心无他求。

“俺、俺一九五〇年就入党哩。”他卷了一支“小喇叭”，叼上点着，“俺是狗肉包子上不了席。他找俺谈了几次话，问俺：‘你就认头这个样子，你就不打算进步啦？’俺就说干翻砂呗……”

“他是谁？”我不解，就问。

“他就是他呗，如今是个大官儿哩。”

王金柄说话，时空颠倒，逻辑混乱，前言不搭后语。待我听得习惯了，便能从中梳理出好多好多事情。其实他的人生并不混乱。

铁工厂里混进来个“地工”。事情暴露，是王金柄给他通风报信。双手一托那“地工”屁股，人就从后墙跃出去逃了。解放军进城那个“地工”成了军代表，找到了他。先是给他把“金饼”改成“金柄”，接着介绍他入党。

“嘿嘿……俺这两手往他屁股上一托。就这一托哩，托出个后半辈子好光景。他调俺上军管会去，俺怕，死也不去。他又调俺上个啥工业部，俺……俺哪也不去，俺干翻砂呗。”

“你托他屁股的时候，没害怕？”我大声问。

他正色道：“害怕个啥！俺还以为他是偷了马路对面衡成号的东西哩。”

我听了，就问：“你真是个说实话的人。”

他又嘿嘿上了：“俺说实话的时候心都慌，更别提说瞎话了……”

“你到底慌什么呀？”我想寻找他的内心秩序。

他抬头往远处看，连声说：“瞎慌慌，瞎慌慌……”我顺着他目光去瞧，车间书记小司走了过来。这是个乘火箭上来的年轻干部。

就埋头干活儿了。其实压根儿我俩也没闲着。小司站在我们近处，审视良久，问：“废了一件活儿呀？”小司说话的音韵使人想起火化场。

“嘿嘿……砂子充得太硬，呛了铁水。”

小司转脸看着我：“好好跟王师傅学！”

王金柄立即谦逊不已：“俺能教他个啥，俺能教他个啥……”搓弄着两只黢黑的大手。

“教他抽烟呗。”小司虎着脸说罢，倒背手走了。

王金柄小声说：“责任在俺不是？你别学抽烟了。俺也戒！”说着就掐灭了“小喇叭”。站直身子，提提破烂的裤腰，奔厕所去了。

那个烧锅炉的老头儿弓身撅腚拉着一车煤块，驴似的拱将过来。王金柄闪身让路。

老头儿嘴里挤出一串哼哼声。

“饼子，能戒就戒，不能戒就抽。咋这没囊气，还靠糖疙瘩？你大老爷们儿了。”

王金柄只是嘿嘿地笑，径直去了。

昔日的东家，对他依然是个无形的权威。我心中迷乱起来，就愈发想学抽烟了。

他从厕所回来，我俩就运足了气量，合力抬起三百多斤重的砂箱。合上箱，便等待冲天炉下来铁水，然后浇铸。铸件是翻砂工的儿子。

铁水烤红了他的脸，龇牙咧嘴眉头乱抖，他哼哼着，指挥着我也指挥着他自己，把一大包铁水注入砂模之中。我俩丢掉了抬包，比赛着喘气。

他喘着说：“就图个暖和吧。前年俺还去学校当过半年工宣队呢……”他开始对我“咏史”。

“当得不错吧？”我擦着汗问。

“病啦，病了五个半月。”他小声说。

“半年，你病了五个半月？”我光知道他的腰已经严重劳损。

“嗨，心哪每天噔噔跳，上了嗓子眼儿。啥病？大夫让俺天天在学校宿舍里歇着，俺就睡呀，睡出十斤肉来。”说着又嘿嘿笑。

我深深为他感到遗憾。

一百个端盖终于铸完了。又接了一件新活儿，重约一吨半，得五个人合伙干，就配上杜白唬和另外两个小伙子。

数王金柄年岁大，自然是他领档。

“你是党代表！”杜白唬笑嘻嘻给他封了衔儿，之后一拍胸脯：“我们四个是布尔什维克。”

王金柄不懂这外来语，仍然是嘿嘿笑。

为了避开用电高峰，车间命令我们这档活儿改为中班，天天上。一上就得三个月。

杜白唬是个心灵手巧嘴巴尖的小伙子，乐天性格。没出三天，我就发现他才是个真正的领档。但凡大政方针，都出自他的嘴巴。王金柄用嘿嘿笑声给杜白唬配音。

杜白唬极能干。他抄起大锤，唱起翻砂工的《四季歌》，无拘无束。

"春困秋乏夏打盹儿，睡不醒的冬三月。"

唱得全年没有一天好光景，便否定了人生。

杜白唬教会我抽烟，自豪地一挑扫帚眉，说："王金柄就爱跟我一档儿干活儿，省他胆子呀！他在家怕老婆，出门怕警察，干活儿怕领导，拉屎怕脱肛，吐痰怕闪了舌头，睡大觉怕惹了枕头，看病怕大夫……"杜白唬名不虚传，一口气道出了"八大怕"，五彩缤纷，内涵深刻。

就黑鬼似的一天接一天干活儿。全车间只有我们几个上中班，傍晚时分空旷旷的有种当了儿皇帝的感觉。每逢寂静时，杜白唬就站到高处，狠咳几声，嗷嗷叫上几遍："咱也豁亮豁亮嗓子，妈的太堵啦！"

这时候，杜白唬好像统治了整个翻砂场。

王金柄嘿嘿笑："别叫唤啦，今儿晚上是小司值班……"小司那张黄瓜脸，仿佛是他的图腾。

"是吗？那我就提前溜号儿，奔他家找他老婆去！嘻嘻……我共他妻！"杜白唬胆大包天说。

众人受到启发，酝酿出一个"行动方案"：拼命干，每天提前两个小时下班，溜号儿。

"行吗？党代表。"杜白唬问王金柄。

"嘿嘿……"王金柄点上一支"小喇叭"。

就疯了一样干活儿，蹂躏那黑砂。为了提前两小时逃出这里，获得自由。

被小司捉住了一次。小司训王金柄："你、你怎么不管呢？你算什么工人阶级先进分子！"

"管，管，管……"王金柄没有"嘿嘿"。

杜白唬是个不知改悔的惯犯。他说："王师傅，我们连你一块儿瞒着，溜号儿。这样就没你责任了吧？"大有梁山好汉的味道。

"傻话。干活儿的瞒得了干活儿的吗？"

杜白唬一拍大腿："好话！咱一个阶级。哥儿几个洗澡去，照溜不误！"

我最后一个穿戴整齐，溜出更衣室。车间里黑漆漆的，只有远处屋顶还亮着盏灯。走了几步，就觉出有人说话，音量不小像是在聊天儿。

十几步远，黑灯影里有个尺把高的砂堆。砂堆上安放着个小板凳儿，烟火头儿一明一灭，告诉我上边坐着个人。

这是个四处可见的位置。

"这大车间一个人没有啊？有人有人！俺就是个人咧，嘿嘿……四十好几啦，四十四！天生干活儿的人呗。俺是党员，应当不怕神不怕鬼，其实也没神没鬼，光有人咧。中国就是人多……"

我咳了一声，王金柄吓了一哆嗦，止住自言自语："你咋还没走？天儿真冷啊……"

"你这是给谁做报告呢？讲得挺带劲儿。"

他嘿嘿笑："你们都走啦。俺关了灯，就在这亮着烟火头儿，还哇啦哇啦聊天儿说话。小司远远一听，心里准想：'嗯，没溜号儿，他们几个正聊着呢。'这样小司就不过来查了，嘿嘿……"

他嘿嘿笑出了一脸褶子，咧开了两扇厚厚的嘴唇。

我觉得这是学龄前儿童的智慧："你不如管着我们，不让我们溜号儿。也比在黑灯影里蹲着强多了。"

他缓缓说："谁说不是呢。俺、俺要上对得起党，下对得起群众。俺可不是管人的材料……"

喘了喘气，他突然说："哎！你要是上了烟瘾啊，就偷着抽。别让小司看见就成。"

我不知说些什么好，就放弃了他，开步走了。

第二天上中班，我觉出王金柄印堂发暗。吃晚饭时，他喝着玉米粥对我说："嘿嘿……你们别溜号儿了，行吗？"

我说："这要问杜白唬，他是反革命头头儿。"

他想了想，没有去找杜白唬说话。

杜白唬正大声“白唬”：“我借给小司一本逮特务的小说。三百多页一共三十多个特务。他看入迷就没精力逮咱们啦！”这是翻砂工的大智谋。

我凑过去说：“小司他爱看爱情的吧？”

“这年头没爱情！给他一批特务让他逮去吧。”

吃完晚饭还有些收尾的活儿，抡大锤砸砂箱。王金柄以身作则抢着上手，十八磅大锤嘿哟嘿哟抡了起来。这活儿，凡人干不了。

突然他“哎哟”叫了一声。我们围了上去，看他。

“正砸在俺脚面上……”他蹲下身捂着左脚，疼得咝咝吸着凉气。这是锤头脱落了，跟他脚面亲了嘴儿。

杜白唬处变不惊：“我去把小司叫来，工人阶级先锋队队员负伤啦！”

我去搀王金柄，他小声嘟哝：“伤筋动骨一百天。这下子可把俺救了……”

我不懂这是句什么禅语，只懂那锤头的分量，足能让人在床上躺仨月。

小司来了，手里还拿着那本满是特务的书，大声叫：“违反操作规程呀！”

王金柄：“违反？嘿嘿……”之后是呻吟。

杜白唬：“什么违反操作规程？我跟你娘儿们相好还违反婚姻法呢！小司你快找厂部汽车送医院吧。”

王金柄终于获得了幸福——躺在家里养脚。没有多少人去探望他。理由是：“他胆太小，咱别吓着他呀！”

两个多月时，我和杜白唬去看了王金柄。他家住西下洼，绝对苏区——百分之百住的劳动人民，坚决拥护我党。

他屋九平方米，空中搭了个暗楼——人像包子一样，分两屉。王金柄躺在“下屉”。

那烧锅炉的老头儿——王金柄前东家——白掌柜，居然也在场。见我们进来，这资本家起身说：“你好好养着吧。”就溜了。

杜白唬大大咧咧说：“嘻！资本家还这么关心劳苦人民？这是超阶级的爱……”

王金柄：“嘿嘿……你们跑来看俺干啥。”

他老婆是个相貌丑陋的女人，话却不少，而且天津口音：“他就这样德行，来人看他吧，他就觉着受了大补。他真是受不了这种大补呀。”

杜白唬：“对，我们是两棵人参，补你来啦！”

王金柄一脸惶惶不可终日的神色，挣扎着坐起身，暗楼上露出个小孩儿脑袋，没表情。

“小的是个男孩儿，俺抱养人家的。小声别让孩儿听见，六岁啦！”王金柄分明是让自己小声说话。

“你们看你们看。”他老婆黑着长脸说：“他就是这个毛病，不打自招。谁也没审你这段儿事情呀！我看他八成是让人家管怕了。”

我壮起胆子：“师母，他八成是胎里带。”

杜白唬抽上了烟，问：“脚上伤，好多啦？”

王金柄眨巴着小眼睛：“俺脚伤搁在外，这遭俺主要是把腰伤给养好了……”

我和杜白唬哈哈大笑起来。

他老婆立即说：“瞧人家二位笑得多豁亮，铜声儿。可你呢！整天嘿嘿嘿嘿的，像大肠上火拉不出屎来。我听见你嘿嘿就想抹脖子上吊！”

王金柄不离固有话题：“真的，俺把腰伤给养好了。这腰是慢性病，俺不好意思去拿病假条儿。这回俺腰是沾了俺脚的光……”

“双丰收！双丰收！”杜白唬说。

我插话：“王师傅你别害怕，我们已经不上中班了。上白班就不溜号儿了。”

他终于抬眼望着我，说：“你年轻，要往出息里长！别赛俺似的……”

杜白唬站起身说：“我看翻砂匠都是尿货！没一个过得硬的。我就是个假硬汉，真软蛋！人哪，得随着命走。行啦！我俩也该滚啦。”

王金柄在炕上说：“走？俺不送啦……”

“送？你送我个金饼吧！”杜白唬打着哈哈拉我出了门。上了街他就把我拉进一家小酒馆。一下就喝多了。

“你看看王金柄，咱们算个什么东西啊……”杜白唬无声落泪。

没过几天，王金柄就上班了，申请去看过炉料库。小司同意了。

后来，听说王金柄开始练习气功，说想多活几天。很多年以后，领导终于调动了他，派去看守工厂传达室。

一天下午，工厂大门敞着。他站在传达室门口，看着电线杆子上的播音喇叭，还没接上电线。他自言自语说："这是个摆设呀？比废物还废物！"

这光景一辆黑色小汽车驶进工厂大门。王金柄一愣神儿，这辆小汽车沿着厂区环岛调头，又向厂外开去。车轮把刚刚铺好的水泥地面，碾了两道沟。

大门旁边，几个工人正在焊接标语牌。弧光闪闪，照亮"企业整顿"几个大字。

王金柄当道站定，张开双臂拦住小汽车，说："你们哪来的？"

司机露出半个脑袋："在你们厂调个头。快让开让开。"这是个很有气派的小伙儿。

王金柄睁大眼睛说："我们这是工厂，不是随便调头的地方！再说你把水泥地面轧坏啦！"他小步跑去关了两扇栅栏门。这门是钢筋焊的，特别结实。

司机火了："开门！你门官儿也算高干呀？"

"嘿嘿……高干！咱承包了这大门。你想破坏承包呀？破坏承包就是破坏改革！"

司机下了车，小声嘟哝："娘的！中国人官僚意识太强啦，有点儿屁权就死使……"他走过去硬要打开两扇铁栅栏门。

王金柄嘿嘿笑了："你不要太牛气哩。"说着从地下拾起焊枪，朝着铁门插啪啪啪，一连串点焊。

"去年我干私活儿给家里做炉子，才学会这电焊把式！"说罢转身进了传达室，坐下喝茶。

司机傻了眼，以为遇见了疯子。

旁边几个焊工哈哈笑着："开车的，你毛嫩呢，敢惹上岁数的老实人？"

司机追进传达室，战略不改："老爷子，你不打算干了啦？你知道车里坐着谁吗？"

王金柄喝了口茶："不会是乾隆皇帝吧？俺倒要去看看他！"

他起身大声跟司机说："告诉你吧，再有三个月俺就退休啦！俺怕啥？俺他娘的啥也不怕！"之后雄赳赳出了传达室，像喝了健力宝。

他终于硬气起来，尽管他并未承包这座工厂大门。

走近小汽车。车门主动开了，钻出个气宇轩昂的人物。此人又高又胖典型的高干体型，看来不是假酒假烟之类的赝品。

“哎呀，这么多年我头一遭遇见胆儿大的！”此声如雷贯耳。

司机大声说：“你看看这是谁！”

王金柄眯缝着双眼，伸长脖子打量着。面前正是当年被他一托屁股送上墙头的那个人啊。谁也不知道，这时候他们彼此是否还能认出。一条虫一条龙，就这样对视着。

司机对僵身不动的王金柄说：“你知道了吧？这是我们项局长！”

是啊，凡是局长就比副局长官大。这是众所周知的道理。

我没有在场，也就不知道当时王金柄什么表情什么举动，以及怎样收场。

人世间有些事情，总是介于知道与不知道之间。噫——

黑　字

李驴子是个翻砂工，翻砂就是用一双肉茧子手从黑砂里翻弄出铁的铸件来。很伟大。

李驴子是诨号。他本名李吕子。有讲头：爹姓李，娘姓吕，爹娘的儿子正宗货。

翻砂场上的黑脸汉子们就说他爹准是个有学问的人，要不咋会给他起这么一个雅了吧唧的名字？李驴子伸脖子瞪眼一摇头，说不是他爹有学问，是一个跟他娘相好的人有学问，那个给他爹送绿帽子的人越俎代庖给他起了这个大号。他毫不掩饰母亲的风流史。这反倒使人觉得他胡说乱吣，其实他娘是清白的，像水晶一样。

黑砂世族中，用自己的娘亲开心找乐乃翻砂工大忌。便有人瞧不起李驴子，送他一句歇后语受用：“面汤锅里煮皮球——说你浑蛋还有股气儿！”翻砂工的歇后语，可印成一部大书。

李驴子是自己把自己骗到这个黑色王国来的。人家说这儿不是人活的地方，他也知道这儿不是人活的地方，还是来了。他觉得自己只配到这样的地方来，活着。活得没人样。

便任着光阴过了不惑之年。不惑，于是他自以为修炼成了。有一天，他叉腰往冲天炉前一站，扬了扬黑黑的长脸，眨了眨烂了睑的眼睛，公然号称“活字典”。这是黑砂文化一大奇迹。人们则认为他是舌头根儿抽筋儿——说胡话。

他见无人理睬，就从怀里掏出牛皮纸封面的小册子，这便是日后人人尽知的“李驴子字典”。一张张纸都有页码儿，他亲手编纂的。

有人问了：“一个小点儿掉在死马身上？”

众口高声答：“驴——”

他听了一怔，正着脸色道：“很对！这是一种很老实的动物。”其实给“老实”下定义，很难的。

“是啊，在被窝儿里你就不老实啦！”

可是李驴子只有一个空被窝儿——光棍儿。

他便总举着那册自编的字典，无时不在寻思着什么，好像脑门儿往外冒傻气。

那时候，第二职业尚未出现。李驴子解字价格优惠：一个字儿一根烟。若遇到冷僻的，则时价面议。宗旨还是为人民服务。

只是干翻砂用不着多少学问。上边能喘气下边会放屁的人，都干得了这一行。原始劳动：手是尺，眼是秤，大腿的痦子是指南星，全凭力气挣。中国有多少汉字，这跟翻砂工关系不大。辨识钞票的面额，绝不用查字典。

但李驴子还是有李驴子的生意。

他经常拉着斗儿车去车间后边装砂子——只低头拉车不抬头看路。其实翻砂场上没有路，走一步算一步。他嘴里哼哼：“同胞们，谁解字儿呀，谁解字儿呀？”

满车间字迹寥寥近乎无。只有迎面大墙上一幅过时的标语痕迹：要反击右倾翻案风！

李驴子弓身向前，哼唱着一首歌谣。这歌谣毫无师承，广告味儿十足。

“旧社会咱是睁眼瞎，地主老财欺负咱呀；今天仍学而优则仕，不识字怎么往上爬！”

这分明是在鼓励人们找他解字儿。这头憨驴子。

还是有顾客的。跟他常打交道的，多是二十来岁的“生瓜蛋子”。干着苦大累的活计，心里却虚得慌，失重。他们就丢上一根烟卷，问上一个色里色气的字儿，过过瘾。然后开心大笑。笑得人们以为动物园铁笼子开了。大笑过后，还是不认识那字儿，翻砂工健忘。

从车间东头扑过来一阵声浪。“可了不得啦！咱车间来了个女的……”

李驴子一惊：“真的！在哪儿？”

翻砂场上没有女人，清一色雄性。来了女人，便如同中国土巴佬见了西式大餐。

来了女的，兴许李驴子就没了行市，像报废的钞票。

跑上来一匹探马：“是个二十来岁大闺女，倍儿白！倍儿鲜灵！”这是空灵的审美标准。

李驴子急了：“给烟给烟，白给你们解了那个字儿啦？一人一根别赖账！”

刚刚解了一个“肉部”的字儿，此时人们却被鲜肉吸引，自然抛弃了干似腊肉的李驴子，还有他的字儿。人，总有失落的时候。

他只好咽了口唾沫。唾沫是男人的镇静药水儿：“这就稳不住啦？你们真他妈的猫的狗的都没见过！”好像他是动物做爱专家。

还是没人搭理他。心就真的成了一块腊肉。

车间头儿外号叫“狗油”，五十多岁满脸疙瘩。这时狗油领着个穿紫呢大衣的姑娘踱过来，指东道西谈南论北，介绍着翻砂车间的基本情况。其实，这翻砂场四面透风像个破窑。

年轻的翻砂工们蓝了眼：“狗油这老小子艳福‘皮’大呀！他先领着遛了一圈儿……”

李驴子有了生意：“艳福颇大，别念字儿光念一半儿。”他当场校正翻砂工字误，然后大声说：“又教给你们一个字儿，一人一根烟！”

根本没有人顾及他。整个儿一个母性崇拜。

狗油在远处施了权威，大喊：“李驴子你在那儿瞎嗐嗐什么？我扣你奖金啦！”说着转脸对那姑娘说：“我们这儿只有一部天车，两吨。也没有什么吊装经验……”

狗油满是阶级友爱的表情——抖动着一脸疙瘩。

李驴子大声说:“苟主任你裤裆破啦!”

说罢,李驴子悠悠往车间后边拉砂子去了。一座座黑色砂丘迎面扑来,李驴子化了进去。他独自嘟哝着。

抄起大铁锹往车里装砂子。砂子是黑色的,像是古人的遗墨染成。“我!我怎么着?嘿嘿……我铁活着呢。风景如画!”

满脸淌了汗,他不擦,冲着“古人遗墨”自言自语。“没兴趣没兴趣都没兴趣……”突然坏了情绪,就从怀里掏出那本“驴字典”看。

“中国十好几亿人,汉字四万八!我只认识两千来个字儿。不认识的就跟没有一样呀!不认识就不存在,看来这是唯心主义学说……”

黑砂丘后边露出一个脑袋——基本属于返祖现象。这汉子外号“宋狒狒”。

宋狒狒跟李驴子不同。他是被别人骗到这个黑色王国来的。“招工办”的人说这儿挺好。他就以为挺好,来了。三天之后得了个外号,收获不小。狒狒这路动物产于非洲。翻砂场是中国工厂里的黑非洲。宋狒狒来此落户,绝对是专业对口——回归大自然了。

宋成了狒狒,他便一年也说不够十句话。

他也是个苦力,见了阶级弟兄,话就多了些:“你又念叨啥呢李驴子?当心话多了生痔疮!”

李驴子听了,迎着风点上烟:“狒狒小弟,我卖给你一个口诀吧,要价一盒过滤嘴儿。”他不失时机发展着自己的副业。

宋狒狒凑了过来:“口诀我懂!”这个三十来岁的壮汉拙里拙气的:“水解渴,饭解饱,舒筋活血干到老!”这是工人的大众哲学。

李驴子笑了:“我看你干不到老,就得死!”

宋狒狒毫不惊讶,说:“你早就死了。”

李驴子微微一怔,随即傲然笑了:“我知道你急需什么口诀。干什么事儿都得讲究个科学性。比方说科学种田、科学喂猪……”

李驴子在车间的黑暗角落里,曾经窥见宋狒狒高度机密的个体勾当。那天宋狒狒急促地动弹着,轻轻呻吟出一个很朦胧的雌像。

宋狒狒也是个外表硬朗内心稀软的自渎者。每个翻砂工都有自己的秘史。

“备一盒烟吧，不是过滤嘴儿也行。我告诉你一套适应四季变化的指法规范，科学的。”李驴子见宋狒狒并不买账，自动降价，同时暗示了对方。

宋狒狒拉起小车，弓身使劲。

“别走！”李驴子细脖儿一伸长脸儿一腆，迎着冷风唱起了那套雄性动物自慰的口诀。

“春三秋四冬满把，五黄六月手指俩。”

宋狒狒一听，僵住了高级动物的身子。小车把脱了手，那黑砂，呼地泻到地上融入砂丘。

李驴子冲着他残忍地笑，身后是黑色峰峦。

一瞬间宋狒狒扭曲了面孔，狠叫一声：“李驴子！”疯了一样抄起大铁锹，扑了上来。

宋狒狒满脸“杀人动机”。

李驴子惊了：他万万没有想到，身强体壮的宋狒狒内心世界如此脆弱。

宋狒狒退化掉人类语言能力，不言不语。大铁锹却似一块乌云盖了下来，瞄准他的脑袋。

人，在似与不似之间，一下迸发出原始蛮力。

李驴子奋蹄，强奸未遂犯似的奔逃了。宋狒狒像个受害丈夫，抬腿死追。非洲动物发出“气贯赤道”的尖叫。

李驴子下意识跑进满是黑砂的车间。车间变得狭长，越跑越长。他脑海一片空白——全是雾。

穿越车间。翻砂工看着一跑一追的两只动物，从容镇定。

跑——追。在李驴子与宋狒狒两点之间，掠过一条发疯的道路。奔淌着雄性动物的全部“意识流”。黑砂。白牙。驴腚。狒狒尾巴。炽热的赤道。阴冷的峡谷……

“动物世界，狒狒追驴喽！时速二百五！”

阴冷的峡谷断裂了。两个狂奔的雄性动物之间猛地扑出一团“紫色”。她当道站立，张开双臂，以紫呢大衣的“十字架”身形迎着宋狒狒，阻拦。

宋狒狒刹住发疯的身子，呼呼喘着，直怔怔望着眼前——女的！

女的！顿时眼前火星儿四溅。宋狒狒禁忌似的垂下目光，好像眼球掉在黑砂地上。

整个翻砂车间都死了，比死还寂静。好似这里不曾有人存在。

宋狒狒狠狠扯了扯头发，丢了手中大铁锹。扭头就走。走出十几步，他咳出一口鲜血。血红残留在双唇上，也不擦。那颜色令人眩晕。

“宋狒狒来例假啦！”一个看热闹的“生瓜蛋子”冲着宋狒狒背影说道。

身穿紫呢大衣的女子腾地红了脸。

李驴子躲藏在废弃的锅炉里，仿佛一只巨大无比的肉蛆。

车间头儿哗地泼进一盆脏水：“你在这铁子宫里干吗了？还想再出一回世呀！你妈羊水早都破啦！”

李驴子只得乖乖地爬出来——这是顺产。

“快你妈的干活儿去吧！”这是欢迎他“重生”的第一句话。

李驴子突然呜呜哭了起来。众人大感意外。

“你爸爸死啦？还挺孝顺的。拉砂子去！”

没人询问李驴子为什么哭泣。问啥？活着呗。一切如故，李驴子依然号称“活字典”，包括脏字。

还是传来了坏消息：这月翻砂车间的二十吨铸件，错了。它出自一张错误图纸。翻砂工们，白干了。

“没关系，干这个不干那个！干对干错一样，都是干活儿呗……”翻砂工没有怨言，散淡洒脱，好像人世间不存在对与错。错就是对，对就是错。

李驴子怀里揣着那册“字典”，不去主动招揽生意了，有求者，他便应。

“这个字儿怎么解呢？真是钻了牛角尖儿，我得去查《康熙字典》……”他蹲在冲天炉后嘟哝。走过来一个小老头儿，虾米腰儿。

“李驴子，我问个字儿……”

李驴子诧异：“哟！您老人家也学者化啦？”

虾米腰儿不言语，蹲下身来伸出形如枯枝的右手食指，在黑砂地上笨而又笨地写了个字。

李驴子瞪眼细看：尻。

天车上，紫呢大衣变成蓝色工作服。这个天车女工俯视着身下情景。

“你从哪儿找来这个字儿？”李驴子思忖着。

虾米腰儿掏出一支烟卷，递了上来。

“免了吧免了吧，我现在以武训办学为榜样。给阶级弟兄们解字儿不为赚钱，只要你们别憋屈死就行。”李驴子挡烟卷：“你是从哪本书上看来的？”

虾米腰儿缓缓说：“没头没尾一本书。”

“哎哟！没头没尾？你遇见天书啦……”李驴子惊得抬了抬屁股。

“不是……更衣室里扔着这本书，我随手翻了翻，练习文化呗。”

李驴子沉住了气，问：“那也要有个上下句儿吧？”

“有‘以防奸’这个字。”虾米腰儿说。

李驴子啪啪拍着脑门儿：“以防奸尻！以防奸尻！这个字读 kāo。我记得许慎《说文解字》有它。苦刀切。苦——刀——切。说了你也不懂。《新华字典》解释这个字儿——屁股。”

“以防奸……屁股！”虾米腰儿呆呆问道：“同性恋啊？”

李驴子一撇嘴：“你别瞎说！倒退几年你这句话就能定个反革命。”他似乎知道虾米腰儿看的是什么书了。

天车上那姑娘静静听着“人间”的声音。

李驴子教训着虾米腰儿：“奸尻，奸与尻在这儿是同义词连用。照你说‘以防奸尻’是‘以防奸屁股’？根本没有那码事儿！”

虾米腰儿意会道：“就等于是说用来防止隐患？明白啦明白啦。”说罢蜷着身子走了。

“尻，苦——刀——切。”李驴子小声念叨。

挥起铁锹往车里装砂子，心里说：“《辞海》上解释，尻骨它就是尾巴骨呀。尾巴呢？苦——刀——切！”

他又大声念：“苦——刀——切！”

迎面站着宋狒狒，好像刮来一股冷风。两个高级而且无尾的动物对视着，面无表情。

李驴子吮了吮左手黑色拇指，青筋毕露的右手握紧铁锹。

“宋！你他妈又偷懒啊……”传来车间头儿狗油的斥责声。宋狒狒转身走了。

李驴子掏出那册已被染黑的“字典”，仔细看。

“尻……”他摸了摸自己屁股。什么时候没了尾巴呢？秦朝还是唐朝……

车间头儿狗油跑来跑去，好像屁股后边夹着条尾巴，满车间转悠。他也挺不容易的。二十吨铸件报废，必须劈铁回炉。狗油四处寻找劈铁的大锤。大锤是人类拳头的衍生物，一只大锤替代一百只拳头。

一个翻砂小厮跑过来，伸出两个手指说：“李驴子你不去劈铁呀？加班给双份的人民币！”

“我特别乐意干这种毁坏性的活儿，可是狗油不用我呀！”李驴子泰然自若。

小厮说：“我问你几个字儿吧……”

“一次只解一个，多了撑死你怎么办。”

翻砂小厮往天车上看了一眼：“她呀，来咱这儿实习开天车，一个月。也不知道她是哪儿来的。偏偏往这块死坟地里学技术……”

说着翻砂小厮在地上写了个字：“她姓这么个字，库字上头少一点儿……”

“念 shè。”李驴子说，“姓厍的人少呀！”

“她名字是左边一个‘日’，右边一个‘斤’。这念什么呀？她姓个别，名字也个别。都少有。”

李驴子沉吟：“昕，太阳将要出来的时候……”

小厮兴奋了：“厍昕！拿箭往心上射？那是有死没活呀！这名字太军国主义了……”

黑砂地上，突然响起劈铁的声音：“哎——嘿！哎——嘿！”人们使出蛮力，拼命将报废的铸件砸碎。

“注意安全！”狗油袖手旁观，高声喊着。

宋狒狒脱光膀子，浑身古铜色肌肉。抡圆了大锤。落锤的时候，宋狒狒满脸快感。显得狰狞。

李驴子找到狗油，阴着驴脸说：“我……也要劈铁。”这是他第一次主动向狗油申请。

“你还是解你的字儿去吧……”狗油挥手关严“大门”，尽管这大门并不通往明天。

李驴子自嘲地笑了:“我给你解个字儿吧。”

“解？好啊,你连裤腰带也解了吧。”狗油不以为然。

“你知道白面馒头的‘面’,繁体字怎么写吗？”李驴子盯着狗油眼睛,死声问。

狗油摇了摇“狗头”。

李驴子蹲在地上写了一个大大的“麪”,说:“《说文解字》讲它,麦末也。”说着伸出左脚踩住偏旁“麦”,只露出右边的“丏”。

围上一群穿破烂工作服的翻砂工,看热闹。

“这右边念个啥？”狗油是个三条石出身的大老粗,识字不多。

李驴子眨了眨烂了睑的眼睛,走了。

粗胳膊汉子们,抡起大锤疯了般砸烂那没用的铁。此起彼伏的迸击声,撞进人的耳孔。

李驴子偷偷钻进黑暗角落里,睡大觉了。

名叫厍昕的姑娘沿着安全梯走下天车，惊诧地望着黑砂王国的壮丽景色,面色惨白。

她身穿蓝色工作服,胸脯子上挺着两个小峰峦。

狗油蹲在砂箱后边,手里清点着一摞子钞票——这是劈铁的奖金。一旦完工,这钞票将付到一双双黑糙糙大手上:去喝,去抽,也可能去赌。赌钱是翻砂场上半公开的文化娱乐活动。

李驴子打了个哈欠,声似驴鸣。几个正在小歇的翻砂工放下手中大锤,循着驴鸣声奔将过来,嚷嚷:“解解乏,你给说个过瘾的字儿！”

李驴子抹了抹嘴角口水:“铁,都砸碎了吗？”

“砸碎了砸碎了砸碎了……”

就解了一个“肉部”的字儿。人们像是吸了一口鸦片烟,浑身汗毛眼儿都舒坦了。

“走！把肉洗干净了喝酒去……”翻砂工们把下班洗澡叫“洗肉”,吆喝着奔职工浴池去了。

一天的苦大累,终于解脱了。

狗油独自蹲在冲天炉前，呆呆望着被砸碎的铸件。一堆堆碎铁闪烁着残酷的美。

李驴子走过去大声说道："形势大好哇！"

狗油无奈地嘟哝着："问题不少啊……"

名叫厍昕的女天车工走了过来，她有一双又细又长的眼睛。白白的，是她肤色。

"这半个多月，小厍你实习的怎么样？"

厍昕朝狗油灿烂地一笑："一般化……"

一个无人察觉的黑暗角落里，隐藏着一只动物——宋狒狒的目光死死盯着厍昕。

李驴子朝车间角落的澡堂走去。"师傅……"身后追来这个悦耳的声音。

李驴子定住身子，回头看见厍昕，就想起秀色可餐这个词。

"干、干翻砂，累吗？您……" 厍昕的句子很不连贯。

李驴子抽了口烟："累？出力长力！这是唯物辩证法……"懂得唯物辩证法，翻砂工快成哲学家了。

"您，姓李吧？李师傅您会测字？"

"测字？那是封建迷信！咱革命者不干那个。我会解字，说文解字……"

厍昕噢了一声，说："过几天您给我解个字吧？"目光里含着一丝哀伤。

"我一天八小时营业，中午不休息。"

说着，李驴子拿着毛巾肥皂，走进职工浴池洗人肉了。

狗油跑来关照厍昕："你少搭理李驴子。他爹是劳改犯，死在玛钢厂了。他是个二癞子，没治！"

这就是李驴子的全部家史。厍昕不言不语，听着。

一连串黑灿灿的日子，掠过这翻砂场。铁水还是铁水，血红色的；砂还是砂，墨黑色的；人还是人，没颜色……

厍昕没有找李驴子解字儿。李驴子心里居然生出一个企盼："她怎么还不来找我解字儿呢？"便惶惶不可终日。心，反而觉得有了依托。

厍昕驾驶天车，在天上走来走去。这部比人的力气要大不知多少倍的铁家伙，被这个年轻姑娘驱动着，牵动李驴子的心思。

冲天炉前,几个翻砂工正在争论一个问题。

“戒了烟,会得癌症的!”

“你出虚恭!抽烟才得癌症呢……”

有人说出新理论:“你抽了二十多年烟,肺里已经那个平了衡。乍一不抽烟,戒啦,肺里可就不平衡了。不平衡,癌症就来了。死人!”

李驴子凑上去:“死——就平衡啦?”

这几个翻砂工认为李驴子说话不吉利,合伙撵他:“滚!河边没青草,不必多嘴驴。”

这时候,沿着安全梯从天上飘下“仙女”——厍昕。

仿佛鬼子进村——人群凝住了。

天不怕地不怕,就怕明白人说句话。厍昕果然说话了,味儿甜甜,声儿颤颤:“李师傅……”

“他是头驴子,不是师傅!”翻砂工们起了哄。

厍昕笑笑说:“这里不是野生动物保护区。”

宋狒狒混在人群中,两眼直勾勾——看。

“李师傅,您给我解个字儿吧。”厍昕说着,递上一个小纸团。这纸团颜色,白得耀眼。

李驴子木木地接了,拔腿就走。

一群翻砂工先是怔着。不知是谁喊了一声,嗡地围追上去。

“让大伙看看!什么字儿?让大伙看看!”

李驴子把白色纸团握紧在手心,奋力突围。

“是一张袖珍情书吧?你得用放大镜看!”

李驴子怒了:“说王八蛋话!”抬起蹄子乱踢。

人们见此驴技穷了,也就放他去了。

李驴子跑到车间后边黑砂堆上。手心儿出汗,小纸团像个湿润的谜语。他心里说:“一定是个冷僻字,兴许要查中华大字典……”

他慎慎展开纸团,极力瞪大眼睛,突然听到身后响起低沉的喘息。他本能地起身躲闪,像动物护食。

“你给我看一眼。”这是宋狒狒的声音。

李驴子握紧纸团，朝后退着："这里没你的事儿。人家找我解字儿呢。"

宋狒狒声音狂野起来："你给我看一眼！"

李驴子摇摇头："我还没看呢，你走开！"

宋狒狒突然服软了："你看完了，给我看一眼行吗？"

李驴子坚定地摇了摇头："不行。"

"咋才能行呢？"宋狒狒两侧咬肌突跳，从人再度变成动物。

"你去问问主人，她让你看，我就给你看。"

宋狒狒面色一暗，缓缓转身，走了。

翻砂车间静悄悄。人们冷眼旁观——李驴子如何解出那个字儿。

一连几天没有动静，李驴子似乎在躲避着厍昕。

狗油听说这件事了，赶来问厍昕："你出了个什么字儿，把李驴子难住啦？"

厍昕微微一笑："谁说难住他了？没有啊。"

狗油又找到李驴子："你小子别给翻砂工丢脸，快把那个字儿解出来！"

李驴子耷拉着眼皮说："滚！谁前门儿没系扣儿，把你给露出来啦！"

全车间都在期待，偏偏装出事不关己的冷漠姿态。这便是翻砂工们的集体自尊。

厍昕在冲天炉前遇到他了。"李师傅，您吃了吗？"分明故意不问解字的事儿。

李驴子摇摇头："简单的复杂，复杂的简单，你怎么出了这么个字儿呢？身后必有高人吧。"

厍昕禁不住大笑，亮出一口玉雕的白齿。"瞧您说的！我出这个字儿向您讨教呢。什么身后必有高人，我身后是黑砂堆……"

李驴子看到，她身后不远处有个目光呆滞的宋狒狒。

李驴子说："明天，明天我告诉你答案……"

他回到自己干活儿的角落，翻着那册"驴字典"，像在查找自己的档案。

"这里头，唯独没收这个字儿。"他沮丧极了。

宋狒狒一脸善相，溜了过来。"驴子哥，你告诉我吧，兴许我能帮上忙。"

竟然叫我哥，李驴子感动了。他温和地看着同类，轻轻说："兄弟，那字儿特别简单，全凭自己啦！谁也救不了谁。真的，我说的实话。”

宋狒狒：“可是，混成今天这样儿，咱们他妈的都不是人揍的！”

李驴子深情地看着宋狒狒：“你快滚蛋吧兄弟……”

第二天上班，人们等待着谜底的揭晓。

一拨一拨的人来问：“那字儿，解出来了吧？”

李驴子吃力地搬着沉重的砂箱，直不起腰来。

狗油也跑来了，大声询问。

李驴子修理着砂模，不言不语。

人们这才发现：今天厍昕没来上班。

到了午休时分，翻砂工们端着饭盒，一边往胃里加料，一边打着扑克。

赌。今天不同往日。无论输家赢家，都打不起精神来。

狗油跑进了车间，大声叫着，完全不像人类的声音：“电话、电话里说，半道上、半道上，她让大卡车给……撞啦！”

呼地人们全站起来，活像一片黑色森林。李驴子扔掉饭盒，嘴角剧烈抽搐着。

死了。厍昕是来实习的，不算这里的人。丧事由她的工厂办了。

事情就这样过去了。李驴子成了唯一健在的“活口”。人们仿佛中了魔怔，不停地向他打听那个字儿——询问乃至逼供。

“那是个什么字儿？”

翻砂工不再问“那个字儿解出来了吗”，只想知道那是个什么字儿。

李驴子闭口不语。一个人死了，似乎那个字也无须解了。

只有宋狒狒不来询问，这动物重归于冷漠了。

狗油呈现“更年期综合征”症状，一个劲疯问：“把那小纸团交出来！不许贪污！”

李驴子极顽固：“你他妈的又还阳啦？阎王爷怎么会看上你们这些动物！”

随着每天班后的“洗人肉”，这件事儿渐渐淡化了。淡，却不等于没有。人们心中毕竟装进了些许东西。有念念不忘的，溶进血液里化成了思索。

下了班。李驴子泡在澡堂里，像一具“河漂子”。

翻砂工论坛开场了。居然论出了国界，出了亚洲。

"唉,咱也不知道那外国怎样干翻砂。"

"兴许洋鬼子们不干翻砂,他们没有这行当!"

"对!洋鬼子洋鬼子,鬼还有干翻砂的?"

"你死了就知道洋鬼子干不干翻砂了。"

"这人要是永远不死该多好啊……"

"扯淡!你不死谁来替你呀?"

"对!咱们到阎王爷那儿干翻砂去。"

李驴子猛地插言:"那你得把手艺练好了。"

一个酒嗝迎面扑来:"驴子,那纸团?"

李驴子不言语。热雾深处传出狒狒声音:"你们别问了,他吞胃里去啦。"

一语激起浪花:"那玩意儿可是大补品呀!"

宋狒狒的背脊上文了两条龙,似乎背负着一幅难以面世的宇宙名画。

"那是个什么字儿?李驴子你招了吧。"有人仍孜孜以求。

宋狒狒文身与众不同。图案完全有悖于传统画法。那龙身,了无舒卷之姿。龙头,从两侧肋下腾出,一左,一右,皆挺直身子沿斜线爬上脊背——两只龙头在颈椎处会合。远看,有些朦胧。很像大笔在人的脊梁上写了一撇一捺。

"告诉我们那个字儿,一会儿请你喝顿酒。"

李驴子睁眼说:"那酒你留着娶媳妇喝吧。"

蓦地,他目光一亮,注视着纹在宋狒狒脊梁上的"一撇一捺"。

他猛地起身,从浴池里站起。身躯直立着,走出古云梦般的水域,用手而不是前足,使劲拧干一种名叫毛巾的东西,发疯似的擦着身子。

他发出最后一声驴鸣:"好——"

宋狒狒也出了水,凑近李驴子说:"我、我想跟你说句话……"然后摸了摸自家屁股。这是人的屁股。

李驴子淡淡一笑说:"热烈欢迎。"

两个人穿好衣服,一起离开澡堂,之后便下落不明了。

翻砂车间的黑暗角落里,传出人的声音。

"那纸团上的字儿,笔画很简单吧?"

"呜……就是到了死的时候,也未必解得出来。"

许久许久的沉默。那两只烟头儿，暗红色的。

翻砂场上黑得看不见人了。空气中却充满了人味儿。

似乎听见有人哼唱歌谣："放屁震坑儿，撒尿和泥儿；谁知道你算个啥样的人儿！"

白　羊

是个阴天，暗冷。眼瞅着人们走尽了，院子里只剩下个滞销品似的东西，慌乱地喘着粗气，显得嗓子眼儿更细人更弱。

他终于壮胆凑上前去，问："我、我叫白洋，白色的白，海洋的洋……"之后他伸手摸着鼻尖儿，从上面摘下几滴汗珠儿捏在手里，心里说："白洋你别紧张嘛。"

"刚才我没念到你的名字？"

"走了九十九个，只剩下我……"

那干部吸足一口烟，慢悠悠翻看着花名册："你们这届学生命不错，没上山也没下乡，出校门就当了大工人，啧！要好好表现呀。"

白洋条件反射地说："我已经下了决心！"

"白——洋。怎么我这名单上是'白羊'呢？嘿嘿，丢掉三点水你可就成了动物，我给你添上三点水吧。"

他想说这名字是当年二楼的邻居，那个白俄老太太给他起的，后来她跳楼自杀了；都说这老白俄旧社会在租界里操持贱业，入了华籍等于是给中国增加了反动人口。

他没说，他不愿意打破那个慈祥老太太的遗像。

"什么，我去纺纱车间报到？"

那干部哈哈大笑："铁工厂哪有纺纱！是翻砂。百里挑一就你一个，快去吧，好地方。"

他不懂什么是翻砂，就拎起空饭盒去了。

翻砂车间临着工厂后墙，挺远的。他沿着厂道老老实实走着，心里空荡荡，反而觉出几分舒坦。他知道都妥了，只剩下埋头苦干了。

总觉得身后跟着脚步声，他心里又不踏实了，不敢回头，心里说："蹲下系鞋带儿吧！反正我是工人了，还能有老虎吃我？"

他蹲下了。一双穿了军式皮鞋的脚来到他身旁："你快点儿系啊。"

他就加快速度，说："谢谢你关心。"

"你去翻砂车间呀！叫白——什么？"

他惊悸地站起，说："我叫白洋是三点水的洋。"这时他看到穿军式皮鞋的是个女子。

黑肤色。胖脚胖腿胖腰胖胸，不胖而消瘦的脸。

他心里想不通：肉对这个女人的脸好吝啬啊，造成分配不公的局面。不知为什么，对方使他心悸了。

"随我走吧。"黑胖女人正值中年，操着领导者口吻，冷硬地说。

就随她走，有问有答。当他鞋带儿真散开时，已经走进这个名叫翻砂车间的地方。

"你脸上从来没长过粉刺啊？"对方雄赳赳的口气。

他慌了："我……"

车间深处有人高喊："看啊，来了个嫩脸的伙计！"

他没来得及回答有关粉刺的问题，就被叫到车间办公室填写职工登记表。

之后，他去劳保用品仓库领了一身白色小帆布工作服。

黑胖女领导说："看你是不是个好工人，接受考验吧！"之后掏出香烟，点燃就吸。

女的，还抽烟啊。他暗暗惊诧，此前从未接触过吸烟的女人。

随一个叫李大腚的翻砂汉子学徒，当造型工。

他问师傅："那位女的……"

李大腚端着小砂箱："咱这儿没女的。"

一身肥大的小帆布工作服，使他显得更加文弱，就说："您嘱咐嘱咐我吧，比如注意事项。"

李大腚一脸忠厚相，挪了挪多肉的腚，苦笑："没啥注意事项。一呢，要注意安全，别砸脚碰手的，总闹出工伤；二呢，说话要忌口，浇铸组都是回族人，跟人家说话别提猪字,更不能用人家茶缸子喝水;三呢,没有三,你记住吃亏常在这句话就行了。熬到三年满师出徒,你就拿三十五块五啦!”

他听明白了,三十五块五是一级工的工资。

“吃亏常在……可总吃亏也不是个办法呀?”

“嘿,你还想占香赢?你有啥本钱呢。干活儿干活儿,今天礼拜五。”李大腚自卑中含着几分自得。大腚,就是大屁股。

李大腚说着就抓起一把砂子抹黑了脸:“学着吧,这颜色说明咱促生产促得好!今天礼拜五。”

白洋:“今天礼拜五说明什么?”

李大腚半天不言语,才费力地说:“说明明天是礼拜六呗。你总刨根问底可不是好毛病。”

白洋发现李大腚不是个胖人,只是肉过多集中到臀部,屁股就显出了典型力量。

李大腚不问自答,似看穿白洋心思:“男子汉胖屁股,四十岁一过准有福。”

“您今年三十九?快了,得坚持住。”白洋真诚地说。他开始信仰翻砂工哲学。

那群信奉伊斯兰教的浇铸工围过来,浅黄色眼珠直鼻梁,每个人脑门儿上都露出一圈白色——那是戴在工作帽里的另一顶白色小帽,千人一面散发着善良的清真味道。

“你叫白洋?好名字!一身学生味儿呢。”

白洋慌了:“可惜我不是回民……”

李大腚直腰:“他是个老实孩子,你们多关照。汉回一家,都是促生产的人嘛。”

伊斯兰教徒们说都是相同大目标呗,然后就笑。

白洋极受感动,突然说:“我是很爱吃羊肉的,以后我不吃别的肉了。”

人群散了,李大腚说:“白洋你好像很容易信上一门教?一句话就随人家辞了猪肉。”

这时候,那个黑胖女人出现在他们面前,毫无表情说:“今天我在你们这儿深入吧！李师傅你给我派个什么活儿？”这女人的脸愈发瘦了。

白洋觉得眼前发黑，只听见李大腚说：“你来了我们欢迎，就跟白洋打小芯子吧。”

“这是庞政工，厂部的领导。”李大腚冲白洋说着，抬起屁股便走：“我去木型组修理刮板，你俩干吧……”他步子急得像去救火。

“您……每个礼拜五都来这劳动？”白洋看着自己脚下。

庞政工不睬他，许久才说：“你脸上的黑色是用手涂上的，这很不诚实。工人阶级讲究本色。”

“我一定努力争取本色。”

女人的贫肉脸孔堆出一重怪怪的淡笑。

打小芯子。庞政工干得十分认真，很响地喘着气。

午休的时候很闲，白洋学着别人的样子，去临墙的砂山上晒太阳。

太阳很弱，白洋就去直视它。依然灼眼，他就起身朝大墙外边公路上看景致。

没景致，只有偶尔过往的车辆。

我总算当上工人啦。白洋突然很想哭。

姐姐插队到内蒙古当牧民，过得很辛苦。知道弟弟留城当了工人，她就拍来一封狂喜的贺电，祝福弟弟好好工作听领导的话。

白洋心里说：“姐姐放心吧。”他要省吃俭用给姐姐寄盘缠，让她坐火车回来探亲。

公路上驶过一辆蓝白相间的大轿车，满载着哭声，向西。西边是一座火化场，高耸的烟囱随风送来一股莫名的味道。

人总是要死的……他站起身，觉得自己壮实多了，心里就唱起了那支简单的歌。

火化车减速了，渐渐停在路边。迎着火化车涌来一条蠕动的河流——灰白色铺满窄窄的公路，向东淌去。

一个手持木棒的汉子走在前边，像是在大声吆喝着开路。几个大男孩挥动树枝子押在灰白色河流两侧，垫后的是个不停舞鞭的农妇。

白洋隔墙站在砂山上，呆呆望着这景致。

“白洋！”砂山下姓黑的回族浇铸工闲闲地踱过来，笑嘻嘻喊他。

他立即不无恐怖地把墙外公路上的景致讲给老黑听。老黑从容地笑了，说白洋你真是少见多怪。之后，他从老黑嘴里知道西边有个铁路小站，常有羊群被火车从口外运来，然后雇用农民把咩咩叫着的羊儿赶到东边的加工厂，宰了。羊儿与火化车逆行，但是同样都走向死亡。

老黑像是在给白洋讲着一个童话：“我们可不吃那个加工厂的肉，我们吃自己的羊，自己宰，干净。”

白洋已经听不见老黑在说什么，他定定望着远处那辆缓缓开动的火化车。

“谁死了？”他渴望知道旁不相干的事情。

老黑在砂山下说：“我们穆庄死了人不兴这样问，回族人有回族人的言语。”

“怎么问谁死了？”

“谁无常了？这么问。”老黑得意地走了。

伊斯兰教死了人是不火化的，满身缠上白布，埋进砖砌的穴里。

灰白色的羊流仍在蠕动着。垫后的农妇居然抄起木棍狠打一只企图逃奔的大羊。大羊可能被打断了腿，仄身倒下，被一个大男孩吃力地抱上了那辆驴拉的收容车。

白洋不由得扑前一步，挺身在砂山上大喊：

“太狠了，你反动派！你反革命！你修正主义！”

抓起一个砂块，他狠狠掷了过去。

大男孩听到了，猛地跑到大墙边：“×你娘！它是你爹还是你妈？敢骂我们贫下中农……”

白洋一下被惊呆了，不说话。

那大男孩扒开前门儿冲他凶凶地撒了一泡尿，转身骂着追赶队伍去了。

“谁无常了？”他小声念叨着，沉下屁股从砂山上滑了下来。黑砂们狠狠咬着他的肉。

砂山下坐着李大腚。白洋看到他头发上沾着零星木屑，这是修理刮板的痕迹。

白洋说该去干活儿啦咱们。

“我大概就要倒霉了，可我不怕，我不怕！我受不了这份罪啦？×！”

“倒霉……您不是说吃亏常在吗？认头吃亏还能倒什么霉呀。”白洋犯了迷糊。

李大腚不说话，坐着。

“您不是说男子汉胖屁股，四十岁一过准有福吗？您别灰心再坚持一年吧。”

李大腚脸上肌肉乱扭：“你浑蛋！损我呀？”一双又小又圆的眼睛迸出了灼人的光。

吓得白洋独自跑回了翻砂场，好似没了魂。

李大腚走进车间大门，又变成一个缩肩垂头低眼眉的老实汉子。迎面来了车间头头，这个肥硕的老头子却迈着一双很小的脚。

“腚，你昨天干的四件活儿，他妈的废了三件！这种活儿你连着干了三年没换样儿，还吃不熟呀？废物。”之后是幽幽的笑。

李大腚说：“实话，我废物。自己罚自己，我要求调到后边当清砂工，明天你就让我去吧。”

“你想得挺容易！没到不可救药的地步，我能让你去当清砂工？老实在这干吧大屁股。”

李大腚的脸憋成紫色的茄子。

白洋听懂了，后边清砂工房挥钢钎抡大锤的汉子们，敢情都是不可救药的人。而李大腚自愿去当不可救药的东西？白洋心里害怕了。

他脱口问道：“李师傅，吃亏常在，咱们干活儿吧。以后别出废品就是了，又不是政治错误。”

李大腚平静地说：“傻子，不是人人都有资格犯错误的。比方说你吧，你能犯出什么错误来？”接着又说，“其实，好些人都在心里羡慕着我呢。”

李大腚到厕所抽烟去了，白洋觉得自己很孤单，就抄起铁锨，倚着当伴儿。

他觉得进工厂当工人跟去农村当农民没有什么两样，就盯着车间里的砂丘发怔。

“精神要集中。”庞政工悄无声响地到了他眼前，声调变得和蔼。她的肥胸，像两尊砂丘横挺着。

“今天下午，您还在我们这深入？”

“当然，我就爱在翻砂车间参加劳动，有感情。你，铁心当翻砂工了？”

白洋一瞬间就缴了械：“我想去当清砂工。李师傅说当了清砂工就走到头了，心里踏实。”

庞政工无声地笑了，微黑脸孔肉皮发紧：“想当清砂工也不是一件简单的事情……”

白洋听罢，心里有些绝望。之后，庞政工跟他说了几句。

之后，他就迷迷糊糊随着庞政工走了。

路过黑乎乎的清砂工房，赤着臂膀的汉子们惊异地望着他，如视怪物。

他猜想，这是因为自己的面孔太白吧。就向远处那间孤零零的大房子走去。

这间大房子是木型仓库，静悄悄的，使人想起殡仪馆骨灰存放室。白洋听到庞政工说话：“这是组织信任你。木型仓库南墙上不知是谁写了一行字，我眼花了瞅不清楚，你过去看看吧，小声念给我听，只要不是反动标语就没事……”

白洋听到这桩任务，倏地感动了，好似浑身过电，就想哭。

他想起头顶沾了木屑的李大腚：如果真有反动标语，千万别是师傅写的啊，那样他真的要去当清砂工了。世上没有比那更糟糕的事情——走到头了。

他走进这间骨灰盒似的大房子，光线便暗了，身后庞政工哼着一支不很时兴的歌儿，听着有些刺耳。

走进大房子深处，他心里反复念叨着：如果真是反标，这肯定不是我写的。

看见前面大墙上写着一行粉笔字，他伸长脖子凑上去，极力辨识着字迹。

今天是礼拜五。大墙上这行字清晰了：正正正正……一共七个“正”字。

身后响起庞政工的说话声。白洋从来没有听过女人这种声音。他的心凝固了。

“服从命令听指挥！我验验你做得了翻砂工吗？你由着我呀……”

白洋不知道自己是怎样仰身躺倒的，只感到身上压了一座黑色的砂山。他更不知道自己怎样被剥得露出白白嫩嫩的身体，就像羊儿剥去白茸茸的皮毛……一团无形的黑丘笼罩着整个身体，疯狂地发力，做着。

“我每礼拜五都要来这深入，哎呀！这里是我的地方……工业学大庆啊！你这只小傻羊……”

白洋不敢睁眼，又觉得自己成了一块油田——身上竖着一座黑乎乎的井架。

渐渐太平了，庞政工气喘吁吁，歇着。她命令白洋做些下手活儿：收拾木案子，扫净纸屑……他强忍眼泪做了，一眼瞥见她捏着粉笔在墙上写了“一”。

这一横是一个“正”字的开始。一个“正”字之后，还会有一个个“正”字。

庞政工燃起一支烟，黑着面孔吸着。

“这、这里严禁烟火……”

“走吧你，别忘了合严了嘴。”

白洋从那扇关得极严的角门里挤出身子，摇摇晃晃走了几步。看守木型仓库的老头儿，慢慢悠悠走过来。

“你新来的吧？善哉。”这老头儿饱经风霜，早年跑到汉城日本工厂学徒，如今精瘦干练，修行得像棵老高丽参。

“高丽参”又说了句什么话，白洋听懂了，顿时额头淌汗，心底腾起浓浓的恐慌。

李大腚远远跑来找他了。他迎着走过去，听见李大腚重重叹了口气：“唉，你呀……”

回到车间里，就埋头干那种一成不变的活儿，一个雌性的礼拜五，会生出无穷无尽的礼拜五。

李大腚很痛苦地说：“他妈的，我几次申请都不同意我当清砂工，心里不踏实呀。”

“谁不同意？”白洋望着面无血色的师傅。

“我心里知道，这叫把我切开晾着，让我难受。”

白洋知道李大腚想尽快走到头，那样就心里安稳了，可是怎么也走不到头，心里就不安稳。

“我得在农村找个媳妇，结婚。”李大腚说。

“明年您四十岁了，要抓紧啊……”

白洋觉得该问了，就问：“您好像挺怕庞……”

李大腚怒了：“你不怕？×！翻砂工在这娘儿们面前，就觉得自己不是个男人……”

立即慎重起来，李大腚说：“以后咱俩少说话，更别提女人的事，记住了！”

白洋悄悄跑到清砂工房，看得仔细。清砂就是挥钢钎抡大锤，把铁青色的铸件里里外外清理干净，从砂堆里露出了灼人的铁。

男人的肌肉在这里暴长着。留存下来的是铁，溃散开去的是砂，处处是嘿哟嘿哟的发力声，不由自主。白洋意识到自己不应当是这里的人。一个汉子抓着痒朝他喊叫起来。

“小伙子，你是李大腚的徒弟吧？福分不小哇！”这汉子身体很壮，脸上却挂有病相。

白洋不言语，他看出这是软心肠的人，一身硬肉全是让铁撞击出来的。他离开清砂工房，跑回师傅身边。

一个个日子就这样过去了。

李大腚变成了哑巴，绝了声响，低头干活儿。白洋午休时间还是爬到砂山上去看景致，每逢礼拜五他就往木型仓库里去。

厂墙外公路上很久没有羊群过往了，永不绝迹的只有火化车。白洋莫名其妙地等待着，有个谜久久占据着他的心。

他不敢问别人，憋得心儿发紧。他在公休日一大早去了动物园。整整一天，他围着哺乳动物笼子转悠，到底也没有看到参考性的答案，他知道自己在犯傻。出了动物园再进小饭馆，他第一次喝了酒，也弄不清醉没醉。

他终于憋闷不起了，就在李大腚蹲坑拉屎把烟卷儿叼在嘴边时，刷地划亮火柴替师傅点上烟，之后涨红了脸。

“妈的，你有点儿丫鬟的味道啦！快哭吧。”

翻砂工把去厕所撒泡尿说成去灵堂哭一场，好像汉子们的头颅都长在裤裆里，尿成了泪。

“有啥事就问吧……”李大腚全无拘束地说。

他吭吭哧哧说不出句整话，毕竟还是问了，他问得很勇敢。他明白有些事情不能害怕。

李大腚脸色一沉："这事儿你问明白了，又能怎样呢？"

"我就想知道，应该怎么样……"

李大腚："应该？应该的事情多着呢！打个比方吧，你不应该落到这翻砂车间来，可是你来了；我应该咬死自己，可是让别人给咬死了。"

白洋听不懂，固执地问："您告诉我应该怎样！"

李大腚说了："人是脸对脸的，人应该是脸对脸的！你快滚蛋吧……"

白洋不滚，异常平静地说："你自愿去当清砂工也不是个办法啊！"

"她、她为什么选中了我们？"他突然问李大腚。

李大腚惊得站起身："你……知道我？"

白洋走进车间："翻砂工都是砂子做的吧？"

"就数你味道鲜美，白肉白肉的……"白洋想起在一个个"正"字照耀下，庞政工发出号叫，逼他说出难以启齿的话语。

"我只能鹦鹉学舌。"他不甘心了，趁着冲天炉流出铁水，偷偷铸了个小铁球，到时候含在嘴里。嘴里含着小铁球，他便口齿不清了，只能呜呜说着脏话，心里反而愈发清晰了："我算个什么东西？"

姐姐暴死于内蒙古，在羊群里。每当沉浸在木型仓库的黑暗里，他觉得自己也快死了，也是暴死。

"告诉我小白羊，你的名字是谁给起的。"

白洋闭着眼睛承受着这座黑色山丘的压迫，就是不张嘴。

"你天生就不是干翻砂的材料，哎呀哎呀！"她骑手持缰般颠簸着，畅快地喘着粗气。

"小——白——羊儿"。

嘴里的小铁球咬碎，他品到铁的橄榄味儿，蓦然感到陌生的快感。

庞政工呻吟："小——白——羊儿"。

他吐出一口铁腥。这时她听到身下发出巨响，轰隆隆粉尘升腾，充满黑暗的空间。

"你——你妈的！"这股气流直撞她的脊背。庞政工圆球般被掀落到木案下，四肢着地，挣扎着起身。这是她第一次处于下位。

“想不到……你！”此时轮到她伸手护着自己了。

一只男人的手狠狠按住她的多肉膀头，发力颤动着说：“乖乖，你尝尝吧！”

大墙上的一个个“正”字被抹掉了，画了一个“×”，好像末日宣判。

白洋走出木型库寻找着“高丽参”：“那老浑蛋死了吗？”

翻砂车间打响下午上班的铃声，他不予理会。悄悄来到原料场白泥池前，猫腰掏起一团湿润的白泥。这学名“高岭土”的白泥是翻砂车间生产原料。他手捧白泥跑到砂山上，望着厂墙外的公路。还是没有羊群经过。白洋并不气馁，伸手从衣兜掏出那瓶红墨水，随手放在脚旁。他蹲下身来，挓挲双手开始雕塑了。太阳照耀着他，手里白泥亮得晃眼。他已经成了泥塑家。一只小小的白色羔羊，在手里成形了。他轻轻拍着小羊儿，动手在羊背上捅个小洞，其后抓起墨水瓶子缓缓将红色墨水注入小羊体内，一瞬间动物就有了O型血。

白洋静静与小羊对视，突然笑了，笑着从腰间抽出一把小刀。白花花的阳光下，小刀泛着严冬赋予的寒光，猛地攮入小羊心脏。

小羊倒下了。阳光下，白洋双手沾满自己制造的鲜血。他克制着眩晕。

他埋葬了小羊，挥手将小刀子掷向厂墙外的公路，喊：“杀了杀了！”把沾满鲜血的双手伸进黑砂里，搓着。

蹲身滑下砂山。回族浇铸工老黑缓步走过来。

老黑毫无表情地打量着他。“宰啦，怎么不请阿訇念经？”

他并不解释：“我宰的自己，不用阿訇。”

老黑关心地说：“小伙子你可别后悔啊。”

白洋朝着木型仓库方向望去，掏出火柴扔给老黑。他不抽烟这玩意儿带在身上再无大用。他听见自己的心儿，嗵嗵乱蹦。

一头跑进翻砂车间，他身后拽进一道阳光。李大腚收拾着工具，满脸茫然。

“从明儿起，派我去看木型仓库……”

白洋说：“多体面的工作。您也该走到头了。”

白洋喃喃道：“她说过把我调到她办公室打勤杂。”

李大腚屁股一抖："你受不了这种恩典！"

"您没事了。"白洋笑得有些狰狞。

从木型仓库方向突然传出一阵号叫，只见浓烟滚滚，伴着火化场的味道。

赫赫火光，暴徒似的在黑砂地上横行竖走。

堡垒漂浮

1

蒋合营被任命为华夏日用化工厂的厂长，当天多云。多云的天气里他被市化工总公司一个电话召去，心中颇有入朝面君的感觉。六楼小会议室里，化工总公司党委书记雷励行跟他谈了话。不知为什么，蒋合营总觉得这是在拍摄电视剧，一切场景都是虚构的。

雷书记拍了拍他的肩头，很是语重心长。谈话的内容，蒋合营只记住梗概，大多属于勉励的话语。之后，五短身材的蒋合营又到化工总公司总经理申德鸿办公室里，接受申总的勉励。

华夏日用化工厂属于国有中型企业。它的前任厂长孔大志，说去澳洲探亲，便一去不返了。据说孔厂长定居墨尔本，开了一间店铺专卖中国景泰蓝。消息传来，全厂就乱了。于是，生产科副科长蒋合营被拎了出来，一屁股坐在厂长椅子上。他感到自己瘦肉型的屁股被这把交椅硌得生疼。

蒋合营做出傻小子等待过年的样子，对申德鸿总经理说："为什么不让田力壮同志担任厂长呢？他经验丰富，能力出众，拥有广泛的群众基础……"

申德鸿告诉他，田力壮同志将被任命为华夏化工厂党委书记。新组成的厂领导班子，应当是一个坚强的战斗堡垒。

坚强的战斗堡垒。蒋合营觉得无话可说，就准备在堡垒里战斗了。

其实厂里还有两个副厂长。陈副厂长年近半百，却终日忙于捉奸，前几天竟然成功地将年轻貌美的妻子与一个小白脸儿堵在家里。小白脸儿越窗而逃，好似港台电影里的采花淫贼。陈副厂长紧追不舍，不幸跌断右腿，只好住进骨科医院养伤。另一位副厂长贾洪胜，领着一个讨债小组常年在外，走遍祖国的大江南北，为华夏日用化工厂追收欠账，只可惜收效甚微。如今享受副厂长待遇的，还有厂工会主席鲁大海。这名字听着就让人想起四凤。这便是困境中的华夏日用化工厂的领导班子。

走出化工总公司大门，他使劲咳了一声，没想到砰的一声——裤带绷裂，几乎变成两截。他以为这不是吉兆。疾步走上大街，他进了一家精品屋，选了一条价格最低的非名牌皮带，人民币三百七十八元。

他的衣兜里刚好装着三百八十元——这是当月薪水（厂里能够象征性发放工资已然功德无量了）。他站在精品屋里系紧裤子，腰里只剩下两块钱了。他搭乘公共汽车回厂。

公共汽车上他遇到祖父，当然是正宗原装祖父。九十六岁的蒋国政端坐前排，看上去鹤发童颜，颇有几分仙风道骨。他告诉祖父："爷爷，我当了厂长……"

老爷子睁大眼睛看着他，仿佛是在观看一只来路不明的珍稀动物。

"这是什么世道啊，怎么连你也当上厂长啦。"说罢，爷爷端身而坐，一路颠簸坚持闭目养神。他凑到老爷子耳边说："朱砂没有，红土为贵啦。"

祖父脸上终于露出一丝无奈的喜色："咱们蒋家又出了一个厂长……"

在本市地方史志编辑委员会编撰的《租界志》里，多处看到青年蒋国政的身影。他顺利购得美国兵营土地使用权，兴办华夏日用化工厂，创立"金手"商标，成为这座都市第一拨身穿西装的年轻人。如今蒋国政老先生身康体健朝着一百岁挺进，几乎成为一部活的工厂史。

华夏日用化工厂拥有九十年历史，最初生产金手牌护肤脂，俗称"搽脸油"。在老年人记忆里，提起"金手"总是一件令人激动的事情——这是真正的国货。尤其金手牌护肤脂的包装，构思独特，令人难忘：盒盖上印着一只金色小手，闪闪发光，透出一股神奇魅力。似乎经过这只金色小手的擦拭，天下所有的面孔都将变得漂亮无比。这独具特色的金手商标,正是由当年的蒋国政先生亲自设计。时光荏苒,这只金色小手成为国货精品的标志,深得国人喜爱。老字号的魅力,远非洋货所能比拟。多少年来,华夏日用化工厂以金手牌商标开路,发展成为生产日用化学系列产品的综合性企业。全厂拥有职工七百六十八名。应当说768是个吉祥数字。依照今日风行粤语的时尚,768应当暗含"期待屡屡发财"之意。

如今,在中年男子蒋合营心目中,历经磨难的金色小手到了今日,已经成为金色老手。金色老手面对改革开放的大好时机,擦拭起来便显得力不从心了。工厂设备陈旧,工艺落后,产品单一,市场萎缩,资金匮乏,仍然处于传统企业的固有模式,无法迈开企业改革新步伐……这也成了华夏日用化工厂久病难医的顽症。如今"金手"的工厂,饿不死人,但也吃不饱。久而久之人们变成一群忧心忡忡的动物——不知道应当留在原处,还是应当迁往新的陆地。

已经连续十个月没发奖金。工人每月只能领到干干巴巴的半份工资。拿在手里屁轻屁轻的。全厂仿佛进入漫长的农闲季节,半稀半干的伙食令肠胃蠕动更加疯狂。有两个车间的工人放假回家自谋生路,只发百分之四十工资。蒋合营知道,祖父肯定对此事感到无比焦虑。

祖父是华夏日用化工厂创始人。也就是通常所说的资本家。公私合营那年,蒋国政喜得胖孙,就给孙儿起名蒋合营。有了孙子,爷爷从此失去自家工厂。

蒋合营永远不会忘记公元一九六九年秋天的悲剧。那天黄昏,少年蒋合营要求爷爷领他前去捕捉蟋蟀。爷爷已然年迈,还是领着孙子走进华夏日用化工厂,沿着围墙朝前走着。一路上并没有听到蟋蟀叫声。爷爷说:"回去吧。前边是一车间了。一车间生产原料有刺鼻味道,不会有蟋蟀安家的。"

蒋合营问道:"爷爷,这座工厂从前是不是咱家的?"

蒋国政说:"是啊。从前就是咱家的。金手牌商标也是我创出来的。后来公私合营了,就不是咱家的了。我给你取名蒋合营,就是纪念这事儿的。"

隔墙有耳。蒋国政领着孙子转回工厂大门前,一拨人马已经等待多时了。

"蒋国政,你贼心不死,领着孙子前来侦察工厂地形,告诉这个小崽子哪儿是一车间,哪儿是三车间,这分明是反攻倒算,企图复辟变天!"

面对革命群众，蒋国政不知所措：“你们这是在讲故事吧？”

人们将蒋国政包围起来。祖父仿佛一尊石雕，任凭人们唾着骂着，一动也不动。蒋合营扑到爷爷身前，呜呜哭了起来。

华夏日用化工厂，就这样给少年蒋合营留下了刻骨铭心的印象。后来他到农村插队落户做了知青。终于选调回城了，他执意选择华夏日用化工厂，当了工人。山不转水转，时至今朝，蒋氏第三代传人竟然当上这座工厂的厂长。

公共汽车驶达终点。蒋合营搀着爷爷下车。蒋国政拄着一根藤条手杖，执意不要孙儿扶持，独立自主地走下公共汽车。

祖孙二人站在人行道上。蒋合营问道：“既然我当了厂长，您有什么话就嘱咐给我吧。”

蒋国政摇了摇头，示意孙儿赶快回厂。老人很倔强，九十六岁高龄依然独自居住，谢绝晚辈们的照料。

蒋合营还是送爷爷回到家里。走进这座小院子，他先到厨房给爷爷烧了一壶开水，然后走进书房去找暖水瓶。抬头他看见迎面墙上挂着一幅挂图，心中大吃一惊。

这是一幅“全厂结构示意图”，并附有备注一栏，华夏日用化工厂的概况，一目了然：

一车间——主导产品为“金手牌养颜液”。目前该产品受到新兴私营企业的挑战，市场竞争十分激烈。设备陈旧，产品老化。出路在于尽快研制出第三代产品“一洗白”，方能站稳市场。车间主任黄玉发（早年有小偷小摸的行为）。

二车间——失去主导产品。去年开发电热驱蚊器（该产品百分之六十依靠职工外出推销）。车间职工情绪波动，处于半生产半停产状态。车间主任于经旗。

三车间——去年三八妇女节当天宣布改为缝纫车间，为外商来料加工制作柔柔牌女式内衣内裤。全车间百分之九十为女工。她们最关心的事情是“订单”。车间主任梅熙（外号“没戏”）。

四车间——职工全部放假回家。每月八号“返厂”。一般职工只发百分之四十工资。车间主任李文开（日前死于车祸）。

五车间……

看着迎面墙上这幅挂图，蒋合营一下湿了眼角。九十六岁高龄的祖父，多年以来每天都生活在一个虚拟的世界里，亲自管理着一座名叫华夏日用化工厂的国有企业。老人的心，一天都不曾轻松。老人的理想，一天都不曾破灭。想到这里，蒋合营眼角更加潮湿了。

他觉得祖父越老越单纯——竟然像一个大孩子。如今这座老厂面临的困境，并不是三天五晌能够说得清楚的。

祖父的书桌上堆满德国挂钟的零件，这只老挂钟被他整体拆卸，处于检修状态："合营啊，既然你当了厂长，我只有一句话嘱咐你，俗话说留得青山在，不怕没柴烧。你千万可不要把厂子给弄黄啦！"

"不黄不黄，我争取让华夏日用化工厂万古长青！"四十岁的蒋合营从祖父家里走出来，摸了摸衣兜只剩下一元钱了。他苦笑着朝公共汽车站走去。

一个浓妆艳抹的女子身穿绷紧身体的棕色皮衣，手里夹着一支女士雪茄，满身曲线站在一家歌舞厅门前。蒋合营抬头看到她，脱口叫道："韩丽英！"

韩丽英居然灿烂地笑了，快速吐出一口烟雾。

这就是五车间的统计员韩丽英？想起她身穿蓝色工作服头戴蓝色工作帽的模样，腋下夹着一沓子表格，走工段串班组，汗津津统计着各项生产指标。蒋合营想不到韩丽英变成眼前这个样子。难道这就是人们常说的从量变到质变所产生的飞跃，辩证唯物论？

韩丽英已经成了坐台小姐。蒋合营不知说什么好，只得顺口问道："小韩，这程子你挺好的吧？"

韩丽英是个中专毕业生，说起话来略有文化："这程子我混得还可以。商品经济呗！有买有卖。你也挺好的吧？"说着，她递来一支女士乐福门。蒋合营木木地接过香烟，呆呆看着韩丽英的红嘴唇。

他突然问道："小韩，我刚刚被任命为厂长。要是咱厂形势好转了，你还能回厂上班吗？"

韩丽英吸着香烟，笑了笑说："我都走到这步了，怕是开弓没有回头箭啦。你知道吧我现在每天的花销，至少两三百块钱。咱厂每月能给我开八千块钱工资吗？肯定不能。你让我回厂上班……"

蒋合营打断对方说："小韩，话可不能这么说。这女人总有变老的时候啊。

那时候你怎么办呢？”

韩丽英咯咯笑了起来：“老？您真是高瞻远瞩了。说不定哪天地球爆炸了，咱们都没有晚年啦！”

听了韩丽英的话，蒋合营受到很大震动。

一个油头粉面的小伙子从歌舞厅里走出来朝韩丽英小声说：“方总经理正等着哪！你怎么关键时刻总掉链子呢？”

韩丽英朝蒋合营挥了挥手，笑吟吟走进了歌舞厅。

没人知道，蒋合营曾经暗恋着韩丽英。如今韩丽英成了一只家禽：鸡。

蒋合营心中非常惆怅，手里紧紧捏着那支女士乐福门香烟。兴许有大款要娶韩丽英吧？但愿她不要成了新时代的杜十娘。

2

一辆黑色本田轿车驶到华夏日用化工厂门前，一位身穿黑色风衣的女士款款走了下来，表情很是激动。

这就是来自日本的大田枝子女士。她眺望栅墙里的建筑，指着华夏日用化工厂自言自语说：“这哪是一座工厂啊，分明是一座古代堡垒！如果将它改建为一座欧洲风格的夜总会，一定会大受欢迎的。”

大田枝子激动万分，甚至忘记此时是在中国。尤其工厂院子里那五株百年大树，使人想起巴黎近郊的枫丹白露。她忘情之下径直走进工厂大门。拖着一条瘸腿的门卫韩春利每月只能领到一百八十元工资，因此火气很大。他操着张飞喝断当阳桥的调门喊道：“找谁！找谁！”

大田枝子的普通话说得比日语还要流利。她操着中国普通话朗诵一首伟人诗词：“风景这边独好。”

门卫韩春利满脸怨气说：“风景是他妈的不错，但是谢绝参观！”

“门卫先生，那儿是什么地方啊？”大田枝子指着临街的一座圆形建筑问道。

听对方称自己“先生”，瘸腿门卫消了气，开始导游了：“闹八国联军的时候，那儿是美国兵营，都叫它堡垒别墅。平定庚子之乱美国大兵开拔回国，就归了英租界。后来被资本家蒋国政从英国人手里买过来,兴办华夏日用化工厂。”

“您对历史很了解哇。”大田枝子夸赞着韩春利。

韩春利继续说道:“你知道资本家蒋国政吧?都快一百岁了还没死。你看那五座生产车间,从前被称为五座堡垒。这就是我们的厂史啊。哎,你到底是干什么的?”

大田枝子笑而不答,猫腰钻进黑色本田汽车。坐在车里她注视着那座圆形建筑,颇有感触地说:“堡垒别墅,真是太有诗意啦。”

瘸腿门卫韩春利不知道她是日本女士,名叫大田枝子;更不知道大田枝子女士的到来,使华夏日用化工厂一下摆上佟大远副市长的议事日程——成为这座城市工业战线悲喜交加的角色。

坐在本田汽车里,大田枝子心潮起伏。她本是一位战争遗孤,学生时代在中国度过。八年的上山下乡生活愈发使她对这块古老土地充满了感情,吃着玉米饼子喝着冷水,她从来没有想到自己竟然不是中国人。后来得知自己的身世,尤其是成为日本公民之后,竟然日夜怀念华夏大地。她最大心愿就是要在中国本土投资,兴办实业,为振兴中华贡献自己绵薄之力。大田枝子是这样说的,也是这样做的,她的赤诚之心,日月可鉴。仲夏时节一次外事招待会上,她见到了这座城市的新任副市长佟大远。

高级工程师出身的副市长佟大远,身材修长举止优雅,属于那种“洋务派”官员。他中学时代曾与大田枝子同在一所名牌学校读书。那时大田枝子名叫李玉梅。那时李玉梅当然不晓得自己真实身份是日本姑娘。她的养父是个忠厚老实的中国铁路工人。天性活泼的李玉梅则是这所学校女子合唱队领唱,才貌双全。她的歌声,宛若夜莺。时隔多年,身居高位的佟大远在外事招待会人群中一眼认出这位日本女士就是中学同窗李玉梅。由此可见,她在佟大远心中留下多么深刻的记忆。老乡见老乡,两眼泪汪汪。校友见校友,无言紧握手。已过不惑之年的大田枝子面对身在仕途的佟大远,顿时热泪盈眶。她当即表示要将全部资金投在这座拥有半封建半殖民地历史的中国北方开埠最早的大都市。以报效乡梓。

她相中了华夏日用化工厂一车间的厂房,这是一座真正的堡垒。

当天晚上，大田枝子打电话给昔日同窗佟大远，激动地向这位副市长提出要购买华夏日用化工厂一车间土地使用权，将其改建为"堡垒夜总会娱乐中心"的设想。

副市长佟大远实在想不起本市华夏日用化工厂坐落何方。他当即让秘书找来地图，颇费周折地在麦格路上找到这座中型国有企业。佟大远拍着脑门儿说："分工主管工业，居然不知道麦格路上还有这样一座工厂啊。"

佟大远深知麦格路坐落在本市具有极高文化保留价值的旧租界区，俗称万国建筑博览会。这个地区今后不应存有工矿企业。如果借这个机会，将历史遗留的华夏日用化工厂逐步从麦格路迁移出去，不失为一举两得的好事。

出于同学之间的感情，佟大远对大田枝子另眼相看。电话里他要求大田枝子立即起草一份申请购买土地使用权投资兴建"堡垒娱乐中心"的报告，由他批转给本市化工总公司，速办。

大田枝子在关于兴建"堡垒夜总会娱乐中心"的扩初方案的导言里写道："地处麦格路东端的华夏日用化工厂的五座厂房，其建筑外形酷似堡垒，极具欧美风格。将近百年历史的文化积淀，更是一笔无形财富。尤其对西方游客颇具吸引力。'堡垒夜总会娱乐中心'的一期工程拟选址该厂一车间，租赁土地使用权五十年。二期工程可望将另外四座堡垒(即目前的四个生产车间)一并改造为'堡垒夜总会娱乐世界'。项目实现之后，本市将拥有一座国际水准超级娱乐中心，达到与国际接轨的目的。"大田枝子的汉语表达能力不减，明显透露出当年女知青李玉梅的功底。

本市化工总公司接到佟大远副市长的批示，大喜过望，仿佛是给一个光棍汉子找到了媳妇。总公司立即通知华夏日用化工厂，准备出租土地。

很多人知道，华夏日用化工厂有两大主导产品，其中就有金手牌养颜液。说起金手牌养颜液，也算是名牌产品，一度颇受少妇们的欢迎。但这种产品脾气不好。市场景气的时候，它不能使企业大起，既使经济效益好，也好不到哪儿去；市场平缓的时候，它往往大落——去年的销售收入因此而下滑百分之五十。弄得大家拿不到整月工资。工厂只能维持简单再生产。在这种动不动就疲软的企业里当厂长，你先得没脾气。然后才有耐心面对这种半死半活的现实。

面对佟大远副市长批示的这桩包办婚姻，华夏日用化工厂毫无思想准备。一车间目前虽然不太景气，但利用一条旧有的罐装流水线，很快就要生产出第三代养颜液——“一洗白”，据说市场前景不错。捧读佟副市长的批示：“请华夏日用化工厂速与日商洽谈转让一车间土地使用权事宜。”蒋合营厂长与田力壮书记颇费思量，彻夜难眠。

莫非日本鬼子又进村啦？

华夏日用化工厂召开党政工团紧急会议。传达了佟副市长批示，没人发言。身高马大的党委书记田力壮一看，心里就明白了。他知道自己如果不站出来，不会亡党也不会亡国，但肯定亡厂。他被一股悲壮的气氛所鼓舞，抄起钢笔在佟副市长批示的报告上写了一行字：“我厂一车间能够维持正常生产，土地不便出让。”

第三天，化工总公司派出的工作组进厂。工作组在领导班子会议上传达了市委第一书记章为功同志最近在全市工业会议上的讲话。

章书记说：“我们现在最大的困难就是资金短缺。我们为什么要跟外国人合资呢？恰恰是因为我们自己没有足够的资金投入企业改造。而我们这座城市的工业确确实实面临层层挑战与重重难关。我们是一座贫穷的大都市。改造企业的资金在哪里呢？就在外商手里。我们有些国企领导干部，头脑里保守僵化思想在作怪。人家外商找上门来，居然怀有抵触心理。难道还要人家程门立雪不成？我们必须克服思想深处的陈腐意识，全面更新自己的观念。否则，愧对改革开放的大好形势！从今以后，对前来我市洽谈合资的外商，要想尽办法留住人家。俗话说苦口婆心嘛。一个也不准放走！谁要是放走外商，我就要处分谁！放走一个处分一个，放走两个处分两个，决不留情！”

田力壮与蒋合营听罢章书记的长篇批示，面面相觑。

蒋合营说：“既然这样，我们就与那位大田枝子女士开始谈判吧。”

化工总公司的指示是：“华夏日用化工厂的领导班子的主要任务就是要搞好对外开放，争取在尽量短的时间里完成土地使用权转让，打响企业改造第一炮！”

当天晚上回到家里，蒋合营找出一个笔记本，在《厂长日记》的开篇写道：“争取在尽量短的时间里完成土地使用权的转让，打响第一炮。这是上级党委对我们的要求。倘若第一炮打响了，那么第二炮是什么呢？我真的不知道。看来必须在干中学，学中干。”之后，他文思泉涌，大发感慨，笔调近似一首散文诗。

“工厂是一条河。我呢，只是一个手持小网，站在河边捞些小鱼小虾的孩子。河水长流，孩子渐渐长大。小鱼小虾也渐渐长大了。小河呢，却渐渐老了……”

写到这里，散文诗作者心中一惊：“倘若有朝一日河里的小鱼小虾被人们捞光了呢？那可就成了一条空空荡荡的河流了。”

不敢再写了。蒋合营连忙合上日记本。工厂啊工厂。他心中感慨万千。

3

厂党委书记田力壮不失时机去党校学习了。厂长蒋合营成了孤胆英雄。友谊宾馆会客室里，他终于见到一袭黑色套裙的大田枝子。虽然汉语讲得比日语还要标准，但她坚持用日语与蒋合营交谈，以示外商身份。通过翻译，蒋合营知道这位原名李玉梅的女士竟然是多年坚持写作的诗人，于是肃然起敬。

会谈成果是双方草签了“关于转让华夏日用化工厂一车间土地使用权的谈判纪要”。蒋合营说签署了这份谈判纪要，回去就能向上级交差了。大田枝子显然知道他指的是佟大远副市长。

蒋合营就这样与大田枝子女士告辞。回到厂里，他给化工总公司总经理申德鸿打电话，将谈判结果做了汇报。申总经理表示满意，要求蒋合营立即着手一车间的搬迁工作。蒋合营说，是不是与大田枝子签署了具有法律效力的正式合同再搬。申总经理说佟大远副市长对这个项目非常重视，十天之内必须完成搬迁。佟副市长已经许诺，一车间的土地使用权转让后，将全部设备统统迁到新河工业小区，那里有一座厂房，等待“金手牌养颜液”前去安营扎寨。这样，既促进了全市工业的合理布局，也有利于环境保护，为日后生产发展找到广阔用武之地。

一车间只得开始搬迁。故土难离的工人们对突如其来的动迁很是抵触。

老工人李鸿杰跑到蒋合营办公室，大骂这是败家的开端。土木工程不可擅动。一座工厂搬迁，绝不是简单的事。工人们认为包办婚姻是上级官僚对企业的行政干预。蒋合营只能说这次搬迁是上级领导的统筹安排。李鸿杰听罢气呼呼走了。

独自坐在办公室里想起大田枝子，蒋合营暗暗认为这女人即使不是华夏日用化工厂的克星，也肯定不是福星。

动迁当天一大早儿，参加运输的车辆都在车头插了红旗，以示吉庆。田力壮从党校归来，匆匆赶到现场。蒋厂长与田书记握了握手，谁也没有说话。

工人们为了驱赶煞气，燃响爆竹。其实本市已经立法禁放鞭炮。因此这阵突发的爆响，给这座城市增添几许久违的硝烟味道。蒋合营小声对田力壮说，咱们走一步看一步吧。

本市日报在头版显著位置报道华夏日用化工厂一车间搬迁的消息，说市政府由佟大远副市长牵头正在开展调查研究，拟将现存的工厂从麦格路上逐步迁出，兴办“无烟工业区”。华夏日用化工厂一车间搬迁，为实现市政府勾勒的蓝图迈出了可喜的第一步。

蹲在厕所里忘带手纸，蒋合营用这张报纸擦了屁股。

一车间旧址成了一座空空荡荡的堡垒。只有在这种时候，它方显出没落贵族的本来面目：圆形，拱顶，花岗岩的墙基，巴洛克式百叶窗……处处残破却散发着古典建筑的气息。金手牌养颜液生产线完成了历史使命。车间水泥地面上乱七八糟的弃物，诉说着搬迁的仓促。

蒋合营独自站在这里，轻轻咳嗽一声，随即听到山鸣谷应般的回响。这才是真正的空空荡荡。于是，他的心头也随之空旷起来。为了驱散这种沉闷的情绪，他清了清喉咙，想哼上一段京戏。

他妈的，没词儿。

田力壮走过来。这位一九五八年进厂学徒的“工厂虫子”，身高体壮颇有处变不惊的风度。他的口头禅就是“摸着石头过河”。走到蒋合营近前，田力壮不喜不悲地说：“市里确定了十五座企业，作为现代企业制度试点，没有咱厂……”

蒋合营苦笑着：“咱厂主要任务是搞好中日亲善……”

田力壮轻描淡写地说："一车间生产流水线从这里迁出去容易，到了新的厂房，安装起来就是大难题了。这好比一次设备大修。可大修费用从哪里来呢？"

听了这话，蒋合营心中并不在意。他已经算了一笔账，所谓大修费用从大田枝子的土地转让资金里支付，应当不成问题。

这时候蒋合营暗暗怀疑，田力壮是不是想看我的笑话？如今讲究党政分设，田力壮身为工厂书记，显然不是一把手。据说田力壮很想担任厂长，但是化工总公司没有选中他。这样在蒋合营与田力壮之间，彼此总是感觉疙疙瘩瘩的，难以通畅。

走出空空荡荡的厂房，两人乘坐那辆半旧的吉普车，赶往一车间新址。驶入坑坑洼洼的近郊公路，谁也不说话。不言不语到达坐落在新河小区的一车间新址。厂房果然很新，却显得毫无生气。汽车开进院子，蒋合营一眼看见墙上写着一条歪歪扭扭的标语：

"此地不养爷，定有养爷处；处处不养爷，爷去投八路！"

蒋合营问田力壮："这是什么意思？"

田力壮摇了摇头。不知为什么，蒋合营总觉得田力壮有些幸灾乐祸。

刚刚运来的生产设备堆放在厂院里，显得很乱。他知道这些设备倘若如此露天放置下去，肯定变成一堆废铁。于是蒋合营大声喊道："黄玉发呢？黄玉发！"

黄玉发是一车间的主任。

田力壮仿佛是在自言自语："黄玉发从前天上午就没了踪影……"

蒋合营生气了，转脸盯视田力壮："你什么事情都知道，可你什么事情又都不管！老田，你这是在看我的笑话，还是在看企业的笑话？"

田力壮呱嗒沉下黑黑的脸孔，冷冷一笑："你是厂长。有关企业的情况，你应当知道。轿子来了你还没扎耳朵眼儿，这埋怨谁呀！我又不是保姆。"

蒋合营无话可说，跳下汽车大步走进车间。一车间的工人罗光迎上前来。

"你们的车间主任呢？"

罗光不动声色说："黄玉发是个典型的机会主义者。一遇紧急关头，就失踪啦。"蒋合营心里想，既然失踪了，又不见家属来厂里找，这足以说明黄玉发并未发生什么意外。黄玉发这家伙掌握一车间大权多年,关键时刻说失踪就失踪呀?这里一定有文章。

这时候,负责这次搬迁的机电设备安装公司杨工程师手里拿着一张清单,正与工人们一起核实装箱运来的设备。远远看见蒋合营,杨工程师走上来叹了一口气:“蒋厂长,这里真是乱弹琴啊。”

杨工程师四川口音:“蒋厂长,眼下情况非常糟糕,你一定要有思想准备。我不知道土地转让后你们能得到多少资金。我粗略地计算一下,金手牌养颜液的生产线如果要想恢复运行,至少需要一百万人民币的大修费……”

“什么!”蒋合营听了这话心情紧张万分:“杨工杨工,您跟我详细说说,怎么会一百万资金呢?我们华夏日用化工厂破船偏遇顶头风啊!”

杨工程师说:“蒋厂长你不要激动。我知道您是工业世家出身。恕我直言,您的祖父对工厂非常内行。他不但懂得化工,还懂得机械和电气。可是,您对工厂管理并不内行。这几年我走了不少工厂,发现厂长们对企业越来越外行了。当厂长的主要任务变成推杯换盏,应酬社会各界。都成了功夫在诗外的典型人物。”

蒋合营受到批评,态度颇为诚恳:“您给我讲讲,这条生产线到底出了什么毛病?”

杨工程师说:“我给你打个比方吧。你每天骑着破旧的自行车上下班,并不觉得存在什么故障。可是有一天你把这辆自行车拆了,就会发现许多问题:滚珠剥皮了,链条拉伸了,轴档磨损了,辐条锈蚀了,车座开裂了,总而言之你已经无法将它重新组装起来了。你必须更换许多零件才行。俗话说自行车越破,越拆卸不得。金手牌养颜液的生产线,就好比一辆破旧的自行车……”

蒋合营当然知道问题严重,仿佛站在悬崖边上,怀着侥幸心理问道:“杨工,我要是拿不出这一百万大修费,这条生产线又会怎么样呢?”

杨工笑了。这个笑容对蒋合营来说充满了残酷意味。杨工告诉他,如果不更新设备,这条生产线即使开工投产也只是强行生产,必将贻患无穷。

他听罢紧紧握着杨工的手说:“我懂啦。谢谢您给我上了一课……”

走到厂院里,他大声对田力壮说:“咱们已经没有退路,必须想尽办法搞到一百万元资金,争取让这条生产线早日开工生产啊。”

田力壮说："那就立即跟那位大田枝子女士取得联系，加强中日亲善。"

听了田力壮的话，蒋合营心里想："佟大远副市长面对大田枝子，处处表现出国际主义精神。我看华夏日用化工厂，早晚要毁在官僚主义者手里。"

这时候，一位身穿迷彩服的小伙子走过来，声称是报社记者，要采访这里的企业领导。田力壮指着蒋合营说道："这位是我们蒋厂长。他有很多事迹值得一写……"

蒋合营笑了笑说："记者同志，我们一车间主任黄玉发失踪了。我想在贵报刊登寻人启事，价格上能不能优惠些？"

记者怔了怔："我想请您谈一谈，企业究竟如何走出困境……"

蒋合营郑重其事地说："从哲学意义上说，困境是永恒的。"

4

二楼会议室里，正在召开全厂中层干部紧急会议。会议由党委书记田力壮主持，蒋合营做了主题发言。所谓主题，就是号召全厂职工群策群力，力争让企业早日走出困境。

二车间主任于经旗人称大于，二十年前是篮球运动员。他听罢蒋合营的发言，站起身来说："我有一个疑问……"

田力壮说："你赶紧坐下。你站着说话，我们看着眼晕。"

身高一米九二的大于屈身坐下，椅子吱地叫了一声。"我的疑问其实就是大家的疑问。既然进入了市场经济时代，为什么我们还要受计划经济时期那种制约？佟大远副市长一句话，一车间就搬啦？这个佟大远跟那个日本娘儿们究竟什么关系？我看他是拿企业的命运送人情！×……"

田力壮正色道："大于，你不要信口开河。佟大远跟大田枝子什么关系？从前是革命同志关系，如今是中日友好关系。我们今天讨论企业如何走出困境，不是谈论佟副市长的私人生活！"

设备科科长李树明接过话题说："我对佟大远的私人生活毫无兴趣。我只是觉得如今企业处境特别尴尬。说是改革开放走向市场经济，我们照旧要看上级领导眼色行事。我看这不是计划经济也不是市场经济，是权力经济。就拿一车间来说吧，一搬一迁，那一百万元资金缺口怎么办？总不能让咱们去印假钞吧！”

蒋合营知道此时必须鼓劲：“我们一旦得到土地转让资金，这个问题就迎刃而解啦。”

主持会议的田力壮主动换了话题：“一车间主任黄玉发失踪真是个谜啊！”

三车间主任梅熙嘿嘿笑了。

蒋合营看出，这次黄玉发的失踪，梅熙应当是知情人。

“老梅，黄玉发失踪对咱厂影响很大。你要是有什么线索，就大大方方说给大家听听……”蒋合营和颜悦色，引导着。

梅熙外号“没戏”。他点燃烟斗，嘿嘿笑了。听到这种夜猫子似的笑声，蒋合营知道问题严重了。

“没戏”慢条斯理讲了起来。人们伸长了脖子——听。

本市远郊有家民营企业，业主叫陆宝成。陆宝成投资办厂，属于日用化工行业。建厂以来陆宝成仿造名牌产品，市场上什么畅销他仿造什么。低价倾销，赚了不少钱。譬如说白雪牌洗衣粉，譬如说太阳牌洗涤剂。眼下他又相中金手牌养颜液，伺机仿造牟取暴利。生产假冒养颜液，离不开行家里手。这时候华夏日用化工厂一车间搬迁，陆宝成来到搬迁现场，装扮成收购废品的民工。那天下午，陆宝成遇到了黄玉发。

“后来呢？”蒋合营问道。

梅熙觉得蒋合营问得实在是多余，就说：“后来黄玉发就失踪了。”

如此看来，一车间主任黄玉发关键时刻投奔了私营企业。这使人想起当年样板戏《智取威虎山》里的一句话：“改换门庭”。黄玉发在华夏日用化工厂面临重重困难之际，跳槽走了。蒋合营心中愤怒起来。

二车间主任大于说：“咱们中国人都让钞票给弄蒙啦？怎么到关键时刻就掉链子呢？钱，成了亲爹啦？”

田力壮很是达观：“毛主席早就说过，天要下雨，娘要嫁人。如今是改革开放，别说跳槽，就是出国咱们也管不住人家。我看，眼下我们应当采取务实态度，制订一个切实可行的方案。”

梅熙自言自语说:“如今黄玉发每月工资八千,车接车送……”

蒋合营心里没好气,就说:“车接车送?火化车呗!”

人们哄堂大笑。

会议没能说出子丑寅卯,便宣布散了。会议室里空空荡荡,只剩下蒋合营,呆呆坐着活像一尊木雕。

陆宝成的私人企业招降纳叛。黄玉发投靠了,打算生产“全手牌养颜液”,全手与金手一字之差,很容易蒙混过关让消费者上当,然后一步步侵吞金手牌养颜液的市场,牟取暴利。妈的,这个黄玉发真是工人阶级败类。如今工人阶级面对金钱,怎么变得弱不禁风呢?

天色完全黑了,蒋合营依然呆坐会议室,吸烟。黑暗中,烟火一明一灭,仿佛一个无形的巨人在黑夜里一呼一吸。

厂办的秘书李昕,站在会议室门外,声声叫着“蒋厂长”。

若不是因为李昕是个胆小的姑娘,蒋合营肯定不会应声。他走出会议室头也不抬问李昕:“什么事儿啊?”

李昕说有电话,是个女的。蒋合营就到办公室接电话去了。

拿起听筒,传来一阵忙音。电话已经断了。这好像在跟他玩捉迷藏。

他心里想,女的,到底是谁呢?

他告诉李昕,电传机一天二十四小时都要开着,说不定天上掉下馅饼来。

李昕连声应着。蒋合营说:“那位大田枝子女士,也应当有个消息啦!一旦正式签约,咱厂就能得到一笔土地转让金。我就有钱修复一车间生产线啦。”

李昕说:“厂长协会又来通知,要您八号下午四点钟准时参加活动。”

他问李昕,这个厂长协会究竟是什么组织。李昕说,是一个由企业厂长组成的社会活动团体。

他心里说:“纯粹是坐在一起扯淡!真正的厂长如今都忙得四脚朝天,哪儿有闲工夫到厂长协会去消磨时光啊。”

这时候电传机响了。

他心头一喜,以为大田枝子从日本发来电传。李昕从电传机上取下记录纸。蒋合营一把拿了过去:“是不是名古屋……”

一场空欢喜。原来是一家名叫 WM 的澳大利亚公司发来了产品广告。

千呼万唤出不来,这个大田枝子。

电话铃响了。李昕拿起听筒喂了一声,然后将听筒递给蒋合营:“您的电话。”

拿过听筒,一个万分熟悉的声音冲进耳鼓:“死鬼,我说你什么时候回家吃晚饭啊!”

他小声对妻子说:“马上马上。”放下听筒他问李昕:“刚才打来电话的那个女的,是不是这个声音啊?”

李昕摇了摇头:“绝对不是。”

蒋合营拎起皮包,走出办公室。出了工厂大门走在回家路上,他仍然猜测着:“打来电话的那个女的,她会不会是韩丽英呢?”

真是让人难以置信,在人类世界里韩丽英居然变成了一只“鸡”。尽管如此,他心里还是惦念着这个女人。

走到自家楼门口,三条人影儿闪了出来。蒋合营心头一紧。处于社会转型时期,人们心理失衡,常有过激之举。去年腊月金属制品厂的厂长在路上被本厂工人用斧头给砍死了。还有煤气公司的经理暴尸街头,破案后人们才知道此公是被本单位司机所杀。一时间闹得厂长经理们人心惶惶。

这时候蒋合营定睛细看,这三个人影儿正是本厂职工,不由心头一颤。“你、你们要干什么!”

这仨人是一车间有名的“三剑客”:何成德、谭宝鼎、关凤南。

蒋合营双脚站定,继续问道:“大何、老谭、小关,你们找我……”

何成德率先笑了笑:“蒋厂长,我们在这里等候多时啦!”

无论电影里还是戏台上,劫匪们经常这样说。蒋合营下意识倒退一步:“你们找我有什么事情!”

关凤南阴阳怪气说:“蒋厂长,革命不是请客吃饭。所以我们只想请您去喝酒。”

蒋合营尚未从对方脸上看出恶意,便使出金蝉脱壳计说:“好吧,我把东西放到家里,咱们就走!”

谭宝鼎上前说:“我们是要到您家里喝酒,只是不知道您在家里能不能做主?嘿嘿……”

蒋合营没辙了："实话实说，我在家里做不了主。"

何成德叹了一口气："既然如此，我们就不麻烦了。今天我们哥儿仨跟你打个招呼。一车间工人决定集体上访，到市政府讨个说法……"

"你们要讨什么说法？"没了性命危险，蒋合营动了好奇心。

何成德说："我们一车间原本厂房挺好的。第三代金手牌养颜液很快就能投入生产。你们当领导的瞎指挥，非让我们搬迁。这一搬迁不要紧，想要恢复生产，没有一百万不行。好端端一条生产线趴了窝。这个责任谁负？不是说工人阶级是企业主人翁吗？这次主人翁急了，你们他妈的得给个说法！"

蒋合营沉吟道："这项目是市里领导亲手抓的。你们去市政府上访，恐怕不太妥当吧？"

谭宝鼎说："不是说上级领导机关不得对企业进行行政干预吗？我们就是当面问问佟大远……"

三楼一扇窗子砰的一声被推开，影影绰绰露出蒋妻面孔："我说蒋合营啊你这是学习大禹治水哪？三过家门而不入！"

何成德坏笑了："蒋厂长，鉴于您本人患有严重气管炎，我们不打扰了。希望您按时服药争取早日治好气管炎……"

蒋合营抬头看着三楼窗户，尴尬一笑。

5

电话铃仿佛成了一只闹钟，深夜两点十分突然叫了起来。梦中蒋合营正在与韩丽英促膝谈心。他揿亮床头灯，知道美梦已经结束，伸手抓起发情期的电话，勉强喂了一声。

蒙眬之间，他弄不清楚电话里的声音，就问对方是谁。电话里传出一个浑厚的男中音："我是柳学剑！"

他的头脑立即清醒了："学剑，有什么事情你说吧。"

柳学剑是他大学同学，如今在市委办公厅里当差，大秘书。柳学剑说起话来永远有条有理——很像一本打开的辞典。

躺在身旁的妻子愤怒了，伸来一只胖手要抢他电话："哪个周扒皮？半夜鸡叫啊！”

电话里柳学剑说：“合营，你怎么娶了这么个俗不可耐的妻子呢？你前途完全毁在这婆娘手里啦！”

蒋合营说：“我早就没有什么前途了。有事儿你说吧。”

柳学剑慢条斯理说出最新消息，佟大远调任北京担任国务院某部副部长。

他沉吟片刻：“你深更半夜给我打电话，就为了告诉我这个消息？”

柳学剑笑了：“你一定认为这事儿与己无关吧？你真是朽木不可雕也。”

说罢，柳学剑就挂断了电话。蒋合营睡不着了。他点燃一支香烟。丰腴的妻子翻身斥责道：“到卫生间抽去！”

穿上睡袍，五短身材的他走进卫生间，坐在抽水马桶上。他看到卫生间里的全套卫生洁具都是“堡垒牌”的，笑了。他妈的这个商标起得好，给人踏踏实实的安全感。

这时候他猛地一拍大腿。天啊！谁说佟大远进京跟我没有关系。不但有关系，而且关系重大。怪不得柳学剑深更半夜打来电话报告此事呢。我就是缺乏对敌斗争经验。大田枝子女士是佟大远同志介绍来的。换言之，大田枝子是冲着佟大远来的。佟大远是一棵大树，大田枝子背靠大树好乘凉。如今大树迁到北京去了，光剩下乘凉的人啦。

想到这里，蒋合营心头倏然一颤。假若大田枝子女士突然宣布改变投资意向，也就是说放弃一车间土地使用权，我们可就被扔在水里了，两头不靠岸。华夏日用化工厂与大田枝子之间，根本没有签署具有法律效力的合同，金手牌养颜液生产线就被拆迁了。他妈的，佟大远不啻封建时代的霸权家长，华夏日用化工厂屈从“父母之命，媒妁之言”的压力，一声不吭就许配给人家了……

蒋合营唯恐这种假设成为现实，不敢往下想了，接连吸了三支香烟，他焦急盼望着天亮。

不知什么原因，他有一种乘船的感觉。地面似乎浮动着，一波接一波，一涌接一涌，这令蒋合营难以支撑。他知道这是心理过度紧张造成的错觉。离开卫生间回到床上，他体会到什么叫度日如年。这时候，他承认自己是个超级软蛋。论起当厂长的本领，蒋氏后代恐怕没人能够赶上祖父蒋国政。

天色稍亮，他便起身赶到厂里。清晨的华夏日用化工厂，静谧沉稳。蒋合营内心一阵感慨。这时他发现自己是很爱这座工厂的。他与工厂之间，似乎有着一条割舍不断的无形纽带。或者说宿命。呼吸着清晨的新鲜空气，他走进自己办公室，突然觉得这里颇有几分神秘——仿佛自己前世抵达的地方。这种感觉令他心头升起一股无奈情绪。

点燃电热壶，他沏了一杯茶。黄山毛峰的清香，使得这个清晨有了几分味道。他轻声告诫自己，尽力去做自己能做的事情。

拉开抽屉，他寻找大田枝子的名片。记得大田枝子的名片是黑地金字，中文日文对照，给他留下深刻印象。很快他找到这张名片，拿在手里似乎握住算命的竹签，深深呼出一口气。此时，在他的辞典里大田枝子无疑成为重要人物。

大田枝子名片上印着三个电话号码，有东京的有名古屋的还有福岛的，给人狡兔三窟的感觉。蒋合营顾不上时差，依次拨打这三个电话号码。东京的录音电话说她飞赴多伦多去了；名古屋的说她在香港为工程投标；福岛的则说她前往澳洲度假……说法不一。三个电话三个版本。总之，大田枝子女士好比三滴水，被同一个太阳蒸发掉了，没了踪影。

蒋合营慌了，心乱如麻，六神无主，如坐针毡。平时素有乐观主义者称号的他深深感到经验不足。以往积累的成功经验，都属于“窝里反”的阶级斗争哲学范畴。今天遇到的难题是跟一位外国商人打交道。

这时候他想起爷爷——老资本家蒋国政。

打响上班铃声了，他起草了一份电传稿，让厂办公室秘书李昕发给大田枝子。他知道这无济于事，还是在电传稿结尾处添了一行通俗句子：“买卖不成仁义在。如果贵方决定放弃合作，望示。以免华夏日用化工厂职工日夜翘首。”

他给田力壮办公室打电话，没人接。李昕发了电传，小步一串儿跑进来告诉他，田力壮住院了。

“什么病？”他急忙问道。

李昕嫣然一笑说：“脚气感染。”

蒋厂长当即明白了，田书记也属于消息灵通人士，临阵撒丫子脱逃了。

反而一下沉住气了。他为自己沏了一杯平时舍不得喝的当年龙井，笑了。蒋氏工业家族传到我这辈，已经第三代了。我呢，生了个女儿，蒋家也就断代了。据说地球每天有几百种生物灭绝，相比之下人类太渺小了。这时他想起被妻子称为“半夜鸡叫”的柳学剑，我应当市委大院走一趟，当面向柳大秘书请教请教。

桌上的电话铃响了。

是市委保卫处的电话。说华夏日用化工厂一车间三个工人越级上访，而且出口不逊被扣在警卫室，要厂里领导立即把这仨人弄回去。

缓缓放下电话，蒋合营心里说，我一趟车，办两件事情吧。

已是深秋节气，他穿上黑色软皮大衣，显得一表人才。这件皮衣使他想起韩丽英。那年市里有关领导来厂检查工作，全厂干部夹道欢迎。他临时发现软皮大衣掉了两颗扣子，着了急。韩丽英眼疾手快，抢在市府车队进厂前为他钉好扣子。令他惊讶的是在如今这种消费时代，韩丽英居然随身携带着针线包。只可惜一年之后这个随身携带针线包的女人，走入社会成了坐台小姐。唉！

他走出办公楼。身后李昕推开窗子大声喊着，说日本来了电传。他的心怦的一跳，连忙转身跑回去，心里大声说马克思在天之灵保佑，电传机里传来的不是坏消息。

冲进办公室，他一把从李昕手里抢过电传，气喘吁吁望着李昕：“是大田枝子吧？”

李昕从未见过蒋厂长这种表情，惊诧地看着他，不知如何是好。他屏住呼吸，定定注视着电传上的文字。大田枝子写的是汉字。

中国·华夏日用化工厂厂长蒋合营阁下：

我染疴入院疗治，一时未与贵方联络，深表歉意。鉴于我的健康状况，关于贵厂一车间的合作项目，只得忍痛作罢。对此，我将深表遗憾。

日本·东京·大田枝子鞠躬致歉

蒋合营读罢，使劲一拍桌子：“妈的，果然不出所料！”他急躁难当，快步在屋里走来走去，好像动物园里饥饿的狼。李昕被吓得跑了出去，好像去叫猎人。

他抄起电话，拨通柳学剑办公室。柳学剑在电话里笑了，说这就是权力经济时代，大树在，有人来乘凉，大树不在，立即走得精光。

“无论是他妈的什么权力经济，反正我们一车间让那个日本娘儿们给毁啦！”

柳学剑告诉他，一定要保持冷静，尤其不要产生状告领导的念头。无论在什么情况下，领导永远是正确的。佟大远副市长升任北京去了，就更没人愿意擦这只屁股了。唯一办法是企业自己想办法走出困境。当企业走出困境的那天，佟大远同志肯定要赶来剪彩的。

放下电话，蒋合营抽了一支香烟，自言自语说了一句粗话：“这就叫大姑娘给狗×了，有苦说不出来。”

连着吸了两支香烟，他猛然想起市委保卫处打来的电话。本厂三个被扣押的工人肯定是何成德、谭宝鼎、关凤南。真是越忙越添乱。工人们一拨接一拨到市里上访，一下就影响了全市安定团结的大好局面。如果一车间工人们知道大田枝子变卦，肯定炸了营。想到这里，他给工会主席鲁大海打电话，要他立即赶到市委保卫处，将那三个不识时务的家伙领回厂里。

放下电话，蒋合营离开工厂乘车前往化工总公司，大步走进申德鸿总经理的豪华办公室。

申总正在准备出国访问。

他将大田枝子发来的电传递给申总经理。身材肥胖的申总接在手里，小声读着。读罢，申德鸿抬头看了看蒋合营。

蒋合营问道：“您好像并不感到意外？”

申总摇了摇头：“真是让人哭笑不得。”

蒋合营直视申德鸿：“申总，您还有别的指示吗？”

申德鸿拍了拍蒋合营肩膀：“事已至此，我跟你说几句心里话吧。一、不要到市政府去讨什么说法。佟大远调走了，谁也不会对这事儿表态的。大家都会对你说，企业遇到困难，不要找市长要找市场。二、不要四处扩散这件事情。一旦造成不良影响，对谁都没有好处。最终吃亏的还是企业。三、只能走自力更生的道路，依靠企业自身力量，让一车间走出困境。”

蒋合营苦笑了：“既然您说的是肺腑之言，我就没有什么可说的了。我只想问一句话，您必须如实回答我。”

申德鸿点了点头：“你问吧。明天我去杜塞尔多夫。”

“大田枝子拿着佟大远的令箭，提出购买一车间土地使用权，我们双方只是达成合作意向，并没有签署法律意义的合同。您是老工业了，当时您是不是已经预感到华夏日用化工厂处于危险边缘？”

申德鸿点了点头。

“因为这是佟大远的项目，无论怎样您只能表示支持？”

申德鸿又点了点头。

蒋合营指着申德鸿说：“好啊，您还没到不可救药的地步……”

走出化工总公司大楼，蒋合营扎进一家小酒馆。平时他极少喝酒，今天却酒兴大发，要了半斤六十度老白干，拉开豪饮的架势。

这个小酒馆里喝酒的都是劳动人民。坐在对面的中年汉子已经喝得满脸紫红，大声问着他：“老弟，你也下岗啦？”

蒋合营被问得无言以对，只得朝对方说：“是啊，厂子里不景气……”

满脸紫红的下岗工人猛地喝干一盅酒，说：“别愁！你还记得电影里列宁同志那句话吗？死亡不属于工人！”

这时候，蒋合营突然感觉到自己泪流满面。

6

生产流水线趴窝，一车间成了一潭死水。工人们起初表现得义愤填膺，纷纷到市里上访，发出“工人誓与工厂共存亡”的呼喊。但是自从何成德、谭宝鼎、关凤南仨人被扣留市委保卫处，人们连上访的热情也没有了。工会主席鲁大海将他们仨保释回来，轰轰烈烈的上访运动暂告一段落。

蒋合营瘦了，瘦得毫无章法。他知道，国有中型企业的前景已经非常明确，要么兼并别人或者被别人兼并，要么关门破产。

这前景很是残酷。

想当初，一车间虽然不大景气，毕竟支撑着华夏日用化工厂的半壁江山。如今一车间变成这个样子，华夏日用化工厂的气脉，颇有日薄西山的气数。

只能去找孙天礼了。蒋合营此时将全部希望寄托在市建设银行副行长孙天礼身上。他与这位孙副行长是大学时的同学。一百万元的贷款在孙天礼的笔下，不应当成为难题。蒋合营轻装简行，来到市建设银行门前。他对传达室的门卫说，找孙副行长。

门卫问他，找哪位孙副行长。看来市建设银行至少有两位孙副行长。他告诉门卫找孙天礼副行长。门卫毫无表情告诉他，孙天礼副行长前天上午八点五十五分在办公室用刀片割腕自杀，目前看来是殉情身亡。

蒋合营顿时呆若木鸡。

真是命中注定。一车间那条等待修复的生产线，无形中成了孙天礼副行长的殉葬品。

蒋合营懵懵懂懂走回自己的工厂。天啊，孙天礼是个乐观主义者嘛，怎么就自杀了呢？他思来想去猛然明白，孙天礼是殉情而死。殉情而死，这应当是个多情的归宿，起码比躲债而死的杨白劳幸福得多。

他告诫自己，必须马上忘掉孙天礼。他看过一本书，说自杀绝对具有传染性。尤其那种具有悲壮意味的自杀行为，对生者更加具有感召力。

我是不能自杀的。他坐在办公室里埋头工作，亲手起草一份启事，然后派秘书李昕送到报社。

第二天，本埠晚报登出华夏日用化工厂启事，郑重通知本厂职工黄玉发七天内回厂上班，逾期按除名处理。

见报的第三天，田力壮书记一大早儿就推门走了进来。他一屁股坐在蒋合营对面，递来一支香烟，说亲戚从美国回来，带来洋烟。蒋合营接过香烟点燃，使劲吸了一口，觉得味道很邪，就抬头看了看田力壮。

田力壮的体型与他名字一样，高高大大。不知道为什么，这样一个高高大大的男人，在华夏日用化工厂里却总是显得若有若无——久而久之人们对他也不抱什么要求了。俗话说，天塌了先砸大个子。在华夏日用化工厂恰恰相反，天塌了先砸小个子——蒋合营。大个子们都坐在防空洞里喝茶呢。

身高马大的田力壮咳了一声说："这几天是不是应当召开全厂中层干部

会议,群策群力,拿出一个走出困境的工作方案?”

蒋合营点了点头:“咱们除了开会,也没有什么别的办法了。我打算以个人名义给李吉刚市长写封信,把咱厂情况反映一下……”

田力壮又咳了一声:“作为一名共产党员,你当然拥有这个权力。不过……”

蒋合营说:“我的意思不是状告佟大远。我想以此为鉴,唤起全市企业界的注意,千万不要重演悲剧了。”

田力壮说:“你是一个忧国忧民的人啊。”说罢,起身走了。

市建设银行副行长孙天礼死了,蒋合营贷款无门,给李市长写信成了他的最后招数。尽管他知道,堂堂市长十有八九不会理睬一个企业厂长的。

坐在办公桌前,蒋合营给李吉刚市长写信了。这时电话铃响了。他伸手抄起听筒。

电话里一个男人的声音说道:“是我。”

他笑了:“你是谁啊?”

“你是蒋合营吧?我是黄玉发。我现在工厂传达室给你打电话,我有笔生意要跟你谈一谈。”

“你进来吧。”蒋合营放下电话,起身给自己沏了一杯热茶。“黄玉发你这丧门星,老子等候你多时啦!”

他尝试着喝茶,烫嘴,便放下茶杯,告诫自己必须冷静,绝对不要打草惊蛇。

黄玉发没有叩门,径直走进厂长办公室。他认为这是来者心虚,故意做出不拘小节的样子。于是他并不抬头,一边看报纸一边说:“坐吧。你看见报纸登出启事,今天一早儿就跑来啦。”

黄玉发笑嘻嘻说:“我有半年没看报纸了。”蒋合营这才抬起头来,看了看黄玉发。这家伙变了,留了一个小平头,穿了一套运动服,疑似阿迪达斯牌。从前邋邋遢遢的黄玉发没了踪影,一派新气象。

“黄玉发,你刚才电话里说要跟我谈笔生意,你什么时候发达啦?”

“我从杜家村来。你知道杜家村吧?比天津大邱庄都富。”黄玉发做出漫不经心的样子,缓缓说着。

蒋合营沉了沉面孔，已然看出对方内心怯懦："哦，你去了杜家村。我还以为你去了联合国呢。"

"是啊，很快我就要出国考察的。"黄玉发摆出一派高屋建瓴的姿态，"既然我来了，咱们就开门见山吧。我现在是陆宝成私人企业的高级顾问。眼下我在筹备养颜液的生产基地……"

蒋合营故作惊讶："你要生产养颜液？这可砸了咱厂老少爷们儿的饭碗啊。"

黄玉发显然没有看出蒋合营在装傻充愣，继续说道："如今市场经济了，讲的是竞争。今天我是代表陆宝成来跟你谈判的……"

蒋合营起身，将办公室的门锁死，转身问道："你要谈什么判啊？"

黄玉发正色道："我们要购买一车间的生产线。我们知道你拿不出一百万元大修费。你把那条生产线卖给我们，也算是物尽其用……"

蒋合营听着，突然残忍地笑了，伸手猛地一拍桌子："你他妈的给我闭嘴！"

黄玉发一怔："蒋合营你不要出口不逊！"

"出口不逊？"蒋合营起身，开始在屋里踱步，用大猫盯视小鼠的目光，望着黄玉发说，"出口不逊？我治不了佟大远那种高官，还治不了你这种小渣子？黄玉发我问你，你身为车间主任，也是受党教育多年的人了。即使另攀高枝，也不为错误。如今提倡人才流动嘛。可是你总得打个招呼办个手续吧？看看《劳动法》，别忘了你也是跟华夏日用化工厂签订二十年合同的职工。你他妈的一个猛子没了踪影，今天突然冒出来，二话不说就跟我大谈生意。你以为你投奔了私营业主，我就治不了你啦？黄玉发我告诉你，今天我代表党组织，教育教育你！"

中等身材的黄玉发一怔："你要干什么？你教育不了我，我退党！我退党！"

蒋合营脸色变得煞白，缓缓凑到黄玉发近前，目光一下阴冷起来："你退党？老子先开除你党籍！"说罢，抬手将一杯热茶泼到黄玉发脸上。

黄玉发捂着脸喊叫起来，慌忙朝后边退着。他万想不到温和稳重的蒋合营脾气居然变得如此暴躁。

蒋合营指着黄玉发的鼻子，一步步逼上来。"你这个浑蛋，吃里爬外的家伙。社会上稍有风吹草动，你先成了叛徒，出卖国有企业。你以为你是谁？你是红岩里的甫志高，节振国里的夏连凤，红灯记里的王连举，青春之歌里的戴瑜……"

黄玉发退到墙角，出于防卫本能顺手抄起玻璃烟缸儿朝蒋合营掷去。蒋合营不躲不闪，任凭沉重的烟缸儿砸在自己肩上。

蒋合营从桌旁抄起一根竹竿，满脸杀气腾腾。这时候黄玉发精神完全崩溃了。蒋合营抡起竹竿，抽在黄玉发的身上。他不敢还击，抱头蹿到门前，吼叫着使劲踹门，企图突围。

"没用！你进屋我就把门锁死了。今天这间屋里只能活着出去一个，你要是男子汉就跟我拼个死活！"蒋合营吼叫着，看上去极其恐怖。

黄玉发缩在办公室角落里。蒋合营放下手中的竹竿，抡起拳头。两人在屋里滚成一团。

田力壮是在隔壁听到蒋合营办公室发来阵阵响动的，很快就响起近乎杀猪的嘶叫，好像厂里来了屠户。他跑到蒋合营办公室门外，嘭嘭嘭叩门，屋里的厮打并不停顿。田力壮着了急，跑出办公楼绕到楼下窗前，大声呼喊着蒋合营。

这是一座小二楼，窗子距地面并不很高。终于，蒋合营办公室窗子大开，一个人高喊"救命"从窗里跳了下来——垂直落在一堆废旧的棉纱包上。

田力壮跑上去察看。啊！他是多日不见的一车间主任黄玉发。

黄玉发表情异常惊恐，额头淌血，哎哟叫着从棉纱包里爬起来，浑身颤抖地说："我要是不跳楼啊，肯定被蒋合营打死了……"

说罢，黄玉发踉踉跄跄朝着工厂大门跑了。这时，二楼窗前露出蒋合营的身影。他面孔阴森，挥手从屋里扔出一根竹竿，若无其事地对楼下的田力壮说："今天天气不错……"

田力壮惊了。这是他首次在这人的脸上看到杀气。蒋合营的这张面孔令田力壮倒吸一口凉气。消息传遍全厂。工人们三个一群，五个一伙，纷纷来到办公楼前聚合，抬头看着二楼蒋合营办公室的两扇窗子。

"黄玉发是咱厂叛徒。他带着一车间工艺技术投奔了私人企业。"

"黄玉发改换门庭，属于人才流动吗？"

“蒋合营动手打人，这年头硬把书生挤对成土匪啦！”

“关起门来打狗，蒋合营是个人物。”

工人们议论着，对蒋合营的打人行为有褒有贬。这时一辆警车呜呜叫着开进工厂大门。工人们听见警笛都慌了。这肯定是蒋合营打了人，黄玉发报了案，公安局进厂缉拿凶手来了。

从警车里跳下两个肥胖的警察，大声问厂长办公室在哪儿。之后他们上了二楼，大步走进蒋合营的办公室。

“您就是蒋厂长？”一个警察问道。

蒋合营坐在办公桌前，毫无生气地点了点头。打人，确实是件消耗体力的重活儿，令人尽显疲态。

“韩丽英是你厂的职工吧？”另一个警察大声说。

蒋合营起身反问：“她出了什么事情？”

办公室的门仿佛是被一阵风给吹开了。两位警察同时回头去看，不禁愣住了。办公室门外楼道里，黑压压拥来一群怒气冲冲的工人。

工人们七嘴八舌说了起来。

何成德说：“蒋厂长是好人。你们不能把他带走！”

谭宝鼎说：“好人打坏人，没罪！”

关凤南说：“人民警察要帮助企业走出困境……”

李鸿杰挤上前来：“我们要起诉黄玉发，起诉他犯了泄露企业生产机密罪！”

两个警察面面相觑：“黄玉发是谁？”

蒋合营被工人们感动，起身走到办公室门口，大声说：“大家不要误会，这俩警察来咱厂是搞调查研究的。”

工人们哄堂大笑。

老工人李鸿杰大声喊道：“借这个机会，我建议全厂职工集资，为企业凑足发展资金！”

“有钱的出钱，没钱的站脚助威！”

工人们嗡的一声都走了。

一个警察对蒋合营说：“蒋厂长您很受职工拥戴啊。”

蒋合营笑了笑："你告诉我，韩丽英到底出了什么事情？"

另一个警察说："也没出什么大事。这段时间有人举报韩丽英在社会上为华夏日用化工厂集资，我们来了解一下她的情况……"

蒋合营立即把当年韩丽英在工厂担任统计员的表现讲给对方听，用了吃苦耐劳与任劳任怨之类的字眼儿，仿佛是在介绍韩丽英的模范事迹。两位警察做了记录，就走了。

送走警察，蒋合营心里挺感动的。韩丽英身在夜总会还惦记陷入困境的工厂，不声不响为厂里集资。他恨不得立即见到韩丽英，当面向她表示感谢。

下班回家吃晚饭，他想把韩丽英的感人事迹告诉妻子，转念觉得不妥，便埋头喝汤了。妻子是个"醋罐子"，只要提到韩丽英她肯定不痛快，弄不好还要酿出一场家庭战争。

韩丽英是个好女人啊。吃过晚饭他去卫生间刷牙，韩丽英的倩影在眼前晃动。

7

领着讨债小组走遍祖国大江南北的副厂长贾洪胜终于回来了。屈指一算，贾副厂长行程二万五千里，历时一百零八天。颇有新长征突击手的意味。不知疲倦的贾洪胜好似一位得胜还朝的大将军，脚步咚咚走进蒋合营办公室。

贾洪胜眨着一双小眼睛跟蒋合营握了握手，说："祝贺你荣升厂长啊。"

蒋合营这才想起，贾洪胜出差的时候，自己还是蒋科长。三个月没见面，自己成了晦气的蒋厂长。

贾洪胜是一个精明强干的人。蒋合营对这一员大将的归来，很是高兴。

他与贾洪胜面对面坐下来，将三个多月以来华夏日用化工厂发生的重大变化，一桩桩一件件讲述一番。

贾洪胜很是惊讶："我×！一车间就这么完蛋啦？"

蒋合营缓了一口气说道："我给李吉刚市长写了信，把造成咱厂现状的原因一五一十说得清清楚楚……"

“你还指望市政府能够帮咱厂一把？全市这么多亏损企业，咬一咬哪个手指头市政府都心疼，就是有心无力啊。”贾洪胜说。

“我对市政府不抱任何幻想。只想告诉李市长什么叫权力经济。这次你走了三个多月，追回多少资金啊？全厂职工可都盼着你回来哪！”

贾洪胜笑了笑，伸出两个手指。

蒋合营惊了：“二十万？”

“不。两万。”

“咱们都变成小人国了。”蒋合营叹了一口气，不言不语了。

贾洪胜也觉得难堪，就说：“我也不跑外了。这次在包头差点儿让人贩子给卖了。从明儿开始咱俩齐心协力，把厂里工作抓上去！田书记也是一员干将啊。”

“咱厂的事情也不是三日五晌就能搞好的，身体第一。”蒋合营让贾洪胜先回家休息几天。贾洪胜打了个哈欠，十分疲惫地走了。

工会主席鲁大海跑了进来，哈哈大笑着告诉他，全厂职工积极参加集资，截止到今天中午，已经集资八千七百六十八元整。

蒋合营听到这个杯水车薪的数字，故意做出备受鼓舞的样子，大声说好。鲁大海斗志昂扬继续集资去了。

办公桌上电话叫唤起来。他拿起听筒的时候，听到了对方的喘息。“我、我是黄玉发……”

他嗯了一声，然后静静听下文。

黄玉发说：“蒋合营你听着！你不要高兴太早。你以为打了人就完事大吉啦？我是不会白白挨你一顿打的。我要以血还血，以牙还牙……”

蒋合营打断黄玉发的话语：“我告诉你这个叛徒。下次见到你，我还是要打你的。从今以后，见你一次；我打你一次。你给我记住，你挨打的原因是你出卖了工厂，也出卖了工人弟兄。”

“我这是人才合理流动！”黄玉发说了声走着瞧，便挂断了电话。

不知道为什么，蒋合营感到几分惬意。他打了黄玉发似乎出了一口恶气，天气也晴朗起来。拉开办公桌抽屉，拿出厂长协会寄来的请柬，看到会议地点在佳丽大饭店。

一阵心血来潮，他很想去佳丽大饭店看看，看看厂长协会到底是个什么组织。说走就走，他拎起皮包大步跨出厂长办公室。

走在厂道上，远远看到工厂门口聚着一群人。走近看清是厂工会组织的"职工集资"活动。一张桌子上铺着一块红布，许多人在上面签了名。

蒋合营走过去，抄起毛笔将自己名字写在红布上，然后从怀里掏出二百元钱说："我这是捐献，不是集资……"

人们给他鼓了掌。

一个戴眼镜的工人说："全中国也挑不出几个你这样的厂长——敢动手打人。"他在人们哄堂大笑声中走出工厂大门。

默默走出很远了，他猛然回头看着自己的工厂。是啊，那几幢厂房远远望去宛若几座巨大堡垒。这正是当年祖父倾其所有买下的"堡垒别墅"。在茫茫人海与漫漫时光里，堡垒依旧。这堡垒在夕阳光照之下，产生一种随波浮动的感觉。

他就这样远远注视着工厂，心中泛起几分伤感。企业成了这个样子，可以说我是蒋家的不肖子孙啊。站在马路边上，他伸手叫了辆出租车，说去佳丽大饭店。

出租汽车司机说："蒋科长，你到佳丽大饭店干什么呀？"

听了这话，他愣了。看来这位出租汽车司机并不知道他当了厂长。这时出租汽车司机继续说："你怎么不认识我啦？我是四车间徐树林。前年办了停薪留职手续，开上了出租车……"

蒋合营这才想起徐树林这个人："你属于先知先觉啊，早早离开工厂自谋生路，如今先富起来了吧？"

徐树林笑了："马马虎虎。咱厂现在情况怎么样啊？"

"什么都不缺，就是缺钱。有了钱，厂子就能渐渐恢复起来。"

徐树林郑重地说："你要愿意借我的高利贷，我手里有六十万人民币给你。我把电话号码留给你。用钱的时候，找我。"

"高利贷？你是黄世仁，我是杨白劳啊。"蒋合营打趣道。

"这年头时兴欠债不还，杨白劳逼得黄世仁自杀呢。"出租车驶到佳丽大饭店门前，"哎，田力壮那家伙还活着呢？"

蒋合营递给徐树林二十块钱车费说:“还活着呢。他是书记。我是厂长。”

徐树林接过二十块钱,说了声天下大乱啊,便开车走了。

一个卖雪糕的中年男子走过来,大声叫着蒋科长。他苦笑了。今天到处遇到叫我蒋科长的人,看来我还生活在往昔时光里。

卖雪糕的中年男子本是三车间的工程师,姓刘。刘工从箱子里拿出雪糕大声说:“蒋科长你吃吧,只要见到厂里同事我就特别高兴……”

蒋合营接过雪糕,不知说什么好。一个堂堂工程师靠卖雪糕混生计,的确是令人心凉的事情。他激动地拍了拍刘工肩膀说:“多保重吧……”就快步走进佳丽大饭店。

大厅里立着一块牌子:厂长协会年度会议在三楼多功能厅。

他走出电梯找到多功能厅,走进去看出这是个年度聚餐会。没座儿,人们都站着,吃什么喝什么,自助。他盼着在陌生人群里找到熟悉面孔。找不到。他只好拿起一只盘子,算是给自己找到一个心理支点。这时候有人喊“蒋科长”。他知道又是一个故人。循声望去,只见角落沙发里坐着个肥胖的男子。这男子身旁坐着一个皮衣皮裙的娇小女子,吸着一支雪茄。他认不出这胖子是谁。

胖子说:“蒋科长,我是制锁二厂的李金祥!”

听到这个名字,蒋合营一时无法将沙发里这堆肥肉与记忆深处的那个清瘦男子合成一人。他上前与李金祥握了握手,问道:“你也来参加厂长协会的年会?”

李金祥哈哈一笑:“什么年会呀,就是大家一起玩一玩呗。我估计你也当了厂长啦?走着瞧吧,不出半年你也要胖成我这样子。我给你介绍一下,这位费小姐是厂长协会公关部的秘书。”

皮衣皮裤的费小姐朝蒋合营嫣然一笑:“您是哪家工厂的厂长?”

蒋合营说出自己工厂的名字。费小姐笑了笑,问他认不认识韩丽英。他说认识。费小姐说,韩丽英这几天特忙,四处奔走集资呢。

蒋合营一怔:“费小姐你有没有搞错啊?韩丽英停薪留职两年了,她集什么资啊……”

费小姐说:“兴许为情人帮忙呗,我们都认为韩丽英这是狗拿耗子——多管闲事。”

怪不得前几天那两个警察进厂找我了解韩丽英的情况呢，莫非韩丽英打着华夏日用化工厂旗号，在社会上诈骗钱财？蒋合营这样想着，只见一位满面红光的大胖子走了进来。费小姐立即起身迎上去，叫了一声吴厂长，然后娇声娇语陪着这位吴厂长到包厢里去了。由此看来，如今的厂长们，百分之九十都是胖子。

制锁二厂厂长李金祥开始小声给蒋合营上课："刚才那个老吴，是红光轧钢厂的厂长，也是厂长协会的常务副会长。你呀，刚当了几天厂长啥事情都不明白。以后多往这儿跑一跑，就什么都明白了。这儿的常客大多是国有企业厂长。在企业里忙得够呛，来到这里放松放松。反正厂子也是公家的呗。你厂里有公关秘书吗？要是没有可以在这儿聘一位，每月保底工资四千，津贴另算。你应当做个乐观主义者。我现在就是乐观主义者……"

"你们制锁二厂，今年经济效益还好吧？"蒋合营小心翼翼问道。

李金祥呷了一口啤酒说："还在困境中挣扎呢。"

蒋合营一惊，心里寻思着，企业处于困境，厂长还跑到这儿来泡妞？李金祥真是个乐观主义者。

李金祥喘了一口气问蒋合营厂里的情况。蒋合营吐出两个字："困境。"

听了这话，李金祥乐了："横竖都是困境，这就好办啦！我告诉你，一是厂里别着火，二是厂里别死人，三是别让工人四处上访。这三条做到了，你就不会有大闪失。有时间就放松一下。你们负责讨债的副厂长贾洪胜，是这儿的常客。"

蒋合营颇有感慨地说："是啊，这里是解决三角债的好地方。"

肥胖的李金祥哈哈大笑："好！你这句话算是明白啦，我看你天生是当厂长的材料！"

蒋合营起身说去洗手间。他走出多功能厅，前面有个女士身影挺熟悉的，很像韩丽英。他大步追上去，那身影却不见了。蒋合营猜测韩丽英是出了事情。刚才费小姐说韩丽英忙着集资，他恨不能立即找到她将事情问个明白。这些年来，他心里毕竟暗暗喜欢韩丽英，尽管她成了令人失望的坐台小姐。

走进洗手间，他看到站在这里的男侍，竟然是厂里提前退休的电工老赵。如此看来，华夏日用化工厂分明成为培养社会多用人才的摇篮。他压低声音问道："老赵，这程子你见过韩丽英吗？"

老赵答非所问说："我们都知道厂里目前急需资金。"

出了佳丽大饭店，蒋合营走在便道上。一辆黑色摩托车，从身后悄悄跟上来。驾车者穿着黑色皮衣皮裤，戴着黑色头盔。车后坐着身穿黄色皮衣皮裤的人，也戴着令人无法辨认面目的头盔。摩托车轻轻驶近便道，突然加速从蒋合营身旁掠过。身穿黄色皮衣皮裤的人手持铁棒，朝着蒋合营后脑打去。

蒋合营中学时代练过武术。觉得身后刮来一股冷风，他下意识猫下腰，朝前跑了几步。

那根铁棒，嘭的一声打在脊梁上。蒋合营摇摇晃晃跑了两步，缓缓坐在地上。望着疾驶而去的摩托车，他文绉绉说了一句话："我×你妈……"

8

一连几天，蒋合营忍受着脊背伤痛，冒充钢筋铁骨尼龙血管。以至于目光极其敏锐的妻子也没发现丈夫情况异常。晚上，他坐在家里看电视，这是一场国际足球比赛。中国队再次成为小丑儿，两次被日本队攻破大门。这时他明白了一个道理。进攻是最为有效的防守。企业呢，走出困境的最为有效的途径就是开展卓有效益的生产。恢复一车间的新产品生产，乃是当前企业头等大事。

上床睡觉，妻子居然进入了状态。他心里说，你根本就不知道我是个伤病员啊。人家沙家浜伤病员，好歹还有革命群众伺候。我呢，身为伤病员还得伺候你。

他只得做困兽犹斗状，努力完成男人的家庭作业。伏在妻子身上他暗暗想到，必须尽快搞到资金，修复一车间生产流水线。

第二天上班，他感到脊背上愈发疼痛。这放射性的疼痛使他一整天都在想念黄玉发。那俩打手肯定是这家伙雇佣的。铁棒击中脊背，那辆摩托车头不敢回疾驶而去。黄玉发水平太低，雇佣打手也是三流货色。一流打手铁棒是不会偏离目标的。一下置人于死地。其实三流打手留给他的伤痛也很缠绵，他强忍疼痛不让别人看出自己遇到袭击事件。

果然，写给李吉刚市长的信，石沉大海。如今时髦口号是，企业遇到困难，要找市场不要找市长。

再过三天就是九号，发薪的日子。这月职工们只能领到百分之三十的工资。厂里处处都是火种，一触即发。维护安定团结的局面，成了厂长的主要课题。

推开窗子，他看到书记田力壮和工会主席鲁大海，领着一群工人开展清仓查库活动。主要目的是广开财源，想方设法将积压多年的货底子卖出去。田力壮这个人，公子哥儿出身，专门会做些表面文章。

疼痛难忍，他下楼去厂里保健站，让卢大夫给自己脊背上贴了活血化瘀的膏药。卢大夫担心厂长颈椎出了毛病，就询问致伤的原因。

他故作无奈地说："被老婆打的。"

卢大夫激动地说："您真坦率，中国就缺少您这样的厂长。"

贴上膏药，他去找田力壮。田的办公室门上贴着一张纸条：我去总公司开会了。

他妈的，书记去总公司开会也不跟厂长打招呼了，党不能缺乏向心力啊。

田力壮办公室对面是贾洪胜副厂长办公室。蒋合营推门走了进去。

贾副厂长在打电话，见蒋合营突然进来，便认为有急事研究，连忙挂掉电话，问蒋厂长有什么事情。

蒋合营说这阵子田书记总是稍纵即逝，就像皮影戏里飞过一只蚊子，刚才还看见他领着大伙清仓查库，一眨眼飞到总公司开会了。

贾洪胜笑了笑，说改革开放的大好形势下，田力壮同志一贯行踪不定。

"我到佳丽大饭店参加厂长协会的年会……"他对贾洪胜说。

贾洪胜怔了怔，然后意味深长地说："你本人有什么困难，厂长协会都能解决，工厂有什么困难，厂长协会都不能解决。所以我说那里跟二十年代上海滩一样，很像冒险家乐园。"

蒋合营换了个话题："老贾，你经常跑外，见多识广。你说咱厂是不是寿数已尽啊？"

贾洪胜万万想不到蒋合营如此单刀直入，他飞快眨着一双小眼睛，不知怎样承接这个话题。

"老贾，你不用深思熟虑，有什么说什么吧。"

贾洪胜品咂着蒋合营话语含义，嘿嘿笑了："论起企业管理，你是三代祖传，我不敢班门弄斧。"

蒋合营沉下脸色："老贾，如今厂里只有咱俩主事，一正一副，你用不着吞吞吐吐的。即使说错了，我还能吃了你呀？"

见蒋合营态度诚恳，贾洪胜吐了真心话："咱厂现状非常危险。明年的国有中型企业的改革方向很明确，一是让强者兼并弱者，二是让不可救药的弱者破产。咱厂到底寿数几何，我看只有最后搏一搏。成了，咱们去兼并别人，不成，让别人兼并咱们。"

"好！我就要你这句实话。那咱们就搏一搏吧。你现在跟我走一趟吧！"

蒋合营与贾洪胜，乘坐厂里的吉普车，向远郊方向驶去。途中，蒋合营告诉贾洪胜，孙天礼死了。贾洪胜并不认识孙天礼，也就没有搭腔。

"咱们去陆宝成的私人企业九州日用化工厂。咱厂的黄玉发就在那里当技术顾问呢。"

贾洪胜似乎明白了此行目的："你这是死马当做活马医啊？"

"国际歌里说，这是最后的斗争，团结起来到明天。如今要么兼并别人，要么被别人兼并。没有中间道路可走啊。"汽车向前行驶着，蒋合营低语着。

汽车驶进私营企业九州日用化工厂大门，两个保镖模样的壮汉跑上来，大声询问来者身份。蒋合营从吉普车里钻出来，说要见见杜董事长。两位保镖不知道蒋合营是哪座庙里的和尚，就说杜董事长在会议室跟田顾问谈话呢。

蒋合营问哪儿来的田顾问。一个保镖说华夏日用化工厂田顾问。蒋合营听罢，穿过厂院大步朝着会议室走去。贾洪胜一串小跑跟了过去。

隔着会议室窗子，蒋合营看到私营企业家陆宝成正在跟一个身穿西服革履的男子坐在沙发里谈话。贾洪胜凑到窗前细看，发现那位田顾问就是田力壮。

蒋合营不由笑道："老贾，你看清楚了吧？如今人们普遍采取灵活机动的战略战术。一是身在曹营心在汉，二是打一枪换一个地方，三是地下工作者。"

贾洪胜颇为开通地说："身兼多职，是当今比较普遍的现象。俗话说能者多劳嘛。"

蒋合营说："按你的逻辑，我国很快就实行一妻多夫制啦。"

这时候，蒋合营感到脊背一阵疼痛。

会议室的门开了，田力壮在陆宝成陪同下，走了出来。书记想不到会在这里遇到厂长。当田力壮抬起头看见蒋合营，身子便僵住不动，成为一尊肉体雕像。蒋合营大声说道："田顾问，您好！厂里打来紧急电话，说是评选年度模范党员，请您立即回厂主持会议。"

田力壮表情极其尴尬。然而毕竟从事党务工作多年，他颇有摆脱尴尬的本领。转身他对陆宝成说："厂里一分钟也离不开我。刚刚半天就乱了套。好吧，我马上赶回去……"

陆宝成并不认识蒋合营。他呆呆看了看田力壮，然后打量蒋合营，好奇地问道："如今国有企业很不景气，田书记还这么忙碌啊？"

田力壮厚颜说道："为企业早日走出困境嘛。杜董事长，你还是派那辆林肯把我送回去吧。我不喜欢坐凯迪拉克。"说罢，田力壮大步朝着停车场走去。

蒋合营追了几步压低声音说："老田，没想到咱们在这里会师啦。"

田力壮也压低声音说："小蒋，你不要搞跟踪追击这一套，我不怕！"

蒋合营笑着告诉他："今天扛着猎枪出来打兔子，没想到撞上一只田鼠。"

田力壮气哼哼坐进心仪久矣的林肯轿车。进口的汽车载着国产的书记，疾驰而去。

陆宝成走过来问蒋合营，为啥不跟田书记同车回厂。蒋合营郑重告诉对方："我跟田书记是两股道上跑的车，走的不是一条路啊。"

这时候，黄玉发从仓库里款款走出来。他突然看见陆宝成与蒋合营一起聊天儿，惊了。

黄玉发跑上来，大声对陆宝成说："他、他就是蒋合营！"

陆宝成怔了，然后眯起眼睛扫描着蒋合营说："怪不得一见面我就觉得你这个人邪性呢。敢情就是你把黄玉发臭打一顿啊？"

贾洪胜立即搭话说："那兴许是一场误会……"

黄玉发跳着脚喊道："以血还血，以牙还牙！今天你送货上门，别怪我对你不客气……"说着，跑到墙角抄起一只扫帚，冲了上来。

陆宝成伸手拦住，说："慢着，我先问问蒋合营，你今天来干什么？"

蒋合营正色道："陆宝成我告诉你，我是国有企业厂长，不是土匪山大王。

今天我来找你洽谈合作项目。”

“你跟我洽谈合作项目？”陆宝成颇感意外，眼珠儿不停地转悠着。

“黄玉发雇了打手，他也算报了仇。你不是派他去买我的生产线吗？今天咱们就谈谈吧。”

陆宝成谨慎地笑了：“识时务者方为俊杰。蒋厂长你今天觉醒不算太晚。走，咱们会议室里聊聊吧。”

陆宝成也是小个子身材。他与蒋合营一前一后走进会议室，远看很像两个日本便衣特务前去接头。贾洪胜走南闯北精明过人，深知今天自己只是陪客，便站在厂院里抽烟。黄玉发心里没底，问贾洪胜今天蒋合营葫芦里究竟卖的什么药。贾洪胜滑头滑脑说避孕药。黄玉发说蒋合营难道真想把生产线卖给陆宝成？贾洪胜又笑了。

“黄玉发你真是不明事理。这金手牌商标是蒋国政老先生创立的。你让蒋合营做个卖厂求荣的不肖子孙，他能干吗？”

黄玉发撇了撇嘴：“卖厂求荣？当年袁世凯卖国求荣，如今他的后人照样姓袁。此一时彼一时嘛。”

此时会议室里，蒋合营掏出一盒555，悠悠吸着烟。陆宝成说：“既然你来谈合作项目，那就开门见山吧！”

“好！”蒋合营开门见山地说，“你不是想买我的养颜液生产线吗？这条生产线我肯定不会卖给你的。不过，咱们可以搞成一个股份制企业。你投一百万元人民币，咱们一个月就能生产出第三代金手牌养颜液。当然，华夏日用化工厂还是控股方。我们会把你投入的一百万元人民币折成股份，你成了我们企业的一个大股东，每年按照利润分成……”

陆宝成拍手大笑：“你讲得好！你讲得太好啦！”

蒋合营注视着陆宝成，不知对方是褒是贬。

陆宝成不说话，叼着烟卷在会议室里来回踱步。

蒋合营心中说，宁看好人的屁股，不看坏人的脸。如今是与魔鬼打交道的时代。无论他妈的是谁的屁股，我都要拿出参观卢浮宫的兴致，看他有没有痔疮。

陆宝成终于说了话：“我不想跟你合作。”

“噢，那我想知道你为什么不跟我合作呢？”

陆宝成说：“有两个原因。其实我也知道，投资建立一个正经企业，创出自己名牌产品，这是一条正路。可如今这条正路不好走，歪门邪道反而通畅。生产真货不如生产假货赚钱。所以，我想趁着中国市场大乱，大发不义之财。你说的股份制企业，很好啊。可是现在离我太远。这是第一个原因。

“你耐心等我几年吧，那时候我思想觉悟提高了，决定弃恶从善了，想做正人君子了……”

蒋合营打断对方：“你不跟我合作，第二个原因是什么？”

陆宝成挤了挤眼睛：“第二个原因更简单。我想亲眼看着你们华夏日用化工厂彻底完蛋……”

对方显然在侮辱自己。好在蒋合营颇有几分心理准备，朝着陆宝成笑了笑，说了声再见，起身走出会议室。身后，传来陆宝成的哈哈大笑声。

狼狈离开九州日用化工厂，吉普车行驶在路上。蒋合营闭目不语。

贾洪胜小声问道：“你跟陆宝成那个土大款谈妥啦？”

蒋合营摇了摇头：“怪不得李自成起义最后失败了，农民啊。”

“这算不算最后一搏？”贾洪胜试探道。

蒋合营摇了摇头：“活着难。死，也不是那么容易的。”

9

早晨上班，大中化日用化工厂院子里，田力壮组织工会干部搭起几张桌子，摆好干鲜果品、茶水饮料，说是欢迎日报、晚报、工人报、青年报记者们进厂采访。天气已经冷了，人们一个个冻得满脸透红，好似人造苹果。

蒋合营来到现场，问田力壮记者进厂采访什么事情。“田顾问”似乎忘记了昨天在陆宝成厂里那场“遭遇战”，说记者们进厂采访华夏职工“集资兴厂”活动，并且要做系列报道。

听了这话，蒋合营苦笑说，你既轰轰烈烈又扎扎实实啊。田力壮大声说道，咱厂形势大好，已经集资三万八千九百六十五元零七角。

蒋合营看着田力壮，觉得这位党务工作者虽年过中年，却属于新时代新人物。这家伙一边偷偷在私营企业里任职,每月有数目可观的“灰色收入”,一边冠冕堂皇担任着国有企业党委书记,天天号召职工们无私奉献,为企业走出困境“集资兴厂”。田力壮能够做到灵肉分离,在两个截然不同的格子里跳舞,一个传统大秧歌,一个现代迪斯科,不同场合,随时变换。蒋合营这样想着,不得不对田力壮刮目相看,这家伙是个适应能力极强的典型人物啊。我则属于分身无术的新时代傻×。

怏怏不乐回到办公室,蒋合营着手整理近来的工作记录,准备做个全年总结。他看到一组数字:

全厂职工已经两年没有报销医药费,据统计总共为六十八万余元。

全厂职工共有三十九个家庭达不到本市颁布的最低生活标准;四十四位退休工人老无所养;十七个家庭人均住房面积不足三平方米……

他自言自语说:“目前的主要任务是不能让厂子垮掉。”

他仔细算了笔账,目前企业经济状况尚未达到“破产”,如果立即注入资金,还有一搏。这时厂办秘书李昕欢呼着跑了进来。她平时是个稳重的姑娘,从不大呼小叫。李昕冲他大声说:“蒋厂长!咱厂有救啦……”

说罢,李昕似乎就要晕厥过去了。蒋合营做出抢救的样子:“李昕你冷静些!有话慢慢对我说……”

李昕抑制着激动,气喘吁吁脸色惨白:“您祖父进厂了,口口声声说一九五六年公私合营前,他把金条偷偷埋在一车间东墙根儿底下啦。一共九坛子!”

蒋合营笑了,走到窗前朝一车间方向望去。

李昕继续说:“现在,您祖父领着一群人在一车间东墙根儿,挖地三尺呢!大家都说这次咱厂有了发展资金……”

蒋合营重新坐在办公桌前,喝了一口茶。李昕惊诧不已:“蒋厂长,这天上掉下来大馅饼,你怎么不高兴啊?”

“我爷爷是个快一百岁的老人。老人有时赛过天真的小孩儿。莫说地里根本没埋着九坛金条,即使真的挖出黄金,它也救不了咱厂的命啊。”

他望着天真可爱的李昕说:“一座企业就像一个运动员,光靠兴奋剂是不能长久的。”

李昕听罢，蔫了。

蒋合营迈出办公楼，朝着一车间方向走去。他心头猛然泛起阵阵酸楚。唉，名牌企业华夏日用化工厂居然到了这种地步。一个快一百岁的老人领着一群小伙子，掘地三尺寻找所谓救命黄金。赤子之心，固然感人，讽刺意味，让人伤感。这真是一部令人啼笑皆非的童话啊。

他不愿意目睹这个场面，转而走进四车间。四车间由于失去主导产品，职工们放了长假。想起前些天在大街上遇到四车间工人李继成，正在叫卖羊肉串。这位保全工被炙人的炭火烤得脸色焦黑，谦卑地冲他笑着。他想起李继成两次被评为市级劳模。昔日劳模烤出的羊肉串，香飘街头。这个曾经在社会主义大生产中获得光荣称号的工人，以自己的羊肉串创造着小摊贩的劳动价值。

望着李继成叫卖羊肉串的身影，蒋合营不知是悲是喜。此时的四车间空空荡荡，一派没落贵族的孤寂。蒋合营看到，顺着那部笔直的墙梯，能够通往四车间的房顶。鼓了鼓劲儿，他就攀了上去。

终于攀上房顶。天空很大，他一下感到人的渺小。华夏日用化工厂的五座车间，好似五座堡垒，拼成一朵梅花的图案。远远望着工厂大门，他看见一群记者进厂了，围着“职工集资台”不停地拍照。那阵势那情形，使人想起华夏日用化工厂的昔日辉煌。蒋合营远远看着，心中一派苍茫。这时他体会到“站得高则望得远”的真正含义。人站在高处，你的意识就会发生变化。眩晕使你感到这座堡垒的漂浮。人在漂浮中，渐渐懂得生存的意义。

从怀里掏出一张报纸，他看了看竟然是去年的。他想不出这张早已过时的报纸为何保存在自己身上。他笑了，随手将报纸撕成碎屑，挥手一撒，宛若仙女散花。记者们在厂区里行走着，根本没有察觉天上纸屑飘落。是啊，在我们凡俗生活中，人们往往以成败论英雄。此时站在高处，蒋合营终于明白了。一座企业成为强者，固然称一世之雄。然而这个世界上哪里会有那么多强者呢？强者周围，总有弱者陪衬着。放眼自己的工厂，他深知有朝一日华夏日用化工厂被真正的强者兼并，那应当是真正的幸事。而在每天晚间的电视剧里，人们总会看到那种已经成为套路的结局，一个本并不应当继续存在的企业，在小白脸厂长的率领下几经拼搏走出困境。人们恰恰忘记了，正是由于生活中没有企业真正破产，所以也就不会出现真正的英雄。

他顺着墙梯走下来。出了四车间路过原料仓库，听到电视机里播放足球比赛。他走进去看到几个小伙子围坐在老式黑白电视机前，正在跟着呐喊助威。他们见蒋厂长进来，小伙子们神色略显紧张，以为领导突击检查劳动纪律。

蒋合营不言不语，站着看了一会儿，突然大声说："我们没有学会真正的输球，因此也就赢不起。我们没有学会真正的赢球，因此也输不起。"

说完这几句话，他走出原料仓库。那几个小伙子呆呆望着厂长背影，一时忘了足球比赛。

蒋合营朝办公楼走去，途中遇到四处拍照的记者，他也不去打招呼，脑海一片空白。

回到办公室，李昕立即跑了进来。他说："李昕！你不要总是紧张兮兮的好不好？弄得我一见你就跟如临大敌似的。"

李昕毕竟是个姑娘，听到这样的训斥，想哭。她强抑眼泪说道："咱厂形势这么糟糕我能不紧张吗？蒋厂长，小会议室里有客人等你呢。"

"谁啊？"他漫不经心问道。

李昕说是一位女士。之后李昕又说，中午田书记在香江酒家请记者们吃饭，领导班子成员全部出席。

蒋合营说："你告诉田书记，我不去。"说罢他又问道："李昕，我爷爷他老人家挖出黄金了吗？"

李昕眨了眨眼睛说："已经挖了两尺深啦。"

他说："有情况你随时向我报告。"

推门走进小会议室。沙发上坐着一位身穿蓝色西装的女士。侧面望去，这女士气度高雅颇有几分男装丽人神韵。他打着招呼走上前去："我是蒋合营。请问您是……"

气度高雅的女士转身站起，朝他伸过一只手。他认出这是韩丽英。

"是你啊！欢迎欢迎……"见到当年暗恋的女人，蒋合营很高兴，"我早就想见你，不知去哪里找你！"

韩丽英并没有浓妆艳抹，清清爽爽的模样，看着挺舒服的。蒋合营暗暗惊讶。上次在歌厅门口见到韩丽英，她根本不是这个样子。"如今女人浓妆艳抹，你没有赶这个潮流……”他忍不住赞美她。

韩丽英不卑不亢，声音很是温暖：“你没想到我会来厂里找你吧？”

“我听说你在社会上忙着集资，这是真的吗？”蒋合营急于知道她的感人事迹。

韩丽英点了点头：“我现在手里资金挺多的。”

“你集那么多资，是为了让工厂渡过难关啊？”蒋合营忘情地看着她。

韩丽英一板一眼说：“是啊，我想亲自经营华夏日用化工厂……”

“什么？”蒋合营没有听懂她的话，侧过身来问道：“你说什么？”

“我说我想亲自经营华夏日用化工厂。我先投入一百万，修复一车间生产线。但是我得拿到一车间空闲厂房的土地使用权。大田枝子做不到的事情，我能做到。我还要把那座圆形厂房改造成‘堡垒夜总会’，这是第一步。第二步把另外四座圆形厂房统统改造成‘堡垒娱乐大世界’。我能引资。真的，蒋合营请你相信我……”

蒋合营想了想，说：“依照你的计划，那时候华夏日用化工厂就没了！全部变成堡垒娱乐大世界啦？”

韩丽英脸颊露出两个酒窝儿：“是啊。如果你热爱华夏日用化工厂，咱们可以签个合同，你把一车间当成试点。用两年时间将它办成既不用人民操心也不用政府惦记的真正的现代化企业。”

蒋合营站起身说：“请你稍等一下。”

他快步回到办公室，双脚发软仿佛踩在起伏的水面上。坐在办公桌前双手颤抖点燃香烟，他用狠劲吸着，然后大口喷出烟雾，试图让自己笼罩在仙境里。然而没有仙境，他便用力咬了咬下唇，强迫自己镇定下来。

他妈的，韩丽英从一个工厂统计员变成一只鸡，然后回到工厂跟厂长洽谈项目，好有一番雄心大志。这世道怎么变成这样啦？走了一个进口娘儿们，又来了一个国产娘儿们，都他妈的要把这里变成堡垒夜总会，无论我接受还是不接受，这就是真实的社会现实。

他又点燃一支香烟，大口吸着。这就是我所面临的社会现实啊。

李昕悄悄走了进来：“蒋厂长，您祖父已经挖地三尺啦。”

他抬头看着李昕，古怪地笑了：“他把地球挖透了，那边就到美国啦。”

李昕递过一只彩色大信封说:“有人给您寄来一张贺年卡。”

这时蒋合营猛然想起,过几天就是新年了。他接过信封却看不出是谁寄来的,就问李昕。

李昕搓着小手儿说:“我怎么会知道呢。你撕开信封不就知道谁寄来的啦。”

他突然爆发了:“我现在不想知道是谁寄来的!我现在根本不想知道是谁寄来的!”

李昕难以承受他的暴怒,吓得溜了出去。

他喝了一口茶,这才想起韩丽英还坐在小会议室里呢。起身离开办公室,他往小会议室走去。

楼道里,田力壮迎面走来与他擦肩而过,双方竟然没有说话。

这时候蒋合营只想告诉韩丽英,无论如何也要修复一车间生产线,那才是他的最后一搏。

此时,他根本想不到寄来新年贺年卡的人是大田枝子。

暖 冬

1

清晨,天上飘下几片雪花,亚细亚化工厂的工人们心情振奋起来,连声叫好。说起来这座城市足有十年不见雪花,人们长期居住在温室里,享受着厄尔尼诺效应。不过清晨的喜悦极其短暂——天空又变得干干净净,仿佛从来不曾飘过雪花。大姚的心情一下子愤怒了,望着阴霾的天象大声骂娘。

工厂的形势不好。打响上班铃声之后,一派沉寂。毫无热火朝天的生产气氛。临近九点钟,工厂的空气渐渐紧张起来——工人们三五成群走到门口,不言不语凑成一堆儿,行迹显得可疑。工厂传达室的门卫大姚平时唯恐天下不乱,此时看到工人们聚集,不由心中大喜。他气喘吁吁拨通工厂总机,说请接曲厂长办公室。总机当班的电话员关新不是女的,但由于说话娘娘腔,外人往往认为他是女的。关新笑了笑,先是接通 203,震铃响了六声,没人接电话。关新说曲厂长不在。门卫大姚急迫地问道:"曲厂长没死吧?"

关新女声女气答道:"据我所知,曲和平同志非常健康。"

厂长名叫曲和平,去年出任厂长职务。曲厂长的父亲是亚细亚化工厂老工人,前几年退了休。因此,曲和平跟亚细亚化工厂,是父子两代的血肉关系。

手握电话,大姚不无渲染地对关新说:"既然曲厂长没死,那就请你告诉他吧,鬼子进村啦!"

关新当然知道“鬼子进村”意味着工厂出了乱子，就得意地笑了。他知道作为工厂总机电话员，自己的职责就是将电话两端的声音连接起来，然后坐山观虎斗。于是他接通204，这是郑书记办公室的电话。郑书记名叫郑建国。一听这个名字，人们就知道他与新中国同龄。关新知道曲厂长此时肯定不在郑书记办公室。曲和平与郑建国之间似乎存在着矛盾。两间办公室虽然一墙之隔，平时却很少往来。楼道里迎面相遇，也是擦肩而过，哦一声算是打了招呼。只有在全厂中层干部会议上，彼此才说上三五句话，表示安定团结的大好局面。

关新是工厂肚子里的一条蛔虫，他知道很多很多事情。因此，他显得很女气。

将电话接到供销科，曲不在。又接到技术科，曲还是不在。其实关新知道，今天早晨刚刚打响上班的铃声，十几个老工人已经在厂长办公室门口排起长队，手里拿着积压已久的医药费单据，等待“全厂一支笔”曲和平的签字。每月只有九号这一天是“厂长签字日”。起先，每月全厂药费报销总额只有五千元。无论门外队伍排得多么长，只要签到五千元，厂长就住手了。这很像足球比赛规则里的“突然死亡法”。后来，工厂银根吃紧无法给职工报销医药费，就不签了。工人生病仿佛成了一件错事，工厂概不负担。打从曲和平出任厂长，每月九号恢复签字惯例，但是他打“白条”，在职工药费单据签上：“同意报销。三年后兑现。”

这等于给职工打了“白条”，就这样，由厂长亲笔签字药费单据转而成为定期无息存款单据。尽管远水难解近渴，三年以后的工厂如同雾里看花，前景未卜。但曲和平的签字毕竟使工人与工厂之间构成一种古怪的契约关系。这种契约关系使工人认定工厂欠着他们一笔债。这种债权人的心理，使工人们在焦灼的等待中感受着自身存在的价值。因此，每月九号就成了工人们一个暧昧的节日。

厂长曲和平坚决认为，三年在历史长河里并不遥远，它象征着美好未来。

今天又是九号。一大早儿厂长办公室门外聚着一堆工人，却没有见到曲和平的身影。几个老工人发牢骚，说咱们是傻老婆等茶汉子——越等越不来。

关新继续追踪，又将电话接到工厂保健站，保健站大夫告诉他，曲厂长到联合国难民署申请人道主义援助去了。关新撇了撇嘴，问厂里是不是已经发现艾滋病患者。保健站大夫哈哈大笑，说本厂职工根本不具备患艾滋病的资格，起码副局级以上。关新告别保健站大夫，毫不犹豫接通243。这个号码是厂节约能源办公室。简称“节能办”。

关新心中暗想：“我敢断定此时曲和平与祁秀玉正在促膝谈心，说不定还搂搂抱抱亲嘴儿什么的，工作时间里搞这种名堂，真是没羞没臊。”

节能办的电话铃响了——响了六声。

果然不出关新所料，接电话的是祁秀玉。近来工厂传闻颇多，说曲和平与祁秀玉的关系神秘莫测。

关新朗声说道：“你好！请问，曲厂长在吗？”

祁秀玉显然感到突兀：“找曲厂长？你是？”

“我是总机电话员小关。请问曲厂长在吗？”

电话里出现了一个凝固的瞬间。

“哦，曲厂长正在听取我们科室的工作汇报……”

“很抱歉。门卫打来电话，有紧急情况向曲厂长汇报。这也是工作。”

“紧急情况？”电话里的祁秀玉显得无奈。

关新计算着时间。大约二十秒钟了，关新听到曲厂长略显沙哑的声音。他告诉曲厂长大门口出现紧急情况，必须立即汇报。

曲厂长竟然问道：“小关，你怎么知道我在这里？”

他顿了顿说：“我找了好几个地方，在这儿堵上您了。”说罢，便将传达室电话接通给曲厂长。

门卫大姚在电话里汇报：“曲厂长啊，情况异常！两百多号工人聚在工厂门口，意图不明。咱厂安定团结的大好局面来之不易啊！”

“今天是九号。工人们是找我给药费单据签字吧？”

大姚笑了：“曲厂长，您这是尿罐儿打酒——差壶啦！等待签字的广大职工，此时全都纹丝不动焊在您办公室门口呢。我说的是另外一路兵马，他们聚在工厂大门口，看着就跟梁山好汉似的。”

年轻的曲厂长从大姚世故的语气里，听出几分幸灾乐祸的味道。

他站起身来，对身材苗条面容秀丽的节能办副主任祁秀玉说："工厂大门口出了事情，咱们只能改时间再谈了。不过这次与美国合资，恐怕要裁减三分之二的职工，我希望你能做好思想准备……"

祁秀玉低头不语。曲和平心头一颤："你有什么想法就直说，我还是能够想想办法的。"

祁秀玉抬头注视着他："这阵子，全厂都在传说咱俩关系暧昧……"

曲和平打断她的话语："我不怕！再说，你我之间没有什么见不得人的事情。"

祁秀玉苦笑了："其实，你在欺骗自己的感情，我也在欺骗自己的感情。我是一个单身女子，不怕。你有家室，这就不同了。再者说你当着厂长，还是小心谨慎为好啊。咱厂到了关键时刻，我是不会感情用事的。我只担心一件事情……"

"什么事情？"

"既然咱厂决定跟美国人合资，那我父亲的神州化工厂怎么办呢？咱厂与神州化工厂的联营关系到底怎样了结呢？"

曲和平叹了一口气："是啊，这的确是一件让人头疼的事情。你父亲知道咱厂合资的事情了吗？"

祁秀玉摇了摇头："我没对他说。可是神州化工厂不会永远蒙在鼓里吧？如果我父亲知道了这件事情，一定很受打击。"

他朝着祁秀玉苦苦一笑："既然市里决定咱厂合资，这件棘手的事情也得由上级领导拍板啦。"

祁秀玉的眼睛里突然充满泪水。曲和平不知应当怎样安慰她，就显得束手无策。身材高挑的祁秀玉走上前来，使劲推着他的胳膊："你快去忙吧。你当这个厂长太不容易啦！"

他突然抓住祁秀玉的手，使劲握着。祁秀玉不言不语，倚在他的胸前。曲和平就吻了吻她的头发。

屋里的空气仿佛凝固了。

2

就在门卫大姚从传达室打电话向工厂当局告急的时候,一辆轮椅不声不响驶到亚细亚化工厂的门前。轮椅的到来立即引起工人们的一阵欢呼:天目大师来了。

乘坐轮椅的精瘦老汉,正是本市大名鼎鼎的预测专家天目大师。他沉着面孔向工人们颔首致意。工人们一下就信服了他。

立即有人站出来维持秩序,说大家不要拥挤,按照顺序排队等候。

为了促使国有企业摆脱困境,市里决定将亚细亚化工厂列为首批"样板厂"嫁接外资。

去年以来,市里两次组团出国考察,都是亚细亚化工厂党委书记郑建国参访。曲和平身为厂长却不能随行。于是他断定郑建国手眼通天,后门很硬。两次出国考察后,市里决定亚细亚化工厂与美国约翰·金化学有限公司合资,生产日化系列产品。为了维护安定团结的大好局面,这次合资的消息暂不公布。然而信息时代是无密可保的。小道消息仿佛多腿蜈蚣,四处乱走。亚细亚化工厂的职工纷纷传说"美国鬼子就要来了,第二次抗美援朝战争即将爆发"。这消息对于产品老化设备陈旧资金匮乏机构慵散的亚细亚化工厂来说,不啻平地惊雷。人心顿时乱了。

据可靠消息说,万恶的美国佬非常挑剔,亚细亚化工厂七百六十八名职工,只有二百五十名精英能够进入"合资状态",简称"二百五"。遗留下的五百一十八名工人将作为"剩余物资"而离岗待命,由中方另行安排。工人离岗待业,无疑意味着饭碗的丢失。多少年来这只饭碗里盛着粉条炖肉,也盛着白菜清汤,如今却要丧失了。于是,前途未卜的气氛好似一块乌云笼罩在亚细亚化工厂上空。那些渴望进入"合资领域"的工人全都变成了神情恍惚的祥林嫂,逢人便讲自己早已捐了门槛。

一座小小的工厂,人心乱成一团烂麻。

唯心主义趁机猖獗起来。有人从郊区一间破屋子里请来了号称"天目大师"的高人,为彷徨而又不敢呐喊的工人们指点迷津。天目大师悉知工人贫穷,毅然决定实施倾斜政策,每人只收卦金一元,以示扶贫之意。

天目大师下肢伤残，多年不能行走。他摇着轮椅来到亚细亚化工厂门前。车子插着一面黄旗。这黄旗让人想起古代秦琼的兵马或者当代巴西足球的拥趸。吵吵嚷嚷声中，人们看到黄旗上印着几行红字，居然是瘦金体：

不算天，不算地，只算“合资”里有没有你；
算破天，算破地，只算你是“留”还是“去”。

黄旗的下角写着：联系电话××××6288 转 525。

曲和平到达现场的时候，天目大师已经开始给工人预测前程。测出一个“去”字，人们便发出一声感叹；在十二个工人里，只测出一个“留”字，人们终于发出一阵欢呼——就好比中国足球队终于射进一个球。测得“留”字的工人正是维修组的钳工田大力。田大力咧开大嘴，乐了。

天目大师的预测十分残酷，去的多，留的少，好比河蟹长脐多，圆脐少。尽管如此，天目大师反而赢得工人们的信任——这是悲剧心理学的效应。越悲越有感染力。坐在转椅里天目大师面孔冷硬，令人想起当年的“义和拳”坐坛大师兄。

这时，一辆送货的大卡车被堵在厂里开不出来，急得连声鸣笛。

几个包装车间的工人拦住汽车朝司机喊道：“妈的，你要越位啊？”

司机哭笑不得：“这又不是踢足球！”

门卫大姚跑过来，声情并茂地说：“曲厂长，我打 110 电话报警啦！人家说这属于交通堵塞，要我报告交管局。我打电话要交管局派人来，他们要两百元误餐费。我说厂领导班子研究研究再做答复……”

他瞥了一眼大姚，说：“让你看门真是屈才，你去联合国当秘书长吧，维和。”

大姚说：“我就是一腔热血没有地方抛洒！如今改革开放了，我还是遵循三老四严四个一样……”

“别说了，你快给劳资科科长打电话，让他马上到工厂大门口来！”

大姚说：“对，你当厂长就要当机立断，当初张学良要是把蒋介石杀了，中华人民共和国早成立啦！”

此时，工人们看见曲厂长来了，都做出视而不见的样子，继续排队等待天目大师测字。工厂就是一座天然动物园。同在蓝天下，共处绿水间，厂长并不强大，工人也不弱小。空气里虽然不闻花香，却透出几分无奈的安详。

曲和平感到不知所措。此时他深切体会到在企业里当厂长有多么滑稽。面对全厂职工，“合资”已然无密可保，而他依然要像我党地下工作者一样，对“合资”二字守口如瓶。

他稳了稳情绪，冲着工人们大声问道：“上班时间，你们跑出来干什么？”

一个瘦得猴子一样的青年工人说：“你明知故问，我们搞科研呢！”

“搞科研？搞什么科研！”

一个说话瓮声瓮气的中年工人说：“揭开生命奥秘呗。”

费了很大力气，曲和平拨开人群挤到这辆轮椅近前。工人们看到厂长光临，纷纷闪身躲避——仿佛躲避三伏天里的臭肉。

天目大师继续算命，操着东北口音对电工小郝说：“啥也甭说啦，这次合资，没你。”

电工小郝脸上现出绝望表情：“请您给我指一条明路……”

天目大师闭目养神，神情悲悯：“这次合资一定是没有你了。不过，三个月之内还有一个机会，你可要抓住啊！”

小郝仿佛溺水者抓住一根绳索：“大师，请您告诉我是什么机会呀？”

天目大师说：“日出扶桑。”

“扶桑？您的意思是让我早晨栽上几盆鲜花？”

天目大师厌烦地挥了挥手。电工小郝不敢再问，神色恍惚退了下去。

曲和平掏出手帕擦擦额头汗水，露出唯物主义者的笑容说：“先生，您也给我测一测吧。”

天目大师并不抬头：“我只给工人算命。”

“我……”

“你不是工人。你是工头儿。我从来不给工头儿算命。”

他干干一笑：“什么样的人算是工头儿呢？”

天目大师一板一眼说道：“车间主任以上，含车间主任。”

人们哄堂大笑，曲和平尴尬不已，只得转身挤出人群。

劳资科科长崔木水赶来了。曲和平朝他努了努嘴，一步跨进传达室揿动按钮，两扇电动大门便隆隆关闭。那群等待算命的工人，统统都被关在工厂大门外。

劳资科的崔科长心领神会，随即抄起电话通知各个车间主任，立即前来认领自己车间脱岗的工人。

曲和平对劳资科科长说："老崔，你统计一份擅自脱岗者名单，中午之前送到我办公室。"

"怎么处罚呢，曲厂长？扣除岗位津贴？"崔木水大声问。

曲和平心平气和："你看着办吧。"

"好！扣除本月全部岗位津贴！"崔木水隔着大门开始清点人数了。

劳资科科长崔木水的阴谋被工人罗平听到，他连忙向天目大师问道："您赶快给我们算算，真会把我们这月的岗位津贴全部扣除？"

天目大师随即答道："绝对不会。"

"为什么？"工人们齐声问道。

天目大师苦笑了："因为这月你们厂长没钱发放岗位津贴，他扣个屁呀！"

工人们听到这个噩耗，面面相觑。

工厂大门里的曲和平清清楚楚听到天目大师的预测，愣住了："这个天目大师果然有几分法力啊！他能够算出这月全厂职工没有岗位津贴……"

门卫大姚凑上前来，压低声音好像特务接头："曲厂长，咱厂合资的事情，听说有了最后的结果？"

曲和平非常厌恶："大姚你要是没吃早点，我这儿有块儿臭豆腐你吃了吧。"

大姚眨着小眼睛说："曲厂长，您总是能够与民同乐。手里有块儿臭豆腐也不忘广大革命群众。一看见您我想不起孔繁森，倒想起了王宝森。"

这时候，郑建国终于出现在厂区大道上。这位身材瘦小的党务工作者，走起路来身体前倾低头看着自己脚尖儿，仿佛工兵进了雷区。这时被阻拦在工厂大门外的工人们隔着栅栏连声呼吁起来。这声音听着好像小学生朗读课文，拖着长腔儿却也朗朗上口。

"工厂要对工人敞开大门！"

“工人阶级是领导阶级！工薪阶层不是弱势群体！”

“中国人不整中国人！”

“芝麻开门！彩票开奖！”

“爱厂如家！让我们回到生产岗位上去！”

“亚细亚化工厂万岁！”

这阵势看着让人啼笑皆非。过往行人以为是拍摄电视剧，纷纷议论起来，说国产电视剧水平太低，导演弱智，演员低能，一群傻×。

匆匆赶来的党委书记郑建国惊诧不已，不明白工人们为什么被隔在大门外面，不能进厂。他表情焦虑双唇颤抖，似乎想说出几句惊世骇俗的话语，由于结巴令他金口难开。

车间主任们纷纷赶来了。劳资科科长崔木水隔着铁栅栏登记脱岗工人名单，表情活像地狱判官。他跑去将手里的名单递给曲和平，说刚巧九十九名。曲和平收起名单，看了看远处的天目大师。

郑建国跑上前来，嘴角颤抖着说：“打打打开大门……”语言功能障碍，使他面孔涨成紫色。一个急于表达的思想如鲠在喉，看着很是痛苦。

厂长曲和平面无表情，耐心等待郑建国说出一个语义完整的句子。

书记郑建国闭住嘴巴，累得喘着粗气。他眨了眨眼睛从怀里掏出硬皮笔记本，从中撕下一张纸，握紧钢笔写下九个大字：“打开大门，让工人进厂！”然后递给厂长曲和平。

看着纸上的九个大字，曲和平笑了。

这时一辆警车鸣着警笛停在工厂大门外，几个巡警下车将天目大师逮走了。

那九十九个工人踏着声声警笛，走进工厂大门。

3

曲和平手里拿着九十九个脱岗者的名单，低头走向厂部办公楼。不知为什么，他对天目大师产生了异乎寻常的好奇心理，暗暗记下印在黄色小旗上的电话号码。

太阳依然暧昧地躲在云彩里，不动声色。天气阴冷。去年植树节栽种的树苗儿，至今尚未吐出绿芽，生死未卜。世界显得更加扑朔迷离。走在厂区大道上，曲和平心头笼罩着自相矛盾的情绪：从心底恋眷着这座工厂，尽管这座国有企业并不属于自己；又恨不能早日离开这个累赘，转而投入新生活。这种相吸相斥的心理折磨着他，患上慢性胃炎。

他低头走进自己的办公室。他习惯于低头走路。在亚细亚化工厂习惯于低头走路的，还有书记郑建国。俗话说低头走路的男人不好缠斗。如今这两个低头走路的男人，一个是书记，一个是厂长，短兵相接成了搭档。这使人想起京剧《三岔口》，两个武生摸黑儿对打。亚细亚化工厂广大职工也认为这是一出不用买票的好戏。

曲和平走在昏暗的楼道里，远远看见自己办公室门前聚着一大群工人。走到人群近前，他故意拍了拍脑门儿说："我怎么忘了今天是九号呢！"

说完这句话，曲和平又觉出几分尴尬，心中忙着措辞，却又措不出来。工人们沉默着，坚忍的表情近乎铜像。这时候曲和平终于发现，今天清一色是五十多岁的老工人，组成一个老龄社会。看见曲和平来了，老龄社会们不言不语闪开一条道路，让他走过去。曲和平不言不语掏出钥匙打开办公室的门。人们随着他走进办公室。

他在办公桌前坐下，人们就在他的面前排起长队。这时候，办公桌上的电话突然响了起来。一个外号名叫"承包"的工人飞快抓起电话筒大声说："曲厂长正给药费单据签字呢，你半个钟头以后再来电话！"

曲和平坐稳，开始给签字了。他每签一张单据，就在计算器里加上数码，然后挥笔在单据背面写道："同意报销，三年后兑现。"

外号"承包"的工人接过自己的药费单据，看到"三年后兑现"极其乐观说："三年后兑现？我一定保养身体活到共产主义！哎，那时祖国宝岛台湾肯定解放了吧？"

曲和平平静地说："我估计连美国都解放了。"

这时电话又响了。他伸手抄起话筒，听到的一个尖锐的男声。

"你是曲和平吗？我是沈华呀。"

沈华是市化学工业总公司的总经理。

曲和平做出严阵以待的样子:“啊,您好啊,您是找郑书记吧?他的分机是204……”

电话里沈华说:“不,我找你。这次中外合资的准备工作,你做得怎么样啦?”

曲和平暗含讥讽地笑了:“这项工作啊?您从来都是布置给郑书记的,所以我并不清楚……”

沈华似乎很不满意,顿了顿说:“现在我就将这项紧急任务布置给你!明天上午必须派人把资产评估报告送到总公司来!”

曲和平嗯了一声。沈华已经啪地挂断电话。

放下电话,他轻轻叹了口气,继续为老工人们在医药单据上签字。这时他感到自己非常虚伪。厂里根本无力为职工报销医药费,为了安抚人心,自己要出望梅止渴的计谋,打了“三年后兑现”的白条。工人们真可爱啊,每月九号排队签字。悠悠岁月,危机四伏,谁知道三年后这座工厂是否存在啊。这其实是一场“过家家”式的儿童游戏。

很快,本月五千元限额就被签光了。他摊开双手说:“实在不好意思,每月只能签五千块钱,没了。”

这明明是假戏真做,他满脸无奈神色,表演得令人信服,起身冲着排队的工人们一抱拳,深表歉意。工人们沮而不丧,分明习惯了这种打击,不言不语转身去了。

从前资本家也像我这样欺骗工人吗?可我不是资本家呀!我是这座国有企业的厂长啊。曲和平低头寻思着,心里堵得慌。

有人叩门,他说请进。三车间工人张旭推门进来,欲言又止的样子。

“有事情啊?有事情你就说吧张师傅……”

张旭满脸焦急说:“曲厂长,前天肿瘤医院确诊了,我是癌症啊!我没告诉家属,自己扛着呢。”

曲和平怔了怔,呼地站起身来:“什么癌?”

“肝癌。”张旭毫无表情说道。

曲和平知道,肝癌被称为癌中之癌。一俟检出便时日无多了。“王师傅,您不要着急,有的癌症并不可怕,及时采取措施还是能够……”

张旭望着这位年届不惑的厂长,似乎等待他的宣判。

“厂里目前经济非常困难。”说着,曲和平激动起来,走到衣架近前,从自己那件米色风衣里抻出两张百元钞票:“我也是穷人。咱们就算穷帮穷吧。王师傅请您不要介意……”

张旭接过两百元钱:“曲厂长你……”

“我说了,这是穷帮穷。你千万不要不好意思……”

这时候,书记郑建国推门走了进来。

郑建国的到来,令曲和平感到意外。去年以来,郑建国两次出国考察,曲和平并未流露不满情绪,但双方关系还是紧张起来。一墙之隔办公,竟然形同陌路。

此时郑书记主动来访,肯定有要事相商。曲和平对张旭说:“你先回去吧。记住,千万不要自暴自弃。”

张旭意味深长地看了看曲厂长,转身走了。

屋里只剩下曲和郑,空气显然沉重起来。

“有什么事情吗老郑?”

“合……合资名单……”郑建国说话,开场只是轻度口吃,说话不过三五句,嘴里就堵车了。

夜猫子进宅,无事不来。曲和平估计郑建国怀揣合资职工名单,采取突然袭击战术,登门敲定此事。他当头告诉郑建国,刚才沈华总经理打来电话了。郑建国唔了一声。

这次中美合资谈判,美方提出基本原则:教育程度、操作技能、年龄与健康。符合者进入合资企业,不符合者,分流。全厂符合条件者远远超员。于是形成粥少僧多的局面,进入合资企业职工名单的敲定,其实就是曲与郑的博弈。

曲和平手里拿着一份“曲版名单”。郑建国手里拿着一份“郑版名单”。两人相对而坐,郑建国喝茶,曲和平吸烟。双方开始沉默竞赛。

这种冗长而乏味的沉默,为了避开那份名单,谁也找不到其他话题。

曲和平居然想起足球,脱口说道:“这次国家队照旧出不了线啊。”

郑建国怔了怔,然后自言自语说:“冷……射……”

喝了茶。吸了烟。各自将手中的“合资名单”摆在桌上，酝酿着情绪。

曲和平忍耐不住说：“老郑，咱俩还是先把中层干部名单碰一碰啊？”

郑建国点点头，警犬似的唔了一声。

于是，厂长与书记相对而坐，好像两个盲人棋手对弈，开始“手谈”。曲和平写出一个名字，郑建国就写出一个名字，一来一往，两位棋手出盘布子，不断扩充着自己的兵力。

郑建国提出“孟庆力”，曲和平摇头否定。之后曲和平提出“孔繁合”，郑建国摆手不同意。

好一阵子沉寂。

曲和平缓缓伸出钢笔，在名单上写出“祁秀玉”三个字。

郑建国怔了怔，然后摇了摇头表示坚决反对。

“为什么？”曲和平终于张口说话了。

郑建国在纸上飞快写出四个字：“影响不好。”

曲和平抬头反问：“什么叫影响不好？”

办公桌上的电话哇地响了起来。这几天，曲和平对这部电话机有了全新的感受——它叫唤的时候，很像一个大嗓门儿的泼妇。

又是总机关新打来电话，他的娘娘腔显得非常柔和：“曲厂长，您祖父又在工厂门口静坐呢。”

曲和平哭笑不得。亚细亚化工厂像关新这样的人太多了，动不动就用过激字眼描述普通事物。祖父只不过关心亚细亚化工厂的命运，偶尔坐在工厂大门对面路边，唉声叹气而已。祖父担心工厂难以走出困境，有时默默落泪。关新将老人的行为描述为“静坐”，这是唯恐天下不乱。

曲和平放下电话对郑建国说：“关于祁秀玉的问题，咱们再议。不过你必须跟我说清楚，什么叫作影响不好？”

郑建国唔了一声，端起茶杯走了出去。

曲和平望着郑建国的背影，心里骂道：“影响不好？你他妈的整天跑到市里去溜须拍马，影响就好啦？中层干部的合资名单里，私心杂念太多。”走出办公楼，曲和平低头朝着工厂大门走去。在他的日常生活之中，工厂大门几乎成了一道令人啼笑皆非的风景。已经记不清有多少次了，九十六岁的老人曲国丰来到工厂门口，身穿一套二十年前的灰布制服，清瘦的身躯看上去好似一位云游四方的道士。老人家总是坐在工厂对面的便道上，在地上摆下十个大字："收购国有工厂，价格面议"。然后老人家站在一旁，默默不语。

凡是认识曲国丰的人，都认为这是一种"老年顽童心理"。只有曲和平心里明白，这位老牌资本家复辟工厂之心，不死。

曲和平匆匆赶到工厂门口，却没有见到祖父的身影。

门卫大姚坐在传达室里，哼唱着《洪羊洞》："曾记得在两狼父把命送，哪有个人死后又能复逢……"这悲凉的唱段使人心情压抑。曲和平站在传达室窗外听着大姚的哼唱。天空愈发显得阴沉。

曲和平敲了敲窗子："大姚，我祖父呢？"

大姚走出传达室："我的岗位是看守工厂的大门。"

曲和平笑了："大姚，有朝一日你犯在我手里，我一定要置你于死地。我说到做到的。"

大姚也换成笑脸："曲厂长我跟您开个玩笑，您怎么急啦？我告诉您吧，祁秀玉同志深知您日理万机，公务缠身，她挺身而出叫了辆出租车，把您祖父送回家啦。嘿嘿，祁秀玉是活雷锋呀。"

曲和平听了这番话，表面不动声色，心里却对祁秀玉充满感激。

大姚又说："这有一件非常重要的事情……"

曲和平知道大姚在卖关子，就注视着这个看门人。"曲厂长我告诉你，刚才来了一个人，男的，不胖不瘦，不高不矮，不黑不白，大约五六十岁的样子……"

"大姚，你这是跟我说评书呢，赶快言归正传吧。"

大姚从传达室的抽屉里拿出一张名片，十分神秘地递过来。曲和平接过名片，笑了。这张名片的内容很简单，只印着人名和电话：

黄智能　公寓电话　××××7809

曲和平抬头问道："大姚，这个人是谁呀？"

大姚惊讶了："敢情你不认识他呀！他让我转告你，如果有什么事情尽管给他打电话。”

曲和平摇了摇头:“我根本就不认识黄智能这个人……你是不是搞错啦?”

大姚说:“没错!他指名点姓要我把这张名片交给你。”

曲和平实在想不起黄智能这个人到底是谁,就拿着名片朝厂里走去。

4

曲和平与郑建国的争论仍然难解难分。争论的焦点人物依然是祁秀玉。

郑建国死猪不怕开水烫。一口咬定,如果祁秀玉进入合资名单,他手里五名中层干部必须同时进人。

名额绝对不够。

曲和平心里清楚,郑建国这是存心跟自己过不去。一党一政分庭抗礼,他无法击溃郑建国。他眯起眼睛看着郑建国说:“既然你决心否掉祁秀玉,我只能放弃了。但是你必须回答我,什么叫作影响不好?”

郑建国抬头看着对方,咧了咧嘴:“厂里对你与祁秀玉的关系,有很多议论。所以,你放弃她还是非常明智的。”

曲和平寻思着对方的话语,猛然感到郑建国此番说话并不口吃。他抬头盯着郑建国,心中愤怒起来。

郑建国这家伙调任亚细亚化工厂以来,很可能伪装口吃患者,从而采取以守为攻的战略。自己对此竟然毫不察觉。他妈的,建国隐藏得太深了。

几经博弈,他与郑建国终于达成妥协,一份涂涂改改的名单摆在桌上。双方都像伤痕累累的老兵油子,各怀鬼胎地喝着茶水。

“郑书记,我有个专治口吃的祖传秘方,你愿意试试吗?半斤牛粪,半斤鸟屎,用猫尿泡半个月,喝一个好一个。”

“唔……”郑建国挑了挑眉毛,“你、你留留着、自己用吧。”

“这几年,你因为口吃,特别苦特别累吧?”曲和平继续挑战。

郑建国拿过一张白纸,奋笔疾书:苦不苦,想想长征两万五,累不累,想想革命老前辈。

曲和平居然动了恻隐之心:"你要是这样坚持下去,这口吃的毛病就真的治不好啦!"

下午两点钟召开亚细亚化工厂党员会议。时间到了,郑建国起身去了会议室。曲和平定了定心神,也起身离开办公室来到小会议室。

会议室门窗紧闭,使人觉得此时是坐在一艘老式潜水艇里。唯一令人遗憾的是一只麻头苍蝇混入革命会场——在工人阶级先锋队的头顶上飞来飞去的,好似来了一架敌方侦察机。

这种季节是不应该有苍蝇的。曲和平看着这只飞来飞去的小动物,心情浮躁。他知道全厂党员应当是六十七名。唯独祁秀玉没有出席今天的全体党员会议。

党内有派。面对全厂六十六名共产党员,曲和平告诫自己保持高度警惕。他准备宣读中美合资职工的名单。

郑建国的目光,雷达似的紧紧追随着这只来历不明的苍蝇。

党员们深知今天会议重要,愈发显得人心惶惶。江姐当年提出的"脸不变色,心不跳"的革命人格境界,此时显然难以寻觅。六十六名中共党员本是亚细亚化工厂的中坚骨干,理应处变不惊,但他们也是血肉之躯,首先想到的是这句话:"这次合资名单里有我吗?"

他们恨不得伸出手指,把答案从曲和平嗓子眼儿里抠出来。

曲和平清了清喉咙,看了看手上的"合资职工名单"。

会议室里空气更加沉重。沉重的空气里味道腐败。水果的溃烂与鱼虾的腥臭,混合成古怪的气息,幽幽弥漫开来。曲和平心里清楚,厂子不景气职工收入太低,有人就悄悄做起小生意维持生活。清早到批发市场,或趸来三十斤鲜鱼或趸来五十斤水果,下了班路边摆摊叫卖。浑身自然沾染货品气味。此时,小会议室里也就五味杂陈了。

定了定心神,曲和平作了简短的发言,然后宣布"合资职工"名单。他首先宣读进入合资企业的中层干部名单。这使人想起当年毛主席语录:"正确路线确定之后,干部就是决定因素。"

"李中华、张立杰、白伟、吴国继、霍冬、刘燕伟、朱焕一……"

会场开始动荡。上了合资名单的,抑制不住面露喜色;没上合资名单的,难以掩饰失意表情。渐渐,人们开始交头接耳:曲和平宣读的中层干部合资名单里,怎么没有祁秀玉呢?

交头接耳形成的嗡嗡声,好像那只苍蝇招来了一群苍蝇。参加会议的党员,有工人也有干部。他们大惑不解,曲和平的名单里怎么没有祁秀玉呢?这真是天大的新闻。

曲和平与祁秀玉私下相好,全厂传得沸沸扬扬。尤其祁秀玉大曲和平五岁,就更加引发人们的好奇心。如今厂长找小密往往年龄偏小。曲和平却找了个大姐,莫非有恋母情结不成?适逢企业合资这样的好事情,曲和平不会大义灭亲吧?

曲和平读罢中层干部名单,五车间党员赵铜举手提问,说中层干部名单是不是有所遗漏。

曲和平喝了口茶水说:“这个名单经过党政领导反复核实,不会有什么遗漏。”

“怎么没有祁秀玉呢?”赵铜突然问道。

会场上鸦雀无声。

“赵铜,你怎么会提这样的问题呢?”曲和平毫无思想准备。

赵铜说:“我觉得难以置信。这次合资名单为什么没有祁秀玉呢?”

“既然你问为什么没有祁秀玉,那么请你回答我,这次合资为什么要有祁秀玉呢?”

赵铜怔了怔,显然不知如何回答。

曲和平随即严厉起来:“赵铜!你干扰了会议的进行。是否有人指使你这样做,会后我一定要调查清楚的。你坐下!现在我宣读进入合资企业的工人名单……”

人们都像小白兔竖起耳朵,听着。曲和平把工人名单读得抑扬顿挫,然后喝了口茶水:“赵铜!你还有什么问题要问吗?”

赵铜表情郑重:“真人面前不说假话。全厂职工都知道你跟祁秀玉关系不错。这次你把她排除在外,出人意料……”

曲和平笑了笑:“赵铜,你根本不了解我。我是个善于赢得胜利,也敢于接受失败的人。”

赵铜站起身来："我的意思是说，祁秀玉同志完全具备进入合资企业的条件，这个名单里没有她，有失公平公正原则。"

曲和平郑重着脸色说："赵铜，如果你真的认为有失公平公正，那么你应当知道这个问题该去问谁……"

赵铜下意识看了郑建国一眼，坐下了。

曲和平继续讲话："下面我传达'市委关于加大改革开放力度吸引外资嫁接改造国有企业会议'精神。这些天工人们见面就问我，咱厂为什么要跟外国人合资呢？咱厂不合资自己能存活吗？现在我要告诉大家，市委书记丁德成同志指示说，'我们没有资金改造工业结构。资金在外商手里。我们要尽力利用外资。'咱厂情况怎么样呢？设备陈旧，工艺落后，产品老化，我们开发新产品，资金严重短缺。这次我们合资，就是上级领导的关怀和帮助，我们要抓住这个机遇，振兴亚细亚化工厂。"

这时，那只苍蝇突然俯冲下来，从曲和平面前掠过落在他水杯上。他情绪坏透了，心底升起一股遭受侵略又无力还击的愤慨。

他发狠地将皮球踢给郑建国："咱厂合资的详细情况，我也不太清楚，请郑书记给大家讲讲！"

会议室里的人们普遍感到意外。以往的党员干部会议，郑书记极少讲话，这当然与口吃有关。即使临时讲话也是提纲挈领，三言两语而已。今天曲厂长戛然而止，将合资大事踢给郑书记讲，不啻一声冷枪。

郑建国低头喝了口水，抬头冲曲和平淡笑着："好……吧，我我、我讲讲……"

曲和平佯装寻找打火机，瞄着郑建国。你今天就不要伪装结巴了，快把舌头捋顺了说段快板书吧。

郑建国起身站在会议室前，表情冷若冰霜，全体党员怀着极大好奇心，注视着患有严重口吃症的郑书记。

郑建国从怀里掏出一个袖珍盒式录放机，啪啪装进两块电池然后轻轻揿亮按钮。

厂办主任立即问道："郑书记，你要录音啊？"

郑建国不理会厂办主任，轻轻将袖珍型录放机摆在桌上说："听吧……"

分明已经安装了盒带，袖珍型录放机传出郑建国的声音。

“今天，我给大家讲讲关于合……资的事情。其、其实我早想给大家讲讲。在改、改革开放大好形势下，我们国有企业改革，遇到难处……”

人们惊呆了。郑建国双唇紧闭默默看着大家，他的声音却魔术般地充满了会议室。

“目、目前，咱厂……情况很不理想，下半年的生产任务只能安、安排到八月份……职工工资和奖金，根、本、没、没有着落。银行贷款，也、也、也有难度……”

党员们惊了，纷纷站立起来，目光不约而同投向袖珍型录放机——郑建国的讲话显然经过周密准备，事先做了录音。

曲和平低头听着郑建国的录音讲话，心中惊诧不已。这个郑建国老奸巨猾，竟然事先录制了发言稿，这不亚于赫鲁晓夫的秘密讲话啊。

郑建国的录音讲话故意掺杂着口吃的毛病，因此讲得很慢：“咱厂唯一优势是厂区面积比较宽敞。厂区东部两个车间区域，将成为中美合资的范围；这、这两个车间的固定资产，将折成等价金额列入合资内容。当、当然啦，我们不是控股方。美方提出中方合资职工限制在二百五十人之内……”

曲和平暗暗想到，郑建国难道不怕党员们听出他多年结巴是伪装出来的？这家伙真是胆大包天啊！

会议室的大门咣的一声被推开了。人们齐刷刷将目光投向门口，却不见有人走进来。

曲和平起身走出小会议室。工人们把楼道挤得满满登登，不下一百人。

“你们……这是要干什么呀？”曲和平小心翼翼问道。

小个子罗平挺身而出：“我们等待厂里宣布合资名单！”

曲和平很是惊讶：“谁告诉你们今天宣布合资名单啊？你们快回去吧，今天不宣布合资名单。”

大个子邢德斌说：“曲厂长你不要搞愚民政策啦。我们知道合资名单已经确定，你为啥不敢公布呢？这里没有什么见不得人的事情吧？”

录音机里传出郑建国的声音，飘到会议室门外：“合资名单公布后，很有可能在职工中间引起波动。我们身为党员，就要起到表率作用，对那些没有进入合资名单的工人，要逐一做好思想政治工作，与企业同心同德共渡难关……”

小个子罗平回过头对大家说：“他演砸啦！”

楼道里的工人们哄堂大笑。

曲和平看出这群工人三言两语是糊弄不走的。丑媳妇迟早要见公婆，干脆今天就把名单宣布了吧。他转身走进会议室，向郑建国耳语几句，郑建国伸长脖子看了看门口的阵势，只好点点头。

楼道里的工人们慢慢拥进会议室，然后不声不响凝结成一群雕像。

郑建国伸手关掉录音机——重新返回现实世界。

这时候，赵铜小声对身旁两个党员说：“事实证明，天目大师的预测基本准确，百分之八十都入选啦。”

5

祁秀玉的父亲祁洪是神州化工厂厂长。六十三岁了依然在任，企业里这种人物不多，犹如大熊猫属于珍稀动物。已届不惑之年的祁秀玉是单身贵族，这些年与父亲在一起生活。父亲毕竟上了年纪，需要女儿照顾。日常生活中，祁秀玉首要任务是制止父亲过度饮酒。祁洪为了逃避女儿稽查，闪转腾挪手段用尽，已经将自己锻炼成为伺机饮酒的“地下工作者”。

在逃避祁秀玉监督的同时，祁洪非常关心女儿的婚事，希望她早日出嫁。身为人父，女大不嫁成了祁洪的心病。

祁秀玉偏偏不愿出嫁。她说还没有做好嫁人的准备。祁洪起初以为女儿缺少嫁妆，后来他明白了，女儿缺少意中人。

九百六十万平方公里的中华人民共和国，女儿居然找不到称心夫婿。拖来拖去，也就成了老姑娘。

除了女儿的婚事，最令祁洪揪心的还是自己领导的神州化工厂。自从与亚细亚化工厂成为联营企业，神州化工厂使用对方的金达商标，经济形势有所好转，全厂职工能够领到基本工资了。祁洪深知自己是个过时人物，努力站好最后一班岗，他不遗余力支撑着这座企业。

正是在这种时候,他听到亚细亚化工厂与美国企业合资的消息,不啻晴天霹雳。

祁秀玉下班回家很晚。父女坐在餐桌前吃饭。父亲只能喝三小杯低度白酒,不过一两半。祁洪有时偷偷换成高度二锅头,祁秀玉十有八九能够识破。每逢这种时候,父亲好像淘气的孩子,女儿则成了幼儿园老师。

祁秀玉没有向父亲谈起企业合资的事情。祁洪也不问。他看到女儿端着饭碗发怔,反而认为她心里有人了。

晚间总有电话打来。有一次是祁洪接的,对方说找祁秀玉。祁洪不聋,听出这是亚细亚化工厂厂长曲和平。他只能佯装不知。

曲和平是有妇之夫啊。祁洪心里起急,又不知怎样制止事态发展。女儿毕竟不是小孩子,说深说浅,必须讲究方式方法。

鳏夫祁洪,多年来也有自己的苦衷。

祁秀玉自幼爱听父亲讲朝鲜战场志愿军的故事。八岁那年女儿突然问父亲:“爸爸,您是志愿军英雄吗?”

祁洪似乎受到电击,不知如何回答女儿的问题。

祁洪是个典型的民族主义者。然而命运偏偏跟他开了个国际玩笑——他在大雪纷飞的朝鲜战场上成了美军俘虏,险些被美国佬送往台湾洗脑。中国人民志愿军几经浴血奋战,迫使美国人不得不在板门店签署停战协议。中朝两国人民成为胜利者。祁洪却成为彻底失败的悲剧人物。中美交换战俘返回祖国,他脱下军装被送往边远地区农场。

对祁洪来说,战俘岁月就是噩梦。因此几十年来,他只字不提朝鲜战场。甚至从来不看抗美援朝题材的电影,比如《上甘岭》和《英雄儿女》。银幕里中朝人民的伟大胜利,只能给他带来耻辱。多年以来他仍然追问着自己,当时为什么被美军手雷震昏过去呢?一起被俘的还有团长郭志群。祁洪永远不会忘记,自己背着身负重伤的郭团长朝前爬去。敌人炮火愈发猛烈起来。臂膀受伤的郭团长望着猖狂进攻的美军,咬牙切齿喊道:“约翰·金就是美军鼓吹的王牌将军,我果然败在他的手里!”之后郭志群团长就昏了过去。

祁洪从郭团长胸前摘下苏式望远镜,观测着远处的小山包。那里是约翰·金的指挥部,约翰·金是叫嚣“到鸭绿江边过圣诞节”的美国强硬派将领。祁洪朝前爬去。这时美军炮兵停止射击，步兵发起冲锋。约翰·金头戴钢盔跨出指挥部，大步朝着祁洪的望远镜走来。他举着望远镜，咬牙切齿看着这个美国将军。约翰·金越走越近，他看到约翰·金的眉心有一颗黑痣。那颗黑痣越变越大，蓦地——放大成一轮黑色的太阳。

祁洪被美军的手雷震昏过去。他永远不会知道，约翰·金的皮靴踏过雪地踩碎了郭志群团长的苏式望远镜。在美军第83师的纵深进攻中，他和郭志群团长成了美军俘虏。

一九七八年，祁洪在农场值夜班浇地。一阵狂风，不知从何处刮来半张《参考消息》，他收藏起来，第二天趁着晨光他从这半张报纸上读到约翰·金的消息。中国的《参考消息》转引美国《华盛顿邮报》报道，陆军中将约翰·金退役转入商界，出任一家跨国公司总裁。

读了这条消息，祁洪默然无语。当年约翰·金口出狂言"到鸭绿江边过圣诞节"已经成为历史笑柄，然而祁洪毕竟是美军第83师的俘虏。

五十二岁那年，祁洪落实政策返回城市，分配到神州化工厂，几年后担任厂长。他心理渐渐强大起来，能够以平常之心回首往事。有时看到抗美援朝题材电视剧，他总是爱说那句俗语：胜败乃兵家常事。这时候祁洪进入人生的黄金时期。

实行企业改革初期，他将神州化工厂治理得井井有条，成为工业战线名人。他品尝到强者的滋味。他拥有了回首往事的资本。他承认人生有胜有败。工作中遇到挫折，他下班坐家里端起酒盅安慰自己："我连战俘都当过了，还他妈的怕什么？这个世界没有什么了不起的！"

他六十岁曾经退居二线。退居二线不到半年，神州化工厂陷入混乱，形势岌岌可危。全厂职工联名给化工总公司写信，强烈要求祁洪同志重新出山，收拾残局。记得那也是个漫天大雪的日子，祁洪回到厂里重掌帅印。他坐在办公室里自言自语说："我已经是个老人了，神州化工厂还是离不开我。这说明什么呢？"

他无意间看到办公桌上的日历牌——猛然想起四十三年前的今天，有个名叫祁洪的志愿军战士在朝鲜战场雪地里成了美军俘虏。他苦笑了，觉得生活真的是跟自己开了一个国际玩笑。

祁洪重新出山，已有力不从心之感。他生性好强，使出浑身解数，维持着神州化工厂的局面。在市化工总公司撮合下，神州化工厂与亚细亚化工厂达成联营协议。亚细亚日用化工厂将金属制品工序扩散到神州化工厂。同时，神州化工厂还可以使用亚细亚化工厂的名牌“金达”商标，每年生产近万箱金达牌“皮革活性液”投放市场。就这样，祁洪领导的神州化工厂成了亚细亚化工厂的“叔伯亲戚”。亚细亚是堂兄，神州是堂弟，大哥帮助小弟，共渡难关。

曲和平出任厂长不久，祁洪听到亚细亚化工厂即将与美国约翰·金化学公司合资的传闻，就耐心等待上级领导的消息。不知什么原因，祁洪对市化工总公司总经理沈华印象不佳。尽管这是顶头上司，他还是认为沈华不懂工业，缺乏事业心和责任感，最大本领就是结党营私搞小团体主义。因此，他与沈华几乎没有什么往来。

亚细亚化工厂与美国合资的消息传遍四面八方，却不见沈华有什么表态。祁洪终于坐不住了。这天下午，他主动给市化工总公司打了电话。沈华总经理电话里不紧不慢说：“明天你到总公司来一趟吧。我也想跟您谈一谈。”

下班回到家里，女儿已经做好饭菜，热气腾腾摆了一桌子。他看到桌上摆着一瓶五粮液，就怀疑自己是在梦中。

“今天怎么特赦啦？”他落座桌前，笑吟吟望着女儿。

祁秀玉表情郑重：“为了庆贺我成为企业编外人员，今天请您喝五粮液。”

祁洪以为女儿在开玩笑，就哈哈笑着打开酒瓶，给自己斟了一杯，一饮而尽。五粮液的醇香，令祁洪陶醉。

祁秀玉笑了，父亲喝起酒来浑身散发着敢打敢拼的精神，可见当年在战场上也不是孬种。她也给自己满满斟了一杯，动情地注视着父亲，突然说道：“爸，感谢您多年养育之恩。”说罢，扬起脖子干了杯中白酒。

祁洪听了女儿的话，不明所以，拿起酒瓶看了看度数：“秀玉你可别喝醉啦！这酒不是低度的……”

祁秀玉笑着说：“爸，其实我很有酒量。去年厂里招待客户号召中层干部陪酒，我喝了一瓶五粮液呢，新疆兵团来的范总当场投降啦！”

祁洪看出今天是个不寻常的日子，就趁机连饮三杯，等待女儿开口。

女儿却不开口，一个劲儿与他对饮。祁洪终于按捺不住，主动张口询问："好闺女，今天是个什么日子呀？"

祁秀玉说："好日子。厂里张榜公布进入合资的人员名单，没我。"

祁洪忽地站起身来："你不是开玩笑吧？"

祁秀玉微笑："全厂只有两百五十人进入合资名单。剩下的可以辞职离厂；也可以留职停薪，但每月要交厂里三百块钱；哪儿也不去的，还可以留在厂里，听从统一安排。总而言之我成了编外人员……"

"你怎么成了编外人员呢？曲和平这小子真不是个东西！"祁洪愤怒起来。

祁秀玉告诉父亲，这事情不能埋怨曲和平。这次合资，曲和平恐怕自身也难保全。今后厂里的决策人物，很有可能是郑建国。

祁洪猛地喝干一杯白酒："从前是计划经济，企业是儿子，大事小事都要由上级机关做主。如今市场经济，上级机关摇身变成企业集团，其实它还是家长。就说你们厂这次合资吧，自始至终也不打个招呼。亚细亚跟神州是联营企业，你们合资了我们怎么办呢？没人给个说法！明天我去化工总公司见沈华，看他怎么解释……"

祁秀玉听罢父亲这番话，举起酒杯大声说道："爸！无论如何，我都要感谢您的养育之恩！"

祁洪心中惊异：莫非她知道我不是她亲生父亲啦？这秘密多年来无人知晓呀。

祁洪摸不准女儿说话的含义，主动换个话题："秀玉，我有句话嘱咐你，从今以后，不要再跟曲和平来往了，这样影响不好！"

这时茶几上的电话响了。祁洪起身去接。电话里传来一个男人的声音，说找祁秀玉。祁洪听出这个男人就是曲和平，立即激动起来。

"曲和平，别看你当厂长时间不长，我还是能听出你的声音。告诉你吧！虽然咱们是联营企业，但从今以后再也不许你往我家打电话啦！你不把精力放在企业上，整天缠着我闺女干啥？真没出息！"

不等曲和平答话，祁洪就摔断了电话。

祁秀玉眼里含着泪水说："爸，您根本不了解情况。"

6

祁洪走进市化工总公司的大门。这个化工总公司,就是从前的化工局。机构改革,一翻牌子由“局”变成“总公司”,继续行使政府职能。据说这种“翻牌”公司无法适应经济体制改革,很快就要实行更为严格的体制改革。然而沈华总经理早就为自己找到新的领地,就是加快中外合资速度。他同时担任几座中外合资企业的中方董事长。雅俗共赏。

权力经济犹如死而不僵的百足之虫,一旦亚细亚化工厂合资成功,又将成为沈华的“海外领地”。

祁洪走进沈华总经理的办公室。沈华正在审阅亚细亚化工厂合资报告。他抬头看了看祁洪:“你来啦,也好。坐吧。”

祁洪落座。年轻的女办事员端上一杯清茶。祁洪发现沈华胖了——这是改革开放新时代中国人民的大趋势。

沈华继续审阅文件,表情很是投入。祁洪从怀里摸出小瓶儿,拧开瓶盖儿迅速喝了一口二锅头,又将小瓶儿装进怀里。

酒香飘飘,沈华抬头看着四周,打了个哈欠:“有什么事情吗老祁?”

祁洪说话中气甚足:“今年冬天不冷。我认为冬天应当是很冷。不冷,就不正常了,人们也容易得病。沈总经理你好像感冒啦?这都是因为冬天不冷造成的恶果。老沈你说为什么冬天不冷呢?”

沈华显然对这话题不感兴趣,搪塞道:“是啊是啊,好几年没下雪啦!”

祁洪突然问道:“美国那地方下雪吗?”

沈华怔了怔,觉得很难捕捉祁洪的思路,便开门见山:“你是来问合资的事情吧?”

祁洪做出无知的样子:“合资?合什么资?”

一个年逾花甲仍然身为一厂之长的老汉,岁月无疑已经使他成了“人精”。沈华恨不能立即接触实质问题,但就是无法突破祁洪的弹性防线。如果中国足球队拥有这样的防线就好了,也不至于年年输给韩国。

沈华心里烦了:“祁厂长,您有什么事情就先说吧。我听着。”

祁洪说:“我是来向您汇报工作的。下面我就开始啦?”

祁洪觉得自己涮了沈华，心里很是惬意。他拉开长篇大论的架势，开始向官僚汇报工作。

"沈总经理，如果我没有记错，前年十二月十九日在你的主持之下，我们神州化工厂跟亚细亚化工厂成了联营企业，联营期十年。联营期间，神州化工厂可以使用亚细亚厂金达商标，你说这叫借帆出海。还说这是响应市政府调整工业结构号召，通过龙头企业带动中小企业。这两年的实践证明，亚细亚确实给神州带来活力，我们使用金达商标生产皮革制品活性液，取得了经济效益……"

沈华打断祁洪的话语："这些情况我都知道啊。"

祁洪啪地一拍桌子："你不知道！你要是知道怎么能够不管神州化工厂死活，让亚细亚去跟美国人合资呢？"

沈华根本没有想到祁洪居然对自己如此不恭，他也啪地一拍桌子大声说道："改革开放就是优胜劣汰！嫁接外资是全市工业系统大潮流，谁也无法抗拒！"

祁洪站起身来指着沈华鼻子说："你他妈的少跟我讲这套大道理。我举双手赞成邓小平的改革开放政策，可是我也举双手反对你这种毫不负责的瞎指挥。你一句话亚细亚就合资啦，那些下岗职工怎么办？那些联营企业怎么办？你今天必须给我说清楚！"

沈华冷笑说："市场竞争是无情的！亚细亚跟美国企业合资之后，神州化工厂只能自谋生路……"

祁洪哈哈大笑："沈总经理，你以为我们害怕竞争啊？我这辈子连战俘都当过，我还怕什么呀？除了官僚主义害死人，我他妈的什么都不怕！咱们走着瞧，我就不信你的羊能上树。"

祁洪走出化工总公司的大楼，心头一阵轻松。他觉得自己打了个漂亮仗。横过马路时他抬头看了看天空。今年冬天怎么还不下雪呢？

走进一家小饭店，他要了一瓶二锅头酒，对服务小姐说："一条红烧鲤鱼，一条红烧鲢鱼，一条红烧平鱼。"

服务小姐呆呆望着这位"三条鱼"顾客。

曲和平悄无声响走进来，显然他是跟踪而至的。坐在祁洪桌前，他干巴巴笑着:“我知道您今天要到总公司来,就在这里等候着。祁厂长,我陪您喝顿酒吧!”

祁洪沉下面孔看着对方:“你是谁呀?我不认识你!”

曲和平诚恳地说:“我在亚细亚当了厂长,理应多多与您接触,失敬了失敬了,请您多多原谅。”

祁洪嘿嘿笑了:“曲厂长您太客气了。亚细亚与神州的联营关系,恐怕就要结束啦!”

曲和平拿起酒瓶说:“正是因为到了最危险时刻,所以我想跟您好好谈谈。”

祁洪摇了摇头说:“今天我只想一个人喝酒。”

曲和平放下酒瓶说:“你和我其实面临同样命运,应当同舟共济啊!”

祁洪不明白此话含义:“你跟我同舟共济?咱们乘的不是一条船……”

曲和平说:“我有直觉,三个月后咱们就要同乘一条船了。”

“你的意思是咱们同归于尽?”祁洪问道。

曲和平重新抄起酒瓶,祁洪不再反对,两人对饮起来。

一个身穿黑色风衣的男子走进小饭店,冲曲和平打着招呼。曲和平抬头看清是张旭,猛地想起他是肝癌患者。

起身迎着张旭询问起病情。张旭大大方方落座,打量着祁洪问道:“这位老先生是谁啊?”

曲和平知道张旭不久于人世,连忙介绍说:“神州化工厂祁厂长。”

张旭脱下风衣大声说道:“今天我请你俩吃饭!”说着扬手叫来服务员,说三百块钱标准,酒水在外。

祁洪听到张旭口气如此之大,抬头问曲和平:“这位大款是谁啊?”

曲和平小声告诉祁洪,张旭患了肝癌,面对死亡所以非常潇洒。

祁洪同情地看着张旭:“小伙子,即使得了绝症也不能丧失信心。俗话说死马当作活马医,兴许就能把绝症治好……”

张旭打断祁洪话语:“我没有癌症。”

曲和平兴奋地问:“误诊啦?”

张旭摇了摇头:“也不是误诊。”

这时候服务员开始上菜。张旭举起筷子说："祁厂长，曲厂长，吃菜吃菜！咱们是喝啤的还是喝白的？"

曲和平把筷子往桌上一搁："张旭你摆的是鸿门宴吧？今天你不把意图说清楚，我是什么酒也不喝的！"

张旭咧嘴乐了："我要是把故事讲出来，你听了肯定不信。"说罢，抄起酒杯喝了一大口白酒，讲了起来。

秋天时候，有朋友撺掇张旭参加君子聊天俱乐部。张旭以为聊天不用什么花费，就参加了。进了君子聊天俱乐部才知道，这里什么活动都有，包括社会随机调查活动。张旭参加随机社会调查活动，服务生抱来一只纸箱，里面都是花花绿绿的小纸袋。一个纸袋里装着一个课题。张旭身旁有个新加坡老华侨。打开纸袋前老华侨对张旭说："咱俩赌一赌吧？"张旭知道海外华人嗜赌，就同意了。老华侨是正方，张旭是反方，然后双方下注。张旭咬了咬牙投注三百块钱。服务生撕开纸袋宣读课题："中国国营企业厂长没有人性，工人生病厂长漠不关心。"

这时张旭终于明白了，这个俱乐部的随机社会调查讲究"仁义礼智信"，同时颇具政治色彩。既然与老华侨立了赌约，反方张旭必须以随机调查的真实情况来反证中国国营企业厂长是有人性的。

张旭并不以为自己能够赢钱。他抱着有枣没枣打三竿子的心情，跑到曲和平办公室谎称得了绝症。曲和平居然拿出两百块钱资助了这个"肝癌患者"。

这大出张旭意料。他把这个真实情况写成内容翔实的"随机调查报告"交给俱乐部。张旭的随机调查结果表明：中国国营企业厂长是有人性的。

俱乐部主任从柜台里拿出一只皮袋子，说老华侨去北京了，这是他留下的赌资。如果张旭赢了，老华侨认赌服输。老华侨希望中国厂长都有人性。张旭赢了老华侨三百元赌资，居然是美金。

张旭讲完这个故事，从衣兜里掏出两张百元钞票推到曲和平面前："曲厂长，我没患肝癌却赢了三百美元。你资助给我的那两百块钱，我自然要还给您啊。"

"后来呢？"曲和平兴奋地问道。

“社会随机调查活动带有明显政治色彩，后来俱乐部被有关部门取缔了。”

祁洪突然插话：“我想当面告诉那位老华侨，中国企业的厂长是怎样在困境里挣扎的。”

仨人碰杯，咕咚喝下一口烈性白酒。

7

沈华总经理终于光临亚细亚化工厂，主持召开领导班子会议。亚细亚化工厂的领导班子目前只有三人，书记郑建国，厂长曲和平，副厂长胡大海。胡大海抱病赶到会议室，手里举着输液药瓶。

曲和平端了一杯热茶送过去。胡副厂长气喘吁吁说：“厂里合资，这么重要的会议我必须参加！小曲你是一厂之长，关键时刻必须挺得住！我支持你……”

曲和平明白了，久病住院的胡副厂长是郑建国的反对派，他赶到会议室纯粹为了显示自身存在。

沈华象征性问候了胡副厂长，继续讲话。曲和平从沈华讲话中得知，本周沈华将作为上级法人代表亚细亚化工厂与美国约翰·金化学集团签署合资协议书。

胡副厂长果然是反对派，他大声质问：“明明是亚细亚化工厂合资，你沈总经理凭什么代表我厂去签字呢？”

沈华平静地说：“中美合资之后，美方股份占百分之五十一，控股，赖特先生担任董事长，我方股份占百分之四十九，中方副董事长由我担任。亚细亚化工厂将以三车间、五车间以及相关金属制配工段进入合资，企业的名称是美加华日用化学有限公司，由郑建国同志担任总经理……”

列席会议的厂工会主席刘玉田说话了：“沈总经理，在你心目中还有没有职工代表大会制度？你来到我们亚细亚化工厂，下车伊始就发号施令，太官僚主义了吧？”

郑建国站起身来，口齿突然变得伶俐：“大家应当对改革开放大好形势下的市场经济有充分的认识,不要总是抱残守缺……”

胡副厂长呆呆看着郑建国，然后小声问刘玉田:“我三个月没到厂里上班,郑建国说话一点儿也不结巴啦！他吃了什么药啊？”

曲和平接过话题解释说:“郑建国同志伪装结巴多年,逃避责任,摆脱矛盾,安全度日。如今他当了合资企业总经理,也就不用口吃啦！”

说着,曲和平话锋转向沈华:“你刚才说这次只有三车间、五车间以及金属制配工段进入合资企业,这等于拿去车马炮,只剩下老弱病残,亚细亚这盘棋还怎么下呢？另外,亚细亚跟神州是联营企业,你们合资去了,甩下烂摊子总得有个说法吧？如果没有任何说法,我就认为你们以权谋私。我要向市委市政府举报……”

沈华冷冷笑了:“如今企业遇到困难,要找市场不要找市长嘛。关于善后工作,市化工总公司做了专题研究。合资之后,亚细亚化工厂的剩余部分与神州化工厂合为一体,成立新的亚华化工厂……”

胡副厂长终于口出“普通话”:“沈华你不要放屁啦！怪不得我听说郑建国是你远门表弟呢！你们以合资为名,把三车间和五车间拿去跟美国人合资,把烂摊子甩给别人,真他妈的不要脸！”

不知为什么,曲和平内心突然平静下来。此时他看得清清楚楚,沈华把持市化工总公司多年,然而随着体制改革逐渐失去实权,这家伙抢先拿亚细亚当本钱,跻身中美合资企业充当中方副董事长,以此继续掌握大权。郑建国呢,伪装口吃韬光养晦,此时搭乘沈华的快船,驶向彼岸。

曲和平颇为感慨,沈华深谋远虑,郑建国已露峥嵘。在权力社会汪洋大海里,自己只是一个气泡而已。

他索性言无不尽,冲着沈华说道:“我们中国是个大市场。美国人冲着这个大市场才跟我们合资。他们选中亚细亚的三车间和五车间,是看好中国皮革化工制品市场。一旦合资,美方必然买断金达牌商标,然后把它打入冷宫,他们抓紧时机使美国商标打进中国市场。美方的意图沈华同志一清二楚,只是装傻充愣罢了……”

郑建国立即打断会议:“中午了,咱们该吃饭啦。”

胡副厂长大声反对:“你们没有拿出说法,就别想去吃饭！我们亚细亚跟神州签了企业联营合同。神州有权使用亚细亚的金达牌商标。亚细亚跟美国合了资，祁洪的神州就不能使用金达牌商标了。他们全厂职工就没了饭碗！这后果沈华同志考虑过吗？”

沈华沉下面孔说：“国有企业走出困境，只能置之死地而后生。我刚才说过了，我们合资，你们成立新的亚华化工厂！这叫凤凰涅槃你懂吗？”

工会主席刘玉田小声说：“明明是官僚主义独断专行，反倒说人家思想僵化。改革开放这么多年，还是谁官儿大谁有理，谁官儿大谁行得通！”

沈华说：“不。应当说谁的想法符合改革开放市场经济规律，谁行得通。”

曲和平一句话也不想说了。他站起身来，默默走出会议室。不知为什么，此时他只想跟祁秀玉坐在一起，说说心里话。走出办公楼，可巧祁秀玉站在对面树荫里。这真是心有灵犀啊。他心中惊喜，就问祁秀玉吃午饭没有。

祁秀玉眨了眨大眼睛说：“我在家里做了一桌好菜，等你去吃呢！”

曲和平不解：“你父亲不是视我如洪水猛兽吗？我可不敢登堂入室。”

“自从那天我父亲跟你在小饭店喝了顿酒，对你的印象大有转变。再说今天你成了败军之将，我父亲很想跟你聊聊……”

“我成了败军之将？”

“你不是也被人家沈总经理从合资企业里清除出来了吗？从今往后大家是同一条战壕里的战友了。”

郑建华从会议室里追出来：“曲厂长！还没有散会嘛，你这样对沈总经理很不尊重的，请你回去继续开会！”

“我听说沈华已经把亲信党羽安插在合资企业要害部门了，你就不要跟我装洋蒜啦！”曲和平玩世不恭地说着，扬长而去。

第二天上午，进入合资企业的职工名单贴了出来，不多不少两百五十名。入选的，当然高兴，没有入选的，默默不语。几家欢乐几家愁。人们似乎已经适应了这瞬息万变的生活。

曲和平给车库打了电话，叫来了全厂唯一的吉普车。他顽皮地对祁秀玉说：“抓紧时间行使厂长权力，有权不用，过期作废。”

吉普车载着他和她驶出工厂大门，门卫大姚拦住汽车：“曲厂长，我也成了编外人员，人家合资企业雇佣保安，都他妈的是武术学校毕业生，身高体壮浓眉大眼。我跟宣统皇帝一样，退位啦！”

曲和平摇下车窗玻璃说：“大姚，你要是想活下去，就也得写一本《我的前半生》啊！”

吉普车朝着祁家方向驶去。司机小周平时不言不语，很像机器人。曲和平想起小周也被挡在合资企业门外，心里觉得对不住他，就安慰了几句。

小周一边开车一边说：“曲厂长您别安慰我了。这次合资您是泥菩萨过河自身不保，职工们对您没有什么怨言。我也自谋生路，找亲戚朋友借钱去开出租车。明天我就颠儿啦！”

驶到祁家的楼前。曲和平并不下车，伸手拍拍司机肩膀：“小周，既然明天就分手了，今天告个别吧！往后开出租车很辛苦，别光顾赚钱忽视安全……”

小周顿了顿说：“曲厂长，你啥时候东山再起就招呼一声，我回来照样给你当车夫！”绿色吉普车，一溜烟儿开走了。

祁秀玉在前，曲和平紧随其后，走进三室两厅的祁宅。

祁洪坐在客厅沙发里看报纸，见客人来了起身说道：“曲厂长，请坐吧……”

曲和平立即说：“您叫我小曲好啦。”

“小曲今天你想喝什么酒？”祁洪问道。

“应当喝喜临门。庆贺咱们成为同一战壕里的战友。”

祁洪摇了摇头：“我也听说了这个消息。很快咱们两个厂子就合成一家，叫什么亚华化工厂？”

坐在桌前，开始喝酒。祁秀玉果然做了一桌子菜，有山有水显得风光无限。曲和平与祁洪一来一往，你敬我，我敬你，不到半个钟头就喝了两瓶子。

祁洪喝得满脸透红。祁秀玉说：“还有四个菜没上桌呢，你们喝得太快啦！”

曲和平说：“快了好啊！今年GDP增速百分之十，并不次于发达国家。”

祁洪咀嚼着说：“可惜国有企业难题不好解决。这次亚细亚到底是跟美国什么公司合资呀？那些洋文我总也记不住。”

“约翰·金化学集团。这是个跨国公司。它在中国拥有十二家合资企业，亚细亚只是其中的一个小厂而已。”

祁洪似乎没有听清:“美国什么集团?”

曲和平重复了一遍:“约翰·金化学集团。”

祁洪怔了怔,放下筷子:“这家公司是以总裁名字命名的吧?”

“对。约翰·金当年是美国将军，指挥美军王牌第83师，后来转入商界……”

祁洪缓缓站起身来,离开桌子走到窗前。

酒的力量发作起来,他觉得浑身热血如同火炭,熊熊燃烧起来。心头一阵痉挛。他转身看了看女儿,强忍疼痛:“他奶奶的,约翰·金这家伙终于打过鸭绿江来啦!”

说着,祁洪身子一歪,踉踉跄跄扑倒在地上。

祁秀玉尖叫着冲了上去。曲和平喊道:“别怕！快打120叫救护车……”

8

祁洪没死。他躺在医院病床上,用不甚清晰的声音问女儿自己得了什么病。祁秀玉不敢告诉父亲是轻度脑栓塞导致半身不遂。她伏在父亲耳旁低声说道:“你患的是酒精综合征,以后千万不能再喝酒啦!”

祁洪点了点头,看着女儿疲惫的面容,使足力气说:“我这辈子要是有个儿子就好啦!”

祁秀玉告诉父亲,好在治疗及时,半身不遂现象会得到好转的。祁洪抬了抬自己左手,感觉非常吃力。

他向女儿询问厂里情况。女儿告诉他,亚细亚化工厂划入合资的区域已经动工了,分为前后两个厂院。前院是约翰·金化学集团与亚细亚化工厂的中美合资企业,取名美加华日用化学有限公司。后院是亚细亚化工厂残部与神州化工厂联合,取名亚华化工厂。

祁秀玉无可奈何说:“亚华化工厂厂长由曲和平担任,您呢是厂里的书记……”

祁洪摇了摇头:“我必须彻底退下来了。另外,我还有一件非常重要的事情,等我病好了再告诉你吧。”

祁秀玉佯装不知:“有什么非常重要的事情！您安心养病吧。”

其实祁秀玉心里清楚，父亲是想将那多年以来无人知晓的秘密讲给她听。然而她半年前便知道了这个秘密——祁洪并不是她的亲生父亲。

祁秀玉收到一封来自巴布亚新几内亚的信函。这信函辗转半年时光由市公安局转交到祁秀玉手中。

写信的人自称郭志群,抗美援朝战场上的一个团长,与祁洪一起被俘。郭志群在信中并不避讳成为战俘后的叛国行为,承认自己选择了台湾。后来又定居巴布亚新几内亚。郭志群信中说:“玉儿,你本来叫郭秀玉,生在河北农村,自幼随母亲生活。交换战俘时祁洪选择返回中国,一年后你母亲病死,祁洪将你收养。这些情况我都是听别人讲的。多年以来,我不敢与祁洪取得联系,每次想起他在战俘营毫不屈服的形象,我便认为自己是个懦夫。如今我七十三岁了,手里也有一笔积蓄。我将你的身世告诉你,并不想要你离开祁洪,而是要你更好地孝敬他。祁洪曾是我手下的警卫员,但我的人格无法与他相比。我今生今世也无颜见他……”

读了郭志群的信,祁秀玉身世大白。她心中对祁洪愈发敬爱,同时也为他几十年来的境遇愤愤不平。生父郭志群被俘选择了台湾,如今养尊处优在南太平洋那个遥远国度里享天伦之乐。养父祁洪返回祖国,艰苦走到今天,六十三岁了仍然率领工人们在困境里挣扎。有生以来,祁秀玉终于懂得了什么叫作命运。

她找来地图,看到巴布亚新几内亚,首都莫尔兹比港。郭志群就生活在那座城市里。

她将郭志群的来信收藏起来,心中说道:“祁洪就是我的亲生父亲！”

冬天的脚步就这样缓缓行走着。祁秀玉精心照料着父亲,她甚至为自己拥有这样的父亲而感到自豪。

新成立的亚华化工厂是个烂摊子。担任厂长的曲和平来到病房探视祁洪,却总是报喜不报忧。躺在病床上的祁洪让女儿扶他坐起来,面色郑重地问道:“曲厂长,你知道约翰·金这个人吗？”

曲和平苦笑了:“如今中外合资是一股潮流。我劝您朝前看吧。我父亲是亚细亚厂的退休工人,他听说工厂没了,天天跳脚骂我败家子……”

祁洪本想告诉曲和平，自己当年就是约翰·金的美军第83师的战俘。听到曲和平倒出一肚子苦水，他闭口不语了。

约翰·金当年没能渡过鸭绿江打到中国过圣诞节，如今却占领了亚细亚化工厂。祁洪几乎无法承受这个消息的刺激。他觉得自己又一次成为战俘。当然，这只是一个病人在暖冬天气里的狭隘心理。

曲和平告辞，祁洪让祁秀玉送送曲和平。见父亲变得善解人意，祁秀玉拎起暖水瓶，跟随曲和平走出病房。曲和平约她到医院小花园里坐坐，她笑了。

病房里祁洪独自坐在病床上。郑建国拎着一篮水果走进病房，说是代表沈总经理前来探望祁书记。

祁洪呆呆望着郑建国，颇感意外。在此之前，祁洪听说郑建国的口吃居然是经过伪装的。此时郑建国拎着水果站在病床前，祁洪很想破解这个秘密的真谛。

郑建国说："你的身体恢复得很好啊？我们美加华日用化学有限公司的合资工作，进展得也很顺利……"

祁洪靠在病床上打量着郑建国，这家伙果然成了一个口齿清楚的人。

这是一个懦夫辈出的时代。一个人居然伪装口吃逃避矛盾多年，真有功夫啊。这样想着，祁洪对郑建国生出几分蔑视心理，大声问道："今后，神州化工厂你们怎么处置啊？"

郑建国微微一笑，从提包里拿出一份文件："我向您介绍一下情况吧。"

之后，郑建国稳稳当当坐在病床旁边的凳子上，开始说话。

祁洪开始走思。他眼睛看着郑建国嚅动的嘴唇，心里却想着约翰·金。是啊，约翰·金担任美军第83师师长的时候，根本不会知道有个中国战俘名叫祁洪。如今约翰·金成为跨国公司总裁与中国企业合资，更不会知道当年战俘祁洪再度面临绝境。

郑建国没有看出祁洪的走思，只是例行公事向这位落魄厂长介绍企业概况。他告诉祁洪，从亚细亚精选出来的两百五十名职工进入美加华，今后美加华日用化学有限公司主要生产比比多斯牌系列产品。原来的亚细亚与神州联合组成新的企业，名叫亚华化工厂。

祁洪盯着郑建国，说："你说的这些情况我早就知道了。"

郑建国并不因为祁洪插话而中断自己的思路，继续说道："我们与美国约翰·金化学集团签订的合资协议里有这样的内容，即双方合资后，原亚细亚化工厂所使用的金达牌商标经过评估定价作为无形资产进入合资领域。因此，原亚细亚化工厂的联营企业必须永久停止制造及出售金达牌商标产品，同时不许制造及出售与金达牌商标类似的任何方式的竞争产品……"

祁洪的脸色渐渐变得煞白，他猫腰从床边找到拖鞋，气喘吁吁穿在脚上，双唇颤抖起来："美国人出了多少钱，就把金达牌商标收购啦？"

郑建国低头想了想："我记得是四十八万元人民币……"

祁洪在病房里走了几步："四十八万元就卖啦？你知道金达牌商标的历史吗？"

郑建国颇为鄙夷地笑了笑："那都是陈年旧账啦。"

祁洪走上前来："陈年旧账？你知道当年为了抵制洋货死过多少工人吗？"

郑建国站起身说："如今是改革开放，我们不能抱着狭隘的民族主义观念去跟国际接轨吧？"

祁洪突然喊道："那也不能把自己的东西全都扔了，去给洋人当孙子啊！美国人买了金达牌商标当成俘虏，把它关入集中营。同时把美国商标比比多斯打入中国市场，永远占领！"

郑建国说："优胜劣汰，这也没有什么不好啊！"

祁洪伸长脖子"呸"的一口，吐了郑建国一脸唾沫星子："你这个混账东西，卖国贼！"

郑建国没有想到六十三岁的病人竟有冲天火气，慌忙伸手抹去满脸唾沫星子，朝后退着说："我是代表沈总来的……"

"无论你是代表谁来的，只要你敢宣扬卖国有理论，老子就'格打勿论'！"祁洪吼着追出病房，冲进楼道。

郑建国迈着飞快的步伐，跑远了。祁洪下意识朝前追去。

这时候，祁秀玉坐在医院小花园长椅上，向曲和平讲述自己的身世。听到祁氏父女并非血亲，曲和平感到惊讶。尤其听到祁秀玉生父郭志群如今生活在巴布亚新几内亚，而且拥有一笔资产，更加觉得现实生活不可思议。

他问她是否打算移居巴布亚新几内亚？她大声笑了起来，说不可思议。

曲和平叹了口气说，同样是战俘，结局截然不同啊。

他叮嘱祁秀玉千万不要让祁洪得知郭志群的事情。那样老头子非受刺激不可。

她告诉他，两个厂子既然合并成为一个厂子，大家就要团结起来面对困境。

这时，祁洪大步从小花园走了过去。

曲和平眼尖："祁厂长怎么跑出病房来啦？"

祁秀玉也惊了，起身跑上前去，挽住父亲的胳膊："天这么冷，您怎么跑到院子里来啦？"

祁洪的神志不甚清晰，呆呆看着女儿，并不说话。

曲和平猫腰背起祁洪朝着病房跑去。祁秀玉跟在后边，眼里涌满泪水。她看到父亲面色惨白，很像流尽最后一滴鲜血的英雄。

值班医生在一群护士的簇拥下跑进病房。一个小护士低声告诉祁秀玉，13床患者祁洪住院已经花了九千六百元，两天之内家属必须送来一万元押金。否则患者只能出院。

曲和平说："让我想一想办法吧。"

9

刚刚成立的亚华化工厂，厂部仍然设在原来亚细亚化工厂的办公楼里，因此被舆论称为"旧酒装入新瓶"。谁都知道，沈华总经理将精华拿去合资，剩下烂摊子推向"市场经济"，任其自生自灭。

要么兼并别人，要么被别人兼并。这句话说起来比较容易，但当全厂重担落到曲和平肩上，却别有一番滋味在心头。

曲和平的最大感受是，爹妈都走了，只剩下一个孤儿，孤儿赢得了自由，却衣食无着。于是"觅食"成为曲和平心头最为沉重的词汇。

站在办公室窗前，远远就能看到那座新近垒起的大墙。大墙那边是中美合资美加华日用化学有限公司，也就是被工人们称为天堂的地方。这时他想起那个天目大师，觉得很有兴趣，很想让天目大师测一测，大墙这边的工人们，最终将是什么命运。于是他坐在办公桌前给天目大师拨了个电话。通了，没人接。他心想，莫非天目大师能够测出是我这个落魄的厂长打的电话，他才故意不接的。

放下电话，他又想起前些天从传达室大姚手里得到的那张名片。黄智能到底是个什么人呢？这样寻思着，他拉开办公桌的抽屉寻找那张名片。

找不着。

厂里财务科的白科长推门走了进来。

白科长满面愁云，仿佛死了亲爹。其实白科长的父亲活得非常健康，他的忧愁完全由于目前企业面临的经济危机。

"老白，我们目前的状况进退两难，要么宣告破产，可是我们还没有达到那么幸福的境地；不破产我们继续坚持下去，可是这种状况非常难受……"

老白打断他的话语："曲厂长您就说这两个工厂合并吧。如果一穷一富合在一起，也能均一均贫富。如今是两个穷得掉底儿的厂子合并，就越弄越穷了。现在祁书记住院治病的钱咱们都拿不出，我看干脆买一颗手榴弹，大家同归于尽吧！"

曲和平一拍桌子说："同归于尽？亚细亚化工厂在国民党时期就有，厂子没败在资本家手里，却败在我这共产党员手里了，我不甘心。兔子急了还咬人呢！"

白科长笑了："曲厂长，有时人类真的比不过兔子。兔子如今还算是宠物。可谁宠你啊？"

曲和平认为老白这几句话说得很有哲理。

白科长问道："祁书记住院治病的钱，厂里实在拿不出。你看怎么办吧？"

曲和平想了想，低声说道："这件事情你就不要管了，我想办法解决。"

白科长如释重负，笑呵呵走了。

傍晚回家，妻子在厨房里做饭。他挤进厨房朝她笑了笑，问家里有多少存款。妻子不理睬他。

晚上睡觉时候，他又问妻子，并且告诉她两厂合并，一位老书记生病住院，用钱。妻子冷笑一声说："不就是祁秀玉她爹吗？看你这个孝顺样子，跟女婿没有什么两样！"

曲和平跳下床来，指着妻子的鼻子说："你不要胡说！"

妻子撇了撇嘴："你别跟我假装正经了，你跟祁秀玉的事儿我早就听说啦！"

曲和平大声吼道："脚正不怕鞋歪！我现在跟你谈的是正经事儿。你到底拿不拿存折？我知道咱家有六万块钱存款……"

妻子念出当年鸠山的台词："一个共产党员藏的东西，是一万个人也找不到的！"

曲和平无奈地笑了："当初不让你入党就好啦！"

第二天上班，曲和平打开办公桌抽屉，拿出自己"小金库"的全部积蓄，总共三千八百元。他从衣兜里又掏出两百元，凑成四千元。这时候他猛然在抽屉的角落里发现了黄智能的名片，就立即将它夹在电话本子里，起身走出办公室，到一车间去参加生产自救现场会。

一车间生产自救现场会是一个气氛悲壮的会议。

参加现场会的是一车间的工段长和班组长。看得出，他们身上都憋着一股劲头，目光定定注视着面前这位厂长，很想听听他能拿出什么高招。

一车间主任是一个身高一米八八的壮汉，人称大熊。大熊说话非常坦率："今天曲厂长参加咱们的现场会，我们希望厂长能有厂长的本领，给我们指出一条金光大道，让大伙儿早日走出困境！"

曲和平说："我又不是高大泉，我找不着金光大道。既然今天是现场会，大家就聊聊吧，献计献策，思想交流嘛。"

大熊说："咱厂形势摆在这里，就说我们一车间吧，只要开工生产，就能产生一定效益。可是我们就是没钱买进原料！没有原料我们怎么生产？真应了那句老话，巧妇难为无米之炊。曲厂长你是法定代表人，你什么时候能够搞到贷款，我们什么时候就能够进料生产！"

曲和平沉下面孔："既然大家承认我是企业法定代表人，就应当知道我的难处。生产上没钱，买不来原料，生了病没钱，医院不给治。居家七要，柴米油盐酱醋茶，处处都要用钱。今天我表态，给我三天时间，我争取解决资金难题。"

听曲厂长表了决心，大熊不禁一怔。他无论如何也不相信曲和平三天能够找来资金。既然厂长放了响炮，现场会也就散了。曲和平头也不回走出一车间，心里空空荡荡。

大熊说得对。我是企业法定代表人，我应当挺身而出。可让我去哪儿解决生产资金呢。曲和平走进办公室，祁秀玉坐在屋里等他。他从怀里掏出四千元人民币：“先交给医院吧，那六千块钱咱们再想办法。”

祁秀玉忧心忡忡说：“我父亲的病，恐怕治不好了……”

“不要悲观。咱们走一步说一步。你快到医院去吧。”

祁秀玉眼里含着泪光，问道：“这四千块钱是从你家拿的吧？”

曲和平摇了摇头：“那是虎口拔牙，我没有那么大的能耐。”

这时候电话铃响了。祁秀玉不再说什么，拿着钱匆匆走了。

大熊打来电话：“你刚才说三天把资金解决了，我听着有点儿悬乎。你到底有多大把握？我们可都抱着热火罐呢！”

曲和平告诉大熊这种事情只能到办公室面谈。他放下电话拿出那张名片，按照上面的号码拨通电话。电话响了三声，有人接了。

“请问，黄智能先生在吗？”他字正腔圆问道。

对方是个苍老的声音：“鄙人就是黄智能。”

他自报家门：“我是曲和平。亚细亚化工厂厂长。”

对方哦了一声，然后兴奋起来：“曲先生您好！我一直等待您的电话……”

一个灵感倏地从曲和平心头闪过，他脱口说道：“对不起黄先生，我很不礼貌地打断您。如果我没有猜错，您就是跟张旭打赌的新加坡老先生吧？”

电话里对方哈哈大笑：“您猜得很对！我非常愿意当面与您结识。如果您有什么困难，我也愿意帮助。”

曲和平说：“如果有合适机会，我非常愿意跟您合作。今天我打电话是想告诉您，身为国有企业厂长，我还是有人性的……”

黄智能连声说：“能够与您结识，我深感荣幸。”

大熊走进厂长办公室的时候，曲和平与黄智能的电话交谈进入尾声。大熊看到曲厂长手握电话交谈甚欢的样子，就点着一根烟卷儿，耐心等待着。

曲和平放下电话。

大熊掐灭烟蒂：“谈谈吧？”

曲和平起身在屋里踱步，做大决战前革命领袖状。

大熊心里起急，就拦住他的踱步路线："你有什么高招赶紧亮出来，这里不是西柏坡！"

曲和平走到办公桌前，从抽屉里拿出一张纸，递给大熊。

大熊看了看，抬头问道："原材物料大都是现成的，不会动用太多的资金。可是，这样干要是真的让沈华给知道了，恐怕不好收场啊！"

"从抗日战争时期我们就提出一个口号，中国人不打中国人。他沈华依靠权力担任好几家合资企业中方董事长，等于进了天堂。他把烂摊子甩给咱们。可是咱们为了不下地狱也想不出别的办法，这是背水一战！咱们只能偷偷继续使用金达牌商标，迅速生产出三千箱皮革制品活性液，低价投入市场。我看要是打出一个短平快，就能把钱赚回来！按说这样做是违反中美合资协议的。但即使沈华知道了，又能把咱们怎么样呢？中国人不打中国人啊。"

大熊听了曲和平这番话，点了点头："干！但必须高度保密，别出叛徒！"

曲和平说："你不是信服天目大师嘛，请他测一测，这次行动能不能成功。"

大熊笑了："我早就打过电话，请他给测测咱厂前途。"

曲和平连忙问道："天目大师怎么说？"

"前途难卜。"

曲和平没说话。将那张名片递给大熊："组织生产过程中遇到什么事情，可以跟这位黄智能先生联系。不过你要记住，这位黄老先生是来中国做化工原料生意的，不是慈善家。他愿意与我结识，也是为了做生意啊。"

大熊说："像白求恩大夫那样不远万里来到中国的老外，恐怕不多了。"

"一针见血！"曲和平说。

大熊走了。曲和平接到一个电话，是妻子打来的。肥胖的妻子在电话里十分利落，开门见山就说："曲和平，我要跟你离婚！"

工厂总机关新偷听了电话，于是曲妻提出离婚的消息火速传遍全厂。

10

中美合资美加华日用化工有限公司形势一派大好。郑建国西服革履地站在办公室窗前，望着厂院里的景色。

冬天即将过去。由于这是个暖冬，春天的来临也就失去昔日盎然，显得温温吞吞的。暖冬就是这样，弄得冬不是冬，春不是春。然而郑建国心头，却是欣欣向荣的景象。厂房里两条从美国引进的生产线正在紧张安装调试。美国人的营销策略，讲究提前进入战壕，先声夺人。因此美方董事长下令，在本市三家大型报纸上打响广告大战。美加华日化公司生产的比比多斯系列日化用品尚未上市，已然钻进百姓耳朵，妇孺皆知了。

美国人很有钱。一连几天把比比多斯的形象印在报纸上，流入市场让人们观看。中国市场太大了，大得让美国商家激动不已。随着广告大战的纵深，走到商场柜台前询问比比多斯的消费者越来越多。售货员总是热情解释说，比比多斯下月上柜，请大家少安毋躁耐心等待。

比比多斯赢得了碰头彩，尚未面市便成为一枝独秀的名牌。相对之下，昔日人们耳熟能详的金达牌商标似乎吃了退烧药，多年积蓄的热量消退，渐渐远离人们生活，没了踪影。果然不出祁洪所料，美方将金达牌商标买到手里，立即列为战俘，永久囚禁起来。美方目的非常明显，就是以比比多斯替代金达，大力培育新的中国市场。

躺在病床上的祁洪，从枕边收音机里听到这个世界紊乱的脚步声。此时，他似乎也听到了死神朝着自己走来。

祁秀玉终日守候在父亲身旁。她从家里拿出多年积蓄，为父亲治病。

父亲说话已经不太清晰。老人家几次想与女儿谈谈，都被她悄声打断了。她知道父亲要把那个多年的秘密告诉自己。她也几次想告诉父亲，那个秘密自己早就知道了。她还想大声告诉父亲，无论如何祁秀玉永远姓祁，祁洪永远是祁秀玉的亲生父亲。

陪伴病人的日子，居然显得非常充实。

父亲躺在床上，表情坦然。有时祁秀玉担心这种现象属于回光返照，就伏在病床前，注视着父亲那苍老的面孔。

祁洪含混不清说道："玉儿，要是曲和平离了婚，你就嫁给他吧。"

祁秀玉的眼窝里一下涌满了泪水。她使劲朝着父亲点了点头。

曲和平抱着一盆盛开的仙客来，走进病房。他径直走到祁秀玉身旁压低声音告诉她，从胜利化工厂借了一万元支票，交给了住院处。

祁秀玉擦干泪水,勉强笑了。

祁洪久病体弱,但对曲和平的声音听得一清二楚。他用力呻吟着将曲和平招到了床前。

“厂里,厂里情况怎么样啊……”

曲和平报喜不报忧:“厂里情况很好。”

祁洪摇了摇头:“好?你怎么还到胜利厂去借钱啊?”

曲和平不能告诉祁洪,一车间已经利用库存的原料开始悄悄生产金达牌皮革制品活性液,第一批八百八十箱,昨天投放外地市场,估计半月就能见到回款。

看着病重的祁洪依然关心工厂,曲和平心里很不是滋味。“祁书记,你安心养病吧。厂里就是砸锅卖铁,也不能没钱给您治病啊。”

祁洪听了这话,脸上现出十分复杂的笑容:“我已经没用啦……”

一个护士跑进来低声问道:“谁是亚华化工厂的曲厂长?有紧急电话打到值班室啦,好像出了大事儿……”

曲和平连忙起身,到护士值班室去接电话。

祁洪躺在病床上大声对女儿说:“一定是……厂里……出了大事儿……”

片刻,曲和平就回到病房。祁秀玉迎上前去低声问道:“到底出了什么事情?”

曲和平笑得很不自然:“没什么,厂里要我马上回去……”

说着,曲和平走到病床前,握住祁洪的手说:“祁书记您安心休养吧。我要赶回厂里去参加一个会议。”

当天晚上六点,祁洪照例让祁秀玉打开枕边的半导体收音机,收听新闻。祁秀玉并没有想到收音机会播出与亚华化工厂有关的消息,就到盥洗间去了。

祁秀玉拎着洗刷干净的饭盒回到床前,突然看到父亲泪流满面。

她慌了:“爸爸,您这是怎么啦!爸爸!”

祁洪摇了摇头,双目紧闭不言不语。

关掉半导体收音机,祁秀玉跑到护士值班室,往曲和平家里打电话。

接电话的是曲妻:“你是谁?”

祁秀玉报出自己的名字。曲妻笑了:“你还真敢报出自己名字。我早就知道你的尊姓大名了。嘿嘿，曲和平不在家……咦，你应当知道曲和平不在家啊！”

祁秀玉放下电话，心中愈发认定厂里出了大事。她对值班护士小丁说：“请您特别照顾一下我父亲，我有急事要出去一趟。”

祁秀玉离开医院赶往工厂。

小丁护士走进病房，给祁洪量了量体温。祁洪睁开眼睛说：“刚才……你听广播了吗？”

小丁护士一怔，说如今大家都看电视不听广播了。

广播电台晚间播出的头条新闻就是美国约翰·金化学集团状告中国亚华化工厂违背今年达成的相关协议内容，在无权销售“竞争产品”的情况下，向范州市销售金达牌皮革制品油八百八十箱。而金达牌商标的所有权已经属于中美合资美加华日用化学集团所有。作为控股方，约翰·金化学集团对从事非法生产的亚华化工厂提起诉讼，要求法院冻结被告银行账号并查封库存，追究其法律责任。

小丁护士当然不知道这个消息对祁洪产生了多么重大的打击。她看了看体温计，不烧。她不敢告诉老人，厂里已经无力再交住院费了。

祁洪举了举尚有活动能力的右手，呆呆望着天花板。“约翰·金这次能够胜诉吗……”

小丁护士看了看祁洪：“您说什么呀？胜诉败诉的……”

祁洪朝小丁护士咧了咧嘴：“我活着就是耻辱啊……”

小丁护士不解：“什么耻辱？”

祁洪自言自语说：“我不能第二次成为战俘啊！约翰·金来啦……”

小丁笑了笑：“您说错啦，不是约翰·金，是约翰逊！美国 NBA 的篮球健将，前几年得了艾滋病……”

11

天色晚了，祁秀玉乘坐出租车赶到亚华化工厂。走进大门看到一派混乱景象。灯火通明，身穿制服的人们在厂里四处走动，查封成品仓库，查封原料仓库……这阵势仿佛要在厂里寻找地道。祁秀玉弄不清这群人是法院的还是检察院的，匆匆走进办公楼。

曲和平坐在办公室里，默默吸着香烟。大熊站在旁边，似乎在等待指示。

工会主席刘玉田说："咱们可不能被美国佬给生擒活捉了呀！"

祁秀玉注视着曲和平，不知说些什么才好："保赢你……"

曲和平对刘玉田说："你先去接待那些穿制服的执法人员吧。"

然后他对大熊说："既然如此，咱们就把事情弄大吧！争取成为全国人民都知道的新闻。今天我连夜写出反诉状，反诉这是不平等条约。谁说如今没有卖国贼啦？有！把堂堂国货精品的金达商标拱手让给外国商家，我们坚决不接受这种协议，这次我要连沈华一起告，告他渎职……"

祁秀玉呼出一口气："我明白了，鱼为什么都是逆水朝前游的。既然这样，你就向前挣扎吧！无论胜败，咱们都要挣扎一番……"

大熊拍了拍手："好！我现在就回车间召开班组长会议，安定人心，稳住阵脚，最后一搏啦！"

"一定要注意安定团结，不要闹出反美情绪啊。"曲和平叮嘱着。

办公室里只剩下祁秀玉和曲和平。她走到他面前，伸手抚摸着他的头发，细声说道："既然进了战壕就要拉开枪栓，准备开火。走吧，咱们找个好地方狠狠吃上一顿！"

电话铃响了。曲和平抄起听筒，唔了一声就静静听着。之后，他神色平静地撂下电话，对祁秀玉说："是咱厂法律顾问打来的电话……"

祁秀玉连忙问道："律师怎么说的？"

"他说咱们反诉不平等条约能不能成功，目前很难说。但是使用金达商标进行生产，按照合资双方的协议，确确实实属于非法竞争……"

祁秀玉无奈说道："当年咱们自己创立的国货商标，如今咱们自己却不能使用。这就是我们不得不接受的现实……"

曲和平打了一个哈欠："咱们走吧……"

走在厂道上，迎面遇到大姚和关新。大姚当头就说："曲厂长，我愿意与工厂共存亡！"

曲和平听罢说："暂时还不用你去死呢！"

关新不甘落后也说道："我也愿意与工厂共存亡！"

曲和平颇有感慨地说："可惜人人都说愿意当水手的时候，这条大船已经漏洞百出啦！"

大姚与小关，面面相觑。

晚上九点钟，曲和平与祁秀玉走进这家名叫卧龙岗的餐馆。已经没有多少顾客了。曲和平给祁秀玉要了一碗云吞，自己要了一笼烧卖，又叫了一盘泡菜一盘熏鱼。

祁秀玉说："不是说找个好地方狠狠吃一顿吗？"

"请记住，普天下还有三分之二受苦人，我们有什么脸面大吃大喝呢？毛主席在三年困难时期，连红烧肉都不吃了，与民同甘共苦。"

两人默默吃着。曲和平突然问道："秀玉，你父亲一人待在病房里怎么能行呢？"

祁秀玉告诉他，有小丁护士照料。曲和平很快吃光一笼烧卖："咱们快到医院去看看吧。"

祁秀玉说："天气预报说今天有小雪，可是没见一片雪花。"

"暖冬，让人感到很不舒服。该冷的时候，就必须冷。不冷，人就容易得病。"曲和平说着挽起祁秀玉的胳膊，朝外面走去。小餐馆老板追出来说："这二位留步，您还没给饭钱呢。"

曲和平笑着说："我怎么成了四处欠账的人！"

叫住一辆出租车，他与她并肩坐在后排，身体靠在一起。她突然抓住他的手："我想告诉你一件事情……"

"你说吧，我听着呢。"

"我爸前天躺在病床上跟我说，如果你真的离了婚，就让我嫁给你……"

车里一下静了下来，只听到发动机的声音。

他紧紧握住她手说："谢谢他老人家……"

他们走进医院大门，随即感到情况异常。院子里十几支手电筒交错照射着，一群人聚在楼下的花坛里拍照。

曲和平惊了，跑过去察看，转身大步跑了回来，一把将祁秀玉搂在怀里，声音颤抖着说："你不要过去！你千万不要过去！"

祁秀玉挣脱了他的拥抱，瞪大眼睛看着曲和平："是不是我父亲？"

曲和平使劲点了点头。祁秀玉疯了一样冲了上去。

祁洪仰面朝天躺着，身体仿佛镶嵌在花坛的泥土里，表情安详，丝毫没有坠楼者常见的惊恐神态。祁秀玉呆呆看着，然后软软地倒在曲和平怀里。

祁洪坠楼前居然写了遗书。一个病重的老汉，令人难以置信地攀上医院顶楼。没人看到他跳楼的情形，家属只能从他的遗书里看到死神来临之际老汉的心情：

> 一个人，可以失败很多次，但不可以第二次成为俘虏。我听了广播，我们肯定败诉。即使败诉也不是我们的耻辱，因为我们在抗争。我知道自己活着毫无价值了，还让厂里花钱给我治病，心里过意不去。我走了，为厂里省下一笔钱，心里很高兴呢。只可惜没有手枪，当过兵的人自杀，应当用枪。

祁洪在遗书结尾告诉祁秀玉，她的亲生父亲是个团长，名叫郭志群。

祁秀玉昏迷后被医生抢救过来。她望着曲和平第一句就说："万万没有想到父亲走了这条路。"

曲和平告诉她，凡是了解祁洪当年被俘经历的人，对他走这条路都不感到意外。老人家面对眼花缭乱的生活万花筒，终于完成了自己特殊的一生。

祁秀玉呻吟说："我要给巴布亚新几内亚写信，告诉郭志群他当年的警卫员祁洪，迈着大步走向另外一个世界了……"

"这毫无必要。你生父今年七十三岁了。咱就让他安度晚年吧。"

曲和平是在第二天将反诉书递交中级人民法院的。他在法院门前遇到沈华。沈华此时身为美加华公司中方董事长，已经成为曲和平的法庭对手。不过他似乎心中理亏，迎面走过来，并不敢与曲和平对视。

一种恶作剧的心理涌满心头，他朝着沈华背影问道："老沈！你吃了吗？"

沈华没有回头，快步走开了。

阳光很好。曲和平感到累了，一屁股坐在法院门外台阶上吸烟。冬春交替的天气，显得别别扭扭的，令人懵懵懂懂。人们唯一记住的就是度过一个暖冬，感觉特别不舒服。

一个身穿制服的法警走上来，告诉他这里禁止吸烟，他立即就将香烟掐灭。

他心里明明白白，对于一个烟民来说最为宽广的出路就是戒烟。

可是，很多人都戒不掉烟瘾。于是，吸烟就成为人生最为矛盾的事情。

曲和平走出法院，在一个烟摊前掏钱买了一盒555牌的，然后朝工厂走去。

明天是祁洪下葬的日子。天气预报说是有雪。

于是，心头又生出一个期待。但愿，但愿天降大雪啊。那样，天真的就冷了，就不是暖冬了。

最后一个工人

1

周家林听到工厂即将合资的消息,是五一节那天中午。每年国际劳动节,他都要随着妻子到岳母家去,雷打不动。今年四十八岁的周家林结婚已经二十四年了,他在岳母家里过了二十四个五一节。对一个工人家庭来说,五一节自然应当合家团聚,趁机改善一下伙食。譬如说炖肉或熬鱼,还有包饺子什么的,让肠胃繁忙一下。当然,这都是过去的事情了。

岳母住在安平里工人新村。当年这里是著名的卫星城。工人新村奠基的时候市委书记说这里的平房均为临时建筑,不出三年,都将推倒重盖,建成高楼。也就是人们常说的"楼上楼下,电灯电话"。三十年过去了,不见楼房踪影。住进工人新村平房的小媳妇们,也都成了姥姥。

周家林的岳母,也是如此。

如今实行双休日,每星期五天工作制。因此中国人引进许多洋人的节日:圣诞节、复活节、情人节以及愚人节。中西合璧,节日多如牛毛。于是五一节之类的传统节日渐趋冷清,仿佛是掺了水的白酒,淡而无味。

周家林正是喝着那种淡而无味的低度白酒,坐在岳母家里听到内弟讲起工厂合资的事情。内弟当工人的时候,属于那种浑身都长满了耳朵的消息灵通人士。如今内弟当了干部,浑身又都长满了嘴。

每年的五一节，周家林都能在岳母家里与内弟相遇。虽说他们同在一座工厂里上班，平时也是很少见面的。这就好比猴子与猩猩，虽然同属灵长目，却分别关在两个笼子里。

岳母已经七十六岁了。七十六岁的岳母耳聪目明，每逢五一节必然操刀下厨，煎炒烹炸，以示郑重。这的确使人肃然起敬。瘦小枯干的老太太早在日伪时期就是一家棉纺厂的童工，饱受折磨。她伤病在身，退休多年竟然还健在，应当说是一个奇迹。老太太平常十分关心祖国的棉纺工业，常常竖起大拇指用那沙哑的声音说："棉纺行业，上青天！"

她说的是中国棉纺工业的三大基地：上海、青岛、天津。殊不知这早就是老皇历了。老太太根本就不知道自己的国棉十八厂已经两年没发工资，接近全面停产。儿女们对她采取愚民政策，绝对是只报喜不报忧，她就以为祖国棉纺工业形势大好而不是小好。因此她活得非常硬朗。每年五一节亲自下厨炒上几个拿手好菜，目的是慰劳活跃在祖国工业生产第一线的儿女们。

当然也包括姑爷周家林。

老太太只炒四个菜，求的是四平八稳的吉祥。她炒的第三个菜是咕咾肉。端上桌子的时候听着却像是"孤老肉"。是啊，中国进入老龄社会了。

周家林对如今时兴的这种低度白酒不以为然，淡而又淡，失去了白酒那种先天的刚烈本性。咕咾肉上桌的时候，内弟说起了工厂合资的前景。内弟本来是一个出色的电工。他的光荣历史就是曾在伊朗驻中国大使馆里当过两年电气技师，能讲几句英语并养成了不吃猪肉的良好习惯。完成援外任务，内弟回到工厂当了生产科的副科长。从此在内弟面前周家林总是怀有自卑心理。虽说自己在铸工车间也曾多次被评为技术标兵，但与内弟相比就小巫见大巫了。内弟口若悬河的时候，周家林静静听着就像一个小学生。

岳母又炒了一个糖醋面筋。这就是老太太的第四个拿手好菜。妻子将糖醋面筋端上桌子。内弟透露说这一次是与德国合资。是联邦德国而不是民主德国。两德早已统一，也就不分东德与西德了。周家林脱口问道："德国的首都不会是卖啤酒的慕尼黑吧？"

身为生产科副科长的内弟看了看姐夫说："你别是在讽刺我吧？说我是一个口若悬河的空谈家？告诉你吧姐夫，如今信息时代，必须知道很多事情才成！你知道英国王储查尔斯王子跟戴安娜王妃离婚的消息吗？目前中国的第三者插足也很普遍。你知道克林顿的媳妇叫什么名字吗？希拉里！”

他喝了一口白酒对内弟说：“英国王室的事情我不大清楚。我光知道戈尔巴乔夫的媳妇名叫赖莎，当年她访问日本的时候还到自由市场去买鱼。当年我就看出苏联物资很不丰富。哎，咱们别提这些超越国境的事情了。你还是给我说一说工厂的合资内幕吧。”

内弟养成了不吃猪肉的习惯，他夹了一筷子糖醋面筋然后用报丧的口吻说：“这一次工厂合资，你们铸工车间算是彻底完了，根本就没有你们的戏，撤销！今后工厂需要的铸件，全部扩散到乡镇企业。你们的厂房啊，腾出来！腾出来改作金加工车间，制造‘小水电’，就是专供山区小型水库的那种发电机组。你们跟合资全无关系。”

周家林追问内弟：“我们铸工车间工人怎么办呢？两百多号人哪！”

“遣散！挑选一批身强力壮的，去合资车间当清洁工。其余的，只能听天由命。咱们算是赶上惊心动魄的时代啦。大动荡大改组大变革大发展，给我们提供了千载难逢的大机遇。”

周家林妻子名叫崔才花，是工厂装配车间的装配钳工，发福后她干活儿猫不下腰，被安排到仓库里去当保管员。听说工厂要合资，这位保管员对自己弟弟说：“你一定要想想办法，安排我去合资车间。工资多高啊！”

弟弟笑了笑说：“姐，你也不看一看，中外合资企业的女工有你这样的三围吗？这次又不是跟阿拉伯国家合资。”

听弟弟挖苦自己，崔才花火了：“你姐夫大半辈子都没嫌我胖，你倒长别人志气，灭了自家威风！你逼急了我就移民沙特阿拉伯。”

七十六岁的老太太显然听清了儿子与闺女的谈话，老人家颤着身子凑上来说：“是啊，当年日本人招收纺织女工，也先看模样和身段。歪瓜裂枣的，不要。新中国成立后，我们女工才真正翻身得解放，无论长得是俊是丑，都是企业主人翁！”

听了老太太的话，崔才花只得干干一笑：“当年我也是个苗条女人，都怪社会主义把我养成个大胖子。”

老太太绝对正统：“工人阶级一员，不许说反动话！”

周家林试探着问内弟："你，这次保准能去合资吧？"

内弟自斟自饮，将一碟干煸牛肉丝吃得干干净净，嘿嘿一笑说："姐夫，你千万不要忘记毛泽东军事思想原理。别人都闹着去合资，我偏偏不去。这就叫敌进我退。人活着，要充分掌握唯物辩证法。"

周家林呆呆望着内弟，仿佛看见一个正在酗酒的哲学家。

"有一件事情我想问问。咱厂，为什么非要跟外国人合资呢？咱们自己干就不成啊？"他小心翼翼问道。

内弟似乎被姐夫这个问题给难住了，举着酒杯想了想："是啊，咱厂为什么非要跟外国人合资呢？兴许这就是潮流吧。"

这时崔才花端上四碟小菜。周家林非常惊讶，平时从未见过妻子制作这种酸辣可口的朝鲜风味小菜。崔才花撇撇嘴说："我浑身都是优点，你慢慢发现吧。"

"这小菜，你是跟谁学的？"周家林饶有兴趣继续问道。

崔才花大声说："阿妈尼！"

七十六岁的老太太笑了："年轻的时候跟高丽大妈住邻居，得了真传。"

内弟说："这事儿我怎么不记得？"

崔才花讽刺弟弟："你天生就是大人物，记不住鸡毛蒜皮的事情！"

这就是一个工人家庭的五一节节日气氛。温而不馨，空而不虚。

临近阳历年，出访欧洲的书记和厂长回来了。工厂立即宣布与德国人合资。那道"柏林墙"矗立起来，将过去的工厂拦腰切成两个世界。前院称为"中德合资重型电机制造公司"，门前挂上新匾，俗称"洋厂"，从原有四千名工人中几经筛选，招精兵一千，最低工资一千八百元起。凡被选入合资的工人，无不欢欣鼓舞，颇有获得新生之感，这一千名工人，个个满面红光，仿佛减去了十岁。

后院依然属于中国领土，剩余工人三千。据内弟向姐夫透露：方案初拟这三千名工人中，提前退休八百，病退三百，除名一百八，加之自动辞职五百，去向不明者二百，最终所剩一千零二十名工人，组成"水电设备制配厂"，俗称"国厂"，今后专门生产山区所需小型水电机组，力求挖掘国有企业潜力，早日走上集约发展的道路。

这次合资，铸工车间结局最为悲惨，家园彻底丧失。失落的工人仿佛成了犹太复国主义者，却无力回天。堂堂铸工车间只有两个捣乱分子跳出来。一个是清砂工人屠维明，一个是大炉工人胡成。都是年过四十岁的汉子。

这两个被编入“国厂”下岗行列的工人，都属于矽肺病患者。多年的劳作使他们肺泡里粉尘沉积，患上无法治愈的职业病。屠维明和胡成去找厂长申诉。厂长合资去了，正忙着跟德国人研究如何开拓国内市场。站在会议室门外，这两位矽肺病患者大声叫嚷起来。

“妈的！老子是计划经济时期得的职业病，如今一句话就商品时代啦！我们的职业病也是商品，你们要花钱把这个商品收购回去！”

人们都忙着合资，对他们的呼吁置若罔闻。

屠维明与胡成当场大声宣布：“去市委门口静坐，讨回一个公道。”

也不知道他俩是否去了市委。反正有消息说，屠、胡二人被公安局抓走了。于是，心怀不满的工人们平静下来，静观事态发展。

坐落后院的“国厂”重新任命了常务副厂长。常务副厂长居然就是周家林的内弟。工厂原来那十几位领导干部，全都抢着合资去了。于是周家林的内弟脱颖而出，趁乱坐上“国厂”第二把交椅。这个位置相当于水泊梁山的二寨主卢俊义。内弟成了卢俊义，本名仍叫崔才焕。崔才焕走马上任，成了崔副厂长。

崔才花兴奋异常地对周家林说：“我们崔家祖上有德，出了一个厂长。”

她显然高兴得太早。崔才焕上任后便大义灭亲，将姐姐列入下岗女工行列。气得崔才花一连哭了三天，零四个小时。

周家林终于意识到，内弟崔才焕平日里韬光养晦，绝对是个人物。

崔副厂长找到周家林说：“姐夫，你虽然被留下了，可你知道事情内幕吗？若不是我为你说好话，你就被划入下岗待业名单了。唉，尽管留下了，目前也无法安排你的工作。铸工车间没了，你这铸工能干什么？总不能让你去卖臭豆腐吧。你要做好各种思想准备，不打无准备之仗！”

周家林坦然说：“最坏的结局不就是下岗回家吗？你姐姐被你逼得回家自谋生路了。我还有什么要怕的呢！夫妻双双把家还呗。”

初冬的太阳，照在周家林瘦瘦的脸上，也照在崔才焕棱角突出的脸上。内弟身材粗壮，棱角分明的脸上有一双精致的三角形眼睛，炯炯放光。他讲一口极不标准的普通话，川鲁闽浙冀皖口音兼而有之。这就使人根本无法判断他是何方人氏。其实他就是本地土产。不知为什么很多人认为他是复员军人。总之在人们心目中崔才焕属于正面人物。此时他问周家林："姐夫，我让我姐姐下岗待业，她一定最恨我吧？"

姐夫不动声色："不。你姐姐最恨万恶的旧社会。"

崔才焕笑了："旧社会……"

周家林本是铸工车间技术尖子。如今铸工车间殁了，他认为自己成了烈士遗孤。遇到这种大乱套时代，每个人随时都面临改行的挑战。你明明是一个车工，但只能改行去打铁；你明明是一个钳工，偏偏要你去烧锅炉。你不能适应这种巨变，就下岗回家待业。待业就是失业。"是啊，千万不能失业。我周家林今年四十八了，又要脱胎换骨。可除了铸造这行当，我还有什么本领呢？"

这样想着，周家林朝着"柏林墙"走去。嗯，除了铸造，我会理发。这二十多年来的午休时间，不断有人找我理发，累计不下千人。另外我还会修理自行车、配钥匙、偏方治牙疼……

这时候，他突然想起江忆兰。

江忆兰曾经是"三八"焊接小组的铁姑娘，创下"大干三天三夜紧握焊枪不离手"的感人事迹。如今她也有四十岁了。不知道这次合资她面临什么处境。渐渐，周家林感到一丝惆怅爬上心头。作为一个中年男人，倘若暗中怀有花心，那么他承认自己偷偷爱着江忆兰。

走近柏林墙了。墙上开了一扇大门。大门属于欧洲建筑风格，门卫却是一个地道的中国人——设备科原来的副科长徐二狗。

徐二狗大声说："周家林！工厂合资了，进出这里要有门票，门票你懂吗？就是允许你进进出出的通行卡。"

"你怎么变成洋厂门卫啦？"他记得徐二狗跟自己同庚。

"嘿嘿，我这个人就是能官能民，能上能下，能大能小，能折能弯。这叫改革开放大好形势下的重新站队。"徐二狗俨然乐观主义者。

周家林暗想："真是不得了！这次合资好像二次投胎，重新出世。一个大活人眨眼间就变了一个样子。"抬起头看着大门里的新天地——那另外一个世界。

徐二狗压低声音对他说："×！只来了几个德国人，就合资啦！把咱厂一刀劈成两块。哎，你现在每月工资多少钱？"

周家林眨了眨小眼睛说："保密。"

2

原来的铸工车间改为金加工车间，必须经历脱胎换骨才成。崔才焕不愧在外国大使馆见过世面，当了常务副厂长就能进入角色。他组织一支庞大的施工队伍，一边改建车间，一边清理"国厂"的厂区。

周家林被派去清理露天仓库。

他认为仓库就是一座工厂博物馆。这里的馆藏，处处印证着这座工厂的博大精深。铸工车间的家当，首先要说砂箱。所谓砂箱就是铸造用的工艺装备，生铁铸就。它们层层叠叠堆在一起，勾勾连连倚在一处，看上去关系极其复杂，令人费解。经过几十年积累，这座砂箱仓库变成了锈迹斑斑的钢铁废墟。一只砂箱就是一部史书，蕴含着一个失传的故事。

周家林开动一座门式起重机，简称"龙门吊"。他心里盘算着怎样用三天时间完成清理任务。他的助手是个姓方的小伙子，外号"方便面"。

"今年你三十岁吧？年纪轻轻的怎么不去合资呢？"

方便面手里拎着钢丝绳说："干活儿时，尤其起重引钩时，不能聊天儿。安全第一。"

周家林这才想起，去年春节前夕方便面在清砂时候，被砸断一根手指。

方便面将钢丝绳挂在一只锈迹斑斑的砂箱上，说了一声："起！"

吱吱嘎嘎的龙门吊车缓缓将这只巨大砂箱吊起来。砂箱底部，泛开一片湿土，露出一条蠕动的大蛇。

方便面被吓得尖叫起来。周家林从小也是怕蛇的孩子，此时为了维护男人尊严，他强作镇定，操纵着龙门吊车朝前行走。

这条即将进入冬眠的大蛇，就这样被强行曝露在光天化日之下。周家林心里很是内疚，又不知如何是好。他开着龙门吊车将砂箱缓缓卸在空场上。一群乡镇企业派来的壮汉，一个个都是鲁智深倒拔垂杨柳的派头，抡起十八磅大锤嘿哟嘿哟正在劈铁。砂箱被劈成碎块儿，成了回炉原料，装上卡车运走。看着这个热烈的场面，周家林点燃一支烟，使劲抽了起来。

方便面走过来说："赵忠祥说动物是人类的朋友！那条大蛇肯定会被民工们弄死的。我就是属蛇的。这年头伤害同类是要遭到报应的。"

周家林递去一支烟说："工人与工人是同类。我也没看见有谁遭到了报应。你不要自己吓唬自己。"

听了这话，方便面渐渐镇定下来。

崔才焕领着几个女工扛着扫帚走过来："周家林！方便面！你俩转移去整理成品库。三天时间要把场地清理出来！"

周家林朝内弟点了点头，算是回答。方便面小声嘟哝着："如今我们是磨房的磨盘，听驴的调遣。"

成品库里，已经有几路人马投入清理工作了。一堆堆存放多年的铸件，成为清理对象。周家林又问方便面："你年纪轻轻怎么不去合资呢？"

方便面伸手抹了抹嘴角："那资，不是我想合就能合的吧？你小舅子是个手眼通天的人物，如今又当了常务副厂长。你怎么也没去合资呢？"

方便面一番话，揭了周家林的伤疤。他听见方便面继续说："崔才焕为了树立廉洁无私的形象，让你媳妇下了岗。我说的没错吧？"

是啊，崔才焕这家伙是个心硬如铁的男人，他摇身一变当了"国厂"常务副厂长，不但不让自己的姐夫进入中外合资企业，还逼着一奶同胞的姐姐主动申请下岗，回家自谋生路。新官上任三把火，这家伙一下落了个清正廉洁的好名声。为了达到搞活国有企业的目的，崔才焕不惜跟姐姐反目成仇。

周家林认为官运亨通的小舅子"窝头掉地上踩一脚——不是个好饼"。

吃过午饭，终于传来令人震惊的消息：崔才焕拎起那条大蛇，出了工厂大门进了那家专做粤菜的餐馆，立马卖了八十块钱。然后又将那八十元钱捐给工会，存着备用。

妈的，这就是市场经济。周家林想起了历史上拔剑斩蛇的刘邦，暗暗想道："崔才焕这家伙胸怀大志又敢于大义灭亲，将来兴许能成大气候。'文革'时这座工厂就出一个副总理啊。"

方便面启动龙门吊车，又开始干活儿了。成品库很大，堆满几十年生产的铸件。不知为什么，这一批批在“大干快上”形势下突击生产出来的铸件，迟迟没能派上用场，呼呼沉睡在这里，任凭风雨锈蚀着。

周家林看见那根长达十六米的球墨铸铁大轴静静睡在枯草丛中，心头一热。四十八岁的周家林面相并不显老，当他激动起来时候愈发显得年轻。方便面坐在一旁吸烟，不知道周家林为何激动。然而，当周家林伸手摸着这根大轴时，他猛然觉得自己老了。

方便面把两道钢索拴在大轴两端，准备起吊。

周家林突然大发感慨：“这根大轴六吨半，你知道它的来历吗？”

方便面摇了摇头，对这根大轴的历史毫无兴趣。

一个乡镇企业业务员模样的汉子，紫着脸膛走过来问：“这根大轴有啥来历？你跟我说一说。”

“跟你说一说？你是哪一部分的！”方便面颇为不屑。

紫脸汉子大大咧咧说：“我是来收购这儿的废铁的。你们铸工车间撤销啦，这些铸件都迁到我们九里河铸造厂了，嘿嘿，这也叫工农联盟吧。”

“你来收购废铁？”周家林指着那根大轴：“它是废铁？这大轴一九五九年铸造，全市六位八级铸工，聚集起来攻克难关。用今天的话说就是六位顶尖高手，联袂铸造这根球墨铸铁的大轴。朱老总当年还到现场参观哩……”

紫脸汉子立即问道：“朱老总，你是说宏运贸易公司的朱总经理吗？”

周家林怒了：“朱老总是朱德委员长！朱德这名字你知道不知道哇？你这个人怎么任屁不懂呢？”

紫脸汉子嘿嘿一笑，挠了挠头皮说：“嗨！昨天跟宏运公司姓朱的总经理喝酒，人们都叫他朱老总……”

周家林心里想，这年头的伪劣产品太多了。姓朱的总经理都敢自称是朱老总。说不定什么时候有人站出来，号称是毛主席的转世灵童。这真他妈的操蛋！

那根被朱德委员长视察过的球墨铸铁大轴，被龙门吊车缓缓吊起，装在一辆加长卡车上，运走了。方便面凑过来小声问他：“你见过朱德？”

望着远去大卡车，周家林摇摇头说：“这都是听我师傅说的，他见过朱老总。”

“你师傅呢？”

“矽肺病，大前年死啦。”

这时，周家林心里猛地冒出一个疑问：“既然当年六位八级铸工联手铸造成功，这根大轴为什么一搁三十多年没有派上用场呢？如今当作废铁给拉走了。这到底是怎么回事呢？”

想到这里，周家林心情变得很坏，仿佛把一只腐烂的苹果吃到了胃里。整整一下午，他都不言不语，默默地干活儿。成品库里积压很多铸件，有的竟是当年他亲手铸造的。譬如说那一台六吨重的高压泵体，在这里放了整整十二年。十二年前，他师傅还没有退休呢。

方便面看出他心情郁闷，主动递来一支烟卷。周家林知道这小伙子平时非常小气，从来不向别人递烟。他从方便面伤残的左手接过烟卷，随口问道：“大家为什么都叫你方便面呢？”

“我穷。每天中午只吃一袋方便面，这外号他们叫了三年了。”

听了这话，周家林默然。方便面突然问道：“周家林，你说这辈子咱们还能过上好日子吗？”

他朝方便面苦笑了：“人们对好日子的理解，各有不同。咱们还是先干活儿吧。马克思不是说劳动必将成为人的第一需要吗？当然他说的是共产主义社会。”

方便面说：“我没看过马克思写的书。”

周家林说：“肯定比金庸写得好。”

终于在成品库的角落里看见当年被称为“争气车床”的轨辊车床的床身。周家林又激动起来，抡着手中铁锹，气喘吁吁清除周边杂草。

巨大的轨辊车床的床身，终于完全显露出来。周家林目光炯炯，不停地搓着双手，进入亢奋状态。

“小方！这是当年机械部给咱厂下达的光荣任务，支援朝鲜的轨辊车床。咱们起名叫‘争气车床’！我参加啦。那程子，光中央首长就来过五六拨，我记住名字的有李先念、谷牧、余秋里，我还跟李水清部长握过手呢。咱厂为了稳妥起见，当时铸了两件床身。这就是备用件，正件去了朝鲜。这件床身的导轨角有个小砂眼。你知道江忆兰吗？她是三八焊接班的铁姑娘，亲手补焊了砂眼。好技术啊！那叫天衣无缝哪。”

犹如江河入海。方便面呆呆望着滔滔不绝的周家林。

不知为什么，周家林戛然而止，缓缓点燃烟卷，三两口就吸去半截子。许久，他转过脸来对方便面说：“我讲的都是陈芝麻烂谷子的故事，如今时髦的事情是合资啦……”

“千变万化，咱们还是工人阶级呗，吃苦受累的命。”方便面也伤感起来。

“如今时兴新名词，工人阶级叫工薪阶层，也叫普通蓝领，崔才焕那样的叫高级白领。”周家林无精打采说着。

方便面自言自语：“我现在是黑领，连洗衣粉都买不起了。”

临近下班，一辆吉普车驶进工厂，转了一圈停在成品库近前，从车里走出屠维明和胡成。工人们惊叫着迎了上去。

方便面压低声音问：“不是说你俩去市委静坐给警察逮走了吗？”

胡成淡淡一笑：“对！这不是又把我俩送回来了。”

屠维明气宇轩昂补充一句：“人民政府是不会扣押人民的。”

常务副厂长崔才焕跑过来大声说：“二位辛苦啦？”

胡成气势汹汹说：“你用不着小恩小惠，马上解决我们的吃饭问题！”

周家林挤过去低声慰问：“你俩吃饭了吗？咱厂下岗女工自谋生路在大门口卖盒饭呢。我给你俩买去，要肉丸子的还是要红烧带鱼的？”

夕阳西去，将最后的余晖抛洒在人们的嘴唇上。

3

周家林家住全市闻名的安平里工人新村。这工人新村建于美国将军克拉克在板门店签字那年，因此安平里听起来颇有抗美援朝的味道。下岗女工崔才花的下岗生活，恰恰以腌制朝鲜小菜开始。历史在她面前划了一个巨大的圆圈儿。在这个巨大的圆圈儿里，中年女子崔才花正在搅拌红灿灿的辣酱。

制作朝鲜小菜的起因，是有人说她名字很像朝鲜妇女，她就灵机一动，不愿闲在家里了。她压下心中火气，还是不能谅解崔才焕：“谁叫你让我下岗回家？从今往后姐姐跟你一刀两断！”

她动手在一张黄纸上写了七个大字:崔才焕请勿入内。字迹歪扭,毕竟是自己亲手写的。然后她调制面粉打成糨子,把纸条贴在自家门上。

之后,她着手准备材料,开始制作朝鲜小菜。她选择蒜茸海带和辣味白菜这两个品种。借来两口大缸,反复刷洗干净,挪到墙角晾着。海带切丝,白菜改刀,调佐料儿,拌辣酱……满头大汗。这时候,她感到劳动变得亲切起来,进而想起自己的童年。

记得从六岁开始,便随着母亲学习制作咸菜。那时日子比现在还穷得多,咸菜是家庭饭桌的主角。腌制咸菜的大缸,寒冬也不会封冻。妈妈告诉她因为水里有盐。妈妈告诉她,盐好比人的精气神。没有精气神,人就活得没滋没味了。

妈妈的话好似谶言,人到中年的崔才花竟然蹲在家里腌起了咸菜。生活里有了盐,她却不觉得自己有精气神。

丈夫周家林在厂里上班。儿子周小林在读烹饪中专,住校。家里只剩下她这个下岗女工,还长得这么胖。她望着那一堆红色朝天椒,咧嘴笑了。

劳动变得越来越简单了。她从工厂装配钳工变为腌制咸菜的家庭妇女。手里的工具也从锉刀和扳手退化成铲子和炊帚。她觉得自己愈发是女人了,做的都是只有女人才做的活计。譬如腌制韭菜花。

想起弟弟,崔才花怒火不减。这家伙牙关一咬就在下岗女工名单里写上姐姐的名字。难道他真是个廉洁无私的共产党人?崔才花一时难下结论。作为崔才焕的姐姐,她只知道弟弟自幼机警过人,大伙结伴偷人家树上的枣儿,顽童们都被捕了,唯独他腿疾眼快,早早越墙而走,还兜了两斤红枣儿。长大以后,姐弟俩同厂工作。电工崔才焕最大优点就是干起活儿来拥有良好形象。那年夏天,厂办主任陪着外事部门官员来到车间挑选电工,派往外国驻华使馆充当技师。一大群工人围着干活儿,穿的都是油渍泛花的工作服。只有崔才焕的工作服干净板生,人也显得容光焕发,精神饱满。外事部门官员当即相中这位青年工人。三个月培训结束,崔才焕派送伊朗驻华使馆工作。只是没人知道,外表干净利索的崔才焕,工作服常年是姐姐崔才花替他洗的,而且洗过熨平。

崔才花早就看出弟弟是个不显山不露水的人物。他貌似憨厚的面相使人容易放松警惕。弟弟的相貌注定前程远大。果然，崔才焕采取“敌进我退”的战术，不去“合资”企业，随即被任命为“国厂”常务副厂长。崔副厂长上任伊始，就让姐姐下岗回家。这举动堵住很多政敌的嘴巴，赢得了广大职工的掌声。

第一批咸菜腌制出来了。崔才花有些不知所措。她镇定心绪摘下围裙走出家门，跑到母亲家去。母亲也住在安平里工人新村，相隔三条马路。走进母亲的小屋，下岗女工崔才花告诫自己，不能让老太太为女儿担忧，便编了个瞎话，说今天厂里停电，放假一天。听了这话，母亲不停地咳嗽。

“家林怎么没跟你一块来呢？”母亲随口问道。

“嗨！家林不是在厂里加班嘛。”

“厂里没电，家林怎么还加班哇？”

“他加班，尽干那些不用电的活儿。”

母亲不言语了，坐在床头闭目养神。

“腌白菜的时候，辣酱不能放得太多。”母亲突然说道。

她惊了：“您怎么知道我在家做咸菜啦？”

母亲睁开眼睛说：“人活七十，就成精了。没有我不知道的事儿。哎，你腌那么多咸菜干吗？闻你身上的味儿，足有一百多斤哟。”

“不多，一冬呢，吃呗。”她搪塞着，惊讶母亲洞穿人间的眼力。

她为母亲洗了两件衣裳。肥胖身躯令她呼呼喘着粗气。母亲听着哗哗水声，叫着她的乳名：“花儿，无论遇到什么事情，咱都不能灰心丧气。人活着就是要凭精气神。你爸活着的时候，创下十年满勤加班一千八百多天的纪录。至今全厂没人超过他。花儿，这就是你爸的精气神！你听见了吗花儿？”

母亲多年没叫她“花儿”了。不知今天为什么叫起自己的乳名。她哗哗洗着衣裳，嗯嗯应答着，泪珠儿便无声落在水里。

“你弟弟这程子在厂里怎么样啊？”母亲问道。

她努力使自己的喉咙清爽起来，说：“才焕他很能干，提拔成副厂长了。我觉着他一定能有大出息。”

“大出息，他还能经国济世啊？”母亲说罢不言语了。

举着竹竿把母亲的两件衣裳晾在院里树枝上，崔才花跟老太太打个招呼就回家了。半路上，她看到一辆装有玻璃罩子的手推车停在墙边，车上插着一根十字草标，看样子这车要卖。

一位满脸皱纹的老头子走上来，说一千五。

崔才花笑了，问他这么好的车子为什么要卖。老头子说儿子下岗在家卖煎饼馃子。前些天找到了工作，这辆车放在家里碍事，就急着出手。

崔才花问老头子，他儿子找到什么工作。老头子说儿子以前在冷冻厂，这年头好多地方缺制冷工，儿子就找到事由了。她又问老头子有没有需要钳工的。老头子连忙摇头，问她到底买不买这辆车。

她寻思着，报出一个价码："八百。"

老头子凑上来，注视着她："你是不是陈凤珍的闺女？"

"是啊，我母亲是陈凤珍。您是？"她问道。

老头子说："我跟你母亲是国棉十八厂的老同事。闺女啊，这辆车你要是有用，八百元钱就推走吧！明天送钱来也行。我叫李万。"

"李万！"崔才花笑了。当年李万是国棉十八厂大名鼎鼎的革新能手。面对昔日劳动模范，崔才花连忙说："李叔，您千万不要告诉我母亲我买了您的车。她老人家不知道我下岗待业了。"

"这事儿我明白！你是个孝顺闺女啊。"李万老人连连点头，眼里闪着泪光。

崔才花推着这辆装有玻璃罩子的双轮车，往家里走去。工人新村的太阳投下冬日光芒，追着抚摸着这辆价值八百元人民币的车子。

她把这辆车推进自家院里，立即用清洁剂擦洗一遍，忍不住乐了。

这天黄昏时分，一辆挂有"崔氏小菜"招牌的车子推出院子。崔才花身穿棉猴儿，脸上捂着大口罩，车里载着八种朝鲜小菜，向繁华大街走去。正是下班高峰时间，没人注意世界上多了一辆出售朝鲜小菜的车子。只是"崔氏小菜"四个大字，使人们认为这是一个朝鲜族妇女。

她在一座立交桥下面找到位置，停住车子。她知道如今人们痛恨缺斤短两，相信电子产品，就找邻居借了一台电子秤。一天租金一块钱，属于友情优惠。

一个胳膊佩戴红箍的胖老汉走过来大声问道："你有营业执照吗？"

她摘下口罩，目光直射对方："没有！"

胖老汉怔了怔："那，你交管理费了吗？"

"没交！"她指着"崔氏小菜"四个大字说："我还没开张呢，哪有钱交管理费？半小时以后你再来吧！"

胖老汉疑惑地看了看她，竟然转身走开了。

一个姑娘来买朝鲜小菜了。崔才花心里一阵激动，她认定第一位顾客是贵人，就牢牢记住她的面容。

半斤辣味白菜，她却给称了八两。姑娘并未察觉，拎着小菜走了。

第二位顾客又是一位姑娘。

今天成了三八妇女节？女儿国哇。她觉得好笑，就笑了。

天黑下来了，她点亮乙炔灯。只有在工厂里工作过的人，才懂得乙炔灯物美价廉。灯光照耀下，来了一个骑自行车的女顾客，八种朝鲜小菜，每种都要买一点儿。崔才花心里想，这是个花钱非常精细的女人。

总共七块八毛钱。接过递来的那张十元钞票，崔才花无意间看到对方伸出一双粗糙的小手。她心头一颤。天啊，纹络密布，茧影重重，小巧却充满力量，诉说着年华的消损。崔才花断定这是一双曾经从事艰苦劳动的女工的手，就抬起目光仔细打量对方。

这是一双颇为熟悉的眼睛。

对方似乎也认出了崔才花，不禁微微一愣。双方都下意识地笑了笑。她找给对方两块两毛钱——迅速完成了这一笔似曾相识的交易。

望着那女人小巧玲珑的背影，崔才花想起一个名字：江忆兰。她就是当年闻名全厂的三八焊接班的铁姑娘。

这世界真是太小了。

抬头往远处望去，立交桥的桥墩旁边有一男人似乎等候着江忆兰。江忆兰走过去，把自行车停在那个男人面前。天黑，崔才花看不大清楚男人的模样。

那男人与江忆兰握了握手。

这时，崔才花突然放声吆喝起来："崔氏小菜！崔氏小菜！"

立交桥下的行人在吆喝声中来来往往，好似飞鸟返巢势不可当。胳膊佩戴红箍的胖老汉朝这里走来，手持一沓子收据。崔才花的吆喝声，仿佛是一种抗争,从立交桥下升腾起来,弥散开去,直冲夜空。

这时,崔才花才感觉到泪水顺着脸颊流淌下来。

4

临近下班时分,周家林找到屠维明和胡成:“你俩去我家吃晚饭吧。”

这是一顿令人意外的晚餐。屠、胡二人以为周家林想当慈善家。

下班了。周家林双脚点地跨在自行车上,活像一位等待枪响出发的自行车选手。屠、胡二人出了车间大门看见周家林动了真格的,心里愈发纳闷。

胡成认真地说:“如今工人家庭处于经济危机,你真想请我们吃饭啊?”

屠维明态度诚恳:“平时咱们素无往来。我们是无权无势的穷工人!你还是去巴结那些当官的吧,譬如你小舅子。”

周家林不说话。是啊,我为什么请他俩吃饭呢?从前彼此没有什么往来。俗话说物以类聚。那就同类人聚一聚吧。这样想着,周家林蹬起自行车,屠、胡二人跟在后边。

不言不语骑了一程。周家林突然说:“咱们都是工人,你们看电视里的动物世界,那些同类动物一起喝水一起吃食,狮子来了就一起逃跑。是吧?”

屠维明与胡成听了这番话,面面相觑。

周家林在前边骑着,屠、胡二人不甘掉队紧紧追赶。一行三人顶着西北风骑往安平里工人新村。一路上,一辆辆豪华轿车从身边驶过,他们顶风骑车的身影愈发显得顽强。

十字路口遇到红灯。三个人停住车子,比赛着喘气。

屠维明跟胡成小声商量几句,使劲咳嗽了一声说:“周家林啊,你要是有什么事儿就说话,不用大张旗鼓请我们吃饭。都是工人弟兄嘛不要客气。”

这时变成绿灯。周家林笑笑说:“我只想请你们吃顿饭。实话告诉你们吧,我老婆自谋生路做小生意,晚上收市总要剩下几种朝鲜小菜。咱哥仨吃小菜喝白酒。你们就不要总是鬼鬼祟祟的啦。”

听了这番情况介绍,屠、胡二人心里踏实了。

走进周家林的小院,屠维明看到屋门上贴着一张黄纸,上面写着“崔才焕请勿入内”，扭脸对胡成大发感慨：“崔才花有志气！我要是有这么一个当厂长的弟弟，兴许天天去巴结他！”

听到别人称赞自己的妻子，周家林很欣慰。他一眼瞅见屋门挂着铁将军，知道妻子外出卖货还没收市。这时屠维明发现院里摆着许多石头，奇形怪状引人寻思。周家林说：“我喜欢石头。二十多年了，我收集了四百多块儿石头。嘿嘿，老百姓就盼望出现奇迹，石头开花嘛！那才是景致呢。”

胡成说：“周家林我觉得你这人特别深沉。”

掏出钥匙打开锁，进到屋里周家林立即从柜子里取出三瓶白酒，嘭地往桌上一蹾：“一人一瓶！”

胡成试探道：“菜呢？”

周家林十分豪爽：“我老婆进门，菜就到了。咱们一边喝一边等菜吧。”

屠维明立即响应，龇开大牙咬开了瓶盖：“喝！一边喝酒一边等菜！”

人人肚里都有一截愁肠，见酒如见亲人。没菜，一会儿工夫就喝去了半瓶。

周家林起了兴致：“讲一讲你们到市委上访的事儿！”

屠与胡相视一笑，脸上都现出几分尴尬。

其实，屠维明与胡成前往市委并不是想静坐示威的。中国工人知道什么叫适可而止，更懂得有理有利有节。他们只想把那份誊写得工工整整的申诉材料交给市委门卫，要求立即转呈市委第一书记。

屠维明身穿黑色再生布棉大衣，站在市委大门口，显出几分悲壮。胡成是个配角，立在旁边陪衬着。

后来驶来一辆黑色轿车。没容屠维明上前阻拦，司机就停下车子，胡成灵机一动，伸手把申诉材料塞进车里。黑色轿车开进市委大院。两名武警跑过来，将屠维明和胡成请进警卫室。那是一间亮亮堂堂的屋子。

“后来呢？”周家林问。

后来。后来就来了个戴眼镜的瘦男人，说是办公厅副秘书长。副秘书长给上访者吃了盒饭，然后叫来一辆吉普车，一路绿灯送回工厂。

周家林若有所思：“这里面一定还有故事，只是你们不知道罢了。改革开放嘛，总是要有一批人成为牺牲品的。历朝历代都是如此。你们知道王安石吗？”

胡成抢着回答："是不是前几天判刑的那个强奸犯？"

周家林哭笑不得："事到如今，咱厂打算怎样处置你俩呢？"

屠、胡二人想了想，都认为自己没有枪毙的罪过。

一阵门响。

屠、胡二人同时伸长脖子，认为酒菜来了。

一只双脚行走的直立动物噔噔走了进来。周家林抬头一看，原来是内弟崔才焕，如今的崔副厂长。

"我来看看我姐。"说着，崔才焕看了看屠与胡，颇感意外的表情。

周家林提示说："你姐在门上贴了一张请勿入内的纸条，嘿嘿。"

"我给撕下来啦。她搞什么名堂嘛？乱弹琴！"

周家林听了内弟的这几句话，笑了。看来崔副厂长已然进入角色，说起话来高屋建瓴，颇有大干部风范。

胡成有了几分酒意："崔副厂长，我跟屠维明的问题，厂里打算怎么解决？你们要只争朝夕呀！"

崔才焕在屋里踱了几步："你俩的工作问题，厂里能够妥善解决的。"

屠维明喝空了手里的酒瓶，说话却毫无醉态："其实我们的要求非常简单，那就是想继续当个工人。这世界即使动物灭绝，也不能没有工人吧？真的，我们只想当个工人，别无所求。"

崔才焕用讲课口吻说道："我知道你们只想当个工人。可如今国有企业面临重重难关，这工人也不是你想当就能当上的。工厂用不了这么多工人，只能下岗待业。当然，你俩属于职业病患者就另当别论了。"

说完，崔才焕跟周家林打一个招呼，告辞出门。姐夫趿拉着破布鞋送内弟走出院子。崔副厂长说："明天早晨八点钟上班，你领着屠维明和胡成，去我办公室谈话。"

周家林有些紧张："出了什么事儿啊？"

崔才焕压低声音说："好事。对你来说是天大的好事。他俩一上访，我就趁机将你的工作也安排了。你听喝儿就是了。"

崔才焕毕竟是崔才焕。铁嘴钢牙铜舌头，几句话就把姐夫说得既朦胧又清晰。内弟如此精明强干，周家林越来越不踏实。他追出院门，固执地打听着。

“姐夫，你怎么变得跟老娘儿们似的？崔才焕面有不悦之色，只得向姐夫说出实情。

屠维明和胡成非常幸运。他们的上访信转到新任市委书记高国华手里。这位父母官“文革”期间下放铸造车间劳动，对职业病感同身受，立即对此事做了批示：“职业病患者因公患病，这好比战场上的伤员。在企业改革过程中，他们的合法权益应当受到保护。”于是，市委办公厅副秘书长给崔才焕打来电话，字字句句作了传达。屠维明与胡成，吉人自有天相，终于见到了生活新曙光。

崔才焕对周家林说：“铸造车间撤销了。今后厂里维修设备急需配件，拿到外面铸造总要延误时间。厂里决定建立一个毛坯小组。这个小组设在原来清砂工房。你担任这个毛坯组的组长。组员就是那两个混账东西。从明天你们就去安营扎寨吧。今年只发基本工资，奖金随二线工人浮动。”

听了内弟这番话，周家林心头猛地热了。许久他才说了一句：“谢谢你。”

崔才焕说：“我姐下岗了。我不能让你们夫妻都待业吧？趁着市委书记的批示，把你给塞进了毛坯组，就算我以权谋私吧。”

周家林激动起来，又说了一声：“谢谢你！”

“自家兄弟不必客气，谁让你是我姐夫呢。别忘了，明天早晨八点钟上班，就到我办公室去……”

周家林非常诧异：“你跟我说得清清楚楚了，明天还到你办公室里谈什么话呀？”

“姐夫你这人就是公私不分。明天到我办公室，兴许还能遇到党委书记李义明。咱们为什么官盐当成私盐卖呢？既然我以权谋私，就来个光明正大。明天你就对我说你原本决定去乡镇企业去当技术顾问，每月工资好几千。考虑到为企业奉献，你才同意来到毛坯组的。你记住了吗？”

“这样表演，是不是太离谱啦？”

崔才焕嘿嘿一笑：“绝不离谱。如今就是离谱的时代。你没听说六十四岁老婆子，跟十九岁大学生结婚了吗？你上了辛德勒名单，就必须与狼共舞。”

周家林暗暗吃惊，他认为内弟学贯中西，再修行两年，一定成精。

走出院子，一辆蓝鸟停在不远处。内弟点燃烟卷说：“这瓶减肥霜是给我姐的。你劝一劝她，下岗就下岗呗，不要对我记恨在心。当了副厂长，起码三年之内我不能腐败。你们总得让我在官位上站稳脚跟吧？工人嘛，不要整天牢骚满腹，应当看到，当下恰恰提供了机会。那几位副厂长要不争先恐后奔了合资，怎能有我副厂长的位置呢？穷则思变。明天你到我办公室一看就明白，如今是个什么时代！”

周家林默默无语看着内弟钻进小汽车。并没有司机，崔才焕自己驾车，颇有新一代企业家风度。

周家林站在街上，呆呆望着渐渐远去的小汽车尾灯。过了一会儿，一辆装有玻璃罩子的手推车从远处驶了过来。他的心倏然一紧。妻子收市回家了。

这几天妻子的情绪不大正常。他迎上前去热热乎乎说：“才花你辛苦啦！才焕来了，给你送来一瓶进口减肥霜，刚走。”

崔才花没好气地说：“崔才焕怎么还没死呢？”

他从妻子手里接过车把：“家里来了两个客人，我们等着你的崔氏小菜下酒呢。”

身穿棉猴儿的崔才花显得更加臃肿。她毫无表情说道：“有两个炒股票的记者，一眨眼睛就赚了五十万。说是要回报社会，把我的小菜全买断了。然后两人站在大街上一兜儿一兜儿送给过路行人。整整一车小菜啊。今天我可见到什么叫作无私奉献啦。”

周家林听了非常惊讶：“他们是哪家报社记者？这不成了梁山好汉吗？”

屠维明跟胡成兴许饮酒过量，跑到院子里大声唱着“咱们工人有力量”。

崔才花冷冷地说：“这年头儿怎么还唱这歌儿？你们有病吧？嗓门儿这么洪亮怎么不去跟叫驴比赛呢？真是屈才啊！”

“这是屠维明和胡成。唱一唱也是为了解除烦恼。他们要求很简单，只想当个工人罢了。”周家林小声向妻子解释。

崔才花不知从哪里冒出一股火气：“放屁！我也只想当一个工人，谁让我当啊？我只能去卖朝鲜小菜！”

“不不，是崔氏小菜。”周家林柔声细语安抚着妻子。

妻子挖苦道：“你什么时候变成大情种啦？真叫人肉麻。”

蓦地，周家林似乎悟出了妻子发火的原因。

5

走到崔才焕办公室门外，周家林看到门上挂着“常务副厂长”标牌。谁都知道如今合资企业最为吃香，趋之若鹜。崔才焕副厂长接管的“国厂”是个难以拾掇的破烂摊子。这副厂长位置没有多少含金量。

崔才焕似乎对拾掇破烂摊子颇感兴趣，好比有人喜欢吃臭鸡蛋一样。新官上任，他办公室里挂着一个条幅，写四个大字：百废皆兴。落款松二，好像是个日本书法家。周家林领着屠维明和胡成走进崔副厂长办公室，这里已经聚集了一个排的兵力，使人想起老舍先生的茶馆。

屋里坐着二十几个人，都是应崔副厂长招呼前来谈话的。这里几乎成了劳务市场——人人都是待价而沽的表情。周家林好生纳闷，不明白崔才焕为何约请这么多人同时到他办公室来谈话。这家伙可能故意制造人口爆炸的局面。不知《孙子兵法》有没有这种密集战术。

根据“先来后到”原则，周家林排在末尾。他悄悄对屠维明和胡成说：“我是最后一个工人。”听了这句意味深长的话，屠、胡二人同时咧嘴笑了笑。就这样，排在末尾的周家林有了充分时间欣赏崔副厂长的“舞台艺术”。崔才焕的办公室分明成了大舞台。

第一位起身说话的是来自外省的业务员，讨债。崔才焕摊开双手对这位彪形大汉说：“咱们中午再谈好不好？我现在是热锅上的蚂蚁啊。”

彪形大汉说：“崔厂长你新官上任，少来这一套。朱厂长没死吧？四十万块钱他拖了两年，今天崔厂长你再要滑头，可别怪我们河南人不客气！”

崔才焕立即满脸堆笑：“我知道您来自焦裕禄同志的故乡。演《七品芝麻官》的牛得草先生也是你们那里的名人。我看咱们还是中午谈吧。我安排了牛鞭和大虾！”

第二位是铣工老董的妻子。老董患脑瘤治病花了十四万，厂里只给了一万。家里实在支撑不住，董妻扑通跪到崔才焕面前哭诉：“我不能动手掐死老董吧？可住院就要花钱。我这年纪也不能去卖淫赚钱给老董治病吧！”

崔才焕摇了摇头：“千万不能走那条路。即使是资本原始积累，也不能出卖肉体呀！当然更不能出卖灵魂。我想让工厂组织全厂职工募捐。董嫂你先去财务科等我吧。只要咱厂没倒闭,今天我就不会让你空手回去！”

人们无不为之动容。老董的妻子呜咽着走了。

崔才焕看了看满屋的人:“一定是我祖上无德,当了这个副厂长！”

周家林定定望着崔才焕,觉得这位副厂长一下变得陌生了。

不知婚后无房的女天车工林来娣受到什么触动,嘤嘤哭了起来。林来娣正要哭诉,汽车队装卸工鲁大春霍地站起:“崔才焕我×你妈！你让我下岗回家没饭吃,我就要你断子绝孙……”

办公室里猛然变得鸦雀无声。

崔才焕不言不语,抬头注视着对方。鲁大春啪地一拍桌子:“你别以为工人好欺负！”

崔才焕站起身来，慢条斯理说:“鲁大春，我想听听你怎样让我断子绝孙？”

坐在角落里的几个工人站了起来,怒视着崔才焕。

“崔副厂长,鲁大春的意思是说不能把我们一脚从工厂踢出去！”

“没错！我们跟鲁大春一样,要求工厂给一个说法。”

崔才焕眨了眨三角眼,终于急了:“你们叫唤什么？我现在要鲁大春回答我,他怎样让我断子绝孙！我告诉你们,我只生一胎是个女孩儿！我姓崔的已经断子绝孙了,还有什么可怕的？”

喘了一口气,崔才焕继续吼叫:“妈的！跑我办公室里撒野来啦？你们还嫩了点儿。工人怎么着？我十六岁进厂当工人。用不着拿工人这个字眼儿吓唬我。鲁大春你被除名了,滚吧！”

鲁大春急了:“崔才焕！早晚有一天我亲手杀了你……”

众人围上来劝说情绪激动的鲁大春,把他推出办公室。屠维明和胡成也跟出去了。很快,厂院里聚了一群看热闹的工人。

崔才焕推开窗子说:“鲁大春！你不是要杀了我吗？你去买刀吧,别忘了开张发票,我给你报销。”

鲁大春跳着脚说:“我自费杀你！不用报销！”

看热闹的工人们居然鼓掌起哄:“集资买刀！集资买刀！”

工会主席阎德生及时赶来,软硬兼施将鲁大春糊弄走了。

关上窗子,崔才焕自言自语:“这就是毛主席他老人家生前所说的领导阶级?我的妈呀,还不如股民有素质呢!”

办公室里空空荡荡,只剩下周家林一人。

周家林郑重其事说:“轮到我谈话了吧?我是最后一个工人。”

崔才焕尴尬地笑了:“你是最后一个工人?我就是最后一个厂长。其实咱们心里非常明白,你和我都属于过渡性角色。未来的工业动物园里,绝对没有咱们这样的四不像。”

周家林想了想,十分认真地点了点头:“你说到骨子里啦!”

“屠维明和胡成呢?一有风吹草动他俩就跟着掺和!这是天生的动乱分子。要不是看在职业病的分儿上,我马上把他俩除名!”

“你这办公室真够乱的。没有三年的修行,恐怕坐不住啊。”

崔才焕阴险地笑了笑:“趁着屋里没人,我跟你实话实说。你知道局里组织部长任命我为副厂长时,怎样评价我吗?称赞我是治乱能手。能够在乱中治厂。这说明了我的价值。所以,我必须以乱治乱,乱中求发展,以达到乱中取胜的目的。”

他喝了口茶水:“中国企业特点就是乱。不乱,就不是中国企业了。所以我故意把办公室弄得人嘶马叫,好像农村牲口集市。乱,是我的强项。不乱,是我的弱项啊。什么时候我办公室里安静了,我的饭碗也快砸了。我的话你听明白了吗?”

“我听明白了。你跟美国总统一个思路,天下越乱,越有机会。美国人在中东就这样干的。”

这时,楼道里传来咚咚的脚步声,这响动,听着好像农村盖房打夯。

崔才焕立即改变话题:“周家林同志!这就是成立毛坯组的意义。毛坯组虽小,责任重大。所以,我亲自找你们谈话。咱厂李书记非常重视这项工作……”

周家林愣了。这时候厂党委书记李义明,脚步咚咚走进来。他身披绿色军大衣接过话茬说:“对!毛坯组虽小,担负着应急任务,尤其急需配件时,你们要冲得上去!希望你们能够在企业改革的大潮中,发挥拾遗补缺的作用!”

李义明书记意犹未尽："崔厂长说得对，在大批职工下岗待业形势下，厂里特意成立你们这个毛坯组……"

厂办秘书跑来，提醒李书记计划生育工作会议等着他讲话。崔才焕趁机对周家林大声说："李书记很忙！他担任合资企业总经理，还兼任咱厂党委书记，'日理百机'啊。"

李义明踏着打夯机似的步伐，"日理百机"去了。崔才焕皱了皱眉头对姐夫说："我正在谋求一笔贷款，但是必须压缩职工人数……"

这时办公桌上电话铃响了，他抓起听筒，随即神色大变："什么什么？我老娘送医院啦？喂喂，送哪个医院啦？你是谁呀？"

"我是你张三爷。"对方说罢就挂断了电话。

周家林慌忙问道："怎么，老太太住院啦？"

崔才焕在办公室里踱了几步："不要慌张，每临大事有静气嘛。姐夫，我这里实在走不开，一会儿银行郝主任来，中午还得应付那个河南业务员。老太太要是有个三长两短……"

周家林："我先去看看，有什么事情马上给你打电话！"说着他大步走出崔副厂长办公室，摸到一辆自行车骑上就走。迎面屠维明和胡成大声嚷嚷着将他拦住，问是不是跟崔副厂长谈了话。

周家林急急忙忙说："从明儿起成立毛坯组，咱们正式上岗。老本行，铸造。我是你们的组长。你们去市委上访，这不问题就解决啦！党和政府还是关心工人死活的。我马上回去看我岳母！"

屠与胡，同时咧开大嘴乐了。他们追问周家林："每月工资多少？"

周家林不睬，骑着自行车冲到工厂大门口，猛地刹住车子。

冬景天里，一个身材矮小的老太太身穿老式葛丝棉袄，胳膊上挎着提盒，小步颠颠走进工厂大门。

这正是岳母陈凤珍。

咦，老太太安然无恙啊。周家林心情放松了。他妈的，刚才的匿名电话肯定是崔才焕仇家打来的。周家林推着自行车迎上前去："妈，您老人家怎么来啦？"

七十六岁的退休女工陈凤珍眯了眯眼睛，看清是自家姑爷，咧嘴笑了。她很有气魄地说："我知道才焕当了副厂长。这年头在厂里管事，好比上刀山下火海。我帮不上他，炒了两个菜送来，算是支持他呗！人活到老，只要娘在，他就是个孩子。家林你别嫌我偏心，说我疼儿子不疼姑爷。”

周家林眼窝倏地湿了。望着白发苍苍的老岳母，他激动得无话可说。猛然想起妻子下岗待业的事儿，生怕老太太知道了操心，他连忙打掩护说：“妈，今儿才花她没在厂里……”

老太太脸色黯然：“我知道才花没在厂里。”

莫非岳母知道女儿下岗啦？周家林心里寻思着。陈凤珍老太太挎着提盒雄赳赳气昂昂走进工厂大门。

起风了。工厂大道两旁小松树摇晃着身子，似乎向这位不屈不挠的老太太敬礼。

屠维明感慨不已：“瞧这老太太，不愧是纱厂童工出身，人家什么世面没见过。”

胡成思维别具一格：“我看让老太太来当厂长，咱厂一定振兴！”

周家林说：“别胡扯啦。既然咱们重新上岗了，就好好干吧。”

天上飘下零星小雪。一辆大卡车满载钢轨驶进工厂大门。望着钢轨，周家林猛然想起江忆兰。

那天江忆兰打电话告诉他，本市废除有轨电车拆下六十公里钢轨。市建委决定废物利用，以这批废旧钢轨为材料建造一座钢索吊桥。这批钢轨经过多年轧延，金相组织呈纤维状，焊接性能很差。这就成了攻关项目。

江忆兰在电话里语气激动说：“我这个焊接能手又有用武之地啦！”

江忆兰四十岁了，一激动起来还像个技工学校的女学生。

周家林非常羡慕江忆兰。一个技术标兵内心的喜悦，只有曾经拥有技术标兵称号的人才会理解。江忆兰为什么打电话将她的喜悦告诉我呢？大概是因为当年我也是技术标兵吧。是啊，俗话说“惺惺惜惺惺”。这话不假。

于是那天下班后，他就约江忆兰在立交桥下见了一面。他与她交谈着，彼此都感到亲切。不知为什么他变得健谈起来，预祝江忆兰参加焊接攻关项目获得成功。江忆兰很高兴，与他紧紧握手表示感谢。握手道别后，江忆兰跑到立交桥下买了朝鲜小菜，颇有邀他举杯共饮的意味。

其实，江忆兰买的朝鲜小菜正是崔才花的“崔氏小菜”。

6

江忆兰是个中等身材的女工。团团脸，杏核儿眼，不胖不瘦，生得标致端庄。当年她的照片挂在工厂技术标兵光荣榜上，堪称革命美人。尤其那幅题为“谁持彩练当空舞”的记者摄影作品，表现她手持焊枪挥汗如雨的勃勃英姿，参加全国摄影展览刊登在《中华先锋》杂志封面，更使铁姑娘江忆兰成了万人景仰的人物。

光阴似箭。三十岁的时候，革命美人仍然不曾品尝恋爱滋味。革命使美人独守闺房。一晃，到了高不成低不就的年岁。革命不再，美人易老。江忆兰不打算结婚了，死心塌地过起一人吃饱全家不饿的日子。

没人知道，江忆兰卧室里挂着那幅“谁持彩练当空舞”的放大照片，成为她重返青春时代的窗口。夜深人静之时，她目不转睛注视着照片里笑容灿烂的女电焊工，坚信青春无悔。

“凭劳动吃饭最光荣”。这是父亲弥留之际给她的赠言。她认为父亲是个真正的工人，自己也是真正的工人。

白天上班，时光如流水。晚上独自在家的时候，她感到孤独。孤独就读书，将身心交付给书籍。她读了很多书。读到大众菜谱，她学会炒菜；读到琼瑶小说，她热泪横流。书籍成了她日常生活的主宰。初冬夜晚她读到小说《假如大雨降临》，心情一下变得湿漉漉。第二天上班，万里晴空她却带了一把雨伞。路上行人们惊异地看着这个求雨的女人。

江忆兰心态平和。她认为人活着好比一株花卉。无论是生是死，是爱是恨，是轰轰烈烈还是默默无闻，都在遵循着极其平常的逻辑，那就是“花要开放”。花开花落，本是大自然规律，不用大惊小怪。

正在这个时候，工厂与德国合资。一夜之间人心大乱。仿佛来了一只方舟，接人们前往天国。人人奋力挤到船上，严重超载的方舟当然失去灵性，成了一艘无法启动的破船。江忆兰找到党委书记李义明，对这位工人出身的领导说，如今工厂合资，发生翻天覆地的变化。十几年来自己伤病累累，但没有丧失工作能力。

李书记哈哈大笑说:“跟德国人合资,咱们的资金占百分之五十一,还是控股方嘛。我明白你的意思,担心下岗是不是?工人是企业的主人。这句话如今还没有被否定。你放心吧,我是不会让当年的劳动模范技术标兵回家待业的。”

李书记一言九鼎。公布合资职工名单的时候,江忆兰成了工艺科绘图工。她很知足。说是绘图工,工作起来很快成了全科的勤杂工。她任劳任怨。她知道身在合资企业,生态不同以往。工资比以前高了,风险也大了。必须努力工作保住工作岗位。

这时候,一座大桥从天而降落在设计图纸上,活灵活现摆在江忆兰面前。身为焊接行业拥有几分名气的技术能手,她若参加这座大桥的技术攻关,无疑是人生的辉煌。主持这次焊接攻关项目的带头人是本市政协委员、人称“焊接大王”的赵洪川。此公深知如今合资企业实行的劳动用工制度极其严酷。请假超过二十天者,随即被炒成鱿鱼。似乎由于这个原因,赵洪川为了保全江忆兰的饭碗,并未力邀她参加项目攻关。

几十年来人们常讲一句话:全国工业一盘棋。然而身在中外合资企业,这句话成了报废的口号,没用。热情高涨的江忆兰却颇有重振雄风的豪迈情怀。因此她面临选择。

不知什么心理,每逢遇到踌躇之事,江忆兰总是首先想到周家林。我是否参加焊接攻关小组呢?趁着工厂午休时间跑出合资企业,她来找周家林征求他的意见。

冬日的阳光很好。江忆兰看到守门人是徐二狗。这位原先的设备科副科长身穿保安制服,庄重中透着滑稽,徐二狗一丝不苟地查看她的通行卡,突然压低声音问道:“合资啦,你每月工资多少钱?”

徐二狗自从当了门官儿,变成一个极其好奇的大男孩儿。逢人便问月薪多少,几乎成了全厂职工的笑柄。

江忆兰保持惯例答道:“保密。”

徐二狗非常不满:“合资不到两个月,就添了一身洋人的毛病。还个人隐私权呢。保密?工厂都成保密局了。完啦完啦!工人阶级开门见山心直口快的优良传统全丢啦!”

在徐二狗喟然长叹声里，江忆兰走进国有企业地界。这时她感到面目全非。以前的铸造车间不复存在，形象大变；成品库夷为平地，仿佛秋收后的田野，充满寒冬的萧瑟。三十年河东三十年河西，沧海还有变成良田的时候呢。江忆兰并不是悲观主义者。

迎面走来几个二十多岁的青年工人。江忆兰向他们打听周家林，一个小伙子指着一座破旧低矮的工房："他就在那座破庙里呢！"

破庙？江忆兰涩涩地笑了。是啊，在这群小青年心里，这个世界就是破旧不堪的。四十岁与二十岁之间，已然有了代沟。这个世界原来就是充满沟壑，所以有了桥。一想到桥，江忆兰便想起建桥，想起利用废旧钢轨建造大桥的焊接攻关项目。她的心情迫切起来。午休只有半个小时，在合资企业午休超时是要扣除奖金的。她不在乎奖金，她在乎脸面。

快步走到"破庙"门前，她大声喊道："周家林！周家林！"

工厂里颇有经验的女工到生疏地方找人，总会远远大声喊喝而不轻易走入。工厂里的男人世界，处处有碍观瞻。女工若擅自进入，发炎的只能是自己的角膜。江忆兰喊了三声，静静等待着。

这座所谓的破庙就是清砂工房。这里如今成了周家林工作的地方。江忆兰想起《米老鼠和唐老鸭》片头那句话："演出开始了。"

周家林身披黑色棉衣从清砂工房里跑出来。毛坯组刚刚成立，他们已经投入生产，今天首次开炉，浇铸铁水六百公斤。

"你、你有什么事情吗？"周家林显然对她的突然造访感到意外。

江忆兰勉强笑了笑，说有事情，"我现在处于顾此失彼的境地。"

周家林知道，那天傍晚站在立交桥下谈话，两人谈的就是建造大桥的事儿。他对她说，"你进了合资企业，好不容易谋得好岗位，这座大桥又来了。人生在世，现实与理想往往发生冲突。"看来，江忆兰还在纠结着，拿不定主意。

江忆兰说："家林你说，我到底应当怎么办呢？"

"你能不能跟领导商量一下，争取做到两者兼顾？"

江忆兰摇摇头："上次你就这样说。鱼和熊掌兼得，哪有这种千载难逢的好事情？我现在的处境，就是诸葛亮转世也拿不出锦囊妙计。"

看到周家林面有窘色，江忆兰随即转变话题："好啦好啦，我参观一下你的工作环境吧。”

周家林继续窘着，说毛坯小组白手起家，只有一座小型化铁炉和一台清理滚筒，其余就是双腿走路的工人。总共六条腿。

清砂工房里，砂箱散发着袭人的热浪，飞腾的粉尘令人窒息。这种环境外人是难以忍受的。江忆兰走近高温化铁炉，冬天随即转为盛夏。屠维明认识江忆兰，迎上来打招呼。

胡成注视着江忆兰，以为来了工会干部。

江忆兰说：“依照国家有关职业病规定，矽肺病患者应当调离铸造作业，这样才能控制病情发展……”

胡成接过话题控诉起来：“你是饱汉子不知饿汉子饥！我们现在不害怕矽肺病，害怕的是下岗待业没饭吃。死有什么可怕的？或重于泰山或轻于鸿毛。最可怕是活着。活着受罪！国家法律不是规定工人有劳动的权力吗？如今工人想劳动找不到地方。找工作比找媳妇还难。你们工会要为工人解决实际困难，不要整天倒腾红头文件，屁用也没有！”

周家林连声阻拦：“你别说了！人家不是工会干部……”

胡成很是失望：“合着我哭了半天，还不知道谁死啦？这字字血声声泪都白费了。好啦算我有眼无珠吧。”

屠维明说：“江忆兰你现在不错啊！进了合资企业，工艺科绘图工是个养老的岗位。这是两全其美呀！”

江忆兰并不辩解。她看到这里的工作环境与以前相比确实是大有退步。劳动变得越来越简单。一个人手持一件简单工具，就能够劳动了。毛坯组给工厂配套小型铸件，天车成为多余之物，已经拆卸运到别处去了。毛坯组的起重设备，就是人的胳膊——搬运大件不过一头驴，掂量小件手拿两只梨。工人们重新回到手提肩扛的作坊时代。想想当年技术标兵周家林大搞“震荡式造型机”的技术革新，江忆兰有些伤感，不知说什么好。

周家林似乎看出她的心思，小声说：“没有剧比悲剧要好。有活儿干比没活儿干要强。”

江忆兰反问道：“你的意思是说，我应当对现状感到知足，不要好高骛远？”

“我不是这个意思。中国人权白皮书说得明明白白,中国人权首先是生存权。首先是生存,然后才是人权。你进了合资企业,生存不成问题。完全可以做些力所能及的事情,譬如参与焊接技术攻关……”

江忆兰郑重起来:“是啊,除了生存我还想做些事情。有时候,现实让人心安,有时候,理想让人心动。这心安与心动,就是一对矛盾啊。”

“我很羡慕你。我首先面临生存问题。不过,你说的心动,我能理解,人活着不能太现实了,瓦西里还跟他妻子说面包会有的……”

屠维明远处喊叫,说二号铁下来了。周家林赶紧说:“我祝你的大桥早日建成!”

江忆兰被这句话打动了。她不愿意让他看到眼泪,就侧过脸去。

他快速从怀里掏出一块形若蚕豆的鹅卵石。石头中央有个透孔。

“这是我前几年捡到的‘滴水穿石’,不论谁看见它,都觉得很鼓劲儿的。送给你吧!”

江忆兰接过石头,感觉石头带着周家林的体温,寒冬天气里令她心头漾起几分春意。说了声谢谢,她头也不回地走了。

已经过了午休半小时,她违反合资企业的规章制度。这月奖金肯定剃光。周家林站在原地,久久注视江忆兰远去的背影,心情惆怅起来。

不知何时,他身后走过来俩人。一高一矮,都是三十多岁的样子。装束不伦不类,无法判断他们的职业。

周家林只想找个地方独自待会儿。他转身却被这俩从天而降的人吓了一跳。

高个子说:“别怕。我俩都是报社记者。我姓冯,他姓赵。”

矮个子赵记者随即说:“你是崔才花的爱人吧?我们专程来采访你的。”

“崔才花她怎么啦?”周家林慌了。

高个子记者咬文嚼字:“你切莫慌张嘛,一切正常。我们想以她单枪匹马创立‘崔氏小菜’为题材,写一篇反映下岗女工自强不息的通讯。所以想跟你谈谈。”

“谈什么?崔才花就是吃苦耐劳呗,中国女工都这样。”周家林猜测,这两位就是炒股票赚大了钱,把崔氏小菜全部买断又沿途免费送给过往行人的古怪记者。

矮个子记者掏出录音机说:“你心里怎么想,就怎么谈,不要紧张。我们是为小人物树碑立传……”

周家林说:“工人嘛,首先考虑的还是饭碗问题。否则工人阶级饿着肚子也难以成为领导阶级啊,您说是吧?不过现在工人阶级变成工薪阶层,我们只好自强不息了。”

高个子记者说:“深刻!你学过哲学吧?”

7

崔才焕开着蓝鸟驶进工厂车库,看到鲁大春身影倏地一闪。他将车子停稳,心里打了个问号。自从本市有个厂长被工人用斧头砍死,企业家协会几次告诫厂长经理们注意人身安全。处于社会转型时期的人们,往往肝火旺盛,动不动就采取极端手段。崔才焕坐在车里慎了慎,笑了。当他走出车库,一群工人迎上前来,显然等候多时了。为首的是变电室电工刘鸣,说是要跟崔厂长探讨一个问题。

他大声应着,来到篮球场上,这是一块开阔地。此时正是午休时间,太阳很好。崔才焕刚刚从银行谋得一笔难得的贷款,争取明年成为股份制试点企业。

他因为贷款此时心里喜气洋洋的。眼前的工人们都阴沉着脸孔,形成鲜明对照。

身材瘦高的电工刘鸣大声问道:“崔才焕你说,如今谁是企业主人?”

“你们这是跟我探讨问题呢,还是审臭贼呢?”

鲁大春在远处喊道:“你要是能够回答,我们就跟你探讨,你要是答不上来,我们就审臭贼!如今当厂长的都是臭贼!”

“鲁大春,当心你嘴给身子惹祸。我现在就可以起诉你犯了诽谤罪!”

刘鸣说:“崔厂长你不要避重就轻避实就虚,赶快回答我的问题。”

“好吧,那我就给你们讲讲吧。”崔才焕清了清喉咙,“按照传统说法,工人是企业的主人,这是毫无疑问的。每个工会成员都懂这个道理。可是,去年国家提出必须建立现代企业制度。你们知道什么是现代企业制度吗？”

篮球场上鸦雀无声。

“这就是你们的不对了。工人阶级要想当家做主,就要懂得企业改革的基本理论。简明扼要地说,在现代企业制度里谁是企业主人？股东！”

篮球场上依然鸦雀无声。

“咱们厂是国有企业,明年也要试行股份制。眼下我这个常务副厂长是上级任命的。党管干部嘛！既然我是常务副厂长,很多事情就要由我决定。这就是目前的状况。大家听明白了吧？”

钳工沈键挤上前来,推了推极度近视的眼镜:“工人、股东、厂长,你说这三者谁是企业的主人呢？”

“是啊,到底谁是企业的主人呢？”崔才焕拉开演讲的架势,“一旦实行股份制……

咣当——！崔才焕听见玻璃碎裂的声音,他揣摸这是汽车风挡玻璃被砸碎。

刘鸣说道:“崔厂长你玩弄理论游戏,跟我们兜圈子！”

崔才焕摇头否认:“我为什么要跟你们兜圈子？我母亲十二岁进纱厂当童工,今年七十六岁了。她老人家问我谁是企业主人,我也是这样回答她。有的事情,其实能够说清,但是今天就是说不清。我跟银行兜圈子为了贷款。我跟税务局兜圈子为了避税。我跟你们兜圈子又有什么用呢？”

工人们一时语塞,看着这个工人出身的副厂长。

崔才焕趁机离开篮球场，走进车库看了看被砸碎的蓝鸟汽车风挡玻璃。“妈的,厂里就这一辆小车,你们还把它砸了,工人阶级变成暴脾气了……”

崔才焕知道,此事如果报案,肯定拘留鲁大春,让他去吃十五天窝头。抓走一个鲁大春,兴许工人们的情绪就会爆发。还是安定团结为好。走出车库,崔才焕不理睬围观的工人们,朝自己办公室走去。

“谁是企业的主人？嘿嘿,党是企业的主人。我这厂长是党任命的,所以党是企业主人。党是工人阶级先锋队,所以说工人阶级是企业的主人。”他为自己擅长逻辑思辨能力感到满意。

走进办公室还没坐稳,一高一矮两位记者推门走进来。

这两位记者他都认识。他们从前都在厂里当工人，后来报社招聘，当了记者。

高个子冯记者说："崔厂长你好！上次我们来，你还是崔科长呢，真是步步高升，祝你仕途发达官场进步。"

矮个子赵记者说："近来厂里有什么新闻吗？我们报纸就是一口大锅，有该炒的东西还是要炒炒嘛。"

崔才焕说："你们喝茶吧。最近厂里酝酿两大举措。一个举措是实行内部退休制度。你们也知道，工厂根本用不着这么多工人。女四十八，男五十二，一次性发放十五年退休金，统统回家。这样就精干了职工队伍。为创造高效低耗的生产经营格局打下基础。"

高个冯记者插话问道："一次性发给退休者十五年退休金？活不到十五年死了，这算是赚了。十五年还没死，只能自认倒霉？"

崔才焕并不回答："第二个举措呢，就是在保持水力发电设备市场的同时，大力开拓风力发电设备市场。不过，这第二个举措请你们暂时保密，不要外传。"

矮个子赵记者说："我们来采访一个工人，他叫周家林。"

高个子冯记者说："是啊，我们平时新闻稿的篇幅很少超过一千字的。这次有意识要搞个大通讯，选中周家林的妻子下岗女工崔才花……"

"这篇大通讯，你们打算弄多少字啊？"崔才焕颇感兴趣问道。

矮个子赵记者一拍桌子："弄一篇三千多字大文章！写下岗女工崔才花创立'崔氏小菜'，成为自强不息的创业典型。争取发在头版头条位置，嘻嘻，一定产生轰动效应！"

崔才焕灵机一动："这通讯见报之后，'崔氏小菜'兴许会成为我市名牌食品呢。"

高矮二位记者面面相觑："咦！我们怎么没有想到呢？对，创出一个拳头产品，这样文章就有了更深层次的意义！"

这时，崔才焕为自己居然拥有这种灵感而振奋。他起身在办公室里踱来踱去，考虑如何利用报纸新闻效应使自己一举成名，同时也让姐姐的"崔氏小菜"变成一个金娃娃……

心里有了主意,他重重叹了一口气,表情随之悲伤起来。两位记者不知内情,呆呆看着这位年富力强的副厂长。

崔才焕起身关严办公室门,转身问道:“你们知道崔才花是谁吗?她是我的亲姐姐啊!为了秉公办事,我让亲姐姐下岗待业,至今她都不肯谅解我。每次看到姐姐推着车子沿街叫卖,我的心如刀绞啊……”

高个子冯记者猛地一拍大腿:“这太好啦!敢情这儿还埋藏着一段弟弟廉政不徇私情,姐姐下岗自强不息的感人事迹。我终于找到了新闻眼,非同寻常!非同寻常啊!”

矮个子赵记者激动得搓着双手说:“原以为只是女工下岗的主题,现在又突出了廉政建设。这无疑力度大增。咱们回报社向值班副总编辑汇报吧!”

崔才焕轻描淡写说:“咱们今晚在九河酒楼一起吃饭,这样还能聊得更充分更透彻。就这样定了吧?”

“好,不见不散!”两位记者风风火火走了。

崔才焕斜靠在椅子背上,闭目养神。

生活就是这样,每天都有意想不到的节目。静下心神,他缓缓睁开眼睛,看到办公桌台历今天是双日,想起应当给远在滨海新区工作的妻子打个电话。夫妻之间每天都要通电话。逢单日她从滨海新区打过来,逢双日他从市区打过去,已经形成习惯。周日则是夫妻团聚的日子。他与她拥有极其规律的夫妻生活——每周一歌。崔才焕认为这种夫妻关系正是大工业时代的产物。生活被一天天复制着。

拨通电话。妻子不在办公室。他就请接电话的同事小于转告妻子,他来过电话了。

小于是个热情的姑娘。热情的小于永远也不能理解世界上居然还有这样一对极其规律的夫妻。

跟小于道了再见,放下电话崔才焕吸了一支香烟。桌上电话铃响了。

这是甘肃的铁杆朋友打来的。这几天他等待的就是铁杆朋友的长途电话。

铁杆朋友是当地的干部子弟,说起话来口吻极其冷硬。这种语言风格,只有在真正的朋友之间才能出现。交情不够的,肯定无缘消受。

铁杆朋友告诉他,小西北地区风力发电项目已经上马,工程总造价是天文数字,已经摸清购置风力发电设备金额共三千二百万元,计划两年竣工。

听到这里,崔才焕激动起来。我若将这项工程中的风力发电设备订单拿到手里,工厂一下就活了。从前工厂的重点放在水力发电设备上。为什么不更新观念开拓风力发电设备市场呢?做两栖动物多好啊,如今小西北风力发电项目,正是千载难逢的机遇。

铁杆朋友低声低语说,拿到这个项目可能性较大,但是要给黄副总指挥可观的酬金。

行贿。这是很冒风险的事情。他在电话里询问,还有别的办法取悦黄副总指挥吗?

铁杆朋友冷笑说,没人知道黄是阳痿患者,色情服务对他作用不大。黄爱钱。酬金为总额的百分之三。

崔才焕算了算,将近一百万元人民币。他告诉铁杆朋友,他干。他上天入地也要弄出这笔款子。

铁杆朋友告诉他,虽然行贿数目不大,赶上刀口也算大案了。“你冒这么大的风险,这跟你个人利益有多大关系?你能得到一百万元好处吗?”

他笑着对电话里说:“对我个人而言,一分钱好处也没有。”

电话里传来激昂的声音:“你他妈的混账!为了工厂利益,你有必要承担这么大风险吗?你脑子有毛病!”

“是啊,人就是世间怪物。今晚我要请俩记者吃饭,为自己沽名钓誉树碑立传,这说明我是名利之徒吧?没错我是名利之徒。可是为了工厂的出路、职工的饭碗,我又愿意独自承担巨大风险。我脑子真有毛病啦。”

铁杆朋友说:“别看你平时精明过人,随时都可能干出傻事!为什么呢?你骨子里还是理想主义者。不过话说回来,如今能够悲壮一把,也难得。你是工人出身,也算活出味道了……”

听了这话,崔才焕潸然泪下。“无论如何你也要帮我拿下这个项目。”他斩钉截铁说。

铁杆朋友说:“好吧,那我就送你下地狱了。”

“我愿意生活在天堂与地狱之间。”崔才焕放下电话,赶往九河酒楼。两位新闻记者提前到达。宾主落座,他拨通手机叫来姐夫周家林。

周家林有生以来第一次见到红烧娃娃鱼。于是这就成了悲壮的夜晚。

崔才焕连连劝酒,于是宾主频频举杯。两位记者喝出了风格喝出了水平,说值班副总编辑非常看好稿子,三天之内肯定见报。

崔才焕扯了扯周家林衣角小声说:“抓住良机趁热打铁,明天就去申请‘崔氏小菜’营业执照,找区工商局的尹局长。”

“这是不是天方夜谭啊?”他低声问内弟。

崔才焕三角眼一瞪:“都他妈是真事。”

散席的时候,崔才焕竟然酩酊大醉。周家林搀着内弟走在夜晚的大街上。崔才焕絮絮叨叨,几近失态。

周家林在他耳边说:“才焕!干大事业的男人是不能醉酒的。你今天喝得太多啦!要谨防言多语失啊。”

崔才焕继续说:“姐夫,你记住我的话。谁是企业的主人?这在国有企业里很难说清。只有在私营企业里说得清。×!私营企业老板就是企业主人。姐夫明天你就以我姐名义注册一间小工厂,名叫崔氏小菜加工厂。三天后你等着看报纸吧。下岗女工崔才花自强不息。嘿嘿,我姐一下就炒红啦!‘崔氏小菜’风靡全市。借这机会,让我姐自己办个厂子!当老板,当资本家……”

周家林越听越觉得崔才焕思维清晰逻辑严密,就打探:“听你说话不像喝醉的人啊?”

“我这是酒后吐真言!我订了机票,后天飞往兰州谈判去啦!你要替我保密。如今企业,一不能依靠政府,政府日子也不好过啊;二不能依靠上级,领导们都忙着打自己的算盘呢。咱们只能依靠自己。为了全厂职工,我去冒这个风险。姐夫,我以后要有个马高镫低的闪失,媳妇肯定自奔前程。你就跟我姐姐替我照顾老太太吧。”

周家林心里一惊,紧紧握住内弟的手说:“兄弟,留得青山在,不怕没柴烧!”

崔才焕不再说话,任他搀扶着,朝前走去。这个特殊的夜晚,周家林看清了内弟的内心世界。他当了常务副厂长,骨子里还是个工人。

8

七十六岁的老太太陈凤珍双目微闭盘腿坐在床沿上，静静听着姑爷说话。周家林把内弟的意图一字一句传达给岳母和妻子。

崔才花坐在母亲身旁，觉得丈夫正在讲述一个遥远的故事。

周家林告诉岳母，成立崔氏小菜加工厂并不复杂，注册资金一万元足够。工商局尹局长说，当前可将“崔氏小菜加工厂”当作个体作坊对待，手续从简。以后视其生产规模与发展前景，再给予定性。

陈凤珍老太太显然不能适应这种神话般的现实生活。她拿不定主意。偏偏崔才焕不在家，飞往大西北出差了。老太太不能当面跟儿子讨论崔氏小菜加工厂是凶是吉。于是老革命遇到新问题。

她老人家睁开眼睛说：“我闺女是个普通的下岗女工。她就得自谋饭碗呗！我闺女推车上街卖了几天朝鲜小菜就能登报？这世道大变啦。我在国棉十八厂当了几十年先进生产者，就登过一次报纸，豆腐块那么大。才花一下要登一大版，这事儿我听着跟说评书赛的，那记者别是拆白党吧？”

母亲的态度影响了崔才花。她疑疑惑惑地说：“真的成立崔氏小菜加工厂，我从工人变成小业主，这弯子一时半会儿转不过来啊。”

周家林鼓励道：“假使你成了资本家，也是红色资本家，属于我党团结对象。”

陈凤珍老太太终于拍板：“办厂子的底金我出，但是要等报纸登出来再说！”

从母亲家出来，崔才花几次欲言又止。周家林知道躲过了初一躲不过十五，干脆停住脚步等待妻子说话。

平时颇有几分阳刚之气的崔才花突然软了：“周家林你到底还爱不爱我？”

二十年老夫老妻，丈夫从未听过妻子这样发问，“你今儿是怎么啦？大街上问这种话，人家还以为咱俩拍电影呢。”

“你不要避实就虚。告诉你吧，我头一天上街卖货，就在立交桥下看见你啦！你当街上还跟江忆兰拉手呢？”

周家林沉默着，目光望着远方：“才花，我问心无愧。”只说了这句话，又沉默下去了。

崔才花立即就要发作，不知为什么却忍住了。她与丈夫肩并肩朝回家方向走着，一路不言不语。

周家林主动说了：“人到中年，居家过日子是件不容易的事情。”

崔才花自言自语说：“反正全乱了。”

走进自家院子。听见周小林在屋里大声唱着“咱们老百姓，今儿个真高兴”。

周家林站在院里突然拢住妻子滚圆的肩头，飞快地吻了她一下：“我真的问心无愧。”

她躲闪着说：“你是不是嫌我太胖了？”

“自从上街卖货，你瘦多了，都快赶上巩俐啦。”

有人咣当一声推开院门，大步走进来。周家林摸黑儿看见，方便面来了。

“小方，你这程子跑哪儿发财去了？”

“下了岗，我给乡镇企业跑业务去了，基本解决温饱……”

崔才花为摆脱被吻的窘态，热情招呼说：“小方屋里坐吧，我给你沏花茶！”

“我是来送业务啦！有了好事我首先想到周家林……”多日不见，方便面变了，变得有了虚实结合的口才。看来动物园里的动物只要放还山林，生存能力随即增强。

“你现在不吃方便面了吧？”周家林见妻子进了屋，就趁机打趣道。

方便面凑到周家林近前，颇为神秘说道：“你的毛坯组，铸不铸铜佛？我接触的乡镇铸造企业很多，但是技术普遍比较差。我知道你手艺好，特意跑来找你。”

很久没人夸赞自己手艺好了，周家林表情灿烂起来。

是啊，我的强项就是有色金属。尤其黄铜最拿手。周家林得意地说：“铸造铜佛是积累功德的事情，我当然愿意干。但工厂不是我家开的，还要向领导请示的。”

“国有企业就是婆婆多。三天之内能听见回音吗？”方便面颇不放心。

崔才花端着茶杯走出屋子：“要是私营企业，就没有这些麻烦了。”

方便面说：“大嫂你就带头注册一间私人企业，这辈子也尝尝当老板的滋味！”

崔才花不以为是巧合：“你也这样劝我啊！你们提前串通好了非要我成立崔氏小菜加工厂呀？”

“我不知道什么崔氏小菜加工厂，这叫英雄所见略同！”方便面说罢，腰里手机响了。他看了看短信内容，说又来了一笔业务，就匆匆告辞走了。

“铸造铜佛，铸造铜佛……”周家林在家里踱来踱去，口中念念有词。儿子周小林说：“爸，您这么走来走去的，跟动物园笼子里的狼一样。”

他注视着周小林，觉得儿子一语中的，准确刻画了自己此时的心境。

走进厨房，他从身后抱住妻子：“人活着，还是要拼上一拼的吧？去做自己想做的事情。”

“废话！这个道理谁不明白？”妻子摆脱搂抱，把高压锅放在灶上。

周家林抚摸妻子肩膀：“你就下定决心吧，把崔氏小菜加工厂办起来！”

妻子眼里闪着泪光：“你一定要跟我同心同德过日子！不许花心……”

丈夫闭上眼睛说：“我向毛主席保证。”

她说：“毛主席死了这么多年，咱只求他在天之灵保佑吧……”

他说：“国际歌里唱得明明白白，要创造人类的幸福，全靠我们自己。”

这时周小林在屋里唱着“天不下雨，天不刮风，天上有太阳……”

“就借儿子这句吉言吧。”周家林说着，走出厨房站在院子里，抬头看着冬天里的太阳。多云，太阳显得挺温暖的。

胡成走进院子，立稳自行车说：“今儿歇班，江忆兰找到我家，她说要搞什么焊接实验，请咱们给她铸一个支座……”

厨房里传出崔才花说话：“这事儿她怎么不直接找周家林说呢？”

胡成想了想：“大概她不好意思直接来找周家林吧。”

周家林急了：“胡成你不要瞎解释！工作上的事情她有什么不好意思的？”

胡成果然不懂眉眼高低，接着说：“江忆兰说这是私活儿，要咱们给她帮个忙。”

崔才花及时参加进来:“建设大桥怎么成了私活儿?这不是大白天说瞎话吗!”

周家林转向妻子说:“你不知道,江忆兰参加焊接项目攻关是利用业余时间,她要向合资企业请假,不但扣她工资弄不好还除名呢。”

“江忆兰的事情,你比她本人都清楚呢。”崔才花不依不饶。

“我不是向毛主席保证了吗?怎么动不动你就窝儿里反呢!”周家林急了。

胡成终于明白了,连连劝解说:“嫂子嫂子你不要多心,周家林一切正常!”

崔才花碍于面子,只得自言自语:“真是天下大乱了。”

周家林为了改变紧张气氛,跟胡成说起铸造铜佛的事情。患有矽肺病的胡成喘着粗气说:“人活一口气,我看咱仨把毛坯组承包了吧!除了按时完成厂里任务,咱们面向社会走向市场,兴许就能折腾起来呢。”

周家林打量着院里收藏多年的石头:“你通知屠维明,今天公休日下午进厂举行三人紧急会议。”

胡成笑着说:“看你的严肃表情,就跟八一南昌起义差不多。”

蓦然之间,疏远已久的工厂情感,又在周家林心里亲切起来。

9

周家林是在毛坯组的小屋里读到当天日报的。由于那天酒席上两位记者频频许诺:“绝对头版头条!”因此读报时周家林没有过多关注其他版面。

关于下岗女工崔才花事迹的通讯,发表在第四版上。第四版是报告文学。崔才花照片登在右下角。这位下岗女工面含微笑,正在出售她的“崔氏小菜”。

尽管已有心理准备,他一眼看到妻子照片的时候,男人心脏还是咚咚跳得山响。他手捧报纸,定定与妻子对视着。

报告文学作者署名冯赵,正是两个记者的合用笔名。全篇洋洋五千字,从两个角度三个方面记述下岗女工崔才花自强不息的故事。这些故事,周家林一字也读不进去。他只是默默看着崔才花的照片,似乎在端详别人的妻子。

屠维明走进屋子,说方便面来了。周家林放下报纸,懵懵懂懂迎接方便面。屠维明抄起报纸看了起来。

方便面迎头就问铸造铜佛的事情。周家林说这两天根本没闲着，一直在找领导汇报。常务副厂长崔才焕出差还没回来，一位姓倪的副厂长临时负责。倪副厂长不以为然，他认为当初成立毛坯组属于权宜之计，今后是否长期存在，不容乐观。

此情此景，周家林居然提出毛坯组面向社会扩大生产，倪副厂长觉得这跟踢足球越位没有什么两样。

“您的意思是我不光越位，而且抬脚过高啦？”周家林挖苦姓倪的副厂长。

听了周家林的介绍，方便面一针见血：“这么说毛坯组就是一口棺材，你们三个人躺在里面，光等着咽气呢？”

周家林认为方便面的形容并不过分：“你说的铜佛，总共要铸几尊啊？”

“几天不见你怎么成了外行？铸件从来都是论吨计算的！”方便面狠狠说。

周家林腾地红了脸。是啊，我已经不是名符其实的工人了。几十年工厂生涯，仿佛成为一段遥远而且无法证明的历史，恍恍惚惚令人生疑。如今我是个什么东西呢？如今我什么都不是。这样反思着，周家林自尊心受到撞击。

屠维明不停翻动着手中的报纸，居然没有留意第四版上的风景。这时候周家林不急不躁说：“好啦好啦！无论厂里意见如何，反正铸造铜佛的任务我们接下啦。”

方便面连声叫好，说这才是工人阶级说的话。周家林指了指屠维明手里的报纸，说第四版有崔才花。

胡成瞪大眼睛：“周家林你说什么？”

“我说今天报纸第四版登了你嫂子的事迹……”

胡成伸手去抢屠维明手里的报纸。方便面大声喊道：“真的？这可是风水呀！嫂子是旺夫的命相。你家祖坟上的草肯定比驴腿都粗！”

周家林不知说什么好，就拍了拍胸脯：“那铜活儿，无论如何是接啦！实在不行我就把队伍拉出去，自立山头一样干活儿！”

这时，屠维明开始朗读四版的报告文学：《自强不息的下岗女工》。

“河流奔向大海，人流却涌向四方。在我们城市川流不息的大街上，你见过这样一辆手推车吗？无论是清晨还是黄昏……”

周家林走出小屋。屠维明的声音四处飘散，似乎正在诉说一个被人忽略的故事。对于周家林来说，这又是一个既生疏又熟悉的故事。听着屠维明的朗读，他发觉自己并不了解妻子。崔才花仿佛一个似曾相识的女子，款款朝他走来。

终于送走方便面，周家林骑上车子朝家里奔去。

工人新村的气氛与往日有所不同。周家林骑到自家门前发现门上贴了一副对联。他顾不得去看上联下联，只见横批四个大字：前方更好。

进了院子，他弄不清这里聚集着几路兵马。首先是工人新村居委会主任范大妈，正在动员崔才花，让她以居委会名义注册一个“三产”加工厂，专门生产小包装的“崔氏小菜”。周家林听了一惊，暗暗钦佩内弟的预见能力。文章刚刚见报，就有人前来洽谈建立“崔氏小菜加工厂”事由。

第二路人马由厂工会主席阎德生率领。这位身材肥胖的工人领袖说：“小崔啊，其实你做的就是朝鲜小菜，大街上处处有卖的。可是谁让你上了报纸呢？所以你的崔氏小菜一下有了知名度，我们登门拜访是希望你能把崔氏小菜这块牌子献给厂里，带领大家共同致富。”

崔才花马上表态：“目前我的任务不是致富是脱贫！”

第三路人马是市妇联的干部，这几位和蔼的老大姐专程赶来告诉崔才花，前车之鉴，一定要迅速申请“崔氏小菜”商标专利权，以防成果流失。市妇联的妇女权益保障委员会已经为崔才花拟定申请专利报告题目：“一种以酸辣为特征的关于蔬菜与海藻的腌制方法。”

崔才花应接不暇，用求援的目光看着丈夫。

周家林说：“你们是不是明天上午再来商谈啊？一会儿崔才花还要上街去卖崔氏小菜。今天刚刚见报，大家更应当支持她精神抖擞走上街头，让下岗女工自强不息的形象牢固树立起来！”

几路兵马很不甘心，又都觉得周家林说得很有道理，不得不纷纷退兵，约好明天上午再来拜访。

屋里骤然冷清下来，只剩下夫妻二人。

周家林说：“我在厂里看了报纸……”

崔才花愣愣坐在床沿上，目光注视着桌上的暖瓶，不言不语。

他以为妻子要喝水，就斟了一杯递给她。她木然接过水杯，呆呆望着丈夫说："我累极啦。你替我把东西都装在车上吧，歇一会儿我就上街卖货去……"

他说："你歇一天吧，今天我替你上街卖货。"

她说："这不可能啊。今天登了报纸，说不定一大群人在立交桥底下等着买我的崔氏小菜呢。现今谁也替不了我。我只能硬扛着朝前走……"

他沉了沉说："人怕出名猪怕壮。既然你上了报纸，就要长远打算啊。"

她叹了一口气："才焕让我登了报，我不知道这是救我呢还是害我呢。全中国的改革都是摸着石头过河。咱们也走一步说一步吧。"

周家林将妻子制作的崔氏小菜一盘一盘搬到手推车玻璃罩子里，然后摆上电子台秤。这时他才注意到妻子制作的小菜果然都是优质产品。干净、鲜亮，散发着诱人的味道。只有在这种时候，他才能够体会到妻子的艰辛。当了二十多年工人，突然下岗变成一个沿街叫卖的小生意人。人的一生，真是神仙老虎狗，生旦净末丑，难以预料啊。

崔才花喝足了水，穿上白大褂，戴上白围裙，慢步从屋里走出来。周家林将车推出院子。小街沉浸在暮色中。崔才花从丈夫手中接过车把，压低声音说："我想通了，咱要想真正当家做主，就自己注册一间加工厂。省得鸡一嘴鸭一嘴的，弄得你整天晕头转向。"

周家林也压低声音说："是啊，我也接了方便面的业务，准备铸造铜佛。厂子要是不让承包，我就拉出队伍走向社会。这年头反正饿不死人……"

妻子接过手推车，推车朝前边去。周家林目送着妻子背影。不论报纸上怎么说，周家林心里最清楚，崔才花吃苦耐劳的劲头，正是中国女工的真正精神。

周家林转身朝岳母家走去。进了门，老太太不等姑爷说话抢先开口："家林呀我想明白了。你告诉才花甭犹豫了，赶紧自己办个厂子，真正当家做主！"

周家林说："妈，您老人家是不是已经看了今天的报纸啦？"

陈凤珍老太太噙着泪花，使劲点了点头。

10

崔才焕从兰州登机，一路不停祈祷："所有在位的天神保佑这趟航班一路平安。"飞机在北京平稳降落，他那颗悬浮的心才一下放在肚子里。

他的公文包里装着一千两百万元的合同。有了这份合同的生产任务，全厂职工的饭碗就有了指望。从那位黄副总指挥手里拿到这份合同究竟费了多少气力，只有崔才焕自己知道。

从北京机场驱车直接来到金加工车间改造工地。他钻出轿车大步跑进施工现场，四处寻找施工公司的侯经理。

崔才焕拉住侯经理的手说："工程提前三十天完成，怎么样？"

侯经理说："崔厂长你没喝高吧？"

"只要提前三十天完成，工人奖金我出。"

侯经理想了想："提前二十天完成比较有把握。"

"那就拜托侯经理了。"说罢，崔才焕又朝着清砂工房走去。

一阵烟尘从清砂工房房顶升腾起来，这是生产的迹象。他想立即见到周家林。在崔才焕心目中，周家林生来就是一个工人。只可惜赶上这个剧烈变革的时代，成为一首乐章的最后一个音符。

走进清砂工房，好似走进一个红彤彤的天地。这是毛坯组工人正在开炉浇铸。崔才焕电工出身，还是看出这里的异样。他大声喊道："周家林！你这是化铝还是化铜呢？"

周家林的身影猛地出现在他的面前，很像武侠电影里英雄从天而降的镜头。是啊，周家林在自己的天地里，几乎成了来去自如的英雄。

"这不是化铝也不是化铜，这在配制中间合金。你什么时候回来的？"

"从机场一口气开了一百四十公里，一直开到金加工车间工地。报纸登出来了吧？"

"你姐正在筹建崔氏小菜加工厂。已经有三方愿意合股，一起推举才花当总经理。"

崔才焕听罢，哈哈大笑："总经理，我姐当了总经理！这太好啦！其实我姐从小组织能力很强，还戴过三道杠呢。"

周家林告诉内弟，毛坯组不愿意停留在这种小作坊小生产的倒退状态，要求面对社会走向市场，渐渐干出一个大模样。

"这次我从小西北风力发电工程拿来一千两百万的项目，可是其中没有铸造任务。国有企业只要渡过这个困难时期，就能找到长远发展的办法。你们毛坯组目前的战术是防守反击，只要能从社会上揽来活计，就干呗！从零做起，小作坊也能变成大工厂。”

周家林笑了。

走出毛坯组，崔才焕向停在远处的轿车走去。望着内弟的背影，周家林心里说：“才焕啊，你是特殊年代里的特殊厂长，姐夫祝你好运吧。”

周家林转身走进清砂工房，一抬头看见江忆兰身穿奶白色呢子大衣，站在远处的砸铁机旁边。他笑了笑，就与她静静对视着。

江忆兰也无声地朝他笑了笑。

“胡成跟我说了，你搞焊接实验需要工艺装备。明天开炉那个支座就能铸造出来。到时候给你送到什么地方去？”

江忆兰显出几分尴尬：“不用啦……”

周家林很是不解：“不用啦？为什么不用啦？”

“说起来简直就像个神话故事。”江忆兰操着不紧不慢的语调，仿佛在讲述一件与己无关的事情。周家林静静听着。

江忆兰为了参加大桥焊接项目攻关，时常请假。很快工艺科科长找到她，说中外合资新型企业不比以前传统国有企业。一个员工倘若不能全身全心投入工作，随时可能被从岗位上辞退。江忆兰请求科长谅解，表示她真的无法离开那座大桥。

科长问：“你所说的那座大桥在哪儿呢？”

江忆兰：“目前还躺在图纸上。我们攻关的课题就是解决废旧钢轨的焊接性能……”

科长说：“我觉得那只是一座虚拟的大桥。你是一个理想主义者，我认为那座大桥完全建构在你的理想世界。这样下去你肯定会被工厂裁掉的。”

工艺科科长早年毕业于清华大学机械系。如今是高级工程师，也是清醒的现实主义者。果然不出科长所料，很快江忆兰就接到企业人事部通知，要她下岗待命。

她失去众人向往的中外合资企业的饭碗，坦然接受这个残酷的现实。她向科长告辞说：“我是咎由自取，因为我是理想主义者。”

听罢江忆兰的故事，周家林叹了口气说：“人人梦寐以求的位置，你轻易就丢掉了。其实对你来说这是必然的结局，这样也好，你就能够全心全意投入大桥焊接技术攻关，有失有得。”

江忆兰笑了：“我的故事还没有讲完哪。一位副市长批了条子，把那批废旧钢轨低价卖给他家乡的小钢厂，前几天已经回炉了。这样一来，那座躺在图纸上的大桥自然蒸发了……”

故事出现这么一个令人意想不到的结尾，周家林惊呆了。他不停地踏着双脚，心头的愤懑撞击着胸中的栅栏。望着面前这位理想主义者，他真想破口大骂那位副市长，又觉得不能跟贪官污吏治气，便向江忆兰勉强笑着：“遇到这种事情只要你自己不后悔，也就没有什么了不起的……”

江忆兰表情平淡：“我身边的人都替我后悔呢，好像天塌地陷了。只有你周家林说出这么豁达的话来！谢谢你……”

“我也只能说几句鼓励你的话。不过崔才焕出差回来了，是不是要他出面为你说几句话？”

江忆兰摇了摇头：“通过这件事情我从心里敬佩崔才花。她下了岗，不声不响找到自己生存的道路，咬紧牙关往前走！报纸的文章我看了，这不是每个下岗女工都能做到的。我也要靠自己的力量，向前走啊。”

周家林眼睛潮湿了：“江忆兰你说得对！”

江忆兰笑了笑：“那真是一座亦真亦幻的大桥啊……”

她走过来，跟他握了握手。她小手儿被他紧紧握住，显得意味深长。他大声说：“江忆兰，依你的脾气秉性，不论什么时候都是个真正的工人。”

她呜咽了一声，转身跑走了。

工厂很大。江忆兰走远了，身影渐渐显得很小很小，最后融入曚曚天色里。周家林知道，这就是工厂与工人啊。

屠维明和胡成从清砂工房里走出来，瞪大眼睛望着他。

屠维明说：“周家林我跟你说，今后江忆兰需要帮助，你不方便就指派我和胡成去，省得嫂子跟你抬杠拌嘴……”

胡成说：“对，大家都是工人呗！”

周家林不置可否：“咱们干活儿去吧！”

方便面骑着摩托车驶过来：“三天之内，能交活儿吗？”

屠维明指着这辆大红摩托车说:“谁说中国工人生活贫困?看!再添上两个轱辘,方便面开上日本小轿车啦!”

方便面说:“对!这就是中国特色——苦中作乐的精神!”

当天下午,毛坯组召开全体会议,由周家林讲话。

“从明儿起,咱们三个人就要拧成一股绳子,干铜活儿了。铜活跟铁活不同,首先技术上有难度。尤其熔化时不能让元素烧损了。最重要的是精气神。从明天起,谁也不许说粗话,也不能有邪念。要讲究卫生,要净身。说通俗了净身就是洗澡啊。记住了,这年头你可以什么都不相信,但不可以什么都不敬重。”

屠维明带头发言:“周家林你的意思我们听明白了!你尽管放心吧。”

胡成也朝着周家林使劲点了点头。

第二天上午,召开全厂大干六十天动员大会。厂里多年没开这种大会了。市场经济,给钱干活儿,用不着动员。但是崔才焕与众不同,坐在台上讲话,简明扼要。他告诉全厂职工,今后工厂要转化为“两栖动物”,既生产水力发电设备也生产风力发电设备。目前摆在眼前的是一千两百万元的合同,必须一炮打响占领新的市场,赢得新的用户。

“你们看清楚了,这只是一张纸。但它是大家共同的饭碗!”崔才焕挥舞着手里那份来之不易的合同,讲话极具煽动性。工人们觉得实在,啪啪为他鼓掌。

周家林坐在台下听着,觉得内弟看上去有一种悲壮的内在气质。这种气质存在于平常生活中,往往被人们所忽略。

下班回到家里,他看见桌上摆着妻子的留言:“租赁了一间仓库做厂房。我跟人家谈价钱去了,吃饭别等我了。”

他坐在桌前摊开《金属手册》,找出儿子淘汰的计算器,开始计算那尊铜佛的重量。知道了重量,就能掐算熔化几块铜锭了。

这时候,他心中觉得非常神圣。“就这样开始啦?”轻声问自己。

开炉化铜那天,天气极好。周家林给崔才焕打了个电话。四处都找不到这位常务副厂长,周家林急中生智拨通他的手机,一下就找着了。

崔副厂长说忙,没时间。

周家林说:“如今开业都讲究剪彩。我们既不是开业也不是剪彩。但我觉得这是一件庄重的事情,所以必须请你到场。”

崔才焕想了想,就应允了。

周家林在清砂工房门外迎接崔副厂长到来。崔才焕小声说:“你什么时候学会溜须拍马啦?”

周家林说:“我认为这是公事。公事嘛,就要分出长幼尊卑,就要讲究礼仪场合……”

“有素质!”崔才焕拍了拍他肩膀:“你知道刚才你给我手机打电话时我在什么地方吗?我在检察院哪。”

周家林惊了:“你有案子啊?”

“我敢断定是鲁大春四处举报,还说我买通记者为自己树碑立传。我不怕!当上这种厂长,随时有可能进班房。这就叫视死如归。”崔才焕笑呵呵说着,仿佛十分开心。

周家林想起那天醉酒之后他搀着内弟回家,内弟跟他说了行贿的事情。如今越管越严,送给对方高额回扣弄不好就犯了案。行贿是犯罪啊。

他紧紧拉住内弟的手,低声说道:“才焕,你真要是犯了什么案子,只要不是枪毙的罪过,完全可以推到我头上。我一个穷工人替你顶着!”

崔才焕仿佛没有听见,不言不语朝前走去。

周家林换了一话题:“我们毛坯组今天开炉,为市佛教协会讲经堂铸造一尊铜佛。”

崔才焕点了点头:“好啊!”

胡成身穿白色小帆布工作服,守候在大型坩埚近前,正在化铜。

屠维明走上前来,跟崔才焕打招呼:“自从你当了常务副厂长,还真给大家找到了饭辙,尽管比不上合资企业,但我们都赞成你!”

胡成添油加醋说:“热烈欢迎你给我们讲话。”

崔才焕十分认真地说:“今天我还真想讲几句话!”

周家林说:“那你就讲吧。”

这时候,崔才焕朝着火光走了几步,泪水就涌满了眼窝。

遗族

1

干翻砂要先学徒——三年。三年不算长久,粗了手糙了脸腌臜了身子,每月吃四十九斤半粮食,练铁了胃口;肥足,早先不长草儿的地方愈发见了黑茬儿——茂盛了裤裆。于是就够了判死刑的年岁——十八,有公民权了。拼命实践,却出不来真知,才晓得这行当博大精深,越干越觉出是个黑洞,没底。脑浆子磨豆腐,犯着迷糊就临近了满师。出师得考手艺,是公是母牵出来遛遛。三年的修行就在这一时显摆出来,像个抻长之后又加以浓缩的节日。好在一辈子只破一次身,出了师就成人了。心里挺荣誉的,美乎乎地难受。

这一拨儿出师的,统共仨:金铁萍、林志刚还有我。一女两男,不是个理想的比例,使人担忧日后的火并。再添一个女的就齐了,凑成两套,人们都这么说。

"双"是翻砂场上的吉利数字。干活儿用的砂箱,大多成对配套。一扇儿下箱必配一扇儿上箱,好比一个母的配上一个公的,合在一起铸出活儿来。而翻砂场上那些光棍儿则被称为"独扇儿",属苦命人之列。

车间头儿名叫吴大边,人们都叫他吴大队长而不叫吴主任。这称呼使人想起每天在村里当当当敲钟招呼大伙儿下地干活儿的那路人物,就好像我们都是荷锄耪地的庄户小子,吃工分儿。翻砂工确实只比庄稼汉脑袋上多了一片屋顶，都是汗珠子摔成八瓣的革命者。

吴大队长挺仁义，早般儿就放下话来："发薪的头一天，考你们仨！"我翻月份牌一看，天呀！十三号。好在翻砂场不讲洋例儿，都是正宗汉室，认和尚不认神父。

翻砂场上干活儿的有一百多号人，一撮撮一簇簇分散在四处，淹在黑砂地的褶印里一招一式干着苦大累的活计。在这里当徒弟是不大容易的，却也能享受几分优待。遇见红事，娶媳妇的人绝不收徒弟的礼，到时候你扛着个脑袋去吃去喝就是了，还可以充小辈儿跟新娘子胡闹一番。素常要手艺把活儿干砸，也没人跟你上论。好像学徒的三年里你根本就不算人数。一出师里外全黑了，挣命去吧。

我一个人干小件活儿，铆足劲筛出坟头般一堆备砂，估摸着够用了，就去东边大件活儿地上找林志刚，谋划出师的事。想起十三号那天我就惶惶然，真想喝碗糨子粘牢这悬浮的心。

迎面大墙高处，龇牙咧嘴写着五个大字，原本是白油漆，久而久之成了灰色。

工业学大寨！

应当是"工业学大庆"的，农业才学大寨。这幅怪诞不经的"工业学大寨！"已赫赫然在大墙高处照耀了我们三年有余，怪味十足。

林志刚正随着师傅忙乱地干活儿——往模子里下芯子。他的师傅李吕子三十出头，是个善干大活儿的工匠，瓜条子脸，鼻子奇大。

我说："林志刚你心里有底吗？这考手艺。"

林志刚脸上有宝：一双三角眼极小，小得使你不敢相信世界上还有这么精致的眼睛。他总是睡不醒的样子，你看他一眼准得犯困。

"考呗！咱爷们儿等了整整三年了。"他往手心啐一口唾沫，情抒得更匪了，"比撒泡尿拉泡屎难不了多少！"好像他根本用不着学徒便可直接进入工匠行列。

李吕子不言不语，指挥着天上那部嘎吱吱乱响的破天车吊起一只形状古怪的芯子，用笤帚扫着上面的尘土："扫帚不到灰尘照例不会自己跑掉……你瞎了眼啦？"

李吕子是在骂天车司机。天车窗口立即露出一张磨盘式的大脸，很肥。

“我是瞎了眼！林志刚你替我拧他的嘴。”

天车司机母美玉——李吕子的雌物。用翻砂工的话，母美玉是李吕子的下扇儿。

李吕子抬头：“晚上咱们包饺子吃吧。”

林志刚也随着抬头喊：“母师傅我出了师请你吃饺子，三鲜的！”

她偏偏姓母，仿佛怕人忘了她是个女的。

母美玉在天上叫唤一声：“嘻！肉馅来啦。”

远处，那个几乎已被黑砂堵死的小门洞慢慢悠悠闪进一个人来，脚下蹚起一路浮尘，活赛来了云游的神仙。看身形儿，是包骏。

这是个喝过大学墨水的“反动技术人员”，内蒙古人氏。他工学院毕业就被发配到翻砂场上来与工人阶级打成一片，老婆孩子却在赤峰那边的一个县里与他远隔千里。包骏虽已婚配，在翻砂场上仍然被称为“独扇儿”——准光棍儿。

他举着一脸大胡子走过来，像个伏尔加纤夫——一条麻绳身后拖着一条很大的死狗。

湿漉漉的，是一条黑狗。湿，它就愈显出黑色，眼皮上方生有一道白色弧线，活似死狗戴了一副十分生动的眼镜。

李吕子热烈了：“眼镜狗，它活着的时候八成有点儿学问，狗里的知识分子……”

黑砂地上四处响起欢呼声：“吃肉！吃肉！”

包骏自言自语：“灵长目……”

“灵长目”是包骏的口头语。

母美玉在天上喊：“狗腿给我留着！”

包骏抬头看天：“灵长目……”

母美玉在天上念叨：“这破天车又要出毛病！”

李吕子蹲在砂箱上说：“狗日的……”

林志刚小眼一眨，冲我说：“狗肉壮阳，吃吧，保你顺顺当当出师，拿上三十五块五。”

我知道三十五块五是一级工的价钱。

一群饥民似的翻砂汉子紧随着包骏身后拖着的那条死狗，呼着“吃肉吃肉”的口号。

包骏回首，声缓语低：“别咬了自己的舌头。”

追上来车间头儿吴大边，很兴奋。

“包骏包骏，怎么弄死的？”

“掉进深井淹死的。车间后边那口大跃进留下的深井。”

吴大队长搓着双手：“新鲜事！这么个死法——狗掉井里淹死了。啧……”

黑狗走了，吴大队长转脸叫住李吕子。

“这字儿，还得你爬上去改，得抓紧。”

李吕子抹一把瘦脸上的汗：“我干不了。”

吴大队长模样还算周正：牛眼、塌鼻、海碗似的嘴……五官配套全长在四方大脸上。

“干不了？来了检查团这可是坏影响！”

吴大队长叫李吕子爬到天上去改动那个“工业学大寨”的“寨”字。

李吕子怒了：“你存心让我也摔死呀！”

吴大队长大嘴一咧：“你以为死就这么容易？我在下边用大网接着你保证没事。”

李吕子抻起细脖往天上飞了一眼，表情倏地悲暗下来：“你得答应我那个条件，放母美玉调出这地方。”

吴大队长牛眼一瞪：“她根本不愿意调走！”

“所以我才求你高抬贵手把她开出去嘛。”

吴大队长说了声：“×！”就走了。

母美玉又在天上叫唤了：“吴大队长！我这破天车又出毛病了得停工啦……”

吴大队长头也不抬很熟练地应着：“午休时候叫包骏修理，你。”

林志刚嘟嘟哝哝：“这天车真破，三五天就得修理一回。将来要是让我修理，保证万年牢。”

李吕子冷冷瞅着自己的徒弟：“你修理？就等来世吧。”

有人扯了扯我的衣角，是金铁萍。

“刘直刘直你又有一刻钟没干活儿了，快去干活儿吧干活儿吧。”她声音很低地关照着我。

她真壮实。敦敦实实的身子大手大脚，汗毛孔往外透着力气。模样不丑，挺端庄的。进翻砂场学徒之前，曾被《中学红卫兵报》评为学习毛著积极分子，可她不言不语从不卖狂。

林志刚插言：“金铁萍出师考试你准备好了吧？别紧张，反正咱们仨是一个状元一个榜眼一个探花。你是党员，就当状元吧！”

金铁萍难得地一笑，转脸对我说：“刘直刘直你快去干活儿吧，没有师傅管你更要自觉多干呀刘直。”

她劝人干活儿的时候，才有几分温柔。

有时我猜想她除了乳房哪儿都是铁的。

那只黑狗已经成了一堆碎肉。黑色狗皮被包骏钉在一张木板上，晾着。远看瘆人，像一只活狗一巴掌被扇在墙上。

金铁萍害怕，就下意识揪住我的袖子随我走：“刘直刘直你快去干活儿吧千万别吃那狗肉。”

我说：“吃了狗肉长劲头，能多多干活儿。”

她改了主意：“那你就吃。”显然她乐于我多干活儿。她爹是个老工人。

我说：“我不怕考手艺，可我害怕出师……”

2

吴大队长说：“谁的孩子谁抱……啊嚏！”

林志刚就急用先学向师傅李吕子请教：“您说出师那天是考刮板还是考实样？”

李吕子说不是考刮板就是考实样。

金铁萍也请自己的师傅“押题”。

她师傅是个老翻砂工，因面孔生得似羊，人们就都叫他羊师傅。羊师傅低头寻思了一阵子，说：“考啥？考干活儿呗。”言罢就不误节气地搬砂箱接着干活儿。这老头子从农村老家养病回来刚刚十几天。他老婆孩子都在农村。腊月里他得了肺结核，不吃药不打针却回了河北省交河去偎那块热土地。偏方：每天喝上三盅酒儿，酒里放上一撮子红糖。三月里重返翻砂场，吴大队长问他肺结核呢？他说："没啦！"之后捂着屁股就往工厂后墙边上他那块"自留地"里跑，把追到肛门口的那泡肥料送到田里。

羊师傅干农活儿的手艺，比他翻砂手艺强。

林志刚有师傅，金铁萍有师傅，唯独我没有师傅。心里不踏实，我铸出二十箱小活儿，就往车间门首走，去换换空气。

太阳地里蹲着一具"骨头架子"，是曲建新。这位三十大几的光棍汉正在使唾沫吐气泡玩儿。见了我，他站起身，很有规模地思索了一会儿，突然说："那时候你还没进厂，告诉你吧那件事不是我干的，真的不是我干的！"

他中了病，天天为自己辩解着什么。

我说："我心里也烦，有点儿害怕出师……"

他说："我要到党中央去申诉！"就走开了。

车间门首墙角上，挂着一只铁物，似钟非钟，形状古怪。我顺手拾起一根铁棍，朝上当当当连敲三声。素常我见过吴大队长敲击此物，似有深刻道理，譬如说电影《地道战》里村头树下的那口大钟。

这是一只铁的屁股，由肉模铸出。

我就想：从天上摔下来的那个黑秀才居然有这么大的屁股，肯定是个好饭量的人物。

金铁萍又追到车间门首来了，轻声叫我。

"刘直刘直你快去干活儿吧，又闲了一刻钟啦！你不干怎么能行呢……"

临近出师，她原本不很轻细的嗓音比过去更加粗浑了几分，像是进入变声期。她蹲在黑砂堆前干活儿时，宛若一台大马力蒸汽机，呼呼喘着，身边黑压压一大片全是她干出来的活儿。一身肥大的小帆布工作服裹得她没了丁点儿线条。她的事迹登在报纸头版上，标题是"苦干三年的铁姑娘"。

我没好气儿："我找师傅……"

远处，砂箱库一部吱吱扭扭的龙门吊车正在东摆西摇行走着。

我的师傅就是那个叫马庆善的孤老头子。他只当了我四个钟头的师傅，我便成了"遗腹子"。我进翻砂场认师时，他只唔了一声。当天下午两点三十六分他就被一根沉默多年的铁杠砸模糊了右脚——粉碎性骨折。住医院享福去了。他老人家歇了一年光景。我就自个儿跟自个儿学手艺，工具是爹妈给的一双肉巴掌。等到马庆善一瘸一拐来车间复工，吴大队长就火速将他派往车间外面的露天砂箱库去当看守——共产主义般悠闲。这是伤脚换来的福分。

远望马庆善的砂箱库，是一片铁的丘陵：方的圆的大的小的高的矮的砂箱们东一堆西一垛掩映在杂草丛中，裸着紫黑的本色。杳无人迹。西边是洼地，野草很张狂。一头黑色的驴子正在没腿的草丛低头吃草，挺稳重。

这黑驴，是马庆善的坐骑。它像是一头哑驴，我从未听到有什么响动从它嗓子里发出。

我知道这头驴离挨宰的日子不远了。这时我又想到自己即将出师，心头便蓦地一紧。正要转身往回走，无意之间看到从砂箱库的草丛深处走出一个人来，上了旱地就向我疾跑。

"洼地一带十分平静，除了我没有任何动物，形势大好不是小好！"

是包骏，顶着一脸黑灿灿的胡子。

他身材高大，手中却捉着一只由白士林布缝成的小口袋儿。小口袋一涌一动一跳一跃的。我知道里面囚禁着一只只刚刚告别蓝天的麻雀或者是什么别的小鸟。小鸟们的归宿是人的胃底。后边洼地里，下满了吴大队长的粘网。小鸟们无知地撞上去，比皇家空军的覆灭更为悲惨。

我问包骏几只鸟。他目光有些迷离："这鸟儿们的觉悟太低了，大多不愿意朝网上撞，这是没有办法的事情。"包骏说话舌头根儿发硬，有时听着就像醉鬼。

我问："你老婆来信了吗？"

包骏的"翻砂语"说得比我地道："你问我那下扇儿呀？她身体健康工作顺利学习进步月经正常！"说着就哈哈大笑很开心的样子。

听这种语言你很难相信他是个知识分子。

我问："那只黑狗？"

他加快脚步："皮我收藏了，肉经过胃口加工后成品已安全送入粪坑，你放心勿念吧。"

进了车间大门外那个小空场。吴大队长站在一个砂岗子上冲我和包骏一瞪牛眼发了火。

“×——一做这翻砂工人操，你俩就迟到！”

第一个字是吴大队长说话口吃时的发语调，无甚意义。散乱站在小空场上的翻砂汉子们却借机沸腾起来，十分整齐地呼喊着。

“翻砂工人操！翻砂工人操！”

吴大队长更火了：“存心把音儿往偏处念，都想当戴帽坏分子呀？都闭着你们的嘴！”

每天上午十点钟，人们都要遵命放下手中活计到小空场上来，做工间操。

包骏走上去把那只小口袋儿交给吴大队长：“飞了一只，我追，才误了时间。一共七只。”

包骏每天都遵命去后边洼地里替吴大队长从网上收鸟。这是对一个臭老九的重用。

吴大队长接过小口袋儿，一耸鼻子：“我闻出味了，全是老家贼没有别路鸟！李吕子今儿个让你领操，开始吧。”

“李吕子领操！李吕子领操！”

又是一阵呼喊，吴大队长根本镇压不住。

李吕子上了高岗：“对不起众位，今儿个我领操。一——二！”

这就是轰动一时的“翻砂工人健身操”。它一出现即被简称为“翻砂工人操”。于是它愈发受到人们的拥护和爱戴，并成了生活中一件大事。

一个体院学生——操着大西北口音的工农兵学员，“开门办学”到翻砂场上深入了三个月，深深体验到这里的苦大累。他为了保护我们的腰腿，苦苦研究出“翻砂工人健身操”，之后才挥泪告别翻砂场。这套伟大的健身操作为“开门办学”的硕果使他毕业之后分配到国家体委，这是他去年在给包骏的信中讲的。

人们在李吕子的率领下，仰脸望天有节奏地扭动着脖子——蓝天好空阔！

这是一套设计得有些古怪的操法——人的躯体被一节节动作所分解，呆板而激越地舒卷张合。有时你会觉得根本没有依照操法，而是成为一种难以把持的大律动——头与肩分离了，你感到自己的眼睛看到了自己的脊梁。

人们狂野地变换着身形，嘿哟嘿哟喊着。

我听见骨节们在嘎巴嘎巴地错动个不停。

只是没有我的师傅马庆善和他的驴。

吴大队长站在一旁，静静看着扭着身子的人们，不时笑一笑。手中，他隔着小口袋儿掐死了一只只小鸟儿，这是他制造自己午餐的第一道工序。这个中年汉子的老婆孩子在农村老家种地，于是他有时也被人们称为“独扇儿”。他这半条光棍儿却一个心眼儿嗜吃：认认真真捕杀着身边的一切小动物。草洼上有他挂的粘网，洼地里有他下的线儿枪。还有渔篓儿、老鼠夹子和宰猫屠兔的刀……

车间门里站着仅有的两位女性：前挺后撅的母美玉和敦敦实实的金铁萍。她们看着翻砂工人操的场面，不言不语。

这时我产生了一个想法：我或迟或早出师，能躲过初一却躲不过十五。

吴大队长喊了一声“散！”人群中的曲建新大叫一声冲了上去，身子摇摇晃晃。

“吴大队长，那件事不是我干的！”

曲建新身子一挺栽倒在地，口吐白沫抽起了羊角风。

吴大队长边走边说：“包骏抢救！把跟老婆学的医术快用上吧。”

包骏木呆呆说：“我老婆是兽医……”

“革命分工不同嘛。”吴大队长说。

林志刚冲上去掐曲建新的“人中”，三角眼瞪得贼亮：“曲建新你是色大胆小！”

李吕子怒吼：“林志刚你还没有出师呢！训谁？”

3

出师考试的地点定了，在车间西边一个地坑里：六米长三米宽一米深，阴宅一般。

李吕子十分主动地找到我，说是给我看看手相。他耸着那枚奇大的鼻子，似乎是想从我的爪子上嗅出红烧猪蹄的味道来。

他观手纹之后说："你将来的媳妇是个女的。"

他又看了看手型："你爹现在的岁数比你大。"

我问："怎样才能顺顺当当出师呢？"

他答："要保养身体别总手淫……"

我马上说："咱不会犯那种错误你放心吧。"

李吕子说："是啊是啊！长这么大你连错误都没犯过真是太惨了。"

金铁萍蹲在远处往活儿匣子里捣砂子，抬起头看了我一会儿，那眼神分明又在说："刘直刘直你快去干活儿呀！"我真受不了她这种关怀。

刚才报社的那个记者又采访了她。我估计这次"铁姑娘"该改成"钢姑娘"了。

吴大队长对记者十分潇洒，像是在点拨自己的大儿大女："你认认真真写她吧！三年没歇过一天班，天天超额两倍多的活儿，这闺女铁！"

记者说："应当提拔到领导岗位上去了。"

吴大队长："这废话还用你说？我让她当副主任，她可得干呀！说非让她当官她就抹脖子上吊喝敌敌畏。出了事你偿命？"

记者若有所思："恐怕应当进入厂级或者更高一级的领导班子才是。"

"我看你是离偿命不远了，回见。"

记者走后，林志刚气喘吁吁跑来了。

"走啦？妈的走啦！我紧赶慢赶写了一篇那个报道，这记者怎么走了？"

吴大队长哼了一声："快干活儿去！报道？你吃屎都赶不上热的……"

林志刚的报道写得文采飞扬。

标题：《林志刚金铁萍刘直认真准备出师考试干劲十足》。

文章第一句话是："为了出师他们仨饭吃不香觉睡不稳排除万难加紧练技术，其中林志刚克服牙疼……"

林志刚学徒三年给人的印象比较清晰：他的脑袋是个澥了黄儿的大鸡蛋，发浑。

李吕子对自己的爱徒说："林志刚你快出师吧！我也该熬出头了，唉！"

"我不会辜负你一片心意的！"林志刚说。

出师的味道渐渐浓了。母美玉从天车上探出大脸来说:"刘直你出了师就好啦！大伙儿就都一样了,嘻嘻。"

我抬头又看高处的"工业学大寨",就问李吕子:"你什么时候爬上去改那个字?"

"除非吴大队长应了我,把小母从这块地界儿调出去。"

"工业学大寨"这条标语是吴大队长心头的一块病。那年他让一个来翻砂场劳动改造的秀才爬上十几米高的地方,写"工业学大庆",那秀才书法不错,写了整整一上午,成了。正打算顺着梯子下来朝吴大队长交差,地下的人们就喊了起来:"庆！庆！不是寨！"

那秀才怔在天上,像是听不懂人们的喊叫。

地上又喊:"裤腰带当围脖儿——你系错了！尿憋子打酒——你差了壶！鞋帮子变帽檐儿——你戴错了！"

密不透风的俏皮话儿使天上的秀才完全蒙了顶。一步踩空,他从天上坠落下来。

他呈坐马桶的姿势落地,臀瘦,却十分夸张地在黑砂地上砸出了一个腚状凹坑。他被送入医院抢救,屁股却万分真实地遗留在翻砂场上。当时正在浇铸,一个汉子顺势就将残留在铁水包里的铁水浇在"屁股"上,随之冷却便铸出了那只挂在车间门首墙上的似钟非钟之物。那可怜的秀才终于死在手术之后,他那充满生命意识的臀部复制品却留存在了人间。每当有人"当当当"敲响这物件,便有一股味道扑面而来似昭示着什么玄机。

那"寨"字拖了这么久也没改正过来。

吴大队长下了决心改那"寨"字。

"咱这又不是农村,咱们要是学大寨不就等于是跟人家农业抢行市吗?咱又不是没的可学了非学陈永贵不可。明明有王铁人嘛！"

李吕子责无旁贷——他书法全车间头一份儿。

临近考试的前一天,中午休息时间里,包骏在天车上排除故障,母美玉作陪。天车驾驶室很小,仰望似一个空中堡垒。车间里静极了,人们都流散到犄角旮旯儿里去午睡。我分明感觉到天车被一种巨大的力量摇撼着,发出铁的呻吟……这部破旧的天车时不时就要趴窝,仿佛人的生理周期。母美玉每次都要求在午休时间里抢修以免影响生产。而吴大队长每次都指派包骏“登天”,去进行永无休止的抢修。

母美玉是个宁死也不离开翻砂场的女人。

我是在车间外边的一个棺材形芯盒子里偶然发现正在午睡的李吕子的。他睡着,脸上挂着一丝惨笑。我推醒了他,说:“天车又在抢修。”

他想了想,说:“我也该被检修检修了。”

之后他直盯住我的眼睛,一板一眼说:“我总认为那个黑秀才不是失足坠落,他是故意一脚踩空的。你不知道,他身子坠落时显得多么平稳,好看极了!”

我心里害怕了:“这话,等我出师之后你再跟我说,行吗?现在你别说了。”

李吕子笑了:“你已经懂得动物语言了,这很好,很好。”

我就去看我那古怪的师傅马庆善了。

正是半死不活的春天,小风拂面。地上是一层薄薄的黑砂——这是翻砂场的神韵向四处的扩散,因此任何一个迷路的翻砂工都会凭借这种原色而重返家园。我走着,从地上捡起一张烂纸,上面居然赫赫醒目写着我的名字。我的名字上不知被谁踩了一个黑乎乎的鞋印儿,似一枚强暴的图章。记不清这是哪一次我贴在墙上的决心书。展平叠齐,我把它揣进怀里。

这时候我哭了,心里觉得十分委屈。

羊师傅背着个粪筐从我身后赶了过去。每天午休他都要围绕着车间拾粪,供养着他开垦的那块“自留地”。翻砂工们随地大小便,羊师傅就凭着嗅觉一处处寻找。他的收获往往不小,以人粪为主,动物粪为辅。肥死了他的自留地。

羊师傅似乎看出我的去处,回过头对我说:“你待一会儿去吧,他正练气功呢。”

果然,马庆善打坐在一摞砂箱上闭目运气,光光的头顶宛如一颗璀璨的灯泡,身静如石。

马庆善从小在三条石学徒,前几年已被职业病防治院诊断为二期的矽肺病患者。他认为自己肺里有了一块石头,就天天运气打算把石头慢慢化去。谁也不知道他练的是什么气功。

羊师傅真诚地说："刘直你要是打算拉屎，就到俺地里去，保你干净。"说罢就又去拾粪了。

离正练气功的马庆善不远，站着他的那头黑驴——一动不动，它的目光定定望着我。当我与它对视的一瞬间，它无奈地合了一下眼皮，仿佛在说它也很了解我的心境：出师是不可避免的事情。

我觉得那驴已经替马庆善接见了我，就转身朝回走。东边临着那条臭水沟有一排低矮的小破屋，其中有一间是包骏的宿舍。

车间门首传来"当当当"的响声，我知道又是临时停电。每逢此时，吴大队长就用芯铁棍儿敲击那只挂在墙角的"铁屁股"，招呼人们下午接着干活儿。这是一种强力的敲击。

睡在骨灰盒里的那个黑秀才是难得安生的。

我扒着没有玻璃的窗户往包骏屋里看。

他正在屋中踱步。屋小，他就像一只撞来撞去的皮球，一往一返速度很快。口中反复念叨着："我又当了一中午牲口！一中午牲口！"

我知道包骏修理了一中午天车，很累。

屋中墙上，挂满了动物的皮毛：狗皮猫皮老鼠皮野兔皮……床下堆满了喝空了的酒瓶子。使人觉得屋子的主人是个嗜酒如命的动物学家。

包骏突然说："灵长目，你进来吧！"

仿佛他后脑勺上也长了一只眼，看见了我。

我就从窗户爬进去。他说："退化！你从直立改为爬行……"我被他的吼声吓了一跳。

之后他就躺在小床上了，头枕着一本很大很厚很结实的硬壳书。我知道那本书上全是洋文，翻砂场上除了包骏谁也看不懂它。

他只有这一本书，偏偏还当了枕头。

床角上贴着一张女人的照片，长相十分秀丽。这就是包骏远在千里之外的妻子，一名出色的兽医。她与动物的皮毛贴在同一面墙上。

我望着满墙动物皮毛闻着屋中的古怪味道，问："你跟吴大队长有同样的爱好呀？"

"他杀生，我收尸，革命分工不同。"

他从床上坐起又说："要说我分配到翻砂场上还算福分不小呢！我的那些分配到别处的同类们，已经死了三个啦。"

我说："吴大队长拿你当勤务兵使唤，也就不愿意放你走了，挺太平的。"

包骏在大学期间被列为"五·一六"嫌疑分子，险些丧命。自从发配到这翻砂场上，他反而没有遇见大的险恶——他强迫着自己成为一名道道地地的翻砂工，求个平稳。他身上渐渐绝了那种墨水儿味道，只剩一种颜色就是黑。

"走，咱们干活儿去。"我随他往外走。

出门，包骏与母美玉撞个满怀。母美玉像是刚刚喝了参汤，一身朝气年轻了十岁。

"给！累了一中午了补补身子吧。"

包骏接了："谢谢你不远万里送来原料。"

母美玉往前凑了凑身子："我就爱你说话这种哏劲儿，有学问味儿。"

这时母美玉发现了包骏身后的我，表情稍稍一变，就又热烈了："刘直你快出师吧！"

我说："我保证我什么都没看见。"

她浪浪地笑了："就冲这句话你也该出师了。"

我们仨朝翻砂场走去。临近车间门首，包骏小声对我说："刘直你记住，什么事情都要自己拿主意，别㞞货软蛋似的把自己全赔进去！"

翻砂场上有歌谣云："老爷们儿没主意呀——受一辈子穷，裤裆破了用铁丝儿缝！"

4

我早早就换上干活儿的工作服——一套乌七麻黑的小帆布，提着工具匣子往地坑近前走。大清早，车间里静得出奇。一堆堆昨晚筛出来的黑砂，似坟头矗着，呼唤着活人进去安息。

我早点只吃了半饱。包骏告诉我吃得过饱，血液都参加消化去了，脑子就缺血不好使唤了。

我信服包骏，他念过大学有文化。

走近坑沿儿我被吓了一跳:坑里已经蹲着个金铁萍了,正半睡不醒的样子。

“是你呀?”她两眼熬得通红,神色紧张惊魂甫定:“我在这儿复习了一夜手艺……”

“天啊!你没撞到吴大队长下的夹子吧?”

金铁萍身旁是一盆刚刚熄灭的炭火。

身后又有了响动,是母美玉噔噔砸夯似的走进车间。她还没有换上工作服,我看见她一身肥肉在那银灰色裤子藏蓝色上衣里涌动着,饱含着一种难抑的活力。

“哟!就你们俩呀?挺好挺好……”

我说:“母师傅你吃了吗?我这剩了俩烧饼。”

金铁萍小声说:“我饿……”

母美玉乐了:“有金铁萍还轮得上我吃。”

她嘻嘻哈哈去女工更衣室“换皮”去了。

金铁萍吃着烧饼说:“你一点儿都不关心同志,你应当多多关心同志……”

我说:“那我就先关心关心你,你能考好吗?”

她犹豫了一下,说:“能!你也能。”

临近上班的钟点了,翻砂场上渐渐升温。

地坑周遭,陆续蹲下了一些看热闹的人,一张张嘴比着赛嚼动,吞吃着早晨的“原料”。

我和金铁萍被嚼动不已的嘴们包围着——活像两只落在锅底的大型荷包蛋。

曲建新也来了,蹲在坑边儿吃着一种很圆很胖却很便宜的面包。他吃相还留有几分斯文。

我一下子就想起母美玉那面包状的肥臀。

这肥臀毁了曲建新的大好年华。

翻砂场上,曲建新的学历仅次于包骏而居于亚军位置:技工学校铸造班的高才生。

那一年的“七〇工程”大会战，誓师大会人山人海，把一个空空荡荡的大车间挤了个水泄不通。人挤人，乱了阶级阵线。远处讲台上，市生产指挥部的军代表正在讲话，大意是说一定要把制造六千吨水压机的战役打好，向党献礼。突然，人群里的母美玉哇地哭号起来，惊动了整个会场，中断了军代表的讲话。她边哭边叫母猪闹圈似的往外挤。人们闪开一条通道，为的是拉开距离欣赏她屁股上的西洋景——裤子上沾满了黏糊糊白花花的“胶水”。后来母美玉坐在地上哭天喊地，硬是搅得誓师大会没有开成。气得军代表举着老花镜在台上大喊：“抓住那个坏蛋戴上帽子！”

会后立即成立了专案组，连夜工作，要求母美玉提供线索。

参加誓师大会的人太多了：本厂的外厂的，年老的年少的，高的矮的胖的瘦的……

母美玉提供不出任何一点细节，专案组就挑灯夜战。母美玉被逼急了：“我只记得喊口号的时候曲建新站在我旁边，可我觉着不是他……”

立即从单身宿舍被窝里拖出了曲建新，审。

小黑屋里关了曲建新三天。他气疯了，用脑袋撞墙表示自己的清白：“绝对不是我干的！我阳痿。”

审案的人说：“早坦白早痛快，羊尾牛头都得认罪！”

曲建新捂着满是泪水的脸说：“不是我，不是我……”

最后，六千吨水压机造成了，曲建新的“花案”也不了了之。曲建新这个书生型翻砂工迷迷糊糊又获得了自由，但因根本没给他下任何结论而成了一个活生生的“不可知”。

于是母美玉乃至整个女性世界的肥臀成了他人生的最大禁忌——远远见到母美玉或活的女式肥臀他就惊得逃之夭夭。

于是清洗自己的不白之冤也成了他人生的主要任务。曲建新吃尽了面包，抹了抹瘦脸，瞪起了那双死鱼一样的眼睛，蹲在坑沿儿上又运出气来说：

“我当众宣布，那件事情不是我干的！”

没人搭理曲建新，他绝望地瞅着金铁萍。

“金铁萍你是党员，你的识别能力强，你说那件事是我干的吗？”曲建新十分痛楚地揪着自己的头发，像在拔草。

金铁萍慌了:“别跟我说,我不懂那种事情。”

林志刚来了,见地坑四周蹲着这么多看热闹的人,他就兴奋,冲前一抱拳,眨着小三角眼说:“天王盖地虎!”

没人搭理林志刚,空气十分沉闷。

天车动弹了,母美玉在天上喊:“我可盼到你们出师啦!两公一母……”

听口气她分明是在买螃蟹。

曲建新不抬头却听得清是母美玉,他未见其臀先闻其声,站起身拔腿就吓跑了。

众人议论:“曲建新要是国民党总统就好了,咱让母美玉扭着大屁股过海峡,立马就能收复宝岛台湾!”

有人反驳:“就怕美国第七舰队不在乎这只大屁股,人家给你来个‘奸腚’不移怎么办?”

金铁萍问:“什么坚定不移呀?美国佬。”

林志刚雄赳赳地说:“等出了师再告诉你。”那语气表情使人觉得美国人里有他一个表舅。

翻砂工的谐音法能把一个美丽的世界变得无比丑陋。他们深深掌握了汉字的奥秘。

“当当当!”李吕子敲响了那只铁的屁股。

包骏赶到地坑沿儿蹲下,自言自语。

“灵长目,今天你们大喜啦。”像要出红差。

“砰!”车间外面传来一声枪响。不知是谁又蹚上了草丛中下的线儿枪——吃了一身火药。

一会儿就传来火线快报,探子大声喊:

“马庆善的黑驴光荣负伤!”

5

吴大队长终于驾到了。我们三个即将“初湿”的人蹲在地坑里抬头望着他。满天都是“星星”乱眨动,那是地坑四周看热闹的人们的眼珠子。

金铁萍面色惨白,小声对我说:“刘直你问问他考咱们什么呀?”她声音发颤。

我则小声鼓动林志刚:“你问一问……”

林志刚很英雄:“考什么呀吴大队长?”

看热闹的人们异口同声:“烤——白——薯!”

吴大队长像是喝了什么魔汤,模样醉醺醺的可嘴里却没有丁点儿酒气。

他说:“工业学大庆,咱们讲究真刀真枪考出水平。谁在这支嘴儿就是严重错误。俗话说河边没青草,不必多嘴驴。哎,马庆善的驴死了吗?”

不知是谁应了一句:“你表弟还健在。”

吴大队长居然嘿嘿笑了:“巧嘴儿!嗯,开始考试吧,开始。”

根本没见到模型,铸什么呀?

金铁萍求援似的望着师傅。

林志刚傻巴巴看着李吕子,一脸茫然。

我只能不错眼珠盯着吴大队长。

他一寻思,问我:“马庆善没来?”

“徒弟出师考手艺,他怎么能不露面呢?”吴大队长一挥手,“去叫他来!还苦大仇深呢。”

李吕子立即奏本:“你的线儿枪揍了他的驴,他来了非拿你当驴骑不可,两便吧。”

吴大队长:“群众斗群众,误会。那就开考吧。上午造出型来下午浇铸,出了活儿我当场判分儿。干吧!”

我说:“到底考什么呀?哭了半天我还不知道谁死了。”

吴大队长一捶脑袋:“起早杂碎汤喝多了脑子发黏。考手考手,明白了吧。”

林志刚:“当然考手,我脚丫子在大头鞋里歇着呢!吴大队长你糊涂啦!”

“你再满嘴乱喷我可买手纸去啦!我是说让你们一人铸出一只手来,懂吗儿子?”

死一样寂静:铸人的手!绝活儿呀。

我们三只小动物就这样茶呆呆蹲着——像憋了一个世纪的干屎拉不出

来。

金铁萍强迫自己笑:“咱头一回听说铸手……”

林志刚憋急了:“干脆我剁下一只手给你吧!”

吴大队长吼了:“住嘴!我不收购猪蹄狗爪子,我要铁活儿。再顶嘴延你半年出师。”

铸手。我知道必须铸出一只手来才能出师,尽管我害怕出师。我不再出声,扒拉一堆潮乎乎的煤粉砂,思谋着怎么个干法才成。

马庆善扔下我这个徒弟不管,蓦然我心中泛起一股“孤儿”感,其实谁也没死,榫子都挺结实的。大主意自己拿,往疯里长吧我想。

抄起刮板我打了个地势,扫出个平面把左手展平摁在上面——手心上的纹络就印在黑砂上了。裸露着的是手背。手背上是青筋毕露,死蚯蚓一般。我右手是自由的爪子,抄起铲勺沿左手廓线压出一个界面,就分出了上下模。我是“独扇儿”,用一只砂箱。那砂箱《西游记》书本般大小,上下两集那么厚。

我听见蹲在地坑沿儿上的李吕子的低语。

“抽烟抽烟,吴大队长我求你了,把母美玉从这儿调出去吧。她一调走就等于我尽了最后的责任救了她,我立马跟她散。”

吴大队长也是小声:“你想散,现在就散呗!调她走有什么用,她肥她瘦干你屁事。”

李吕子声音悲凉:“她不懂事情深浅,不离这黑砂地她就快淹浸死啦,这个傻蛋!”

“人家母美玉活得挺自在,你这是瞎操心。我看她离了黑砂地没准儿一天就死!咱这儿可是大补呀。”

据我所知,李吕子从来不求人。这次他为了自己的老婆来央求吴大队长,我猜想是出于他对母美玉的最后疼爱。

李吕子认为翻砂场是活人的坟茔。

母美玉认为黑砂地是健身益心的乐园。

所以虽是“上下扇”的关系,夫妻几年就连一个崽子也没有制造出来,全面停产却又白白浪费着光阴。

羊师傅小声提示金铁萍:“左手当模子。”

李吕子已停止与吴大队长的谈心，绕到另一端去了："林志刚快干呀！在手指缝里开边。"

众人议论："林志刚的祖先是个后进猿人，从树林子里下来得太晚啦！"

我制出了下模，心中稳住了，又将那扇砂箱扣上，柔柔的黑砂淹没了我的左手。

林志刚飞眼儿看见我的活儿路，很不屑地抬头问："吴大队长我铸出个拳头行吗？五指紧握有力量。"

李吕子忍不住了："吹牛！拳头怎么出模？你浑了。"

吴大队长大声说："有屁都一边放去，闭嘴。"

我往砂箱里喹着黑砂。这时我觉出自己是个被缚的人了，五指溶在砂子里，化了。听得见血脉里哗哗流淌的红汤子，连通了黑壤的经络。

金铁萍突然小声抽泣起来。

"又没抗旱，小金子你求哪家子雨呀？"

金铁萍愈发悲伤："我想起了我爹，他半身不遂……"她的左手也已埋入砂中成了黑壤的小俘虏。

林志刚好大喜功，已进入"全身不遂"状态了。

这时包骏凑到吴大队长身旁，不紧不慢地说道："马庆善正在龙门吊车底下磨刀呢，不知他是要杀你还是杀驴……"

吴大队长笑着说："马庆善杀了我他替我供养农村老家那六个崽子和一个娘儿们呀。"

包骏说："杀不起你那就杀驴吧。"

吴大队长："包骏你拿我开心？驴比我还强呀！你又跟我要墨水味儿的心眼儿，没改造好啊你。"

包骏十分郑重："我一定努力改造，你勿念。"

我们三个人的左手都已埋入小砂箱中。远望，你会以为是三个小动物拽着一个黑色地球。

有人高喊："吴大队长厂部来电话叫你去开个紧急会！听口气是屎到了肛门啦！你快点儿。"

吴大队长条件反射打了个哈欠："×！"

天车动弹了，吊钩徐徐落下来，停在金铁萍头顶上方。母美玉身子探出驾驶窗口，一双硕乳在蓝布工作服里摇摇晃晃顺从着黑砂的万有引力——滋补给了人们贪吃的眼珠子。她喊：“金铁萍你累就把脑袋靠在钩子上歇一会儿，别泥胎一样怔着。”

女人最疼女人。

金铁萍：“得从难从严呀！”声音已经发黏了。

母美玉：“出了师我再骂你吧，现在你还消化不了有营养的东西！你快出师吧出师吧。”

林志刚埋着左手痛苦地喊叫：“我、我憋不住啦！上厕所……”

李吕子：“拧紧你的水龙头！坚持到底！”

母美玉在天上嘻嘻地笑个不停。

有了响动。马庆善走进了翻砂场：一瘸一拐的人，身后牵着一瘸一拐的驴。

那黑驴远远就冲我眨着眼睛。

我觉出左手已折在黑砂中了，就地掩埋。

冲天炉哼哼起来了，下午会有铁水铸我们的手的。

6

翻砂场的景致一天三变，是铁铸的漓江山水。大清早上只见四处都支立起铁网眼儿的大筛子，一转眼就筛出一堆堆备砂，赛一尊尊黑色小山。下晚收工，打箱落砂之后的翻砂场就成了酷热的沙漠，砂子溃散四处流，空气浓得发沉，就一人手中一根水管子，把翻砂场浇成个小沼泽，人也成了两栖。

最为壮观的是下午的浇铸。冲天炉泻下火来，人们端着长把儿铁水包走马灯似的往往返返，像是往黑色土地爷的大嘴里一勺一勺喂汤水。此时的翻砂工大喊大叫着，个个都是爹。

有歌谣云：“浇铸浇铸瞎胡闹，见了眼儿就往里倒。”大意是说凡是有眼儿的地方就给你灌进一包铁水去，铸个实着。

所以李吕子叮嘱我：“当心自己的肚脐眼儿。”

造成了“手”，我们三个先后合上砂箱，候着往水口圈子里浇铁水了。

我看着自己那只既是工具又当模型而且还将铸成一件成品的左手，就愈发认为出师是无法避免的，该出就出。

借等候铁水的工夫，李吕子与包骏面对面蹲在黑砂地上，各人寻思各人的事儿。

我知道这两位的关系不好处，太特殊。就那么一层窗户纸，谁也不愿意捅破了脸对脸。

谈话开始了，哑谜式的斗法。

李吕子："人哪，最不该自己想死还拉个垫背的，毁了别人。"

包骏："人在翻砂场要想活下去，就别拿自己当人，心理准会平衡。自己拿自己当人看，心理可就不平衡了。哎，混吃等死吧。"

我听见了他们音量不高的对话。不知为什么我觉得他们的谈话充满了真诚，心里惊讶。之后我感到在翻砂场上做个老爷们儿太不容易了，气儿很难喘匀实了。包骏深挖洞，李吕子广积粮，吴大队长很难不称霸。

李吕子艰难了一会儿，抖动着奇大的鼻子说："谁、谁要是能叫母美玉乐意调出这翻砂场，谁就是一条真正的男子汉。就是该宰我也饶了他！"

包骏低着头，不言不语像个老实孩子。

冲天炉下来铁水了，忙了人们的腿。

金铁萍抄起小端包身子仄成一张弓，趟出一路小碎步儿前来浇铸自己的杰作——手。

我也随着。铁水从冒口翻腾上来了，铸成了！我知道自己有了一只备用的"手"。

"坏、坏啦！"林志刚一声哭丧。他的砂箱没压实，铁水一托就涨了箱。这不是吉兆。

李吕子踩住砂箱，喊："顺其自然吧林志刚！"

这时吴大队长扛着个铁钩子验活儿来了。

林志刚恼羞成怒："从南京到北京没见过出师考试铸他妈的手的，刁难革命青年！"使劲从工作服大襟上揪下最后一颗纽扣儿，扔在地上。

羊师傅立即猫腰拾起："林志刚你不要它啦？归我归我。"羊师傅爱物如命拾破烂成癖，说不定这颗纽扣儿会钉在他闺女嫁妆上陪送出去。

吴大队长抬脚就踹翻了砂箱，使铁钩子从砂子堆里往外扒活儿，表情同于剔肉的屠户。

扒出了林志刚的“手”。吴大队长问：“谁的？”

众人齐声答道：“熊——掌！”

吴大队长：“还是一道名菜呢！”

林志刚眼冒邪火盯着众人：“我状元当不成了！”

吴大队长嘿嘿乐了：“状元？就冲你这手艺还不得延你出师！”说得林志刚一屁股坐在地上。

看到金铁萍的那只“手”，我一下子就绝了娶媳妇的念头。这只手像是正要与鬼相握，充满了女人的弱点。母美玉却在天上唱了起来。

缺五音少六律没有音乐感但绝对雌味儿。

“金铁萍呀！凭你这只手，应当住高楼，穿的绫罗缎，喝的燕窝粥，出门小汽车，天热去旅游……”

吴大队长扒出我的“手”使铁钩子敲，我心口一阵生疼，就闭上眼睛不敢看了。

三只已经凝成铁青色的手，呆板而形状各异，共同且唯一的特征是“前足”。

吴大队长进入境界，蹲在地上一口接一口抽着旱烟叶，忘情地欣赏着“手”。

他大声说：“又出来仨！又出来仨！”

三只“手”被吴大队长抱在怀里走向清砂工房角落，扔进那只六角滚筒里除砂去刺。

机声隆隆响，我们等待着吴大队长判分儿。

他从滚筒里取出我们的“手”，缓缓抱在怀里：“唔……”

我和林志刚以及金铁萍：“唔？”

吴大队长低声说：“都能出师……”

人群一下子没了气氛：“没有新节目呀！”

羊师傅连声对金铁萍说：“我又教出一个徒弟又教出一个徒弟……”

林志刚得意忘形：“敢情我上缴一只手，这师就出啦？吴大队长我祝你身体健康永远健康永远健康……”

吴大队长不睬我们，抱着三只手回他的办公室去了。

林志刚迅速从怀里掏出一盒“大前门”，火速开了封，小眼睛一眨巴就在嘴上栽了一棵烟。

“我宣布，今天今时起我正式对外抽烟！咱也三十五块五了，一级工的师傅。”

我说你下一个任务是学会喝酒。

林志刚：“对！二锅头，白酒我要抓紧练。”

包骏自言自语：“朝气蓬勃正是早晨八九点。”

林志刚吸了一口烟。李吕子走上来，双眼盯着这个新生烟鬼，小声探讨：“我想跟你商量个事儿。”

林志刚气宇轩昂：“说吧，咱好商量。”

“这个学徒三年呢，最末了啦我想做个纪念让你记一辈子……”

林志刚抢话：“合影合影。”

李吕子拍手，“啪”就是一个嘴巴给了林志刚。林志刚蒙了头：“你……”

李吕子缓缓说：“这就是纪念，全结啦全结啦从此两便啦。”

林志刚仍然发傻清醒不过来：“这么说以后咱们就是革命同志关系啦？”

包骏自言自语：“革命不是请客吃饭……”

金铁萍小声说：“这到底是怎么回事呀？”

人们散开走，已是黄昏时分。

林志刚终于清醒了，捂着脸上的图案大声冲李吕子背影喊：“敢打我？你这个大王八！”

母美玉迎上去。毕竟是李氏之妻，她捍卫着自己的丈夫，朝林志刚呐喊：

“林志刚！你爸爸想当王八还没有被选举权呢，谁搭理你妈？”

7

师就这么出了，可翻砂场还是翻砂场，我的饭量也无增无减。出了师，金铁萍的饭量便超过了我，她一顿午餐吃三个馒头一盒子粥。

吴大队长给她派了一件十分简单的活儿——一种名叫“拨叉”的小铸件。这活儿有爪子就能干出来，因此金铁萍高速高产得惊人，看来她又该上报纸了。吴大队长常说：“工人阶级呗！咱们得保住小金子这个铁姑娘的典型。”

我邻着她干活儿。她很少抬头看我，瞳子里全是黑砂。她边干边开导我：“刘直刘直你也争取千日满工满勤吧。我爸爸烧了一辈子锅炉没歇过一天班。旧社会是不让歇，新社会是不愿歇。你也决心争取吧。”

她呼呼喘着，眨眼就托出一匣子活儿。干翻砂就讲多多益善绝不计划生育——铸出一个铁裔之族才是你的造化。

“要大干了要大干了……”她居然边干活儿边幸福地呻吟起来。

我说：“你现在也不是小干呀！还大干什么？”

她终于抬头：“我就觉着要大干了，真的。”

林志刚跑来了。他已经掌握烟酒本领，人也老到了许多——出了师一步就迈入了中年。

“金铁萍我来递交入团申请书。”

金铁萍说，好极了不过你要少抽烟少喝酒。

林志刚：“抽烟喝酒是革命行动，可以促进生产和备战备荒……”说着他转脸冲我换了个话题，语言十分流畅。

“李吕子是百分之百大王八！包骏在天车上跟母美玉……”

金铁萍终于停止了大干，满面绯红着说：“林志刚你总议论这些事情怎么能尽快入团呢。”

林志刚似乎得到神示，抢回申请书兴奋地说：“干脆我直接入党吧，省一道工序。”

说着他就把申请书标题上的“团”用黑乎乎的圆珠笔改成“党”。又说：“省一道工序。”

我瞅着林志刚的抬头纹问：“今年你十九？”

他很不高兴：“二十一！我虚岁二十一！”

李吕子来了，用崭新的口吻崭新的语言对昔日的徒弟说：“二十一？你恨不能跟你爸爸同岁，可惜你爷爷不同意。”

“我×你老婆！”林志刚十分勇敢地反击。

“请便，最好占用公家时间。”李吕子说。

我完全被惊呆了，这李吕子的大肠大肚。

理想主义之后，李吕子十分现实地说：“林师傅您出师之后，该有个大号啦！”

林志刚说我有名字呀我爸给起的。

李吕子蹲下：“我给你点石成金吧。”

说罢李吕子就用一根钉子在黑砂地上一笔一画写出了三个隶体大字：林痔肛。

林志刚见自己成了大肠头儿，马上就瞪起精致的三角眼：“你！你！你……”

李吕子这个出色的丑学家，神色庄重。

林志刚被彻底打败了。望天车，他不敢再骂母美玉如何，因为这仅仅是个停留在口头的理想而已。母美玉真的当众解开裤子，他林志刚登时就得咽气去睡骨灰盒。

整天在空中野飞的母美玉只属于这黑色苍穹。于是林志刚无可奈何地提了提裤腰说李吕子李师傅咱们今后抓革命促生产井水河水两不犯。李吕子听了就神色愈发庄重地在黑砂地上写了两个草体大字：照办。

林志刚苦笑：“×！你弄这儿批阅文件来了。”

据说林志刚跑去向吴大队长告状了，说李吕子随随便便改人名字是反动标语的性质得从严处理。

吴大队长说你小子出了师咋倒娇气起来啦，名字管个屁用。之后他鼓动林志刚：“好好干，我给你介绍个对象过日子。”

林志刚脑子有时候发浑，居然急于落实这个问题：“介绍谁我听听。”

“魏——宝——绢。名字好听吧？”

“魏宝绢”就是“喂饱圈”，喂饱了圈起来养膘的大母猪。林志刚气得扭头就走。

气跑了林志刚，李吕子十分友好地与我洽谈起来。他说：“出了师得重新命名这是制度。”

我想我不会步林志刚后尘成为第二个大肠头儿吧？除非孔丘那么大学问

的人来翻砂场。

这时候包骏手里托着一块测硬度的砂样走到近前，我觉得他有几分技术味道了，就十分依赖地冲他说：“包骏，李吕子正在给我命名。”

包骏抚了抚络腮胡子：“人往高处走，没法走；水往低处流，容易流。”

李吕子：“别在这卖弄臭学问干扰我的思路。毛主席说卑贱者最聪明，高贵者最愚蠢。”

金铁萍小声唤我：“刘直刘直你快干活儿吧。”

李吕子即兴：“先解决了你吧，你叫金贴瓶。金子贴在瓶子外面，闪闪发光永不褪色！”

她惊恐了：“李师傅你千万别起这个头儿跟我开玩笑！我、我害怕……”

金铁萍说着起身就向女厕所逃去。

包骏立即现场评点：“毕竟是个女性……”

“刘——直？”李吕子思想家一样沉吟，蓦地双眸一亮点燃了智慧的火花，“加个儿化韵吧，问题就迎刃而解了！刘直儿——六侄儿，就六侄儿吧你。”

见降了辈分，我也野了：“我是你大爷！”

“壶——”李吕子接我话尾继上一个字。

人们哄然大笑。我大惑不解。

李吕子诲人不倦：“让你死个明白。这叫添字改义，量变才能引起质变。哲学你明白吧？”

我入了门儿，就自我操练了一遍以求甚解。

“我、我是你大爷壶？”

“对，你是我大夜壶！”李吕子激励着我说。

包骏唤我：“质变吧哲学？我也是从头学起。”

我居然学徒三年之后成了黑砂的六侄儿。

包骏边走边开导我：“名不正则言不顺，言不顺则事不成，六侄儿就六侄儿吧！六侄儿也比我这个不伦不类不死不活的人强百倍呢。”

我说：“包骏包骏，我想跟你交个朋友。”

他怔了一下，怒了：“你离我远点儿！”

我非常失望，就又孤零零想起了马庆善。

临近打响午休铃声，车间突然走进一群人来。为首者三十多岁，男教师模样，领着十几个学生模样的小伙子。都是怯生生的表情。

羊师傅似乎看见肥料来源，本能地抄起了粪筐。而包骏远远望着这群人，没说“灵长目”那句口头禅。

翻砂场上所有的活物都一下子凝固了。

林志刚以大肠头儿的气魄判断着。

“是他妈来学工劳动的吧？”

我这才想自己当年也是中学生。

8

翻砂场几经烟火洗礼却还是讲究旧例儿，有个喜事主家总要出点“血”，表明你眼里有人。我领了一级工的薪水就买了二斤糖块儿，认亲似的四处散着。见了那些三条石牌苦大仇深的我就说：“出了师咱还是徒弟，有事您照样支使我。”人们听着就错动着牙齿，不误时令地嚼着我的糖块儿，嘎巴嘎巴山响。

“好好干！明年就四十一块六毛四了。”

我知道那是二级工的价钱，只要不犯错误到时候自然长上去，国务院规定。

母美玉吃了我十二块糖，还没够。我就躲她。她说：“你财迷小子抠手抠脚像个老爷们儿？往后就自己舒坦自己吧！”

她的宗旨是祝愿我打一辈子光棍儿。

还余下几块糖，我决定给马庆善送去。

金铁萍埋头打着油砂小芯子对我说：“刘直刘直你可要快去快回呀！”这口气好像我要出远门去云南、贵州或东三省。

出了车间大门我就胡思乱想：马庆善砸脚可能出自天意，令我无师可承自己乱长。这老头子严重口吃，今年正月初一的一句拜年话，他从去年八月十五就得动弹舌头，如此也未尝不误节气。马庆善没把他结巴的毛病传给我，是我口条儿的福分。

临近砂箱库我撞见了吴大队长。

他咧着海碗大嘴问:“那只黑猫你给我逮着了吗？都三天了！”

“您记差了,没给我派过这个任务。”

“唔,那就是派给了包骏。”

吴大队长似乎永远记不清人和事。他口中散发着一种我无从体验的味道——十分熏人。

那台低矮破旧的龙门吊车吱吱扭扭行走着,赛一堆诈了尸的死铁。不论有用没用,马庆善一天除了练气功化石头,就是不停地将一摞摞砂箱吊来吊去瞎折腾,像一个搭积木上了瘾的傻儿童,无休无止地东拼西凑玩弄把戏。

吴大队长追着龙门吊车大声吼:“工业学大庆,你这是违章操作！”

这是我认识吴大队长以来从他口中听到的最为现代的词汇。

垂死的龙门吊车照旧行走着。

“马庆善你手呢？你手忘在王家台老家啦！”

吴大队长在“用典”。他和马庆善以及羊师傅同是王家台的老家,先后离开农村来到三条石永茂公铁工厂学徒干翻砂,绝对苦大仇深。

故而“王家台”既是故家的名称也是他们生活中频频使用的一个代词,具有不可穷尽的修辞学意义。

有不切实际的妄想,就说:“你别做王家台热被窝里的美梦了。”

形容路远,就说:“这是回王家台呀！”

我分配到翻砂车间的第一天,填写职工登记表交给吴大队长。他看罢面露喜色。

“你小子也是王家台的？好！”

我解释说我家住天津市河东区王家台大街××号,家庭出身职员。

“我是交河县王家台,你是天津卫王家台,五百年前咱是一个村！”他逻辑性很强。

从此他居然对我怀有一种特殊的好感,见了我就像见了他的大儿子或女婿一样开心。

谢谢王家台。我绝了换房搬家的心思。

吴大队长接着吼:“我放你三天假回咱王家台拿你的手！”

“王家台”使马庆善停住了龙门吊车。

绝对是世界工业奇观:马庆善居然在龙门吊车的铁腿上安了一个离地一米多高的铁篮儿,将五十五岁的瘦屁股装进去,双手抱着枕着;伸出左脚用大脚趾抚摸着控制盘上的键钮——或开动或停车,轻松地操纵着这台五吨起重量的铁怪物。我觉得这老头儿即将羽化登仙。

吴大队长捏了捏袜子里那只充满灵气的左脚,又拍了拍穿在马庆善右脚上那只形似航空母舰的特型鞋,说:“明天要来他妈的检查团,你赶紧用手别用脚,让人家笑话咱国大无人!”

马庆善五官一聚,及时且突然地打了个喷嚏算是答复了吴大队长。

吴大队长:“我等着吃你的驴肉呢。”

之后吴大队长走向远处的墙根儿,冲着那个“男”字抖开前门儿撒了一泡尿,回头朝我和我身后的世界残忍地一笑,就蹚出一串儿响动钻进草丛深处去酝酿新的捕杀阴谋。

翻砂场四周的小动物们已愈来愈少了。

昨天飞来一只夜猫子,粗心大意地看了看大家,就扬起翅膀飞走了。据说它没笑。

吴大队长听说立即组织捕杀,可惜晚了。结果他找碴儿拿包骏泄了一通火气才罢休。

包骏认错:“只怪情报来得太迟……”

我开始“拜佛”,对马庆善说:“我出师了……”

三年来我只听马庆善说过一句话,就是铁杠砸脚时他的那声“啊呀”,充满真情实感。

我又说:“你……您吃糖吧喜糖。”

他一双无光的小眼睛很圆很圆,像两颗熟烂了的黑枣,半睁半闭——死死盯着自己假右脚上的特型鞋。他伸手接了糖块儿放在怀里。

我无端地认定他将糖块儿留给驴吃。

那驴似乎就是我的师兄——先入山门为大。

见马庆善冲我一言不发,我说您要是没别的话说我就回去干活儿啦。他动了动瘦屁股。

显然，他有话要对我讲才挪动屁股的。

我就候着他老人家嗓子里的响动。许久，他置声带于不顾却解开了那只特型鞋的带子，往假脚里摸索着，就像那有个嗓音的开关。

我突然冒出一句话：“他们给我起外号叫六侄儿！”说罢我觉出三年来我的心一直是很委屈的，尽管我说不清委屈的原因，反正我委屈。

他穿着那件不合季节的黑棉袄，面若死水。

缓缓又缓缓，他从鞋里抽出一沓子纸片，捻在手中扑克牌一样展成扇形，像要出牌了。

我看清他手中有三张这样的硬纸片。

他冲我点了点灯泡一样的脑袋，慢悠悠向我举出第一张纸片，上面是一行很笨拙的墨字：

要穿棉裤呀人护腿狗护嘴老了后悔。

天已转暖，我猜想这纸片一定是入冬之前马庆善请别人写成的。我知道这纸片就等于是他的“嘴”在向我叮嘱，就使劲点头：“嗯哪。”

我突然从马庆善的眼睛里看到了慈祥！

他的目光正灼热地舔着我的脸。

我哭了：“他们给我起名字叫六侄儿！”

我抹泪：“我怕金铁萍这样干下去早晚得累畸形了连孩子都不会生养……”

我不知道为什么向他哭诉这些不贴题的事由儿，反正一抹泪心里就宽绰了几分。

马庆善脸上褪了慈祥，又举出第二张纸片，颤颤着朝我“说”：

死也别信歪门邪道多干活少说话小心胃口。

他手中捻着第三张纸片，我想起了扑克牌中的“大鬼”，就期待着他的最后叮嘱。

马庆善似乎犹豫了一个季度，猛然冲我一挥手，又将纸片们塞进了鞋里。

他不愿意给我那个最后的叮嘱。

可我恰恰正盼着那个谜一样的最后叮嘱！

我扭头就朝车间大门跑去，心像死了一样沉重。立在车间门首，我使铁棍儿敲响了那只铁的屁股，之后我嗓子发痒，就朝着马庆善砂箱库方向急促且持久地学了一阵子驴鸣。

没有听到洼地里那头正在吃草养伤的黑驴对我发出应声。它失约了。

吴大队长似乎为我刚才的“驴鸣”所吸引，从草丛深处蹚了出来，手里托着一大团黄泥巴，一脸愠恼：“唔！都死绝了种，往后吃啥腥荤儿？”

之后他愠恼之色更浓：“刘直刚才是你敲我的磬？当当当三声劲挺大。”

敢情他管这只铁屁股叫“磬”，他的“磬”。

八成是一种十分古老的乐器，秦皇汉武唐宗宋祖那时候的玩意儿。

包骏赶来了：“刚才我听见一种动物叫！”

我知道他指的是我那一阵子“驴鸣”。

吴大队长兴致剧增：“什么动物？”

包骏认真回味着：“类——人——猿？”

“累人园？你胡吣！快去给我逮那只大黑野猫，要断腥荤儿啦。”吴大队长啧啧着嘴。

包骏献计：“只能派一只母猫把它引来。”

林志刚赶上一步：“想让猫也犯作风错误乱搞男女关系？你！”

吴大队长看见远处来了人，一拍脑门儿说：“我还忘了，那群学工劳动的今天正式下班组。让他们也参加进来做翻砂工人操！包骏你小子负责教他们。哎，那个领队的老师姓什么来着？”

那群人已经排着队走近车间大门。

“我姓纪，叫纪宇昌，是领队的老师。”

之后那位姓纪的老师惊叫道：“天！是你吗包骏？是你呀包骏！老同学……”

“是、是、是……”包骏腾地红了脸。

之后红到了脖子。我从没见过包骏如此拘谨，像没有完成作业的小学生见了老师一样。

林志刚添乱："母美玉叫你去修理……"

吴大队长哼了一声："我不下达任务包骏你敢修理个屁！让母美玉将就再开两天吧。"

纪老师和"纪学生"们完全惊呆了。

吴大队长最后说："纪老师吃了中午饭我给学生们分派班组你们先歇一会儿。哎包骏你他妈的快去洼里网上摘鸟呀！我请这位纪老师开开荤。你俩是大学同学呀？好！五湖四海。"

包骏欲言又止欲行又住，冲他的老同学纪老师一个劲儿傻笑。他这份难受的德行像是每个汗毛眼儿里都长满了癌细胞。

纪老师："包骏你跟工人阶级打成一片了。"

吴大队长："他还得继续努力别松劲！"

9

学工劳动的学生们刚刚下到班组，革命形势就发生了巨变，当然形势依然大好。

吴大队长在翻砂场东西南北四处奔走，传达一个最新精神。

"来不及开全体大会了，就费我一个人的鞋吧。都听着，今天把手里的活儿全部收尾弄利索了，明天换新活儿——赶出一百套砂箱来！"

我打从出师就与别人配对干活儿了，跟我联手联脚搭伙的是曲建新。这个精神已经分裂的瘦弱汉子干起活儿来还是比较平稳的，只要他的目光不触见母美玉的肥臀。

我说："曲师傅，咱们抓紧收尾吧，明天换活儿。"

他说："明天换活儿咱们抓紧收尾吧刘师傅。"

我居然也成了师傅，听起来好不适应。

吴大队长站在炉台子上冲全体人民喊道："把场地清理出来！没用的玩意儿全扔外边去，等来了木样子咱们就揞砂箱，大干！"

金铁萍听罢，兴奋地冲我扬扬手。看来她的直觉是极其准确的，前些天就向我预言要大干了,果然就要大干了。

刚好有这一拨学工劳动的学生加入了我们的行列,生力军。翻砂场上的大干热潮定会史无前例。学生们的年龄与我相差无几,吴大队长已将他们作为满分儿的壮劳力搭配给了一个个翻砂工,而那个为首的纪老师,与李吕子成了搭档。这纪老师又白又嫩,江浙口音。

李吕子:"如今不是没有考大学这一说了吗?"

纪老师诚挚地一笑:"大学还是要办的,我这里主要说的是理工科大学还是要办,但学制要缩,短教育要革命……"

李吕子一耸大鼻子:"停!天天读的时候你再背诵吧咱们现在促生产。"

纪老师有些尴尬,说:"促生产促生产。"

李吕子不冷不热说:"你跟包骏不一样。"

"嗯……我俩大学同学四年……"

我就与曲建新只争朝夕地干活儿。这是一种名叫"泵壳"的铸件,五百多斤沉。曲建新全神贯注修补着模子上的一块缺砂,他的手指修长而充满灵气。我发现曲建新竟然有这么好的手艺,砂模修补得又快又好没有丁点儿痕迹。

我说:"曲师傅你千万不要自暴自弃。"

曲建新沉浸在修补砂模的快感之中。

李吕子在不远处接了话茬儿:"自抱自妻?"

我已经出师成人,视听能力基本发育成熟了,所以我完全能够破译李吕子的"汉字谐音法"并进入艺术欣赏的境界。似乎李吕子的人生要义就是不遗余力地将这个世界丑而化之,用汉字游戏完成他残酷的再创造。唯一的例外就是他痴迷地欲将自己的妻子提拎出黑色王国——推向美丽的异域。

我曾隔着墙听见他在烘干窑前自言自语:

"这是我最后一件大事儿,调她离开翻砂场我就跟她散伙!除了我没人愿意救她……"

戴了绿帽子的李吕子对骚妻竟怀有基督式的救难心理,而母美玉恰恰认为翻砂场正是她的圣地,铁心皈依——即使有个外国总统娶她当第一夫人她都不会"还俗"。

翻砂场心动过速了。吴大队长领着两个学工的学生往那块多年没有挪动的平台上拴钢丝绳,“起!起!”一声声指挥着天上的母美玉吊钩。他要把翻砂场清理得一无所有,腾得空荡的场地大干——搚砂箱。

那又宽又长的钢铁平台被徐徐吊起。母美玉在天上喊:“超载啦它足有六吨多!”

吴大队长不抬头:“你早就超宰啦!”

汉字谐音法即过于肥胖的意思。翻砂场上的人和物都具有无穷无尽的引申义。

“长虫!长虫呀!”纪老师吓得高喊。

死寂多年的钢铁平台下居然还潜伏了一条一尺多长的草蛇,迎着久违了的人们跃起脑袋摇摆着,一纵一纵。

“好!”吴大队长仿佛变成了一只獴,一跃蹿入平台下边,伸手捕住草蛇。

如果此时钢丝绳崩断,六吨多重的钢铁平台必然落下将吴大队长制成一张肉饼。

他根本听不见人们的惊叫,依然连声喊“好”,顺手一捋,那蛇就成了一根儿死绳子。

“这蛇有觉悟,给我午饭添了一道菜!”吴大队长说着就将草蛇当成腰带系在了胯骨节上,挥手指挥母美玉:“往西!吊到轱辘马上去。”

一转眼那一条蛇就变成了“两条蛇”,吴大队长左手提着蛇肉右手拎着蛇皮,魔术师般敏捷。

纪老师吓得舌头发硬:“咱们工人有力量。”

这时包骏站在老同学身后:“保持镇静。”

吴大队长已经完全忘记了“大干”:从包骏刚刚送来的白布小口袋儿里掏出一只家雀,不问死活就抓一团黄泥巴裹住一只鸟在手中攥成一个泥蛋,十分艺术地操作着。那不死的鸟儿似乎还在泥蛋中吱吱叫着。

之后他把一只只泥蛋投入炭火盆子焙烧。那蛇肉也义气地挂在炭火之上,陪烤着。

“纪老师,中午我请你吃肉!”

“我、我、我胃口疼……”纪老师退着步。

“多实践几次你胃病就没了,像包骏。”

天上母美玉叫唤："天车又要出毛病！"

吴大队长："大干！你就将就着开吧！"

曲建新闻着蛇肉的味道围着吴大队长转悠。

"你必须当着这些学生的面宣布那件事情不是我干的……"

"你又犯病啦？待会儿我赏你两只鸟儿吃，补补你的心。"

曲建新条件反射似的哇地一口呕出一摊白浆。

吴大队长倒了胃口，气哼哼说曲建新我又不是让你研究原子弹你认真得过了分啦。

"不就是干翻砂嘛！你好好促生产就结了。"

纪老师好奇就小声问："这位曲师傅出了什么事情，像是把脑浆都吐出来了，送医院吧。"

第一次有人这么说——送曲建新上医院。

曲建新挺身站起："不！我轻伤不下火线。"

几个学生上前扶持他："您歇一会儿吧。"

曲建新眨着眼睛："当时我离她一米多……"

林志刚不知何时来了："一米多够你做条裤子了，快找个地方缩水去吧。"

母美玉从天上下来了，抖动着一身膘子气喘吁吁说："吴大队长这次天车真的坏啦！吊平台超重累出了毛病，真的坏啦。"

她无意中承认以往的中午抢修都是假的。

曲建新见她来了拔腿就跑。

吴大队长急了眼："添乱！包骏你快去抢修，真格的抢修。"

纪老师欣喜地看着老同学："包骏你成了多面手呀什么都能干啦。"

包骏失意地往回走："革命需要。"

吴大队长情绪大振，冲那一排站得整整齐齐的学生们说："蹲下，站着费电。"

"敢情你们都是中专生呀，多整齐。我们老家的孩子一茬一茬的更整齐，赛割过的韭菜。可不是吗，爹都在外边耍手艺干活儿，过年过节就一帮一伙做着伴回家，一块儿回家就都一块儿有了孩子，一块儿都有了孩子生日也差不了几天，一茬一茬长大。天长日久就有了歌谣描说这事儿。"

吴大队长说着就唱起了那首歌谣：

王家台的柳树呀那个一行行哟，

王家台的孩儿呀那个一般般高。

学生们听了就热烈鼓掌，之后便面面相觑。

纪老师说："应当这样理解，吴主任给我们讲了一段贫下中农的民俗。当然贫下中农外出谋生就变成了工人。一些阶级胜利了，一些阶级失败了，这就是历史，这就是几千年的文明史……"

吴大队长："文明史不文明史开会的时候再讲，大家都干活儿吧要注意安全！"

包骏抢修天车一直忙到下晚儿。纪老师本着"实践出真知"的指导思想也一直陪包骏在天上，给他做助手。于是便挤没了母美玉的位置。

她一脸不快之色从斜梯走了下来，在地上站定就冲我说："老同学呀！两人一边干一边聊，全他娘的是文词儿，学问味儿撞人脑门子。我先是听不够后来就听烦了，什么弹性模量呀功率因数呀还有什么抠赛因外？我看包骏刚改造得差不多了，又要退步回去！那姓纪的穷酸。"

李吕子洗得干干净净穿得板板实实，居然万分耐心地站在车间门首候着自己的娘儿们。

"你快去洗澡吧，咱们下馆子去。"

"是下脏水管子还是下自来水管子？"

李吕子沉闷地说："怎么拿你当人待，你总往鸟食罐子里扎呢！"说着就伸手去拢老婆的肩。

母美玉进入情节："要说还是你小子疼我。"

这对夫妻到市里下馆子去了。

我住单身宿舍没回家，吃饱了晚饭就四处漫步消食，没离车间周遭。

墙头外面那条臭河沟子里，吴大队长率领一批志愿者正在围起土堰淘水捉鱼。这群人都是没家没业的"独扇儿"。

羊师傅伺候罢了"自留地"攀在墙头上观阵："水干了鱼就净！留几寸水儿

别让鱼都钻泥里去,白干了。”

吴大队长从水里摸出个物件大声喊:“老羊,这是大跃进那年咱们铸的丁字铁,它还活着呢!”

羊师傅应声说铁咋死得了就赛咱王家台的那一顷顷地。

我走到包骏那间小屋前,屋内灯火比往日热闹,溢出一股饭菜的香气。

包骏穿着齐整,是一身蓝色中山装,干净得一尘不染令我大觉陌生。

纪老师小声说:“你的沙拉味道纯正。”

包骏用一种我从未听到过的语气说:“页斯(Yes)。”

碰杯的声音,很典雅。之后包骏说:“让我重温一下文明的生活吧!纪宇昌你别蔑视我。”

他们喝酒,低声唱起了俄罗斯民歌。

《莫斯科郊外的晚上》已被列为黄歌。

他与他不倦地唱着。臭河沟的水快淘干了。

包骏动情地说:“我决定了,五一前回家探亲,我两年没回去了……”声音愈来愈低。

纪老师有节制地幽默着:“要斗私批修。”

我推开门,见屋里拾掇得干净极了,墙上没了动物皮毛而只有那帧秀丽甜美的女人照片。

“小刘请进,欢迎……”

这一次,包骏没有叫我“灵长目”。

刮净了满脸胡子的包骏,威武地冲我微笑。

纪老师眼中却涌出了热泪。

我说:“你们教我文化吧,三角代数物理化学什么的。我初中毕业来学徒,其实只有小学五年级文化……”

包骏脸色一暗:“这些墨水在这儿干翻砂刚好适量,我们则过多了。纪兄,过犹不及呀。”

纪老师:“辩证法……”

第二天我听说李吕子偕夫人下馆子,醉后在大街上要起了酒疯,被拖走扣押了小半夜才放他回家。母美玉批评他酒量没发展。

第二天吴大队长熬了一锅鱼，猫一样吃着。殃及林志刚一干人，统统上吐下泻中间发胀。

而那条已经臭了许多年的小河沟却永远地死去了——臭得没了任何内容。

10

突然来了两个穿绿衣服的军人，据说是驻工业系统的军代表，都操着广东口音，找到吴大队长，命令式的口气。吴大队长支棱起扇风大耳，才听懂了南方人的中国话。

“你们来找破棉袄！可解放这么多年了哪还有三条石的破棉袄呀！咱们犄角旮旯转一转吧，兴许能撞见。”

要举办三条石阶级教育展览，以批判在中国复辟资本主义的阴谋。都齐了，就差一件三条石老工人受剥削压迫时穿的破棉袄。

吴大队长领着两位年轻的军人四处转悠，首先撞见的是包骏。

纪老师已经领着学生们到锻工车间学工去了。车钳铣刨，铸锻铆焊……工厂好像一桌子大菜，学生们一个星期换一个车间，所有的味道都尝一尝。打从纪老师走后，包骏就又成了一个地地道道的翻砂工：黑黑乎乎呆呆木木满嘴全是“翻砂语”，整个一个老工人。

两位当兵的惊异地打量着包骏：头戴一顶烂没了檐儿的破草帽，身穿一件半个世纪没下水洗涤的工作服，纽扣全无敞怀露胸，裤子沿裤角开了线展览出小腿肚子上的乱毛，趿拉着两只张了嘴的洒鞋。

“你就是包骏？”一个军人问。

包骏伸手挠了挠裤裆，很解痒地回答：“错了我包退包换，正是本人。”

两个军人面面相觑。

吴大队长小声说：“包骏你小子扮相过了分。”

事后才知道这是两个喝过很多墨水的军人，入伍前都是南开大学中文系的学生。他们主持工业系统会战指挥部的宣传工作，拟调一名热加工专业的大学生去协助工作，在名单上看到“包骏”两个字很有特色，就列为“使用对象”。

“你不是还没有正式分配在这里吗？仍属于劳动锻炼等候使用的性质。难能可贵，你这么迅速就工人阶级化了。”两个军人共同品评着眼前的大学生包骏。

包骏似乎明白了事情的原委，目光中倏地闪过一丝隐痛的神色。

两位军人朝砂箱库方向踱去。吴大队长留在原地对包骏说：“说不准哪块云彩下雨。这俩当兵的不知为啥选中了你。我拦也拦不住，以为你小子这一遭肯定被提拎出去了。啧！没承想人家跟你一照面，脸色就变了，我看是不打算要你。”

包骏呆呆听着，无悲无喜。

“我看你还是在咱翻砂场里忍着吧，安全。你到了别处台阶是高了，可比得上咱这儿太平？”

几年来包骏强迫着自己“翻砂化”并进化成我们的同类——里外全黑了，兴许图希的就是个太平。吴大队长说包骏你知足常乐吧。

包骏斯文地点点头：“×！”

两个踱入砂箱库的军人发现了正在静坐练习气功的马庆善——活生生一尊着装的泥塑。

喝过之乎者也墨汁的军人一齐犯了中文系的毛病：发乎情。眼睁睁马庆善身上披着一件充满历史纵深感和思想穿透力的正宗破棉袄！

“蓦然回首，那人却在，灯火阑珊处！”

“千淘万漉虽辛苦，吹尽狂沙始到金。”

他们吟罢上前说：“老师傅您的棉袄！”

吴大队长也随上来给马庆善做动员工作。

马庆善执着地摇着脑袋：不肯割爱这贴身的小棉袄。仿佛它已经成了他的人皮而不可剥离了。吴大队长急得似拉磨的驴，团团转。

“军代表相中了，使一件绿大衣换你！”

最后，吴大队长抢劫犯似的从马庆善身上扒下了破棉袄。因用力过猛大襟里的棉花被扯出了一团。

当兵的说：“这更加真实绝对自然！”

马庆善不睬那件换来的绿大衣，依然打坐闭目练功。

另一个当兵的小情调未尽，望着马庆善兴奋地说："丈人，隐者也！"

吴大队长说："他是老绝户当不成老丈人；他从不抽烟也不是瘾者。二位还有事吗？"

于是两位当兵的恢复了常态：标准的中国人民解放军形象——雄赳赳气昂昂。

包骏焦躁不安，全没心思干活儿，跑到离砂箱库不远的一处焦炭上立着，向两个军人的方向激动地朗诵着一首古代人写的诗。

"……欲济无舟楫，端居耻圣明。坐观垂钓者，徒有羡鱼情。"

那两个当兵的正欲匆匆离去，面无表情。

一个说："什么诗！要注意思想倾向。"

一个说："多读马列原著，化消极为积极。"

他们捧着宝物般的破棉袄钻进小汽车。

包骏发疯一般跑回了翻砂场。

李吕子迎着他问："想变成人，可人家把你捋出来甩在墙犄角喂了苍蝇吧？"

母美玉在天上咯咯咯乐个不停。

李吕子转脸对林志刚说："林师傅包骏来了你上呀！"

林志刚勇敢不起来："我的学问还太浅李师傅你上吧我助阵……"

李吕子从容不迫："我上！包骏你那位老同学走了我没来得及给他命名，你转告他吧，我赐他一个大号留个纪念。"

说着李吕子从林志刚手中接过一只大钉子，在黑砂地上写出了一行"仿宋"。

纪宇昌——妓与娼

包骏看着，认真思索了一会儿。

"不许你侮辱他的人格，不许。"

李吕子哈哈大笑："人格，就你？"

林志刚喊了一声"一二！"人们齐声诵起。

这是一首传唱久远的"四子歌"，味儿正。

出娘胎叫个大胖小子，
学识字是个糨糊脑子，
娶媳妇生个王八羔子，
进棺材当个混账老子！

包骏闭眼听着，毫无表情。

金铁萍又跑来在背后扯我袖口："刘直刘直你快干活儿去吧，人家曲建新正干着呢。"

曲建新条件反射抬头叫道："那件事情不是我干的！什么我正干着呢？我洁白如玉。"

李吕子更兴奋："包骏我破了你的身吧——也送给你一个大号算我们认可了你！"

随即他在地上一挥而就，又是"仿宋"。

包骏——孢馂

我不认识这两个字，回去查了字典。好在我还没有忘记世界上有字典这宗物件。

孢：……某些低等动物在无性繁殖或有性生殖中所产生的生殖细胞。

馂：吃剩下的食物。

吴大队长立在车间门首：一手拎着一只眼睛淌出血汁的黑色大猫，死的；一手使芯铁棍儿连声敲击着他的"磬"——铁屁股颤动着。

"立即集合！立即集合，是全体的！"

众人问："又是翻砂工人操？"

吴大队长："不是做操，是紧急动员大会！"

人们就乱奔走，去清砂工房。

金铁萍朝我会心地一笑："更加大干了。"

吴大队长仍在喊："一个不剩全去开会，就连马庆善也给我提拎来，可不许他牵着驴！"

羊师傅又捂着屁股向他的"自留地"跑去。

母美玉从天车上下来往清砂工房走，小步颠颠地追着包骏问："我天车要是坏了你还修不修？那个姓纪的白面书生已经滚蛋了，可你还得在这儿干呀！别胡寻思了把心踏实下来吧。”

包骏冷冷地说：“你别破坏革命大好形势。”

母美玉：“你敢变心就是林彪死党五七一！”

“我五一六！你多说了五十五个数儿。”

11

散兵游勇一人一个模样，乱站在清砂工房。望着墙角那只老掉牙的六角滚筒，我猛然想起出师考试铸的那只“手”还锁在吴大队长办公室箱子里没派上用场。这是游离于我体外而又恰恰只属于我的一件珍品，我心里有些恐怖。

金铁萍缩在母美玉身后，脸色不佳。她站起身来，往清砂工房门外走。

羊师傅立即关照：“小金子要是上厕所你就去我那块园子吧，劳你多走几步。放心那儿没人瞅得见……”

母美玉一扯羊师傅裤角儿：“人家要来月经！”

羊师傅：“哎你扯破了我裤脚儿谁给缝？”

“找那个瘦巴娘儿们缝呀！她活儿好极了。”

果然，我远远看见吴大队长身边立着一个干巴巴的瘦女人，四十几岁的样子瓦刀脸。

翻砂场上油水大，还没见过这路没营养的女人——木板儿一般。

吴大队长紧了紧裤腰带，亮开了嗓子：

“有情况！情况十分紧急。”开场白吴大队长就说得颠三倒四错了词儿，看来不是蒋匪反攻大陆就是日本又复辟了军国主义占了东三省。吴大队长开始念文件，主题说的是华北百年不遇的大旱阻挡了农业学大寨的贫下中农们，得赶紧想办法弄来水浇地。

吴大队长边念边往文件里添佐料儿：“没水浇地别说学大寨，就连咱全市的工人阶级蔬菜都吃不上了，也影响了学大庆，这就是辩证唯物论！”

翻砂工的目光却大多停留在那个来路不明的女人身上。那女人八成是个人物，颇有身份地立在那里望着黑乎乎车间的深尽之处。

“咱们那一百套砂箱还没全揞出来，就得兵分两路开始铸造压把井的身子,这叫什么来着,嗯,交叉作业！出席学大寨会议的武清县代表七天之后亲自到咱厂子里接收一批压把井,七天咱得交出一百台,以往得用一个月时间……”

女人有些不耐烦吴大队长的啰唆了。

吴大队长稳如泰山接着讲,说时间太紧了必须大干特干才行,谁也不许歇班。

包骏蹲在我身边小声说:“我恰恰买好了后天的火车票回家探亲去……”

我小声问:“还回来吗？”

他有些诧异:“怎么不回来？我档案和人命都在这里呀。”之后他似悟出什么,冲我苦笑了。

相识以来我第一次看到他脸上的笑纹。

却又是苦味的,不吉利这“初笑”。

“不许歇班！死爹娘的,我准一天假;死兄弟姐妹的,我准半天假;谁也没死的,老老实实在这儿给我干活儿！上早七点下晚七点,七对七大干十二个钟点。”

林志刚不愧新时代青年,站起来问:“老婆生孩子你准几天假？丈母娘要是死了呢？”

他不是出自一种迫切而是出自一种混沌。

吴大队长一瞪眼:“你丈母娘正在产房里呢！”

人们哄的一声发出很有规模的笑声。

“还有一件事儿,大干了时间紧,每天的翻砂工人操就停了吧,以后有机会再做。”

人们纷纷交头接耳,不满情绪像沸沸粥锅。

“每天就那么一个玩儿的机会还给取消了。”

玩儿。人们对每天那场扭动着生命呼喊着号子无所顾忌的把戏怀有深深的留恋,好比一群儿童失去了一座迷人的游艺场。

吴大队长说:“散会之前我把新来的领导介绍给大伙儿。为了加强这场大干,厂里派来了刚刚上任的保卫科科长来咱们这儿,保卫大干的同时还兼任车间政治上的一把手……”

不等吴大队长说完，那个早有些不耐烦的瘦女人就一步跨上高处，一挥手说：“我主要是来加强大干的保卫工作的，我叫黄爱楚！”

会场上嗡嗡嗡就像飞来了一万只苍蝇。

“黄爱杵？这名字真实在，是个敞快人。”

“不，是黄挨杵，她的任务够艰巨的。”

黄科长见乱了会场就振臂一呼：“都别议论了！”

瘦女人高声果然不假，会场给她镇住了。

“我家乡是湖北革命老区，我起名黄爱楚有什么可议论的？工人阶级要识大体顾大局加强革命纪律性！下边我讲一讲这次支农大干的工作安排，一共八个方面都很具体大家要记清了。”

母美玉小声说：“这娘儿们挺厉害的，在家里准不会过日子也不懂得疼爷们儿。”

李吕子斜了老婆一眼：“比你强得多！”

“那你找她去不就结啦，正合套。”

“放屁！人家是个官儿我配吗？”

“她还能有武则天官儿大吗？你小家子气。”

两口子围绕着一个莫名其妙的假设开始了莫名其妙的拌嘴斗气儿。

我蹲在一旁听着这对夫妻的马拉松对话，心中暗暗惊异母美玉的气概和胆识。在母美玉眼中一个女人无论地位多高，譬如说武则天，也仅仅是个女人而已。她看问题似乎一下子就能抓住本质。

八个方面的工作安排刚刚讲了四个方面。不知什么原因我觉出黄爱楚像个正在跳大神儿的巫婆。她讲话时似乎总想向上跳跃，一纵一纵的。我终于听清了她的几句分量很重的话。

“以前犯过错误的，这次支农大干中要老老实实服从指挥，可以以功抵过嘛……”

曲建新霍地站起身，吓了黄巫婆一跳。

“黄科长那件事情不是我干的！”

“蹲下！散了会你找我，我一个一个解决你们的问题。太不像话了。”

黄巫婆最后说:“为了保卫工作的万无一失，每个人都要编成一个号码。张三是一李四是二,把号码铸在活儿上出了事情立即查处！”

包骏小声嘟哝:“不懂技术……”

林志刚一眨小眼睛:“这黄科长比咱吴大队长有水平,把咱们都编上号码啦！”

母美玉:“把你编成二百五吧。”

吴大队长一提裤腰:“散会！明天上七点。”

黄巫婆尖叫:“谁找我谈情况,来报名！”

金铁萍小声对我说:“新来的黄科长讲话真干脆。我那一次到公司里听报告跟她挨着坐。她男人可是个不小的领导,在大三线兵工厂里当头儿哪！”

我转身跟包骏说:“跟你一样也是夫妻两地生活一年见不上几天。”

包骏:“更便于集中精力……干革命。”

黄巫婆在远处唤道:“谁叫包骏？来找我！”

“问题严重了。”包骏定住了身子。

12

兵分两路:东路继续捂砂箱,提供工艺装备;西路开始铸造支农抗旱的压把井机身,打响大干的头一炮。我和曲建新在东路搭成伙计,包骏懂技术会修理机器,定为机动兵力。

机动兵力更累,招之即来挥之即去——大补丁一样四处乱补,泄尽了人的阳气。

我问曲建新跟黄科长谈了解决问题吗?

“运动后期才能处理。”

我说:“那你可得保养身体坚持到那一天。”

曲建新:“万里长征我们刚刚走完第一步。”

黄巫婆发了大脾气,站在车间中央叫喊:“工业学大寨？如果上纲上线就是篡改毛主席指示。工业学大寨就等于是无视大庆红旗的存在！这标语居然好几年不改正过来,老吴你立即安排人搭脚手架上去改正！”

吴大队长嘿嘿乐："早就有这个计划。"

在黄巫婆眼中翻砂场问题不少，似乎这里的每一只耗子都随时可能发动一场反革命政变。

幸亏翻砂场上的耗子已被吴大队长捕吃得近乎灭绝了。而新崛起的继往开来者是林志刚，他青胜于蓝就连河沟里的蝌蚪也捞来生喝。

他一气喝下三十个："这东西败火省了吃药。"

见孺子可教也，吴大队长很是欣慰。

"下次我教你炒油克螂吃，香死了。"

那胃已由四腿动物向多爪昆虫求索。接着他说："有机会我领你回我们王家台玩儿几天，我们村的闺女可俊着呢！比城市姑娘懂得疼人过日子。"

林志刚兴奋："我先在城市里试一试再说！"

捂砂箱的活儿，死累。先刨出一个长方形的坑然后卧进木样子往里噇砂子捣实。冲天炉整天吼着，铁水追着腚眼子浇铸。铸成的砂箱尚未褪尽红色，就吊出来腾了地方接着捂下一个砂箱，容不得凉快。飞尘冲天往肺管子里钻，高温烤干了汗水在肉皮上晒盐。

累极了，只能歇上一两分钟，曲建新就跳进棺材形的木样子里躺上两百多秒钟，像挺尸。

我说看见你这样子我心里挺难受的。

他就从"棺材"里爬出来："这一天只是早晚的事呗！我只是死不瞑目。"

林志刚被调到碾砂机上充当主力去了，他认为这是提拔的开始，对我说："别嫉妒呀！"那台陈旧的碾砂机原本是要报废的，我们一大干它也就没了脾气整天不停地转着碾出型砂来。

包骏忙得满脸胡子疯长。他上午拉砂子下午清理铸件，只是没有修理天车的任务了。一大干，母美玉的天车也吓得没了毛病。

包骏沮丧地对我说："不准我假……这一次我是发誓要回家探亲的，已经两年多了我没脸回去，鬼一样。这次我下了决心去看妻小，可又赶上大干啦。"他说得很沉重，似乎这一次探亲对他来讲具有无比重大的意义。

我说："不就是推迟一个月嘛，亲早晚能探。"

他郑重极了："家里盼着我回去呢。"

我用翻砂语式说："四海为家嘛。"

竟惹火了他："你出虚恭，人只有一个归处。"

在之后的几天里，包骏见了我就小声嘟哝："我要回家，我要回家……"活脱脱一个男性祥林嫂。

我小声呐喊："包骏你要坚持呀别垮下去！"

他十分感激地看了我一眼："等大干过去，我每天晚上教你数理化，只要我还活着。"

总觉得是那个纪老师的到来震撼了包骏，促使他拿了大主意要改变一种颜色活下去。

翻砂场上只有一种母色：黑。

黄巫婆整天在翻砂场上游荡，眨着一双洞察世界于秋毫之间的眼睛——目光如锥。

"你叫什么名字？"她手里拿着个本子。

我边筛砂子边答："六——侄儿。"

她说："要积极进步，向金铁萍学习。"

金铁萍被分配在西路，一个人独挑也无搭档，已铸造出六件压把井机身。她编号为"七"。

林志刚见了她就称呼号码："妻"。谐音美妙。

掌握了烟酒本领之后，林志刚人生的最大任务是混入党内和弄上一个未婚妻。鱼和熊掌林志刚要同时端上餐桌。

金铁萍把铺盖卷搬到了车间，一天要干上十五六个小时才罢休。我看出她燃料将尽。

形势愈发严峻了，首批交活儿的一百件任务增到了两百件，市生产指挥部拍了板儿。

每天从早七点要干到晚九点之后才能洗手。天天班后都有一个总结会，训人。

黄巫婆决定午休的半小时取消，咽下饭就抄家伙干活儿："主要是精神状态在作战！"

吴大队长几天断了腥荤儿，讲话没大气力，像个老太婆在念经："向金铁萍学习，她爹前天死了昨天火化，她根本就没请一分钟假。大闺女来了月经不歇照样干！男子汉还能偷懒吗？母美玉表现也可以，从大干到现在天天在天上飞，没坏过天车！该表扬。"

母美玉累得有气无力："上班八年了头一遭让吴大队长表扬咱，累死我啦。"

金铁萍团缩在角落里抽泣起来："爸……"

母美玉关心道："我看你痛经的老毛病又要犯，小心可别坐下病后悔一辈子。"

散了会，翻砂场上处处都是无声的呻吟。

我累得回不了家，就住下了。许多人都住下了。空间爆满。包骏小屋左右的那两间空屋，有农村家属来探望爷们儿才在那里居住几天，号称"配种站"。据说这里创造出了近一个连的生命。如今那里躺满了疲劳过度的翻砂汉子，说梦话都喊："别大干了小干吧！"

黄巫婆这干瘦的女人却精力奇盛，她好像一天二十四小时也不合一下眼，四处出没。

过度疲劳也失眠，我躺在烘干窑里硬是睡不着觉，就披上衣服出了窑门，往黑乎乎的翻砂场上溜达，不知为什么我心里总惦念金铁萍。她父亲刚刚去世，弄不好她也得心力交瘁躺下起不来。白天记者又来采访她，她最后居然说记者我求你过几天再来吧我没力气说话。听她这番话那记者惊得半天才张嘴："铁姑娘千万不要流露消极情绪，让外界知道了影响不好。"

我看见林志刚站在金铁萍住的小屋门外叫着她干活儿的号码："七，你出来咱谈谈心……"

屋里小声呻吟："八，你快走吧明天大干。"

林志刚从我近前走过却没发现我。我听见他嘟哝着："明天大干？我现在就去自己大干。"

翻砂场比夜色更黑，远处冲天炉台子下亮着两个红红的烟头儿，有人的动静。

李吕子："一条道摆着，你给我从这儿滚蛋，滚回内蒙古我也管不着，反正你得滚开。"

包骏:“我滚?可吴大队长不放我走。其实他没有我走留的决定权,我能不能动弹得公司决定,他们把我挂在这儿就不管了。”

李吕子:“不滚蛋也行,往后不许你修理她!”

包骏:“我是被迫的不能自拔……”

李吕子:“难道还让我帮你拔?早晚我杀了你算完事!”

包骏:“拜托了,让我来迎接这个伟大的日子吧!”之后又说,“你跟她好好过日子吧,她不是坏人,只是色染得太黑了,黑得很纯洁。”

我听见李吕子给了包骏一个耳光。

走了一只红红的烟头儿,剩下一个亮着。

只隔一会儿就来了一个人,听那如夯的足音,我断定是母美玉。她扑到包骏烟头儿近前就哼哼:“你也学会了抽烟?有什么苦闷呀!”

就是一阵子激烈的缠绵:“你多少天没跟我了……”我生来首次听到女人能发出这种声音。

包骏居然小吼:“我发誓这是最后一次修理天车!我当人不当牲口……”

母美玉抽泣:“你始终拿我当牲口?没良心!”

“我就爱你这种有文化的粗野味儿!”母美玉重重倒在了黑砂地上。这地好肥沃……

一道手电光刷的亮了,像贼星照亮天地。

“不许动!”是黄巫婆的声音。

手电光向四外打扫战场,我也被捕了。

包骏大声说:“出了成绩,这一次公司就该想起我这个入库的人啦!”

把犯错误叫作出成绩,落难关头包骏依然能够操着翻砂工式的幽默来抒发情怀。

往审案的办公室走,黑灯影儿里我瞅见垂着脑袋的林志刚也随了上来,我很觉意外。

“你也犯了错误?”包骏置生死于度外关心着林志刚。

林志刚完全成了一只“软蛋”,十分委屈地说着自己的案情。母美玉鄙夷地说:“没出息!”

“我躺在芯盒子里自己跟自己打仗,挺解乏的。谁知黄科长从头看到尾,刚刚出了胶水儿她就把我给逮住了,妈的倒霉!”

我说:“自己弄自己不算大错误,不过肯定影响你纳新的速度。这就叫玩物丧志。”

林志刚沮丧至极:“那咱就先不入呗!”

住下没走的翻砂汉子全起来拾乐儿了。

马庆善的那头黑驴也没睡,像表示声援。

13

曲建新突然失踪,三天没见他人影儿,像是长征去了。我被调往西路,跟金铁萍搭伙干活儿。我编号十三。

我说:“妻,能坚持下去吗?”

她点点头:“是叫我五六七的七吗?”之后就用一种温度较高的目光看了我一眼。

人累乏了,极需要支持。我说:“不是五六七的七!”说完我的心就咚咚疾跳。

她幸福地闭了一下眼睛:“你……”

那个夜晚我被捕之后,因查不出任何罪错,黄巫婆就释放了我。她说:“以后晚上不许乱走!”

也没见对其他案犯采取什么措施。据说是因支农大干没时间开批判会,“运动后期”处理。

那只高高的脚手架终于搭成了。于是李吕子游离于热火朝天的大干之外,准备登天改字。

我问:“吴大队长同意调你老婆离开这儿啦?”

李吕子说:“实践出真知。”

看来,我们很快就要“工业学大庆”,回到正确轨道上来了。

忙得人们广播听不见报纸看不着,分明住在一个黑乎乎的孤岛上,越干越傻。

只有在厕所拉屎的几分钟,才能只争朝夕地扯上几句话,短暂得像是在开会前试验麦克风。我发现人们憋得恨不能跟母猪聊两句。

包骏打从作案被捉，反而显得比过去开朗了，见了我就说："我可熬出头了，不易。"

太平无事，人们一个心眼儿是大干。

每天的全体大会改在中午饭后，因为晚上不知干到什么时候才收工，开会效果也不好。

吴大队长在会上第十八次表扬金铁萍。

黄巫婆说明天就要给我们的压把井身披大红花交给贫下中农去学大寨了，大家要打好第一战役准备第二战役。

我发现黄巫婆更瘦了——皮底抽肉只余下一把骨头架子立在那里发言。两个黑眼圈儿似戴了一副老花镜，目光迷离魂已出窍。

母美玉很后悔："黄科长本来夫妻两地生活就阴阳失调，那天夜里先逮林志刚的个体案件，后又捉了双奸，她眼珠子哪经得住这种滋补呀！"

这话是母美玉说给金铁萍的。自从案发，这两个大干的女杰就睡到了一个屋里求太平。

据说母美玉向黄巫婆坦白得太具体了，有声有色再现了当时的高潮场面。黄巫婆当时就大脑缺氧一头晕在办公桌前。苏醒之后她有气无力地指着母美玉说："你交代得很不彻底……"

火焰烧心，于是中午的大会上黄巫婆也只能强撑着身子给大家训上几句话，保命要紧。

大会散了人们就干活儿。李吕子已经提着罐握着笔立在了高高的天上。

吴大队长和黄巫婆立在地上，抬头督促着他。

李吕子突然喊："我上天不是来改字儿的！"

吴大队长了解自己的族人，吓白了脸。

"不把我老婆从这黑天黑地的翻砂场调出去，我就跳下去不活了。"

黄巫婆："你敢自绝于人民！"却有气无力。

李吕子："黄巫婆你再叫唤我送你去喂驴！"

吴大队长说："小祖宗，我同意调走你老婆，你千万别跳下来，你还有福没享呢，得活着。"

“签字！”天上扔下个纸团儿，系着一根白线。看来李吕子蓄谋已久准备十分充分。

吴大队长看都没看就抢了黄巫婆身上的笔签上了大名：吴大边。

李吕子掏着白线儿把纸团提了回去。

黄巫婆嘟哝：“母美玉在翻砂场上干得挺喜兴的，为什么要调她走呢荒唐！”

吴大队长说李吕子你下来吧小心踩空了。

黄巫婆：“他还没改字呢，快改！”

吴大队长急了：“你浑蛋！他心思这么乱还改字儿？掉下来摔死你他妈的负责任。”

黄巫婆元气大伤，一屁股坐在黑砂地上了。

翻砂工坐在黑砂地上能补阳。黄巫婆坐在黑砂地上却不能滋阴只能折寿。

吴大队长以革命名义吼她：“你快起来！”

黄巫婆惊惧地看着黑天黑地浑身散了架。

人们唱起来了，却不误手中活计。

“翻砂翻砂，翻一个变俩，翻俩变仨。”

车间外边黑了天，片刻就浇下来旱年的第一场大雨，雨太野了，当夜翻砂场泡汤成了沼泽。

母美玉逢人便问：“咱们铸压把井还有用吗？”

吴大队长：“目光短浅！明年就不旱啦？”

我们在大雨之后继续大干，绝不妥协。

传来曲建新的最后消息：他上吊死在引河桥河滩的树林子里。

吴大队长蹲在地上抽烟：“那天他缠着我说那件事情不是他干的。我心里烦，就对他说那件事情确实不是你曲建新干的，你洗干净了。他听了之后大叫一嗓子就跑了。啧！死啦。”

曲建新终于盼到了这一天，被别人确认无罪之后他就干净利索地吊死在一棵被虫子蛀空了的老柳树上，上天国当良民去了。

黄巫婆气力将尽没说“曲建新自绝于人民”。

第二天她就请假去大三线山里边看她那当大官儿的老头子去了，归期难卜。

支农大干的第一战役大获全胜。包骏找到吴大队长："党代表都请假去看爷们儿了，我也该回家去看爱人了吧？"

包骏打从进入翻砂场首次使用"爱人"一词，虽说他依然一身地道的翻砂工扮相。

吴大队长犹豫："你的花案还没了结……"

"我又不是到白区去，反正一个天下呗。"

"快去快回，赶在黄婆子之前到这儿。"

包骏见了我，托我去市里给他买一张去赤峰的票，越早越好。他说："碾砂机给累坏了，又叫我中午抢修。"他终于改行不再抢修天车了。

据说昨晚收工后，他给以李吕子为首的听众们讲了一个故事。我没在场，据说那故事很荤很荤，大家很开心，只有李吕子没笑。

我跟金铁萍一块儿干活儿。她朝砂模上刻上"7"，我朝砂模上刻上"13"，这是黄巫婆送给我们的封号——阿拉伯数码。

我发现一种液体浸湿了她的小帆布工作裤，是我平时不敢盯着的那个位置，就猜想她一定很痛苦。她埋头用铁冲子充着砂子，不吭不响。

我就时不时偷眼看她。她好像有些踌躇，当她偷眼看我的时候，我低头做良民状。

当我再度偷眼看她的时候，我凝住了呼吸。

她高高举起铁冲子，向自己的左手捣去！

我与她同时尖叫起来。

她左手的两个指头被砸得血肉模糊。我冲上去将她横身抱在怀里，向厂部保健站小跑。

"你为什么故意砸自己的手！"我无法承受同类这种非人的自残行为，就怒吼。

"别喊……"她软绵绵横在我怀里，"坚持不住了，我跟你坦白吧。我、我血崩呀不好意思歇……私人的假。砸了手是为公，为公歇假不还有些理由吗？"

抱着这个软绵绵的身子，我觉出她是个女人了——可怜的女人。她交出两个手指换取一次忐忑不安的休息。我哭了:“放心我替你保密!”

冲进保健站小院时，我冲她说:“够了结婚年龄我就要娶你!听见了吗妻?”

她昏了过去,脸上有一丝惨笑。

我冲白大褂们喊:“谁要敢给她截肢我就杀了他!”

我身上浸着金铁萍的血返回车间。

包骏已经死了!翻砂场上静得瘆人。

中午又召开全体大会布置第二次战役的大干。会散包骏去修碾砂机,他在仓口挂了个“中午检修”的纸牌子就钻了进去。

那碾砂机的碾轮重过地主老财的磨盘,而那刮板,却像野猪的獠牙一般。

李吕子见了“中午检修”的纸牌子,就嘿嘿笑了,抄起墨笔玩了个“汉字谐音游戏”,在纸牌子背面写了“下捂奸羞”四个字,重新挂了上去。一个翻砂小厮于李吕子走后在空无一人的碾砂机前见了纸牌子,念了一遍就将它当成坐垫拿去了。林志刚吃饱饭来了,见没情况就随手合上了电闸,准备碾砂大干。

只发出一声沉闷的“啊”,包骏在碾砂机里即被分成三大块,以奇数的形式死去了。

我们一块一块又一块从满是血腥的碾砂机里搬出了这个一分为三的包骏,然后组装在一起。他的脸孔上没有什么伤痕,只是大大地睁着双眼望着我,他的胡须,草原一样繁茂。

我仿佛听见他对我轻声说:“我很爱很爱我的妻子……”

我没哭,眼泪送金铁萍急救路上已经干了。

吴大队长说:“人命案,李吕子你有责任。”

“我没打算跑……”

母美玉扑上来,抱着包骏的头颅哭闭了气。

我说:“他再多活一天就回家探亲了!”

第二战役的大干更邪乎,林志刚在墙上贴出血书要求入党并愿登高去改那字儿。

吴大队长说:“要求入党咱欢迎。改字儿?你他妈的别给我添乱了!身上难受找个没苍蝇的地方去自我娱乐,不算错误。”

包骏没资格有追悼会，因为他还挂着呢。我被吴大队长派往火化厂送尸，同行的还有那个闻讯赶来的纪老师。我问：“他是五·一六吗？”

“仅仅是三个阿拉伯数字而已。”

我依然为包骏买了火车票，虽说他死了。我将这张通往赤峰的火车票装在他那身蓝色中山装的口袋儿里同去火化，让他乘车回家。

纪老师说：“包骏妻子明天就到，她在电报中说一定来看看翻砂场是什么样子。”

我说：“该看。”

在支农大干衰败下去的一天下午，林志刚细狗一样窜进车间说：“马庆善也死啦！粘在龙门吊车的铁腿子上，立着不动！”

我第一个跑去奔丧，老头子果然粘在铁腿子上，立着，像是被电流吸住。我不敢摸，怕也把命搭进去，就大声喊给他招魂。

“师傅！马师傅！您不能死呀。”

他突然睁开眼睛，瞧着我。

“你叫喊啥呀？该吃晚饭去了。”

马庆善今天语言如此流畅，太惊人了。

我只得冲他一笑，是傻笑。